버림 받은 황비

* 이 책은 ㈜디앤씨미디어가 저작권자와의 계약에 따라 발행한 것으로 저작권법의 보호를 받는 저작물입니다. 본 서의 내용을 무단 전재 및 무단 복제하는 것을 금합니다.
* 작가와의 협의에 의해 인지는 생략합니다.

THE ABANDONED
EMPRESS

버림 받은 황비

정유나 장편소설

2

바다와 그림자와 장미와 달

D&C
BOOKS

2부 현재편 II · 9

1. 청년과 소녀 · 11

2. 우정과 애정 사이 · 53

3. 사교계란…… · 97

4. 건국기념제 · 155

5. 빛과 그림자 · 271

외전. 달을 쫓는 그림자 · 339

부록 · 421

설정집 II. 황궁의 구조 · 422

독자 서평 II. 죽음, 그리고 시작된 삶 · 427

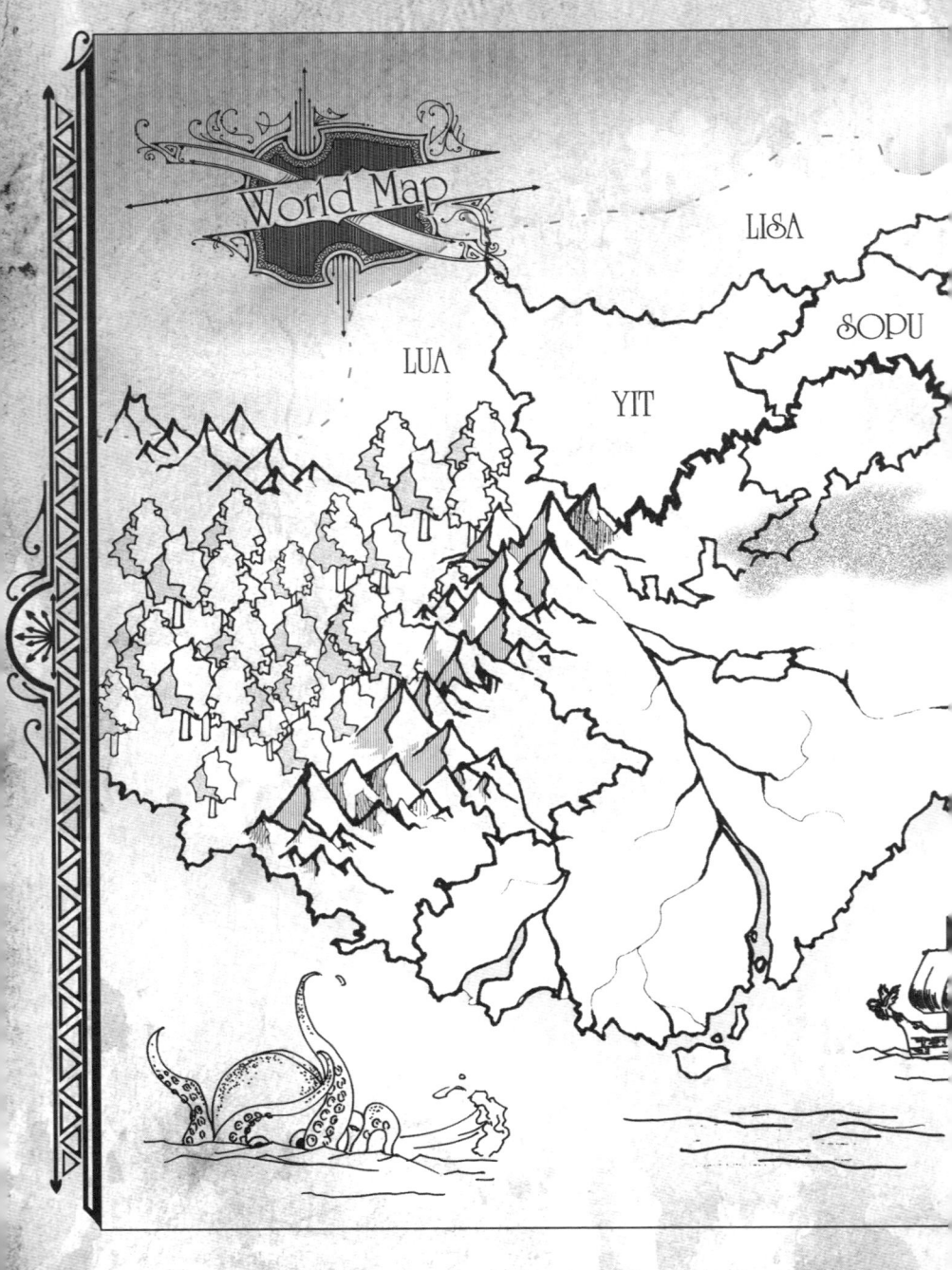

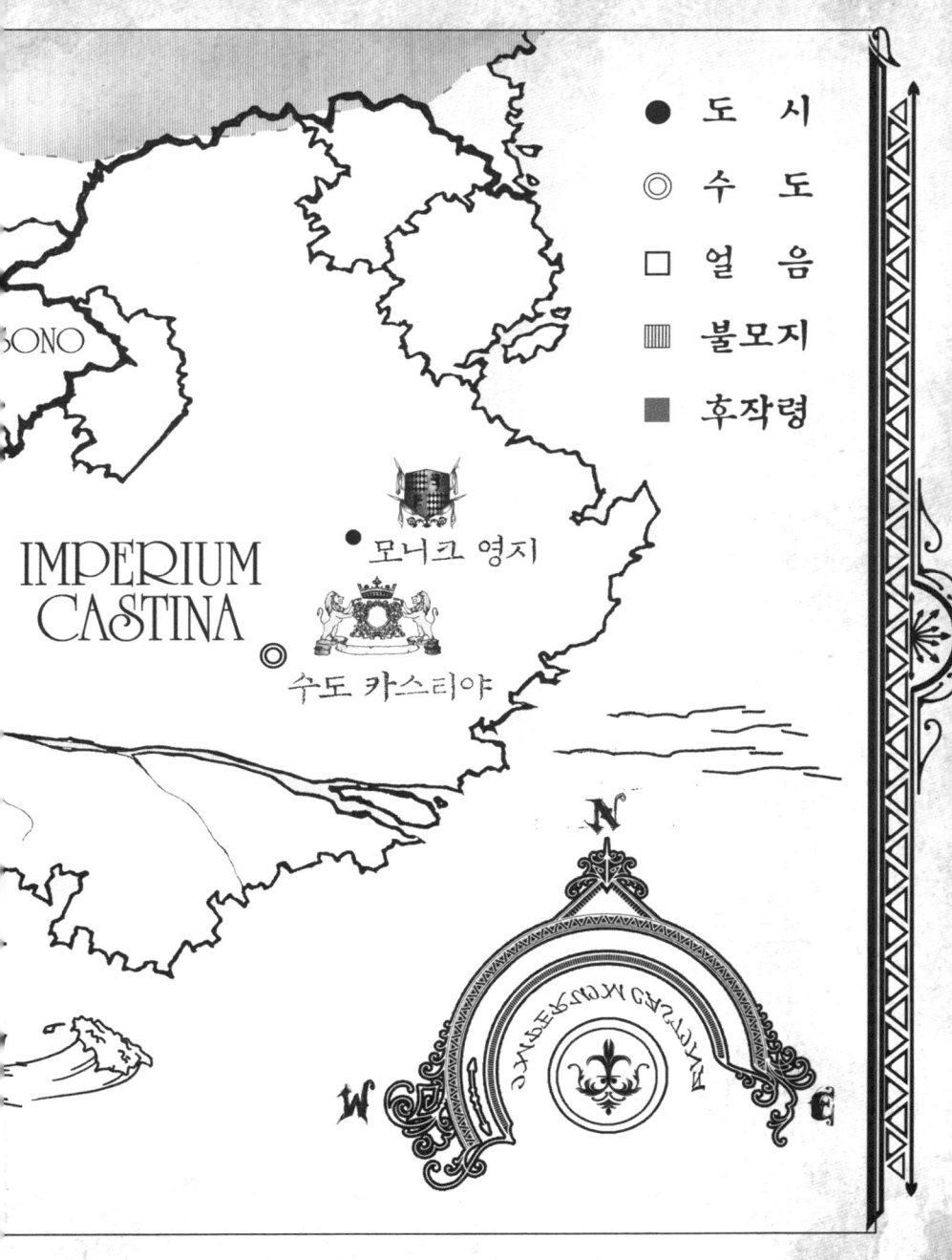

2부 현재편 II

그가 자리를 뜨며 했던 말이 귓가에 반복해서 들렸다.
과거의 그, 지금의 그, 그리고 나. 머리가 윙윙 울렸다.

1. 청년과 소녀

챙!

금속과 금속이 맞부딪혔다. 완연한 힘 차이에 팔이 부르르 떨렸다. 점점 가까워지는 검날의 냉기에 식은땀이 흘렀다.

'이대로는 안 되겠어. 힘 싸움은 내가 불리해.'

슬쩍 힘을 빼며 뒤로 물러났다. 그 순간, 남자는 기다렸다는 듯 그대로 검을 내리쳤다. 황급히 막으려 했지만, 검날이 다가드는 것이 먼저였다. 매서운 기세로 달려든 검이 이마 바로 위에서 멈췄다. 깜짝이야.

"졌습니다."

놀란 탓인지 목소리가 조금 떨려 나왔다. 구경하던 기사들이 황급히 달려오는 소리가 들렸다. 남자를 확 밀쳐 낸 그들은 몹시 걱정스러운 표정으로 물었다.

"아가씨, 괜찮으십니까?"

"네, 괜찮아요."

"어디 다치거나 하신 건 아니지요?"

"네. 조금 놀라긴 했지만, 다치진 않았어요."

"놀라셨다고요? 자네, 뭐하나? 어서 냉수라도 가져오지 않고!"

리그 경의 호통에 조금 전까지 나와 검을 나누던 젊은 기사가 후다닥 달려갔다. 나는 어색한 미소를 지었다. 그렇게까지 놀란 것은 아니었는데. 사실대로 말하자면, 조금 전의 일보다는 저마다 한 마디씩을 건네 오는 지금 이 순간이 더 정신없었다.

"아가씨, 물 좀 드십시오."

"감사해요, 엑스 경."

어느새 돌아온 젊은 기사가 수통을 내밀었다. 나는 서늘함이 느껴지는 그것을 받아 물을 한 모금 마셨다. 너 나 할 것 없이 걱정스럽게 바라보는 기사들의 모습에서 전해져 오는 따스함에 스르르 미소를 지었다.

흐뭇한 표정으로 나를 바라보던 리그 경이 말했다.

"아가씨, 정말이지 예쁘십니다. 자주자주 웃으십시오. 예전엔 귀여우셨는데, 어느새 세월이 이렇게 지났는지."

"빈말이라도 감사드려요, 리그 경."

"아닙니다. 정말입니다. 요새는 각하께서 어떠실지 걱정될 지경입니다. 이러다가 아가씨께서 시집이라도 가신다면……."

"방금 뭐라고 했나?"

거듭되는 칭찬에 멋쩍은 미소를 짓고 있는데, 갑자기 등 뒤에서 서늘한 목소리가 들려왔다. 나는 소리가 들리는 쪽을 돌아보며 활짝 웃었다.

"잘 다녀오셨어요?"

"그래, 티아. 오늘 하루도 잘 지냈느냐?"

"네."

"오랜만에 검술 수련을 했나 보구나."

"네, 이제 다시 시작해야지요. 많이 피곤하시죠. 어서 들어가요."

아쉬운 기색이 역력한 가문의 기사들에게 인사한 뒤, 나는 아버지와 함께 저택으로 향했다. 원래는 출근하시는 날이 아니었지만, 아버지께서는 황태자 전하의 귀환을 맞이하기 위해 황궁에 다녀오시는 길이었다.

그랬다. 오늘은 그가 수도로 귀환한 날이었다.

"일찍 돌아오셨네요?"

"중간에 아르킨트를 만나지 않았으면 더 일찍 왔을 게다. 음, 티아."

"네?"

"아르킨트가 말이다. 네가 어느 정도 일을 배웠냐고 물어보더구나. 인수인계를 하려면 이제 슬슬 나와야 하지 않겠냐고, 너만 괜찮다면 모레부터 나와 달라고 하였다."

벌써 시간이 그렇게 흘렀던가. 봄이 오면 라스 공작의 보좌관으로서 제1기사단에 입단하기로 했던 것이 불과 얼마 전 일 같은데, 어느덧 시간이 흘러 이제는 한 해가 거의 끝나 가고 있었다. 오늘은 한 해의 마지막 달 초사흗날이니, 다음 달이면 벌써 새해였다.

"그렇게 할게요."

"그래. 그리고 전하께서 네게 전언을 보내셨다."

"……전하께서요?"

"음, 일전에 말씀하신 대로 모레 오후쯤 황태자궁에서 보자고 전해 달라 하시더구나."

"아……."

푸른 바탕에 금빛 펄이 촘촘하게 뿌려져 있던 화려한 편지지가 떠올랐다. 그 안에 적혀 있던 내용도.

그와 다시 마주할 생각을 하자 기분이 몹시 가라앉았지만, 나는 한숨을 삼키며 걱정스레 바라보는 아버지를 향해 고개를 끄덕였다. 황태자의 명을 거역할 수는 없는 노릇이니, 어쨌든 모레에는 그를 만나러 가야 했다.

이틀 뒤, 나는 아버지께 다녀오겠노라 인사를 드린 뒤 황궁으로 향했다. 아버지와 라스 공작 전하는 격일로 출근하시기 때문에 따로 약속을 잡지 않는 한 두 분이 황궁에서 마주칠 일은 거의 없었다. 그 말인즉 내가 아버지와 마주칠 일 역시 거의 없다는 뜻이었다.

'이제는 저녁때가 아니고서는 아버지를 뵐 일이 없는 건가.'

아쉬운 마음에 슬쩍 한숨을 쉬었다. 언제까지고 아버지의 그늘에 있을 수는 없겠지만, 그래도 왠지 조금 섭섭했다.

황태자궁에 들어서는데, 중앙궁 소속으로 보이는 시종 하나가 내게 다가와 물었다.

"모니크 영애십니까?"

"그렇네. 무슨 일인가?"

"폐하께서 뵙고자 하십니다."

"그런가. 그럼 안내하게."

나는 황태자궁의 시종을 불러 황제 폐하의 부름으로 조금 늦겠다는 말을 전하게 한 뒤 중앙궁의 시종을 따라 걸음을 옮겼다.

중앙궁의 알현실에는 폐하와 한 사람이 더 있었다. 안으로 들어서자, 라스 공작과 더불어 찻잔을 기울이던 폐하께서 나를 돌아보셨다. 나는 인자하게 미소 짓는 폐하를 향해 천천히 허리를 숙여 예를 갖췄다.

"제국의 태양, 황제 폐하께 아리스티아 라 모니크가 인사 올립니다."

"어서 오게나. 그렇잖아도 내 라스 공작에게 얘기를 들었네. 오늘부로 보좌관 업무를 인수인계 받는다지?"

"그렇습니다, 폐하."

"그렇군. 결국 모니크가를 계승하기로 마음먹은 것인가."

폐하께서는 씁쓸한 어조로 말씀하셨다.

"후작의 성정으로 보면 절대로 재취를 하진 않을 테니 그것도 나쁘지 않긴 하다만……."

"확실히 그렇긴 합니다, 폐하."

"이 사람, 설마 자네도 영애를 탐내는 것인가? 그러고 보니 자네 아들이 영애와 제법 친분이 두텁다지? 모니크 영지에서 반년 동안 함께 지냈다고 했던가."

"그 일은 폐하께서도 이미 윤허하셨던 일이 아닙니까. 뭐, 솔직하게 말씀드리자면 사심이 전혀 없다고는 못하겠습니다. 하지만 케이르안 그 친구가 가만히 있겠습니까?"

"그야 그렇지. 루브의 배필로 점찍어지지만 않았다면 평생 데리고 살 거라고 선언하고도 남았을 것이라는 데에 전 재산을 걸어도 좋다네."

폐하께서는 웃음을 터트리며 말씀하셨다. 라스 공작도 따라서 웃었다.

"헌데 영애, 어째서 제복이 아니라 예복을 입고 온 겐가? 인수인계를 하러 왔다 하지 않았나?"

"그것이, 시일이 촉박했던 탓에 제복이 아직 완성되지 않은데다가 황태자 전하의 부름을 받고 오는 길이라……."

"호오, 루브가 영애를 불렀다고?"

"네, 폐하."

"언제 말인가? 그런 얘기는 듣지 못한 것 같은데."

폐하께서는 흥미롭다는 듯 나를 바라보며 물으셨다.

"얼마 전 원행에서 돌아오시는 길에 제게 서찰을 보내셨습니다."

"호오, 그런가. 그런 일이 있었군."

폐하의 얼굴 가득 흐뭇한 미소가 번졌다. 나는 속으로 한숨을 삼켰다. 하긴 전하와 내가 함께 시간을 보내게 하기 위해 일부러 자리를 만들곤 하셨던 분이니, 그가 자발적으로 나를 보자 했다는 이 상황이 몹시 기꺼우실 테지. 아니나 다를까, 폐하께서는 몹시 흡족한 표정으로 말씀하셨다.

"그렇다면 어서 놔줘야겠군. 원래는 보좌관 자리를 재고해 볼 생각은 없느냐고 물으려 했다만, 후작과 공작이 하도 강경하게 나오기도 하고 선약도 있다 하니 그만두도록 하지. 어서 가 보게나."

"황공합니다, 폐하. 그럼 이만 물러가겠습니다."

"오늘은 놔주겠지만, 혹시라도 생각이 바뀌거든 언제든지 날 찾아오도록 하게."

"……."

"그럼 어서 가 보게. 즐거운 시간 보내게나."

폐하께 예를 갖춘 뒤 나는 알현실을 빠져나와 황태자궁으로 향했다. 조금은 먼 듯도 한 거리를 걸어 다시 입구에 도착하자 황태자궁을 총괄하는 시종장이 나와 정중하게 예를 갖췄다. 아마도 나를 기다리고 있던 듯했다.

"어서 오십시오, 모니크 영애. 안내하겠습니다."

시종장의 안내를 받아 복도를 걸으며 새삼 내부를 돌아보았다. 과거에는 거의 발을 들여 본 적조차 없던 곳이 이곳 황태자궁이었다. 그는 황태자이던 시절 내내 나를 외면했으니까. 심지어는 황비로서 입궁한 뒤에도 중앙궁에 발을 들인 것은 손에 꼽을 정도였다.

하지만 과거에서 돌아온 지금 나는 그의 부름을 받아 황태자궁의 복도를 걷고 있었다. 과거에 이런 일이 있었다면 좋아서 어쩔 줄 몰라 했을 텐데, 지금은 하나도 기쁘지가 않았다. 그저 무엇 때문에 편지까지 보냈을지 알 수 없어 불안하기만 했다.

시종장의 안내를 받아 도착한 곳은 집무실이었다. 벽 한쪽을 차지한 책장에는 온갖 책과 서류철이 빼곡하게 꽂혀 있었고, 집무실이라는 곳이 다 그렇듯 서류들이 한 뭉텅이로 쌓여 있었다. 나는 커다란 책상 앞에 앉아 무언가를 열심히 적고 있는 푸른 머리카락의 청년을 향해 허리를 숙여 예를 갖췄다.

"제국의 작은 태양, 황태자 전하께 아리스티아 라 모니크가 인사 올립니다."

"왔군."

서류에서 시선을 뗀 청년이 깃펜을 내려놓으며 말했다.

"오는 길에 부황 폐하께서 부르셨다고."

"네, 전하."

"그래, 뭐라 하시던가?"

"제1기사단장의 보좌관 자리를 재고할 생각이 없느냐고 하문하셨습니다."

"보좌관?"

의아한 듯 묻던 그가 갑자기 얼굴을 굳혔다. 잠시 침묵이 흘렀다. 어색한 기분에 애꿎은 치맛자락만 만지작거리고 있을 때, 정적을 깨며 서늘한 목소리가 들려왔다.

"잠시 산책이라도 하지."

"……네?"

당혹스러웠다. 겨울을 싫어하는 그가 이런 날씨에 산책을 하자고 하다니. 혹시 잘못 들었나 싶어 멈칫했지만, 그는 어느새 자리에서 일어난 뒤였다.

"안 가나?"

"아, 네. 송구합니다, 전하."

허겁지겁 자리에서 일어났다. 당장에라도 싸늘한 질책이 날아올 줄 알았는데, 그는 의외로 별말 없이 몸을 돌렸다.

얼마 전 눈이 온 탓에 군데군데 하얀 이불을 덮고 있는 산책로는 겨울 특유의 평화에 잠겨 있었다. 앙상하게 가지만 남은 나무에 소복이 내려앉은 눈이 새하얀 꽃을 피우고 있었고, 바람 하나 불지 않는 사위는 그림처럼 고요했다.

나는 얼어붙은 자갈이 내는 다각다각 하는 소리를 들으며 두어 발짝 앞서 가는 청년을 바라보았다. 하얀 세상에서 유독 눈에 띄는 푸른빛 하나. 선명하기 그지없는 그 색채는 시리도록 차가워보였다. 그 때문인지 눈 덮인 정원을 보면 언제나 들었던 따뜻한 느낌 대신 싸늘한 기운이 나를 감쌌다. 금방이라도 깨질 듯한 날카로운 한기가 주위를 맴돌았다.

등나무로 엮은 아치형 문을 지나 한참을 걸어도 그는 아무런 말이 없었다. 내내 침묵하는 그 모습에 점점 심장이 불안하게 뛰었다. 대체 무슨 이야기를 하려고 이리도 길게 침묵하는 걸까.

"……나?"

얼마나 시간이 흘렀을까. 긴 시간 계속되던 정적을 깨며 들려오는 목소리에 소스라치게 놀라 걸음을 멈췄다. 앞서 걷던 그가 멈춰 서며 나를 돌아보았다. 바닷빛 눈동자가 나를 물끄러미 응시했다.

"왜 그러지?"

"……아무것도 아닙니다. 송구합니다, 전하."

얼어붙은 입술 사이로 떨리는 목소리가 새어 나왔다. 숨 막히는 긴장감에 잔뜩 죄어든 심장이 미친 듯 빠르게 뛰었다. 차갑게 식은 손끝을 치맛자락 속에 감추는 나를 묵묵히 바라보던 그가 말했다.

"몸은 괜찮으냐고 물었다."

"아……. 네, 전하. 괜찮습니다."

머뭇머뭇 답했다. 몸은 괜찮으냐니, 어째서 내게 그런 것을 묻는 걸까. 그는 내가 어떤 일을 하건 간에 일절 신경 쓰지 않는 사람이 아니던가. 이제 와 걱정해 주는 것도 아닐 텐데, 대체 무슨 의도로 내 안부 같은 것을 묻는 걸까.

 의아한 마음에 질문을 곱씹는데, 문득 그와의 마지막 만남이 생각났다. 그제야 왜 그런 것을 묻는지 알 것 같았다. 그러고 보면 영지에서 그렇게 헤어진 이후로 처음 보는 거였지. 그토록 되풀이하지 않겠다고 생각해 놓고 또다시 과거처럼 그의 눈치를 보고 있었다는 사실을 깨달았던 그때, 나를 억세게 죄어 오는 과거의 족쇄에 넋을 놓았던 그날 이후로.

 그렇다면 역시 그 일 때문에 나를 보자고 한 것일까. 어째서 자신을 그토록 두려워하는지, 그리고 왜 그리 거부하는지에 대해 마저 묻기 위해서? 만일 그렇다면 뭐라고 대답해야 하지? 눈앞에서 넋을 놓는 것까지 보여 준 이상 쉽게 대답을 회피할 수도 없을 텐데.

 잔뜩 긴장한 채 올려다보았지만, 그는 의외로 별말 없이 고개를 끄덕였다. 그러고는 몸을 돌려 다시 걸음을 옮겼다. 나는 안도의 한숨을 쉬며 저만치 앞서 가는 그를 따라잡기 위해 종종걸음을 쳤다.

 휘이잉.

 갑자기 불어온 차가운 바람이 앙상한 가지에 피어난 눈꽃을 스치고 지나갔다. 그 결에 새하얀 꽃잎이 우수수 떨어져 내렸다. 고개 들어 흩날리는 설우雪雨를 물끄러미 바라보던 그가 물었다.

 "……아직도 꿈을 꾸나?"

 "네, 전하?"

 "악몽 말이다."

 "그것이 무슨 말씀……."

머뭇머뭇 되물었다. 꿈, 그것도 악몽이라고 하자 즉각 떠오르는 것이 있기는 했지만, 그가 그것에 대해 물어 올 리는 없었기에.

"되었다. 산책이나 마저 하지."

무언가 말을 하려다 삼킨 그가 다시 걸음을 옮겼다. 떨리는 가슴을 애써 진정시키며 나도 그를 따라 걸었다. 그러면서 곰곰이 그와의 대화를 곱씹었다.

'꿈, 그리고 악몽이라니. 내게 왜 그런 것을 묻는 거지?'

아까 전부터 뭔가 이상했다. 나는 고개를 갸웃하며 한 발짝 앞서 걷는 그를 바라보았다. 혹 누군가에게서 이상한 이야기를 전해 듣기라도 한 건가? 모니크가의 여식이 악몽을 꾼다거나 하는? 하지만 그럴 리는 없었다. 내가 그 일에 대해 조금이라도 털어놓은 사람은 아버지와 알렌디스밖에 없었으니까.

생각에 잠겨 걷다가, 문득 걷는 길이 눈에 많이 익다는 생각에 주위를 둘러보았다. 좁아지는 산책로 주위로 검게 그을린 나무들이 서 있었다. 군데군데 녹은 눈 사이로 보이는 까맣게 탄 낙엽들도.

'베르 궁의 정원이잖아. 그가 이곳을 어떻게 아는 거지? 내궁 구석에 있는 조그만 궁이라 인적조차 드문 곳인데.'

눈길이 저절로 정원의 중간 지점으로 향했다. 지난번 화재에서 간신히 살려 냈던 이름 모를 꽃나무가 있는 그곳으로.

'은빛 꽃봉오리는 어떻게 되었을까? 겨울에 핀다고 했으니, 혹시 지금쯤은 꽃이 피었을까?'

그러나 가까이 다가갈수록 드러나는 나무의 상태는 아직도 처참한 상태였다. 화재의 피해는 회귀 전보다는 심하지 않았지만, 겨울이라 채 조경 공사도 끝내지 못한 정원의 한가운데 덩그러니 서 있는 꽃나무를 보자니 가슴이 아릿해졌다. 나는 조금 더 가까이 가 나무줄기에 손을 대 보았다. 그도 말없이 나무만 올려다보았다.

얼마나 시간이 흘렀을까. 여전히 벌어지지 않은 꽃봉오리에 시선을 고정한 그가 혼잣말처럼 중얼거렸다.

"……이상하군. 이맘때쯤이면 꽃이 피어야 하는데."

"전하께서도 저 꽃을 아십니까?"

뜻밖의 말에 놀라서 나는 내내 긴장하던 것도 잊고 물었다. 그는 여전히 은빛 꽃봉오리에서 눈을 떼지 않은 채 답했다.

"어릴 적 한 번 본 적이 있다."

"아……."

"저 나무는 일정하지 않은 주기로 한 번씩 꽃을 피운다. 주로 겨울에 봉오리가 생겨 봄이 오기 직전에 피어나는데, 화려하진 않지만 우아한, 아름다운 은색 꽃이 피지."

"그렇군요. 어떤 꽃일까."

우아하고 아름다운 꽃이라. 어떤 모습일까? 머릿속으로 이런저런 꽃의 모습을 떠올리다 깜짝 놀랐다. 크게 뜨인 눈이 저절로 그를 향했다.

'방금 내게 설명해 준 거야? 어떤 꽃이냐고 묻지도 않았는데?'

어쩐지 소름이 돋았다. 대체 왜 이러는 것일까. 질문을 던진다고 해도 제대로 된 대꾸 한 번 해 준 적 없던 그가 이런 친절을 보이다니. 그것도 다른 누구도 아닌 내게.

하지만 그는 의구심에 가득 찬 내 시선을 눈치채지 못한 듯, 뭔가 생각에 잠긴 듯한 표정으로 고민하다 입을 열었다.

"흠, 델라꽃은 아나?"

"……."

평소의 그답지 않게 거듭되는 친절에 말문이 막혔다. 그러나 그것을 다른 의미로 해석한 듯 그는 좀 더 자세히 설명했다.

"왜, 어머니 대지가 잃어버린 연인을 그리며 하늘을 보고 운 장소에서 피어났다는 하얀 꽃이 있지 않은가. 한 가지에서 나온 꽃을 나누어 가지면 사랑이 이뤄진다고 하는."

"……네, 전하. 여름에 피는 새하얀 꽃 말씀이지요?"

"그래. 그것과 조금 비슷하게 생겼지."

"그렇군요."

마지못해 답하기는 했지만, 그 말에 불현듯 델라꽃의 모습이 떠올랐다. 델라꽃이라면 눈처럼 새하얀 여섯 장의 꽃잎이 수줍게 벌어지는 모습이 마치 막 사랑을 시작한 여인과도 같다 하여 그 아름다움으로 세간의 찬사를 받는 꽃이 아니던가.

'저 꽃이 그것과 비슷하단 말이지?'

문득 입가에 미소가 걸렸다. 활짝 피어난 은빛 꽃의 모습이 몹시 기대가 되었다.

"이제 궁금함이 좀 풀렸나?"

"네, 전하. 정말 아름다울 것 같습니다."

은빛 꽃봉오리를 이리저리 살피며 답하자, 잠시 침묵하던 그가 말했다.

"이제야 사람같이 보이는군."

"네?"

묵묵히 나를 바라보던 그가 갑자기 피식 웃었다. 처음이었다. 비웃는 표정이 아닌 그의 웃는 모습을 보는 것은. 순간 알싸해지는 가슴에 나는 그를 멍하니 응시했다.

다시 한 번 입꼬리를 끌어 올린 그가 내게 말했다.

"그만 돌아가지."

"……네, 전하."

묘한 감정을 안고 나는 그와 함께 걸음을 옮겼다.

"모니크 경이십니까?"

"아, 네. 그렇습니다."

익숙하지 않은 호칭에 순간 멈칫했다. 견습 기사도 기사이니 그리 부르는 것이 맞기는 했지만, 아직은 적응이 되지 않은 탓인지 영 어색했다.

선대 황제 폐하 때까지만 해도 다섯 개였던 정규 기사단이 현 황제 폐하의 치세에 들어서 세 개로 축소되면서 기사단의 편제에도 많은 변화가 생겼다. 십 년 전 하이델 공작가와 라우렐 공작가가 멸문하면서 그들이 대대로 단장을 역임하던 제2기사단과 제3기사단이 해체되었고, 우리 가문이 맡고 있던 제4기사단이 현現 제2기사단으로 승격되었다.

황제 폐하께서는 제2, 제3기사단의 해산을 명령한 뒤, 자신에게 충성하는 자들을 골라 제1기사단과 제4기사단—현 제2기사단—

에 분산하여 배치하도록 해서 인원의 확충을 꾀했다. 그 과정에서 양 기사단의 정원은 다소 늘어났지만, 절대적인 숫자가 줄어든 것에는 변함이 없었다. 따라서 제국에서 정식 기사로 임명받는 것은 몹시 힘든 일이었다. 본디 선발 기준 자체가 엄격한데다가 정원마저 축소되었으니까.

제1기사단장의 보좌관이 되기 위해서는 기사 작위가 필수였기에 나는 얼마 전 입단 테스트를 받았다. 정식 기사는 엄두도 못 낼 실력이었지만, 그동안의 노력이 헛된 것은 아니었는지 다행히도 견습 기사가 될 수 있었다. 덕분에 이렇게 보좌관으로 임명될 수도 있었다.

"반갑습니다. 수딘 로 딜론입니다."

딜론 경은 무척 반가운 표정으로 내게 인사했다. 내심 여자라고 혹은 어리다고 무시하거나 자기 일을 빼앗았다는 이유로 싫어하면 어쩌나 하고 걱정했는데, 서글서글한 인상의 남자에게서는 그런 기색이 전혀 느껴지지 않았다.

"홀대하지 않고 반겨 주시니 감사드립니다, 딜론 경."

"홀대라니요, 모니크 경은 제 은인이십니다."

"네?"

고개를 갸웃하는 내게 그는 싱긋 웃으면서 답했다.

"단장님 밑에서 일하시다 보면 알게 될 겁니다."

"아……."

갑자기 잊고 있던 과거의 추억이 떠올랐다. 라스 공작은 과거 내 황후 수업을 담당했던 스승 중 한 사람이었다. 그는 시원시원할 것 같은 인상과는 달리 원칙을 중시하고 무척 꼼꼼한 사람이어서 나는 그에게 수업을 받을 때면 항상 긴장하곤 했다.

어쩐지 그동안 딜론 경이 겪었을 고충을 알 것 같아서, 나는 크게 공감하며 고개를 끄덕였다.

"그러고 보니 편안한 상관은 아니실 듯하네요."

"잘 아시는군요. 하긴 단장님은 영존슈尊과 절친한 벗이시니, 모니크 경께서도 자주 뵈었겠습니다."

"네, 종종 뵌 적은 있습니다."

"그러시군요. 다행입니다. 그럼 한번 시작해 볼까요?"

나는 지끈지끈 쑤셔 오는 머리를 부여잡고 딜론 경이 말하는 내용의 핵심을 작은 수첩에 옮겨 적었다. 겨우내 아버지께 배웠음에도, 딜론 경이 짚어 가며 알려 주는 방대한 일들을 정리하는 것은 생각보다 힘들었다.

제1기사단이 하는 일은 다양했다. 황궁의 경비와 집단 전투 훈련, 개인 수련은 기본이고, 수도의 치안을 유지하고 병사들의 조련도 감독해야 했으며, 때로는 지방 영지로 파견되는 경우도 있었다. 나는 단원인 동시에 단장의 보좌관으로서 그 모든 업무를 파악하고 있어야 했기에 일반 단원에 비해 해야 할 일이 어마어마하게 많았다. 아무래도 딜론 경이 말한 은인이라는 것에는 이런 사정도 포함된 모양이었다.

"처음이실 텐데 이해가 빠르시군요, 모니크 경. 이 정도면 인수인계는 마쳤다고 봐도 되겠습니다."

"아, 그런가요? 감사합니다."

"별말씀을요. 생각보다 쉽게 파악하셔서 오히려 제가 편했습니다. 혹시 이해되지 않는 점이 있다면 언제든지 물어보십시오."

"네, 그렇게 하겠습니다. 감사드립니다."

나는 안도의 한숨을 내쉬며 감탄했다는 표정으로 바라보는 젊은 기사를 향해 겸연쩍은 미소를 지었다.

그때, 갑자기 문이 열리는 소리가 들리고 안으로 들어서는 붉은 머리카락의 두 남자가 보였다. 라스 공작 전하, 그리고…….

"아, 아버지, 그러니까 좀……. 어?"

살짝 찡그린 얼굴로 뭔가를 말하던 카르세인이 눈을 크게 떴다. 겨우 한 계절 동안 못 봤을 뿐인데, 그는 많이 변한 모습이었다. 원래도 그리 짧지는 않았던 붉은 머리카락이 어느새 어깨선까지 자라 군데군데 뻗쳐 있었다. 키도 더 큰 것 같았고.

"오랜만이다?"

"안녕, 카르세인."

성큼성큼 다가와 내 손을 잡아챈 그가 몸을 휙 돌렸다.

"아버지, 얘긴 나중에 하죠. 우선은 애 좀 빌려 갑니다?"

"……그래. 나중에 얘기하지, 영애. 오늘은 수고가 많았네."

어어, 하는 사이에 나는 이미 카르세인의 손에 이끌려 집무실 밖으로 나와 있었다. 당혹스러운 눈길로 올려다보자, 그는 싱긋 웃으며 내게 말했다.

"그동안 잘 지냈냐?"

"응. 카르세인도 잘 지냈어?"

"글쎄다. 뭐 그럭저럭?"

"그게 뭐야."

무성의한 대답에 입술을 삐죽였다. 그러자 카르세인은 씩 웃어 보이며 내 이마에 알밤을 먹였다. 나는 이마가 얼얼한 느낌에 눈썹을 찡그리며 그를 노려보았다.

"뭐야, 카르세인?"

"어허, 어디 선배한테 건방지게."

"응? 선배라니?"

"어, 몰랐어? 나 다음 달에 정식 기사로 서임 받게 됐어."

"정식 기사?"

나는 깜짝 놀라 그를 올려다보았다.

적지 않은 시간을 함께 보내면서 잊고 있었지만, 카르세인은 백 년에 한 번 나올까 말까 하다는 검술의 천재였다. 하지만 아무리 그라고 해도 이건 너무 빨랐다. 과거의 내 기억에 따르면 그는 성인식을 치르고 난 후인 열여덟 살에 정식 기사가 되었으며, 그것도 제국 역사상 전무후무한 기록이었다. 그런데 지금 그는 겨우 열여섯에 불과했다. 생일이 지난 지 몇 달 되지 않은 것을 감안하면 내 기억보다 이 년 가까이 빠른 기록이었다.

"응. 견습 기사는 아무리 오래해도 정식 기사보다 후배인 거 알지? 그러니까 앞으론 내가 네 선배란 말씀이야."

카르세인은 내 머리카락을 쓱쓱 쓰다듬으며 장난기 어린 목소리로 말했다.

"선배님이라고 해 봐, 귀여운 후배님."

"……."

"어허, 말 안 듣다가 또 혼나는 수가 있다."

"흥, 아직 아니잖아. 다음 달에 서임 받는 거라며."

아이 취급하면서 놀리는 말에 불현듯 내게 있는지도 몰랐던 심술이 삐죽 솟아올랐다. 토라진 척 홱 돌아서서 몇 걸음 걷자, 당황한 듯한 목소리가 들려왔다.

"어? 야, 같이 가!"

나는 쿡쿡 소리를 죽여 웃었다. 내게 있는지도 몰랐던 내 모습이 생소하면서도 신기했다. 어쩐지 즐거워졌다. 알렌디스와 있을 때는 그렇지 않은데, 이상하게도 카르세인과 마주할 때면 어려지는 기분이 들었다.

"그런데 카르세인, 머리 길렀네?"

"엉. 왜, 이상하냐?"

"음……."

나는 고개를 한쪽으로 기울이며 카르세인의 모습을 찬찬히 살폈다. 항상 짧지도 길지도 않은 일정한 길이를 유지하던 붉은 머리카락이 어느새 어깨를 덮고 있었다. 주인의 성격을 반영하듯 그의 머리카락은 자유롭게 여기저기로 뻗쳐 있었지만, 다른 사람이었다면 지저분하게 보였을 그 모습이 이상하게도 그에게는 제법 잘 어울렸다. 마치 바람결에 흔들리는 불꽃처럼 보인다고나 할까.

"아니, 잘 어울려."

"그래? 그럼 됐어."

카르세인은 길게 자란 머리카락을 쓸어 넘기며 씩 웃었다. 그러고는 몇 걸음 옮기다 말고 물었다.

"야, 밥은 먹었냐?"

"아니, 아직."

"그래? 잘됐네. 원래는 대련이나 한 번 할까 했는데, 모처럼 예쁘게 입고 나왔으니 봐준다. 가자. 오늘 스승님이 선배가 된 기념으로 한턱 쏜다."

카르세인은 뭐라고 답할 틈도 주지 않고 그대로 나를 잡아끌었다. 어서 가자며 성큼성큼 걸음을 옮기는 그에게 이끌려 나는 수도에서 가장 인기가 있다는 레스토랑으로 향했다.

어스름이 깔리기 시작한 시간에야 나는 간신히 집으로 돌아왔다. 오랜만에 만났는데 이대로 보낼 수는 없다며 카르세인이 자꾸만 붙들었기 때문이었다.

하지만 즐거웠던 만남에 들떴던 것도 잠시, 침대에 눕자 온갖 상념이 밀려왔다. 황태자 전하와의 불편한 만남도 그렇고, 잠자리에 들기 전에 뵈었던 아버지의 울적한 표정도 마음에 걸렸다. 무엇보다 카르세인의 말이 머릿속에서 떠나지 않았다. 고작 열여섯이라는 나이에 그 어렵다는 정식 기사로 서임 받는다는 카르세인. 그보다 어리다고는 하지만, 나는 그에 비하면 너무도 해 놓은 것이 없었다.

과거에 얽매이지 않고 현실에 충실하겠다고 다짐했지만, 나와는 달리 찬란하게 빛나는 그의 재능이 너무도 부러웠다. 내게도 카르세인처럼 빛나는 재능이 있다면 얼마나 좋았을까 하는 생각이 자꾸만 들었다.

자리에서 일어났다. 정원이라도 조금 걷고 나면 잠이 오지 않을까 하는 생각에서였다.

촛대를 손에 쥐고 조용히 방문을 열었다. 나와 같은 층에서 생활하는 사람은 리나와 아버지, 그리고 아버지의 전속 시종 정도였지만, 그들을 깨우지 않기 위해서는 조심해야 했다. 캄캄한 복도를 소리 죽여 걷는데, 복도 중간쯤에서 희미하게 새어 나오는 불빛이 보였다.

나는 고개를 갸웃하며 그쪽을 향해 걸음을 옮겼다.

'누구지? 이 늦은 시각에 나 말고 깨어 있는 사람이 또 있단 말이야?'

조금 열려 있는 문 사이로 정체를 알 수 없는 검은 인영이 보였다. 나는 반사적으로 벽에 바짝 붙어 몸을 숨겼다. 가슴이 쿵쿵 뛰었다.

'설마 침입자는 아니겠지?'

감히 모니크가에 숨어들 간 큰 자가 있겠냐마는, 혹시 또 모르는 일이었다. 나는 우선 들고 있던 촛불을 끈 뒤, 살금살금 방 안으로 들어가 작은 테이블의 그늘에 몸을 숨겼다. 그리고 눈만 데구루루 굴려 방 안 전경을 살펴보았다. 어두워서 잘 보이지는 않았지만, 벽에 걸린 커다란 초상화와 그 아래 놓인 하얀 꽃다발이 눈에 들어왔다. 초상화를 마주하고 선 검은 그림자도.

'대체 누구지?'

눈을 크게 뜨고 살펴보았지만, 어둠에 가린 인영은 제 정체를 쉽게 드러내지 않았다. 희미한 형태로 보아 남자라는 것만 짐작할 수 있을 뿐.

"제레미아."

익숙한 목소리에 가슴을 쓸어내렸다. 아버지구나. 안도하며 일어나다 멈칫했다. 문득 그 말의 내용에 생각이 미쳤기에. 제레미아, 제레미아라고?

"당신이 떠난 지 벌써 칠 년인가."

제레미아 라 모니크. 내 어머니.

"함께했던 시간은 덧없이 짧은데 혼자 있는 세월은 어찌 이리도 긴지. 보고 있소? 우리 딸이 벌써 많이 자랐다오."

흔들리는 촛불 사이로 은빛 머리카락이 반짝 비쳤다. 그림자가 져서 더욱 음울해 보이는 아버지의 뒷모습이 눈에 들어왔다.

"미안하오. 내일은 당신이 떠난 날이건만, 이번에도 티아를 보여 줄 수 없을 것 같소. 아직 여린 아이라 당신의 기억을 떠올리게 해서 힘들게 하고 싶지 않은 이기적인 내 마음을 이해해 주시오."

지금까지 나는 아버지께서 어머니에 대해 말씀하시지 않는 이유를 깊게 생각해 본 적이 없었다. 아직 편안하게 얘기를 꺼낼 정도로는 상처가 아물지 않으셨나 보다 했을 뿐, 나를 걱정해서 그러셨던 것이라고는 전혀 생각지 못했다.

"그곳은 편안하오? 내 곁에 있는 동안 단 한 번도 마음 편할 날 없이 살았으니, 부디 그곳에선 편안했으면 좋겠소. 당신에게 속죄하는 마음으로 우리 딸만큼은 평온하게 살게 해 주고 싶었는데……. 그럴 수 없을 것 같아 참으로 미안하오."

어쩐지 가슴속이 먹먹해졌다.

"이 피에 흐르는 저주 따위, 물려주고 싶지 않았는데. 그 아이가 원한다는군. 굳이 해야겠다고 하는 티아를 말릴 수가 없었소. 그래도 최대한 막아 볼 생각이오. 남들이 들으면 저게 무슨 제국 제일의 충신이냐 하겠지. 당신도 그렇소?"

'피에 흐르는 저주.'

그것은 아마도 모니크 가문의 피에 새겨진 황실과의 언약. 양날의 검인 탓에 아버지께서 꺼리실 것이라 짐작은 했지만, 저렇게까지 싫어하실 것이라고는 미처 생각지 못했다.

"폐하께선 좋으신 분이시오. 그분의 정치 이념에 공감하고 그것을 실현하는 데 앞장서 왔소. 하지만 티아에게는 피를 묻히게 하고 싶지 않소. 그 아이만큼은 자유롭게 살았으면 하는구려."

깊은 한숨 속에서 근심의 무게가 느껴졌다. 어쩐지 마음이 무거워졌다.

"우울한 얘기만 늘어놓아 미안하오. 선물은 마음에 드오? 당신이 제일 좋아했던 꽃이었잖소."

초상화 아래 놓인 하얀 꽃다발에 다시 한 번 눈길이 갔다. 어두운 방 안이라 무슨 꽃인지까지는 알 수 없었지만, 새하얀 꽃다발은 어둠 속에서 유독 환하게 자신의 존재를 과시하고 있었다.

"당신을 닮아서 그런가. 우리 티아가 참 예쁘게 자랐소. 벌써 눈독 들이는 놈들이 생기고 있다오. 내 눈엔 아직 어린아이거늘. 오늘은 나도 팽개치고 그중 한 놈과 놀다 들어왔지 뭐요. 뭐라 하고 싶었지만 지난번 일도 있고 해서 치졸해 보일까 봐 참았소. 벌써 이리 질투가 생기니, 나중에 시집은 어찌 보낼까 걱정이오. 리그 경도 그런 얘길 하더군."

그리움이 가득 담긴 나지막한 목소리에 눈시울이 뜨거워졌다.

"미안하오. 잠이 오지 않아 나왔다가 괜한 한탄만 늘어놓는군. 이만 가 봐야겠소. 내일 다시 찾아오리다."

저벅저벅, 발소리가 점점 가까워졌다. 죄를 지은 것도 아닌데 심장이 쿵쿵 뛰었다. 나는 숨소리가 새어 나가지 않도록 손으로 입을 막았다. 어두운 그림자가 탁자 위에 드리워지고 곧이어 방문을 닫는 소리가 들렸다.

제법 긴 시간이 흐른 후에야 그늘에서 나왔다. 아버지께서 촛불을 들고 나가신 탓에 어둠에 잠긴 주위를 더듬어 초상화 앞으로 다가갔다. 눈에 잔뜩 힘을 주고 열심히 들여다보았지만, 너무 어두워서 그런지 제대로 보이지가 않았다. 대신 어둠 속에서 홀로 빛나는 하얀 꽃다발이 보였다. 새하얀 애기동백꽃이었다.

어머니께서는 내가 여섯 번째 생일을 맞이하고 채 반년도 지나지 않아 세상을 뜨셨다. 그 나이라면 임종은 떠오를 법도 한데, 아무리 머릿속을 더듬어도 서럽게 울었던 기억만 있을 뿐 다른 것은 생각나지 않았다. 어쩌면 과거에서 돌아온 것까지 쳐서 십 년이 훨씬 넘은 세월이 지난 탓인지도 모른다.

아무리 그래도 그렇지, 내일이 어머니의 기일인 것조차 몰랐다니. 과거에는 황후 수업을 하느라, 현재는 나름대로 바쁘게 사느라 그랬다고 변명한다 하더라도 너무했다 싶었다. 나는 하얀 동백꽃을 한번 쓸어 본 뒤 조심스레 방에서 빠져나왔다.

다음 날 아침.

수련을 하면서 본 아버지의 모습은 평소와 별반 다를 바가 없었다. 하지만 내가 어제 못다 한 일을 하기 위해 황궁에 가려고 했을 때, 아버지께서는 원래 출근하시는 날임에도 오늘은 가지 않는다고 하시며 내게 잘 다녀오라 말씀하셨다.

'어머니의 기일인 탓이겠지.'

제복을 입은 나를 보며 아버지께서는 희미한 미소와 함께 잘 어울린다고 얘기해 주셨지만, 그 웃음은 어딘가 씁쓸해 보였다. 오늘이 어머니의 기일임을 안다고 얘기를 할까 했지만, 그러면 그것을 어찌 알았느냐고 물어보실 것 같아 몇 번을 망설이다가 그냥 단념하고 말았다.

황궁에 도착하자마자 이미 출근해 있던 라스 공작과 마주쳤다. 오늘부터 업무를 보겠노라 인사를 드린 뒤 서류를 펼쳤으나 잘 읽히지가 않았다. 근무 첫날부터 이러고 싶지는 않았지만, 어젯밤에 본 아버지의 모습이 자꾸만 떠올라 집중하기가 힘들었다.

한 시간째 같은 페이지를 펼쳐 두고 있는 나를 물끄러미 바라보던 라스 공작은 꾸중하거나 하는 대신 그저 바람이라도 쐬고 오라고 말했다. 아버지의 친우이시니 오늘이 무슨 날인지도 알고 있을 터, 아무래도 그 때문에 너그럽게 봐준 듯했다.

제1기사단 건물을 빠져나와 발길이 닿는 대로 걸었다. 그 무게와 대가 때문에 그리 반기지 않으실 거란 생각은 했지만, 묵묵히 내 결심을 지지해 주셨던 아버지께서 그렇게 생각하고 계신지는 정말 몰랐다. 내가 자유롭게 살기를 바란다는 아버지의 말씀이 자꾸만 가슴을 찔렀다.

혹시 과거의 아버지께서도 그래서 외동딸이었던 나를 황궁에 보내셨던 걸까? 모니크가의 이름에 얽매이는 것을 보고 싶지 않아서?

"후우."

깊은 한숨이 나왔다. 상념을 풀어내려 나왔는데 어쩐지 머리만 점점 더 복잡해지는 것 같았다. 더 이상 생각해 봤자 답이 나오지 않을 것 같아서, 나는 숨을 크게 한 번 더 들이쉬며 돌아섰다.

그때, 맞은편에서 걸어오는 사람이 보였다. 바람에 살짝 흩날리는 푸른 머리카락, 눈처럼 새하얀 예복.

그였다.

"제국의 작은 태양, 황태자 전하께 아리스티아 라 모니크가 인사 올립니다."

"여긴 어쩐 일이지?"

"잠시 바람을 쐬던 참이었습니다."

"그런가."

그는 묵묵히 고개를 끄덕이고는 내게 말했다.

"잠시 같이 걷겠나?"

"네, 전하."

몇 발자국 떨어진 뒤에서 조심히 걸음을 쫓는데, 잠시 유지되던 침묵을 깨며 그가 말했다.

"복장을 보아하니, 결국 기사단에 입단한 모양이군."

"아……."

나는 새삼 내가 입은 제복을 다시 보았다. 현재 소속을 알려 주는 제1기사단의 검은색 바탕에 앞으로 돌아갈 소속을 알려 주는 제2기사단의 은빛 휘장. 이것은 제국에서 오로지 모니크가를 계승할 사람, 즉 차기 제2기사단장만이 입을 수 있는 제복으로, 나는 아직 제대로 된 자격을 취득하지 못했지만 가문의 유일한 적자였기에 입을 수 있었다.

그는 대답을 원한 것은 아니었던 듯 그대로 걸음을 옮겼다. 그의 걸음에 맞춰 말없이 걷고 있을 때, 맞은편에서 하얀 꽃을 한 아름

안아 들고 걸어오는 시녀가 보였다. 그녀가 들고 있는 것은 다름 아닌 새하얀 애기동백꽃이었다.

'어제 봤던 꽃이잖아? 어머니께서 가장 좋아하셨다는 꽃.'

놀랍다면 놀라운 우연의 일치에 신기해 하는 사이, 그와 내 쪽으로 다가온 시녀가 깊숙이 허리를 숙여 인사하고는 말했다.

"전하, 분부하신 꽃을 가져왔습니다. 매년 그랬듯이 전하의 방에 장식해 두면 되겠습니까?"

"그렇게 하도록."

허리를 숙여 예를 갖춘 시녀가 꽃을 들고 사라졌다. 머릿속을 맴도는 새하얀 동백 꽃다발의 잔상에 나는 나도 모르게 입을 열었다.

"전하께서도 저 꽃을 좋아하십니까?"

"음."

"우연이네요. 저희 어머니께서도 저 꽃을 좋아하셨다던데."

"그랬었지."

나는 의외의 대답에 놀라 그를 올려다보았다. 그가 그 사실을 어떻게 아는 걸까. 어머니의 기일, 생각지도 못한 곳에서 보게 된 새하얀 애기동백꽃, 그리고 그. 셋 사이에 무슨 관계라도 있는 것일까?

"제 어머니를 아십니까? 어떻게 전하께서 그런 것을……."

"그렇다면 그대는 어떻게 아는 거지? 기일도 모르는 걸로 아는데."

"얼마 전 우연히 듣게 되었습니다."

"그런가."

그는 깊은 한숨을 쉬며 말했다. 내게 두고 있던 시선을 돌려 허공을 응시하는 그의 표정은 처음 보는 낯선 것이었다. 늘 무표정하거나 차가운 표정만 보이던 그에게서 난생처음으로 보는 인간적인 얼굴. 그것은 마치 누군가를 그리워하는 듯한 표정이었다.

"그러고 보면……."

속삭이듯 작게 들리는 음성. 늘 냉기를 품고 있었는데, 이상하게도 오늘은 그의 목소리에서 서늘함이 느껴지지 않았다.

"네, 전하?"

"그러고 보면, 그대는 어머니를 많이 닮았군."

갑자기 말문이 막혔다. 뭐라고 대답해야 할지 알 수 없었다. 나에게는 어머니에 대한 기억이 남아 있지 않았으므로. 나에게 어머니에 대해 이야기해 준 사람도 손에 꼽을 정도라 더욱 그러했다.

약한 바람이 우리를 스치고 지나갔다. 어쩐지 그 바람에서 동백꽃 내음이 나는 듯했다.

어둑어둑한 밤이 되어서야 집에 돌아왔지만, 아버지께서는 계시지 않았다. 아무래도 어머니를 모신 곳에 가신 모양이었다.

2층에 올라와 복도를 서성거렸다. 기억을 더듬어 어제의 방을 찾았으나, 문이 잠겨 있는 탓에 들어갈 수가 없었다. 어쩐지 한숨이 나왔다.

'어머니의 초상화를 한 번 보고 싶었는데.'

기억에 전혀 존재하지 않는 어머니. 대체 어떤 분이셨을까? 내가 정말 그렇게 그분이랑 닮았나? 닮았다면 어디가 그렇게 닮았다는 걸까? 외모가? 아니면 성격이?

점점 커지는 궁금증에 다시 한 번 한숨을 쉬며 밖으로 나왔다. 서늘한 밤공기를 마시자 복잡한 마음이 조금은 풀리는 것 같았다.

"거기 누구냐?"

어둠 속에서 들려오는 목소리에 멈칫 멈춰 섰다. 산책로 저 끝에서 나를 경계하며 다가오는 중년 남자가 보였다.

"저예요, 리그 경."

"아가씨? 이 시간에 이곳엔 어쩐 일이십니까?"

"잠이 오지 않아서요. 오늘은 야간 근무이신가 봐요."

"네, 그렇습니다."

성큼성큼 다가온 리그 경이 말했다.

"제가 호위하겠습니다. 이런 시간에 혼자 계시면 안 됩니다."

"아, 감사합니다. 괜히 제가 폐를 끼치네요."

"아닙니다. 아가씨를 모실 수 있어서 영광이지요."

내 집 정원을 걷는데 무슨 위험이 따르겠느냐마는, 진지하게 걱정하는 것처럼 보이는 리그 경의 모습에 순순히 고개를 끄덕였다. 마침 잘됐다 싶기도 했다. 만일 그가 어머니를 알고 있다면 머릿속을 뱅뱅 맴도는 이 의문을 풀어 줄 수 있을 테니까.

"리그 경."

"네, 아가씨."

"저기, 그러니까……."

"말씀하십시오."

"음, 경께서는 제 어머니를 아시나요?"

"돌아가신 후작 부인 말씀이십니까? 물론입니다만."

일단 긍정의 답이 나오자, 그동안의 망설임과는 달리 질문이 곧장 튀어 나갔다. 그것은 아버지께는 차마 여쭤 볼 수가 없어 어제부터 속으로만 삭이고 있던 물음이었다.

"경께서 보시기엔 제가 어머니와 많이 닮았나요?"

"각하께서 그런 말씀을 하셨을 리는 없고, 누가 아가씨께 그런 얘길 했습니까?"

"황태자 전하께서요."

"아, 그렇군요."

잠시 망설이던 리그 경이 한숨을 쉬며 말했다.

"황태자 전하께서도 아마 오늘을 기억하고 계시는가 봅니다."

"네?"

"전하께서 후작 부인의 임종을 지키셨거든요."

"전하께서요?"

"그렇습니다. 그날 전하께서도 자리에 계셨습니다."

나도 모르게 그 자리에 멈춰 섰다. 머릿속이 희뿌옇게 변하는 것 같았다. 낮에 황궁에서 봤던 모습으로 보아 그와 어머니가 무슨 관련이 있을 것이라고는 생각했지만, 임종을 지킬 정도로 친밀한 사이였을 줄은 꿈에도 몰랐다. 과거에도, 그리고 회귀 후에도 이런 얘기는 전혀 들은 적이 없었다.

"아가씨께선 아마 그때의 기억이 나지 않으실 겁니다. 임종을 알고 한참 동안 울다가 경기를 일으키셨더랬죠. 뒤늦게 각하께서 도착해서 달래지 않으셨다면 정말이지 큰일 날 뻔했습니다."

"……."

"그날 이후로 각하께선 아가씨 앞에서 부인의 얘기를 꺼내는 걸 금하셨습니다. 그래서 누가 아가씨께 그런 얘길 했나 했답니다."

'그랬구나.'

그제야 의문이 풀렸다. 어머니의 임종마저도 기억이 나지 않았던 이유, 아버지께서 내게 어머니의 기일조차 알려 주시지 않았던 까닭이 바로 이것이었던 모양이었다. 그가 어머니의 기일을 알고 있었던 연유도.

"많이 닮으셨습니다."

"네?"

"좀 전에 묻지 않으셨습니까. 아가씨께선 후작 부인과 많이 닮으셨습니다. 머리카락 색을 제외하고는 그대로 빼닮으셨지요."

"……그런가요."

잠긴 듯한 목소리가 흘러나가자, 리그 경은 곧장 멈춰 서며 내게 말했다.

"봄이라고는 해도 밤에는 아직 쌀쌀합니다. 이만 들어가시는 것이 어떨까요, 아가씨."

"아, 네."

복잡한 심정을 끌어안고서, 나는 바로 앞이 저택임에도 굳이 데려다 주겠다며 따라오는 리그 경과 함께 저택으로 향했다.

기사단 생활은 생각보다 재밌었다. 나는 오전에는 견습 기사들과 함께 수련을 하고, 오후에는 공작 전하의 업무를 도와 일을 하

거나 짬짬이 개인 수련을 했다. 보좌관이라는 특수한 신분 덕분에 황궁의 경비를 서거나 하는 일은 없었기에 나는 다른 기사에 비해 개인 시간이 많은 편이었다. 하지만 개인 시간이 많다고 해서 쉴 틈이 있는 것은 아니었다. 그 이유는…….

"야, 더 빠르게 휘둘러야지! 넌 어차피 힘으로 안 되니까 속도가 생명이라고 했잖아!"

"……."

"대답 안 하냐? 선배한테 반항하는 거야, 지금?"

"……알았어."

"좋아. 앞으로 백 회 더 실시."

다음 달에 서임을 받으려면 준비해야 할 것도 많을 텐데, 카르세인은 최대한 빠른 시간 내에 날 정식 기사로 만들어 주겠다는 의욕으로 활활 불타고 있었다. 대체 어떻게 아는 것인지, 개인 시간이 생길 때마다 어디선가 나타나 나를 끌고 연무장에 오는 카르세인 때문에 나는 쉴 생각은 조금도 할 수가 없었다. 검술의 천재라는 그의 일대일 지도를 받는 덕분에 실력은 부쩍부쩍 늘고 있었지만, 솔직히 말해 요 일주일 동안 죽을 맛이었다.

휘두르기 백 번을 마치고서 가쁜 숨을 고르자, 그는 수고했다는 듯 어깨를 툭툭 쳤다. 나는 그런 그를 슬쩍 노려보았다. 평소였다면 고마워했겠지만, 너무 피곤한 지금은 그저 얄밉기만 했다.

"어쭈, 지금 째려보는 거지? 혼난다?"

"흥."

"흥?"

어느새 다가온 커다란 손이 이마에 알밤을 먹였다.

"아야! 왜 자꾸 그래, 카르세인."

"하늘 같은 선배의 높으신 뜻도 모르고 흥이라니. 안 되겠다. 휘두르기 백 번 더 하자."

얄밉기는 했지만, 카르세인의 혹독한 훈련이 성과가 좋은 것은 사실이었다. 그래서 나는 카르세인을 째려보던 것을 멈추고 한숨을 내쉬며 다시 검을 들었다. 얼마 남지 않은 유예 기간 안에 정해진 운명에서 벗어나기 위해서는 죽을 만큼 노력해도 모자랐으니까.

간신히 할당량을 채운 뒤 방에 돌아와 간단하게 몸을 씻었다. 출퇴근 명부에 이름을 적고 카르세인과 함께 마차 보관소로 향하는데, 문득 저 멀리서 걸어오는 연두색 머리카락의 남자가 보였다. 행정부, 그중에서도 내무부 소속임을 표시하는 문양이 새겨진 문관 예복을 입은 알렌디스가 싱긋 웃으며 인사했다.

"안녕, 아리스티아. 안녕하십니까, 라스 공자."

"안녕, 알렌디스. 행정부에 들어갔단 얘기는 들었어. 정말 축하해."

열일곱 번째 생일이 지난 지 겨우 한 달, 알렌디스는 아직 미성년임에도 내무부의 5급 관료로 임관했다. 카르세인과 마찬가지로 제국의 역사상 최연소 고위 관리의 탄생이었다. 계파에서는 장래가 촉망되는 두 인재의 놀라운 성취에 몹시 기뻐했고, 그중 몇몇 귀족들은 어떻게든 두 사람과 줄을 대기 위해 노력한다는 소문도 들렸다.

"그렇잖아도 풀떼기 네 얘기는 들었다. 뭐, 어쨌든 축하한다."

"감사합니다, 라스 공자. 아 참, 이것 받으십시오."

알렌디스는 싱긋 웃어 보이며 연둣빛 봉투를 꺼내 나와 카르세인에게 하나씩 건넸다.

"이게 뭐야, 알렌디스?"

"응. 우리 어머니께서 사흘 뒤에 가든파티를 여시거든. 간단한 오후의 티타임이라고 보면 돼."

"가든파티? 이 계절에?"

"응. 몇몇 주요 가문에도 초대장이 갔을 거야. 너에겐 내가 직접 주려고 들고 왔지만."

"그렇구나."

초대장을 물끄러미 쳐다보던 카르세인이 의아한 표정으로 물었다.

"얜 그렇다 치고 나한텐 왜 주는 건데, 풀떼기?"

"와 보시면 알 겁니다."

카르세인은 인상을 찌푸렸지만, 일단 알았다는 듯 고개를 끄덕였다. 꼭 참석해 달라고 얘기하는 알렌디스를 향해 웃어 보이고서, 나는 카르세인과 함께 황궁을 나와 집으로 향했다.

사흘 뒤, 나는 시간에 맞춰 베리타 공작가로 향했다. 아버지께 이미 허락도 받았기에 참석하는 것에는 아무런 문제도 없었다.

그러나 마차에 오르자 한숨부터 나왔다. 성인식 이후 처음으로 사교계에 등장하는 것이니 최대한 아름답게 치장하겠다며 덤벼드는 리나에게 한참을 시달린 탓에 머리가 지끈지끈 아팠다.

"어서 와요, 영애. 그렇지 않아도 영애를 기다리고 있었답니다."

"초대해 주셔서 감사합니다, 공작 부인. 명성이 자자하다 하더니, 정말 아름다운 온실이네요."

나는 싱그러운 녹색으로 둘러싸인 공간을 둘러보며 살며시 미소를 지었다. 하얀 입김이 뿜어져 나오는 바깥과는 달리 몸을 휘감아 오는 후텁지근한 공기가 여름을 연상시켰다.

정원에서 주로 열리는 통상적인 가든파티와는 달리 오늘의 파티 장소는 온실이었다. 하긴 그럴 법도 했다. 지금은 겨울인데다가, 베리타 공작가의 온실은 그 방대한 크기와 다양한 재배 식물로 인해 명성을 날리고 있었으니까.

녹음이 우거진 온실의 안쪽으로 걸어 들어가자, 네 명의 남녀와 담소를 나누고 있는 알렌디스의 모습이 보였다. 어느새 나를 발견한 알렌디스가 자리에서 일어나며 빙그레 미소를 지었다.

"아리스티아, 오셨군요."

"초대해 주셔서 감사합니다, 알렌디스."

사람들이 있는 자리인지라 서로 경칭을 사용하여 예를 차린 후, 나는 자리에서 일어난 네 명의 남녀를 돌아보았다. 옅은 갈색머리카락을 곱게 틀어 올린 여자가 가장 먼저 고개를 숙여 보이며 자신을 소개했다.

"처음 뵙겠습니다, 모니크 후작 영애. 저는 제노아 백작가의 차녀 일리아 세 제노아라고 합니다."

제노아 영애를 시작으로 그들은 각각 휘르 백작가의 장녀, 버트 백작가의 장남, 누앤 자작가의 차녀라고 자신을 소개했다. 그들의 소개를 모두 듣고서 나 역시 인사를 건넸다. 자리에 앉으려 했을 때, 저 멀리 붉은 머리카락의 청년이 들어서는 모습이 보였다.

"이제 오나, 카르세인."

알렌디스는 싱긋 웃으며 그에게 손을 들어 보였다. 평소답지 않은 친근한 말투에 슬쩍 인상을 찌푸리던 카르세인은 언제 그랬냐는 듯 표정을 지우며 답했다.

"늦어서 미안하군."

"아닐세. 막 자리에 앉으려던 참이었네. 앉게나."

간단한 가든파티라고는 해도 귀족 간의 모임인 이상, 자리에 앉는 것에도 예법에 따른 순서가 있었다. 그에 따르면 이 자리에서 가장 높은 사람은 카르세인이었다. 나는 황태자 전하의 약혼녀이기는 했지만, 공식적인 신분은 모니크 후작가의 영애이므로 제국 공식 의전 서열에 따르면 카르세인, 알렌디스에 이어 세 번째였다.

하지만 상석에 앉아야 할 카르세인은 내게 자리를 양보하고는 내 오른편에 앉았고, 이어 알렌디스가 내 왼편을 차지했다. 그 바람에 나는 얼떨결에 무리의 중심에서 대화를 나누게 되었다.

"전하의 성인식 때 데뷔하신 모습은 보았는데, 이런 자리에선 처음 뵙는 듯합니다, 모니크 영애."

제노아 영애의 말을 시작으로 모두는 삼삼오오 대화를 나누기 시작했다. 이런 자리는 정말 오랜만에 갖는 것이었지만, 과거에는 이런 일이 일상이었던 만큼 대화의 중심을 잡는 것은 그리 어렵지 않았다. 그보다는 지루한 기색으로 딴청을 피우는 카르세인을 대화에 끌어들이는 것이 오히려 더 어려웠다.

어느새 나타난 시녀가 각자의 앞에 찻잔을 하나씩 놓았다. 우아한 곡선이 인상적인 찻잔에는 영롱하게 빛나는 붉은색 찻물이 넘실거리고 있었다.

'히비스커스네. 혹시 블루멜로우가 나오는 것은 아닐까 했는데.'

찻잔을 들어 올리며 옆을 돌아보자, 인상을 찌푸리는 카르세인의 모습이 보였다. 나는 작게 한숨을 내쉬며 단지에서 각설탕 하나를 꺼내 그의 잔에 넣어 주었다. 하여튼 생긴 것답지 않게 단 걸 좋아한다니까.

"고맙다."

내내 침묵하던 카르세인이 싱긋 미소를 지으며 말했다. 마주 웃음을 짓다가, 어딘가 이상한 기분에 주위를 둘러보았다. 어느새 여덟 개의 눈동자가 나와 카르세인을 주시하고 있었다.

"아리스티아, 제게도 설탕을 좀 건네주시겠습니까? 제게는 거리가 조금 멀어서요."

여유롭게 찻잔을 내려놓은 알렌디스가 말했다.

'응? 웬 설탕?'

탐색하듯 바라보는 다른 이들의 시선이 신경 쓰였지만, 나는 우선 알렌디스를 돌아보며 물었다.

"알렌디스, 당신은 단 것을 싫어하지 않았나요? 특히 특유의 신맛을 망친다며, 히비스커스에는 설탕을 절대로 첨가하지 않는다고 하셨잖습니까."

"그렇기는 합니다만, 오늘은 왠지 단 것이 당겨서요."

조금 이상하긴 했지만, 나는 말없이 고개를 끄덕이며 단지에서 설탕을 꺼내 알렌디스의 잔에 넣어 주었다. 감사의 뜻을 표시하는 알렌디스를 향해 미소를 짓자, 조금 전부터 내게 시선을 고정하고 있던 제노아 영애가 말했다.

"영애께서는 두 분 공자와 친분이 몹시 두터우신가 봅니다."

"그러게요. 지금 보니 두 분 공자 모두와 친하신 거였군요? 전 또 사소한 취향까지 알고 계시기에 역시 소문이 사실이구나 했지 뭐예요? 어쨌든 다행이네요. 혹 계파 내에 분열이 생기는 것은 아닐까 걱정……."

"잠깐만요, 누앤 영애. 소문이라뇨?"

계파 내에 분열을 가져올 만한 소문이 뭐지? 말을 자르며 되묻자, 모두의 시선이 나에게로 집중되었다.

"어머, 모니크 영애께선 못 들으셨어요? 하긴 원래 당사자들이 가장 늦게 듣는 법이라지요."

서늘한 기운이 온몸을 엄습했다. 왠지 모를 불안한 마음에 나는 뭔가 말을 꺼내려는 제노아 영애를 제지하며 물었다.

"어떤 소문인가요?"

"그야 물론 모니크 영애와 라스 공자께서 연인 사이라는 소문……."

활짝 미소를 짓던 누앤 영애의 얼굴이 갑자기 새하얗게 질렸다. 바들바들 떠는 그녀의 시선은 알렌디스를 향해 있었다.

"누앤 영애."

"네, 네?"

무엇 때문에 그렇게 놀랐는지, 누앤 영애는 자리에서 벌떡 일어나다 그만 앞에 놓인 찻잔을 건드렸다. 한가득 담겨 있던 루비색 찻물이 아이보리색 드레스 위로 쏟아졌다.

"누앤 영애!"

"두 분은 그대로 앉아 계십시오. 제가 살피겠습니다."

황급히 일어나려는 나와 제노아 영애를 제지한 알렌디스가 그녀에게 다가갔다.

"누앤 영애, 괜찮으십니까?"

"네, 네, 괘, 괜찮습니다, 베리타 공자."

"우선 이것으로 닦아 내시지요."

알렌디스는 품에서 잘 접힌 손수건을 꺼내 영애에게 건넸다. 나는 바들바들 떨리는 손으로 찻물을 닦아 내는 그녀를 바라보며 고개를 갸웃했다. 왜 저렇게 떠는 거지? 마치 무언가를 몹시 두려워하는 것처럼.

"이런, 영애, 아름다운 드레스가 온통 엉망이 되었습니다. 혹 갈아입을 옷은 준비가 되셨습니까?" 티파티, 정찬, 무도회 등 귀족들의 연회에는 중간중간 쉬는 시간을 제외해도 여러 날이 걸리는 경우가 많다. 해서 여분의 옷을 가져오는 것이 관례. 작은 티파티나 잠깐의 방문에는 여벌의 옷을 가져가지 않지만 그때에도 숄이나 간단한 옷가지는 챙겨 가는 것이 기본이다. 초대장을 보낼 때 이 점을 미리 숙지하는 것이 귀족사회의 예법이었다.

"아, 아뇨. 미처 준비하지 못했습니다."

"흠, 그렇다고 해서 어머니께서 입으시던 드레스를 드릴 수도 없으니 이를 어쩌면 좋습니까."

난처하다는 듯 미소를 지은 알렌디스가 황급히 다가온 시녀에게 물었다.

"혹시 영애께서 입으실 만한 여분의 드레스가 있나?"

"……없습니다. 죄송합니다, 도련님."

"이런, 이를 어쩐다."

"괘, 괜찮습니다, 공자. 이런 몰골로 계속 있을 수는 없으니, 저는 먼저 돌아가겠습니다."

정신이 조금 수습된 듯 누앤 영애는 한결 차분해진 목소리로 말했다. 나는 조금 안쓰러운 마음으로 그녀의 붉게 얼룩진 드레스를 바라보았다. 내가 가지고 온 여분의 드레스를 주면 좋겠지만, 척 보기에도 나보다 서너 살은 많아 보이는 그녀에게 내 옷이 맞을 리가 없었다.

"제노아 영애, 휘르 영애, 두 분께서는 여분으로 가져온 드레스가 없으신가요?"

"없습니다, 모니크 영애."

"……저도 없습니다."

곧바로 부인하는 휘르 영애에 이어 제노아 영애 역시 고개를 저었다. 조금 미심쩍긴 했지만 그렇다고 해서 그녀들을 추궁하거나 할 수도 없는 노릇이었기에 나는 그저 돌아가겠노라 인사하는 누앤 영애에게 고개를 끄덕여 보였다.

"죄송합니다, 누앤 영애. 준비가 미흡해서 이런 일을 겪게 해 드리는군요. 사죄의 표시로 마차까지 모셔다 드리겠습니다."

"베, 베리타 공자, 저는 정말 괜찮습니다."

"제 마음이 편치 않아서 그럽니다. 잠시 실례하겠습니다, 여러분. 저는 신경 쓰지 마시고 계속 담소를 나누십시오."

알렌디스는 자청해서 그녀를 데려다 주겠다며 양해를 구했다. 역시 자상하다니까. 아무래도 그는 다정다감한 성격답게 여분의 드레스를 미리 준비해 두지 못한 것이 몹시 미안했던 모양이었다.

두 사람이 온실 저편으로 사라지고 나자, 갑자기 오른쪽에서 쿡쿡거리는 웃음소리가 들려왔다.

"카르세인?"

"큭큭, 크하핫, 가관이다, 가관이야. 매번 보는 거지만, 정말 대단해."

"뭐가…… 말씀이십니까, 카르세인?"

나는 나도 모르게 나오려던 반말을 수습하며 물었다. 하지만 카르세인은 웃느라 바빠 내게 답해 줄 여유가 없는 듯했다. 뭐가 그리도 웃긴 것인지, 그는 한참을 시원하게 웃고서야 나를 돌아보며 말했다.

"둔한 건지, 아니면 정말 그렇게까지 믿고 있는 건지. 뭐, 됐어. 귀찮은 걸 참고 오길 잘했군. 좋은 구경을 했는걸."

"……."

"자자, 여러분, 베리타 공자가 부탁까지 하고 갔으니, 그가 돌아올 때까지 담소를 나눠 볼까요? 무슨 이야기가 좋겠습니까? 사교계에 떠도는 소문? 아니면 베리타 공자에 대한 험담?"

농담 섞인 말에 갑작스러운 사고로 차갑게 식었던 분위기가 부드럽게 풀렸다. 나는 카르세인의 주도하에 다시금 대화를 나누는 사람들을 보며 잠시 생각에 잠겼다.

'소문이라.'

분위기를 보아하니 별것 아닌 듯하지만, 그래도 일단 자세히 알아볼 필요는 있을 것 같았다.

어느새 누앤 영애를 배웅하고 돌아온 알렌디스가 자리에 앉았다. 아무래도 집에 돌아가는 즉시 가문의 정보 조직에 조사를 명해야겠다고 생각하며, 나는 다섯 사람과 더불어 대화 속으로 빠져들었다.

2. 우정과 애정 사이

오늘은 제국력 962년의 첫날.
내가 열네 살이 되는 해였다.
재작년에 있었던 대규모 흉년으로 인한 피해가 아직 완벽하게 복구되지 않은 상황이었으므로, 황제 폐하께서는 작년과 마찬가지로 올해의 신년제는 생략한다는 칙령을 발표하셨다.
하지만 신년제가 생략되었음에도 중앙궁은 신년 인사를 드리러 온 귀족들로 인해 몹시 붐볐다. 세 공작가와 여덟 후작가, 그리고 제국에 있는 백작가 중 절반 이상이 신년 하례를 드리기 위해 알현 순서를 기다리고 있었기 때문이었다.
"어서 오게, 케이르안, 그리고 영애."
"오랜만이군, 루스. 안녕하십니까, 공작 부인."
대기실에 들어서자 베리타 공작이 아버지와 나를 반겼다. 그는 두 개의 무리로 나뉜 사람들 중 한 무리의 중심에 서 있었다. 라스 공작가는 이미 알현실에 들어간 것인지 보이지 않았고, 공작의 옆에는 공작 부인과 알렌디스, 그리고 알렌디스의 형으로 보이는 사람이 서 있었다.

나는 공작에게 고개를 숙여 인사를 건넨 뒤 공작 부인을 돌아보며 말했다.

"안녕하세요, 공작 부인. 일전에는 초대해 주셔서 정말 감사했습니다. 즐거운 시간이었답니다."

"어머, 그랬다면 다행이군요, 영애. 언제든 괜찮으니 자주 놀러 와요. 그런데 우리 큰아이와는 아는 사이던가요?"

"아뇨. 오늘 처음 뵙습니다. 반갑습니다, 베리타 대공자. 저는 모니크 후작가의 장녀 아리스티아 라 모니크라고 합니다."

"이제야 뵙게 되는군요, 모니크 영애. 저는 베리타 공작가의 장남 알렉시스 데 베리타입니다."

베리타 대공자는 알렌디스와 무척 닮았으면서도 다른 인상이었다. 아버지에게서 물려받은 짙은 녹색 머리카락과 어머니에게서 물려받은 초콜릿 빛깔 눈동자, 그리고 알렌디스처럼 새하얀 피부. 올해 스물이라는 나이답지 않게 어려 보이는 그는 결코 유약해 보이지는 않는 알렌디스와는 달리 어딘가 창백해 보이는 인상이었다. 병약하다는 소문이 사실인 모양이었다.

"꼭 한 번 뵙고 싶었습니다. 참으로 반갑습니다, 영애."

"네? 아, 저도 반갑습니다, 베리타 대공자."

"그 알렌디스를 순하게 만드시는 영애라길래, 대체 어떤 분인지 무척 궁금해 하던 참이었답니다."

"네?"

"형님."

부드럽게 미소를 띤 알렌디스가 베리타 대공자를 불렀다. 그 모습에 놀랍다는 표정을 지은 베리타 대공자가 빙그레 웃었다. 그가 뭔가를 더 말하려고 했을 때, 대기실에 들어온 의전관이 다음 알현 순서를 알렸다. 제국 의전 서열 2위인 베리타 공작가의 차례였다.

"그럼 다음에 보세, 케이르안. 먼저 가 보겠네."

"그렇게 하지, 루스. 다음에 뵙겠습니다, 부인."

베리타 공작가가 빠지고 나자 무리의 중심에 남은 것은 아버지와 나였다. 주위에 있는 사람들은 모두 같은 파벌에 속한 사람들이었기에 조금이라도 소홀하게 대접해서는 안 되었다. 더욱이 이곳에 있는 사람들은 백작가 이상의 작위를 가진 가문의 인물들이었기에 더욱 그랬다.

하지만 나는 과거와는 달리 사교계에서 활동하지 않은 탓에 그들 중 누구와도 친분이 없었다. 물론 이름과 생김새 정도는 과거의 기억에 의존해서 기억하고 있었지만, 아무런 친분이 없는 상태에서 서로의 안부를 주고받는 저들 사이에 끼어들기란 조금 난감했다. 아는 이의 소개 없이 친분이 없는 이에게 먼저 말을 거는 것은 귀족 예법에 어긋나는 일이며, 특히 서열이 높은 이가 낮은 이에게 먼저 말을 거는 것은 체면을 깎는 일이라 생각했다. 신분이 낮은 이가 높은 이에게 와서 인사를 하는 것이 통례.

그때, 옅은 갈색 머리카락을 곱게 틀어 올린 여자가 다가와 내게 고개를 숙여 인사했다. 제노아 영애였다.

"안녕하세요, 모니크 영애. 일전의 가든파티 이후로 처음 뵙는 것 같습니다."

"안녕하세요, 제노아 영애. 그동안 잘 지내셨나요?"

"염려해 주신 덕분에 잘 지냈습니다."

차분하게 답례한 그녀는 네 개 후작가의 후계자들과 우리 파벌에 속한 백작가 중에서도 제법 세력이 있는 가문의 영애 및 영식들을 골라 내게 소개했다. 그중에는 지난번 가든파티에서 만난 휘르 영애와 버트 영식도 있었다.

그들과 더불어 잠시 대화를 나누고 있을 때, 의전관이 다음 순서를 알렸다. 제국 의전 서열 3위, 우리 가문의 차례였다.

아버지와 함께 대기실을 벗어나려는데, 문득 따가운 시선이 느껴졌다. 그 눈길의 주인은 다름 아닌 하얗게 센 머리의 노인과 보랏빛 머리카락의 중년 남자였다. 그들은 몹시 매서운 눈초리로 나와 아버지를 노려보고 있었다.

"왜 그러느냐, 티아."

"……."

"상대하지 말거라. 가자."

내 시선이 닿은 곳을 바라본 아버지께서는 평소답지 않게 불쾌감이 잔뜩 서린 목소리로 말씀하셨다. 그 음성에는 약간의 살기마저 어려 있었다.

나는 눈을 크게 뜨며 아버지를 바라보았다. 황제파의 핵심 세력인 우리 가문과 귀족파의 수장인 제나 공작가의 사이가 좋을 수는 없겠지만, 아버지께서 이 정도로 불쾌감을 보이실 줄은 몰랐는데.

"어서 오게, 후작, 그리고 영애."

"제국의 태양, 황제 폐하를 뵙습니다."

"제국의 태양, 황제 폐하께 아리스티아 라 모니크가 인사 올립니다."

신년을 맞이해서 기분이 좋으신 것인지, 폐하께서는 유쾌한 얼굴로 아버지와 나를 맞이하셨다.

"짐과 후작 사이에 신년 인사 같은 것을 굳이 할 필요가 있겠나. 그냥 담소나 나눔세."

"폐하."

"황명일세. 자네가 좀 이해해 주게나. 자네야 돌아가면 그만이지만, 짐은 오늘 하루 종일 알현을 해야 한단 말일세."

"……명을 받듭니다."

아버지의 대답에 껄껄 웃음을 지은 폐하께서 내게 말씀하셨다.

"오랜만에 보는군, 영애. 보좌관 일은 할 만하던가?"

"아직 많이 부족해서 폐만 끼치고 있습니다, 폐하."

"방금 라스 공작에게 잔뜩 칭찬을 들었거늘, 겸양이 지나치면 비례非禮인 법일세."

"황공합니다, 폐하."

"역시 후작이군. 아무리 영애가 영명하다 하나 고작 몇 달 남짓 배웠을 뿐인데, 그 깐깐한 공작이 칭찬할 정도로 교육시켜 보내다니. 대단허이."

"과찬이십니다."

잠시 아버지와 더불어 이런저런 이야기를 하던 폐하께서는 문득 생각났다는 듯 말씀하셨다.

"참, 짐이 최근에 재밌는 소문을 하나 들었다네. 글쎄, 영애와 라스 공자가 연인 사이라고 하지 뭔가."

나는 예상치 못한 폐하의 말씀에 멈칫했다. 조사 결과 한낱 가십거리에 불과할 뿐 자파의 대부분은 믿지 않는다 하여 무심코 넘겼는데, 설마하니 폐하께서 그것을 귀 기울여 들으셨을 줄이야.

"참으로 재미있더군. 영애와 라스 공자가 영지로 사랑의 도피를 했고, 참다못한 루브가 국경 시찰을 핑계 삼아 모니크 영지에 들른 거라고 했던가."

"송구합니다, 폐하. 신이 미거하여 황실의 명예를……."

폐하께서는 황급히 사죄하는 아버지를 저지하며 말씀하셨다.

"아아, 곡해해서 듣지는 말게. 후작이나 영애를 탓하려는 것이 아닐세. 그 일의 전말이야 어차피 다 알고 있는 것이고, 그저 어떤 자들이 할 일 없이 이런 소문 따위를 퍼뜨리고 다니나 싶어서 말일세."

"송구합니다, 폐하."

"하긴 범인이야 보나마나 뻔하지 않은가. 영애가 기사단에 입단했다 하니 저들도 뭔가 이상하다 생각했을 터. 이런 식으로 소문을 퍼트려 황실과 모니크가 사이를 시험해 보려 한 게지."

혀를 끌끌 찬 폐하께서 말씀하셨다.

"영애, 영애는 영민한 터이니 짐이 지금 한 말이 무슨 뜻인지 다 알아들었을 테지. 그럼에도 짐이 영애가 기사단에 입단하도록 묵인한 이유가 뭐라고 생각하나?"

"잘 모르겠습니다, 폐하."

그 일은 안 그래도 내심 의아하게 생각하던 것이었다. 혹 아버지가 무언가 하지 않으셨나 하고 홀로 짐작했을 뿐.

폐하께서는 그런 내 얼굴을 보시고는 미소를 지으며 말씀하셨다.

"짐이 후작에게 진 빚이 있기 때문일세. 하지만 포기한 것은 아닐세. 후작과 영애에게는 미안한 얘기이나 아직까지도 영애가 가장 이상적인 황후감이라는 짐의 생각에는 변함이 없어."

치맛자락을 잡은 손에 힘이 들어갔지만, 나는 내색하지 않으려고 애를 쓰며 말없이 눈을 내리깔았다.

"몇 년 전에는 루브와 충돌할까 걱정했지만, 녀석도 세월이 지난 탓인지 과거와는 조금 달라진 듯하더군. 미안하네, 후작. 그래서 영애를 더욱 놓아주기가 아깝다네. 이기적인 짐을 용서하게나."

잠시 침묵하던 폐하께서는 작게 한숨을 내쉬며 말씀하셨다.

"내 영애에게 부탁 하나 해도 되겠는가?"

"하명하십시오."

"만일 영애가 바라는 대로 이 년 후에 모니크가의 후계자가 된다면, 그때는 후작이 짐에게 그랬던 것처럼 늘 외로운 내 아들의 벗이라도 되어 주지 않겠나?"

뜻밖의 말에 놀라 나는 나도 모르게 폐하를 빤히 올려다보았다. 생각에 잠긴 듯한 푸른 눈동자에는 전하를 향한 애정이 한가득 담겨 있었다. 놀라웠다. 늘 자신보다 모자란 황태자를 못마땅하게 생각하신다고 소문이 자자하던 폐하께서 실상은 이토록 아드님을 아끼고 계셨을 줄이야.

"……그리하겠습니다."

"고맙네. 그럼 다음 순서가 밀려 있는 고로, 오늘은 이 정도로 알현을 마치도록 하지. 흠, 영애와 담소를 나누느라 그대와는 얘기를 별로 못했군. 미안하네, 후작. 다음에 입궁하거든 짐을 찾아오도록 하게. 그때 못다 한 얘기를 나눔세."

"분부 받듭니다, 폐하. 그럼 이만 물러나겠습니다."

의전관의 안내를 받아 알현실을 나오자, 대기실에 있던 노인과 보랏빛 머리카락의 중년 남자가 이쪽으로 다가오는 것이 보였다. 뚜벅뚜벅 걸어와 아버지와 내 앞에 멈춰 선 완고한 인상의 노인, 제나 공작이 오만하게 눈을 치켜뜨며 말했다.

"오랜만이군, 모니크 후작."

"……오랜만이오, 제나 공작."

"말이 짧은 거 아닌가? 그대는 후작이고, 나는 공작이거늘."

"후작보다 의전 서열에서 밀리는 공작이라. 본인이라면 수치스럽게 느낄 것 같은데, 제나 공작은 그럼에도 공작인 것이 자랑스러운가 보오."

"뭣이라!"

주위를 의식한 것인지, 제나 공작은 버럭 화를 내려다 말고 목소리를 낮춰 말했다.

"그래, 그쪽이 딸인가 보군."

"그렇소만."

"요즘 소문 한번 거창하더군그래. 역시 피는 속일 수 없는 건가. 천한 피가 섞였으니 그럴 수밖에."

"말 다했소, 공작?"

갑자기 아버지에게서 시린 냉기와 함께 살기가 뿜어져 나왔다. 절로 몸이 굳었다. 심장을 찌르는 듯한 날카로운 기세에 온몸이 덜덜 떨렸다.

"말 다했냐고 했소, 제나 공작."

"본인이 틀린 말이라도 했나."

아버지께서는 이를 부드득 갈며 그에게 한 발짝 다가가셨다. 그때, 먼발치에 떨어져 있던 의전관이 안절부절못하며 제나 공작을 불렀다. 다음 차례인 그가 지체하는 바람에 알현 순서가 밀리고 있는 모양이었다.

코웃음을 한번 친 제나 공작이 부딪힐 듯한 기세로 아버지를 스쳐 지나갔다. 나는 그의 뒷모습을 바라보며 생각에 잠겼다.

'천한 피라니. 대체 그게 무슨 소리일까?'

영문은 알 수 없었지만, 아버지께서 이리 분노하시는 것을 보면 무언가 있는 것이 분명했다.

"티아, 가자."

얼마나 시간이 흘렀을까. 한참 동안 그가 사라진 방향을 매섭게 노려보던 아버지께서 말씀하셨다. 여전히 굳은 표정이기는 해도 한결 나아 보이시는 모습에 나는 망설이다 말문을 열었다.

"저, 아빠."

"음? 왜 그러느냐?"

"조금 전 제나 공작이 한 얘기 말인데요."

"쓸데없는 소리다. 신경 쓰지 말거라."

"네……."

단호하게 자르시는 모습에 조용히 입을 다물었다. 하지만 제나 공작의 말은 내게 의구심을 갖게 했다. 천한 피가 섞였다는 말은 분명 나를 지칭하고 있었다. 아무리 대립하는 사이라고는 하나 개국 공신 가문 중 하나인 모니크가의 피를 천하다고 할 수는 없을 터. 그렇다면 천한 피란 어머니를 일컫는 말이 분명했다.

의아했다. 나는 과거에도 사교계에 잦은 출입을 했지만, 단 한 번도 혈통에 관한 이야기를 들어 본 적이 없었다. 만일 내 어머니의 출신이 천했다면 분명 한 번쯤은 나왔어야 하는 말임에도.

'제나 공작이 거짓말을 한 것일까?'

하지만 그렇다고 보기에는 확신에 차 있던 그의 태도와 아버지의 분노했던 모습이 마음에 걸렸다. 만일 그의 말이 거짓이었다면 아버지께서 그토록 분노하실 이유가 없었다.

그렇다면 과연 진실은 무엇일까. 아무래도 어머니에 대해 조사해 볼 필요가 있다는 생각이 들었다.

'처음에는 그 사람에게 물어보면 되겠군.'

"리그 경, 잠시 대화를 좀 나눌 수 있을까요?"
"네? 그럼요. 물론입니다, 아가씨!"
"아가씨, 왜 리그 경만 편애하십니까? 이건 차별입니다!"
"맞습니다! 저희도 아가씨와 독대하고 싶단 말입니다."

나는 리그 경만 편애하지 말라며 반발하는 가문의 기사들을 향해 어색한 미소를 지었다. 그저 그러면 어머니에 대해 뭔가 알고 있을 것 같아 불렀을 뿐, 딱히 편애하거나 한 건 아니었는데.

"그럼 세 분께서도 같이……."
"감사합니다, 아가씨!"

나는 함박웃음을 지으며 다가오는 그들과 함께 나무 그늘에 앉앉다. 그러고는 무슨 말씀을 하려고 그러시느냐며 궁금하게 바라보는 그들을 향해 질문을 던졌다.

"네 분께 여쭤 보고 싶은 말이 있습니다. 꼭 사실대로 답해 주셨으면 좋겠어요."

"뭐든지 물어보십시오, 아가씨."

"아가씨께서 궁금해 하시는 점이라면 뭐든 성심성의껏 답해 드리겠습니다."

그들은 몹시 열렬한 기세로 말했다. 정말 무엇이든 가르쳐 줄 거 같아 잠시 걱정이 될 정도였다. 여자아이에게 이렇게 약해서야 기사단의 일을 제대로 할 수 있을까. 아버지에게 한 번 말씀을 드려 봐야 할지도 모른다.

하지만 지금은 그보다 더 중요한 용건이 있었다.

"감사해요. 네 분께 여쭙고 싶은 것은 어머니에 관한 것입니다."

뭐든 물어보라며 가슴을 두드리던 그들은 어머니에 관한 것이라는 말에 일제히 입을 다물었다. 나는 황급히 시선을 외면하는 그들 중 리그 경을 돌아보며 말했다.

"경은 이미 어머니에 대해 말해 준 적이 있잖아요. 답해 주지 않으면 함구령을 어겼다고 아버지께 말씀드리겠어요."

"헉, 아가씨."

"미안해요, 리그 경. 하지만 정말 궁금해서 그래요. 제 어머니신데, 제게도 알 권리는 있는 거잖아요."

"그야 그렇습니다만……."

떨떠름한 기색의 리그 경을 보자 미안한 마음이 들었다. 하지만 이 일은 내게도 중요한 문제였기에 양보할 마음은 없었다.

"말씀해 주세요. 어머니의 가문은 어떤 곳이었나요?"

"후작 부인의 가문이라고요?"

"네, 제겐 외가가 되는 곳 말이에요. 어머니에 대한 기억이 없어 잊고 있었지만, 제게는 왜 외가가 없죠?"

나는 리그 경과 다른 기사들의 얼굴을 자세히 살폈다. 어머니의 출신에 뭔가 비밀이 있다면 미세한 표정의 변화라도 있을 거라고 생각했기 때문이었지만, 그들의 얼굴에는 갑자기 왜 이런 질문을 던질까라는 의아함만 있을 뿐 놀라거나 감추려는 기색은 없었다.

"후작 부인의 친정이라면 소니아 남작가로 알고 있습니다."

"소니아 남작가? 그런 곳도 있었나요?"

나는 과거 황후 수업을 들었을 때뿐만 아니라 본격적으로 후계자 수업에 들어갔던 지난가을에도 제국에 존재하는 모든 귀족들의 명부와 가계도를 암기했다. 하지만 아무리 기억을 더듬어 봐도 소니아 남작가라는 이름은 기억에 존재하지 않았다.

"아가씨께선 모르실 수도 있겠군요. 소니아가는 현재 존재하지 않습니다."

"어째서요?"

"후작 부인께서 마지막 핏줄이셨거든요. 부인께서 모니크가로 시집오시면서 작위가 환수된 것으로 알고 있습니다."

"그래요? 원래는 어떤 곳이었나요?"

슬쩍 고개를 기울이며 묻자, 리그 경의 오른편에 앉아 있던 중년 기사가 답했다.

"모니크가의 가신 가문으로 알고 있습니다."

"가신이라고요?"

"그렇습니다. 덕분에 각하께서 원래 있던 혼약을 깨고 돌아가신 후작 부인을 맞이하겠다고 선언하셨을 때 난리가 났었죠."

"그렇군요. 그런데 원래 있었던 혼약이라니요?"

"그 유명한 사건을 모르셨습니까? 각하께선 원래……."

"그만. 거기까지면 충분해."

신이 나서 말하려는 중년 기사를 저지한 리그 경이 말했다.

"아가씨, 이 정도 말씀드렸으면 궁금증이 어느 정도 풀리셨을 것 같습니다. 시간이 많이 지체된 듯하니 저희는 그만 돌아가 봐도 되겠습니까?"

"……네. 감사해요, 여러분."

천천히 고개를 끄덕였다. 더 듣지 못해 아쉬웠지만, 우선 필요한 이야기는 들었으니 괜찮았다. 실마리를 얻었으니, 나머지야 직접 찾아보면 될 일이었다.

저택으로 돌아와 곧장 서재로 향했다. 그러고는 빽빽하게 꽂혀 있는 책 사이에서 필요한 것을 찾았다.

『제국 귀족 명부』제국 황실에서는 오 년에 한 번씩 귀족 명부를 발행하여 각 귀족가에 배부하며, 이전의 것은 환수하여 폐기한다. 따라서 오 년 이전의 명부는 오직 황실에서만 보유하고 있으며, 여기에는 제국에 존재하는 모든 귀족가와 각 가문의 문장, 작위, 영지의 위치, 현 가주와 그 후계자 및 직계 등의 사항이 기록되어 있다.

팔랑팔랑 책장을 넘겨 보았지만, 오 년에 한 번씩 황실에서 발행하는 명부에 소니아 남작가는 역시 적혀 있지 않았다. 하긴 어머니의 혼인과 동시에 작위가 환수되었다면 없는 것이 당연했다.

나는 명부를 원래 자리에 꽂아 놓고 그 아래 칸에 빽빽하게 꽂혀 있는 책 중 대략 이십 년쯤 전의 것을 찾아 펼쳤다.

『모니크가 가신 가계도』

제법 두터운 은빛 책은 후계자 수업을 받으면서 이미 외운 것이었지만, 그것은 오직 최근의 것이었을 뿐 나는 한 번도 과거의 것을 본 적이 없었다. 그도 그런 것이 이미 존재하지 않는 가신가까지 외울 필요는 없었으니까.

소니아 남작가.

영지의 작은 마을 하나를 맡아 관리했음. 유일한 적녀 제레미아 로 소니아. 혼인으로 인해 작위 환수.

원하는 내용을 찾았음에도 의문은 더욱 커지기만 했다. 대체 뭐지? 가신의 딸과 결혼했다는 점은 분명 이슈가 될 법은 했지만, '로' 라는 중간 성이 붙은 것을 보아 어머니는 남작의 딸이었다. 그렇다면 후작가인 본가에 비하면 한참 낮은 지위였으나 결코 천하다고 볼 수는 없는 신분이었다.

'그저 비방일 뿐이었나? 그렇다면 아버지께서는 왜 그렇게 분노하셨지?'

알쏭달쏭했지만, 아버지께 직접 묻는 방법을 제외하고는 더 이상 알아낼 방도가 없을 듯했다. 아무래도 일단은 덮어 둬야 할 것 같았다.

제국력 962년 첫째 달의 열다섯 번째 날.

황궁에서는 정식 기사 서임식이 열렸다. 채 눈이 녹지 않은 연무장에는 검은색과 군청색의 물결이 아름다운 선을 이루고 있었다. 황제 폐하와 황태자 전하의 입장에 맞춰 군례를 올리는 기사들의 얼굴에는 여러 가지 감정이 어려 있었다. 기쁨과 뿌듯함, 대견함, 그리고 동경 등의 온갖 심정이.

의전 나팔이 울리자 서임 대상자 중 첫 번째 기사가 단상에 올랐다. 그리고 그를 검증하기 위해 제1기사단의 부단장이 앞으로 나섰다. 한참 동안 대결한 끝에 검을 거둔 부기사단장이 고개를 끄덕이자, 여기저기서 환호성이 터져 나왔다. 제국에서 정식 기사로 서임 받기 위해서는 이처럼 모두가 보는 앞에서 부기사단장 이상의 자격을 가진 기사와 한 차례 대련을 벌인 후 그에게서 인정을 받아야 했다.

모두가 검증을 마치고 나자, 일곱 명의 서임 대상자들은 폐하께서 앉아 계시는 단상 앞에 나아가 무릎을 꿇었다. 조심스럽게 다가간 시녀들이 그들의 어깨에 한 줄의 어깨끈을 더 달아 준 뒤 황가의 문장이 수놓인 망토를 둘러 주었다.

여섯 계단을 내려오신 폐하께서 의식용 검을 받아 드셨다. 그것은 루비로 만든 검으로, 주군이 되실 분에게 바치는 피를 상징하는 것이었다. 폐하께서 루비 검으로 가볍게 어깨를 세 번 두드리고 나자, 새롭게 서임을 받은 기사는 무릎 앞에 검을 세우며 외쳤다.

"내게 생명을 주신 분은 비타이시나 내가 생명을 바칠 분은 주군이실지니. 이 몸에 흐르는 피와 이 몸을 이루는 살을 바치오니, 당신의 뜻대로 거두소서. 사자에게 충성을, 제국에 영광을."

"제국에 영광을, 그대에게 영예를."

서약을 마친 기사는 폐하의 옷자락에 가볍게 입을 맞춘 뒤 세 걸음 뒤로 물러났다. 다섯 명이 같은 절차를 반복하고 마지막으로 카르세인까지 서약을 마치고 나자, 폐하께서는 일곱 사람 모두가 정식 기사로 서임되었음을 선언하셨다. 우레와 같은 함성이 울려 퍼졌다.

나는 멍하니 서서 찬란하게 빛나는 카르세인의 모습을 바라보았다. 그의 놀라운 성취에 기쁘면서도 한편으로는 몹시 부러웠다. 모순되는 감정에 왠지 기분이 가라앉았다.

'언젠가 나도 저 자리에 설 수 있을까? 저 자리에 서서 서약을 하고 나를 옭아매는 그물에서 벗어날 수 있는 날이 올까?'

근위 기사와 단장을 대동한 폐하께서 자리를 뜨시고 주위의 기사들도 하나둘 떠나는 것이 느껴졌지만, 나는 계속해서 그 자리에 서 있었다. 어쩐지 우울했다.

얼마나 시간이 지났을까. 어깨를 툭 치는 손길에 정신이 들었다. 어느새 다가온 붉은 머리카락의 청년이 나를 바라보고 있었다.

"왜 그리 서 있어?"

"……카르세인."

오늘의 주인공 중 하나라 몹시 바쁠 텐데, 어찌 된 노릇인지 카르세인은 혼자였다. 빙그레 웃음을 지은 그가 말했다.

"어째 멍해 보인다? 왜, 이 선배님의 멋진 모습을 보니 새삼 반하기라도 한 거야?"

"……."

"말해 봐. 반했냐? 하긴 내가 생각해도 오늘 좀 폼 나긴 했어. 안 그래?"

"……아버지한테 엄청 밀려 놓고 잘난 척은."

"야, 비교할 걸 해야지! 그런데 너희 아버지 정말 무서우시더라. 솔직히 말해서 죽는 줄 알았다."

카르세인은 너스레를 떨며 말했다. 조금 전 있었던 실력 검증에서 아버지께서 검증자로 나서신 탓에 유독 혹독한 시련을 겪었음에도 그는 무척 기뻐 보이는 표정이었다.

"그래도 좋은 경험이었어. 모니크가의 비전 검술을 견식할 수 있는 기회는 흔치 않거든. 그나저나 기분은 좀 나아졌어?"

"응."

"기다려 봐. 최단 시간 내에 정식 기사로 만들어 줄 테니. 힘들다고 징징 짜면 죽는다?"

"고마워, 카르세인."

"됐어. 나중에 딴소리나 하지 마. 참, 내일 오는 거지? 초대장을 보낸 지 꽤 됐는데, 아직까지 확답이 안 와서 말이야."

"아, 그게……."

며칠 전 나는 붉은빛이 감도는 초대장과 그에 동봉된 편지를 받았다. 그것은 카르세인의 정식 기사 서임을 축하하기 위한 파티에 참석해 달라는 라스 공작가의 초대장과 자신의 파트너가 되어 줬으면 좋겠다는 카르세인의 서찰이었다.

 축하야 당연히 해 줘야 할 일이었지만, 그와 파트너로 참석하는 것은 또 다른 문제였다. 망설이는 내게 아버지께서는 뜬소문에 불과하다 한들 자꾸만 빌미를 줄 필요는 없지 않겠느냐며 되도록 초대를 거절하는 방향으로 생각하라 말씀하셨다. 그리고 나 역시 동의했다.

 하지만 막상 거절하자니 쉽지가 않아서, 그동안 나는 답을 보내는 일을 미루고 있었다. 둘밖에 없는 친구의 기념비적인 날에 불참해야 한다는 것이 마음에 걸렸기 때문이었다. 그런데 이렇게 얼굴까지 마주하고 물어 오자 더더욱 입이 떨어지지가 않았다. 몹시 미안했다.

 "역시 못 오는 거구나. 알았어."

 "……미안."

 "뭐, 됐어. 이럴 때일수록 조심하는 게 좋지. 저쪽에서 어떻게든 흠을 잡으려 혈안이 되어 있을 테니."

 "그래도……. 뜻깊은 날인데, 축하해 주러 가지 못해서 정말 미안해."

 "괜찮아, 괜찮아."

 가볍게 손사래를 친 카르세인은 문득 생각났다는 듯 싱긋 미소를 지으며 말했다.

 "정 그렇게 미안하면 말이야, 나중에 내 부탁 하나 들어줄래?"

 "부탁?"

 "응. 들어 보고 무리한 부탁이면 안 들어줘도 좋아. 어때?"

"그렇게 할게. 이해해 줘서 고마워."

이제 서약까지 마친 기사가 되어서일까. 나는 오늘따라 부쩍 어른스럽게 보이는 카르세인을 향해 미소를 지었다. 그가 믿음직스럽게 느껴지는 것은 이번이 처음이었다.

'여러 가지로 정말 고마워, 카르세인. 그리고 정말 축하해.'

돌아가자고 말하는 카르세인과 함께 걸음을 옮기며, 나는 속으로 중얼거렸다.

아침부터 어쩐지 우울했다.

이런 날에는 집에 혼자 있는 것보다 북적북적한 곳에 있는 것이 나을 것 같아서 나는 출근하시는 아버지를 따라 황궁으로 향했다.

하지만 연무장에는 오늘따라 사람도 적었고, 제1기사단장실은 텅 비어 있었다. 하긴 카르세인을 위한 파티를 하는 날이니 공작 전하께서도 오늘은 집에 계시겠지.

애꿎은 서류만 뒤적이며 무료한 시간을 보내고 있을 때, 시종이 들어와 내게 서찰 하나를 건넸다. 그것은 다름 아닌 티타임 초대장이었다.

'오늘은 또 무슨 일로 부르는 걸까?'

잔뜩 긴장하고서 황태자궁으로 향했다. 미리 대기하고 있었던 듯, 지난번과 마찬가지로 시종장이 나와 나를 안내했다. 이번에 그가 안내하는 곳은 정원도 집무실도 아니었다. 종이 냄새가 훅 끼쳐 오는 곳, 그곳은 다름 아닌 그의 개인 서재였다.

안으로 들어서자마자 보이는 놀라운 광경에 저절로 눈이 휘둥그레졌다. 과연 이곳을 그저 서재라고 말할 수 있을까. 2층 높이의 방 삼면에는 빼곡하게 책장이 있었고, 심지어는 이동식 책장까지도 설치되어 있었다. 바깥의 풍경이 그대로 비치는 통유리창에는 책에 빛이 직접 닿는 것을 막기 위해 새하얀 커튼이 달려 있었으며, 천장에는 통풍을 위해 여닫을 수 있는 창문이 있었다.

황가의 문장이 수놓인 푹신한 카펫이 깔려 있는 넓은 방 가운데, 안락해 보이는 의자에 앉아 있는 푸른 머리카락의 청년이 보였다. 그는 손깍지를 낀 채 눈을 감고 있었다. 짙은 푸른 속눈썹이 눈가에 그늘을 드리우고 있었다.

조심스럽게 그를 향해 다가갔다. 얕은 잠에 빠진 듯, 그는 내가 머뭇머뭇 맞은편에 도달했을 때까지도 눈을 뜨지 않았다.

잠에 빠진 그를 깨울 수는 없어서 나는 조용히 몸을 돌려 책장 앞으로 다가갔다. 책장 가득 빼곡히 꽂힌 책들은 종류도 다양했다. 정치, 경제, 역사, 군사, 전술, 행정 등 장르별로 깔끔하게 분류되어 있는 모습에 절로 감탄이 나왔다.

저절로 새어 나오는 탄성을 삼키며 이곳저곳을 살펴보고 있을 때, 문득 고급스러운 검은색 가죽과 금박 글씨가 눈에 들어왔다.

『제국 귀족 명부』

황실에서는 오 년마다 새로운 명부를 배부하면서 기존의 것은 회수했기 때문에 그동안 과거의 것을 볼 기회가 없었는데, 이곳은 황태자 전하의 개인 서재라서 그런지 과거의 것들도 모두 있는 듯했다.

오른쪽에서 다섯 번째, 약 이십 년 전의 것을 뽑아 들었다. 첫 페이지를 넘기자 공작가의 가계도가 눈에 들어왔다.

의전 서열 1위, '제국의 방패' 카이실 공작가.

의전 서열 2위, '붉은 장미' 하이델 공작가.

의전 서열 3위, '제국의 검' 라스 공작가.

의전 서열 4위, '승리의 영광' 라우렐 공작가.

의전 서열 5위, '검은 장미' 제나 공작가.

공작가의 가계도는 과거 제국의 역사를 배우면서 들었던 바와 같았다.

'하긴 여기가 중요한 게 아니지.'

나는 책의 뒷부분을 펼쳤다. 남작가 부분을 빠르게 훑는데, 갑작스럽게 등 뒤에서 서늘한 목소리가 들려왔다.

"뭘 그리 보고 있나."

어느새 깬 것인지, 그가 나를 빤히 바라보고 있었다. 나는 서둘러 명부를 원래 있던 자리에 꽂은 뒤 그를 향해 예를 갖췄다. 평온해 보이던 모습은 잠과 함께 날아간 듯, 그는 평소와 다름없는 무표정한 얼굴이었다.

"오랜만이군."

"네, 전하."

"복장을 보아하니 황궁에 있었던 모양이군. 오늘은 입궁하지 않는 날인 것으로 알고 있었는데."

"다른 일이 없어서 일을 빨리 익히고자 나왔습니다."

"어찌해서? 라스 공자의 축하 파티에 참석하는 게 아니었나?"

"그것이……."

"흠, 아무래도 후작이 가지 말라 했나 보군."

알 만하다는 듯 고개를 끄덕인 그가 줄을 당겨 차를 가져오라 명령했다. 잠시 후 들어온 시녀가 찻잔을 내려놓았다. 나는 은은한 향이 배어 나오는 라벤더를 마시며 작게 한숨을 쉬었다. 황실에서나 맛볼 수 있는 최상급 차를 눈앞에 두고 있음에도 평소처럼 그리 기쁘지가 않았다.

"그렇게 가고 싶은가?"

"네, 전하?"

"보아하니 불참하는 것이 몹시 마음에 걸리는 모양이군."

"……."

"그럼 일어나지."

"네? 그게 무슨……."

"그토록 가고 싶다면 같이 가지. 그러면 뭐라고 떠드는 사람도 없을 것 아닌가."

"……네?"

나는 멍하니 되물었다.

'방금 그가 뭐라고 했지? 그러니까 지금 내게 함께 가자고 말한 것인가? 정말로?'

저절로 환한 미소가 지어졌다. 그를 향한 경계심이 발동하기도 전에 카르세인을 축하해 주는 자리에 갈 수 있다는 기쁨이 더 커서 스스로도 놀랄 정도였다. 나는 자리에서 벌떡 일어나 그에게 감사하다 말하며 예를 표했다. 한참 동안 말없이 나를 바라보던 그가 자리에서 일어나며 말했다.

"그럼 준비하고 올 테니, 잠시 여기서 기다리고 있도록."

"네, 전하. 깊으신 배려에 감사드립니다."

이런 일이 일상다반사라 그런지 그는 무척 짧은 시간 내에 준비를 마치고 돌아왔다. 즐겨 입는 새하얀 예복 차림으로 돌아온 그가 내게 손을 내밀었다.

"일단 후작가부터 들러야겠군. 가지."

"네, 전하."

그와 함께 집으로 돌아오자, 때아닌 황태자 전하의 등장에 온 집안은 난리가 났다. 허둥지둥 뛰어나와 예를 갖추는 사람들을 손짓 한 번으로 물린 그는 정원을 돌아보고 있겠다고 말하고는 근위 기사들과 함께 사라졌다.

그와 함께 라스 공작가의 파티에 가게 됐다고 하자 리나는 환호성을 질렀다. 촉박한 시간 때문에 정신없이 바쁘게 손을 놀리면서도 그녀는 내게 끝없이 말을 걸었다.

"아가씨, 이게 어떻게 된 일이에요? 전하께서 함께 오시다니요."

"그러게. 나도 놀라운걸."

"정말이지 깜짝 놀랐어요. 음, 드레스는 어떤 것으로 해야 하나. 전하께서 하얀 예복을 입고 오셨으니 비슷하게 맞춰야 할 텐데."

리나는 황태자 전하의 방문으로 인해 꽤나 흥분한 듯했다. 그녀의 기분을 이해하지 못하는 것은 아니지만, 이대로 놔뒀다간 시간이 더 지체될 것 같아서 나는 조용히 입을 열었다.

"적당히 골라 줘. 그리고 조금만 더 빠르게 준비해 줄래?"
"알겠습니다, 아가씨."
그제야 빠르게 대답한 리나는 입 대신 손을 바삐 놀리기 시작했다. 목욕을 하고, 머리를 말리고, 옅은 화장을 하고, 드레스를 고르고, 코르셋을 입는 등등 할 일이 너무 많았다.
최대한 빨리 움직였음에도 준비를 마쳤을 때는 이미 파티가 시작했을 시간이었다. 나는 마지막으로 옷매무새를 정돈해 주고 물러서는 리나에게 고맙다고 말하며 거울을 들여다보았다. 거울 속에 보이는 내 모습은 자연스럽게 틀어 올린 머리카락 덕분인지 조금은 성숙해 보였다. 중간중간 하얀 리본으로 장식한 청보라색 드레스는 안에 받쳐 입은 파니에 덕에 풍성하게 부풀어 있었고, 코르셋으로 꽉 조인 탓인지 허리는 평소보다 가늘어 보였다. 단시간에 준비한 것치고는 상당히 맘에 드는 모습이었다.
서둘러 1층으로 향하는데, 복도 저편 발코니에서 정원을 내려다보고 있는 리그 경이 보였다. 인기척에 돌아보던 그가 반색하며 말했다.
"앗, 아가씨 아니십니까. 그렇게 차려입으시니 정말 아름다우십니다."
"감사해요. 그보다 리그 경, 혹시 황태자 전하를 못 뵈었나요?"
"저기 계시지 않습니까."
리그 경이 가리키는 곳에는 근위 기사 셋의 호위를 받으며 정원수를 바라보고 있는 푸른 머리카락의 청년이 있었다. 감사하다 얘기하며 몸을 돌리는데, 등 뒤에서 혼잣말처럼 중얼거리는 목소리가 들려왔다.

"그러고 보니 전하께서도 많이 크셨네요."

"네?"

"마지막으로 오셨을 땐 저 옆의 나무보다 머리 하나는 작으셨는데……."

"전하께서 이곳에 찾아오신 적도 있었나요?"

뜻밖의 말에 걸음을 멈췄다. 이건 또 무슨 얘기인지. 요즘 들어 과거에는 알지 못했던 이야기를 자꾸만 듣는 것 같았다.

"그랬습니다. 한동안 자주 찾아오셨더랬죠."

"그랬나요."

"네. 그런데 아가씨가 다섯 살쯤 되셨을 때던가요. 웬일인지 갑자기 찾아오셨다가 그냥 돌아가시더니 그 이후로 오시지 않았죠."

"무슨 일이라도 있었나요?"

"그건 모르겠습니다. 그때 저는 저택 내부 경비를 서는 도중이라 이곳에 있었기에 똑똑하게 기억하고 있습니다. 지금 서 계시는 저기쯤에서 후작 부인과 아가씨를 바라보시다가 아가씨가 다가가서 뭐라고 말을 걸자 그대로 돌아서셨죠. 제 기억이 맞다면 그 이후론 오시지 않으셨습니다."

갑자기 머릿속이 혼란스러워졌다. 이건 또 무슨 소리지? 왜 이리 새롭게 알게 되는 일이 많은 거야. 분명 얼마 전까지만 해도 그를 열 살 때 처음 만났던 것으로 기억하고 있었는데.

기억나지 않는 어린 시절, 그와 나 사이에는 대체 무슨 일이 있었던 것일까. 또한 어머니와 그, 그리고 나의 관계는 어떤 것이었을까.

밀려드는 생각의 파도에 멍하니 서 있다가, 리그 경이 재촉하는 소리에 퍼뜩 정신을 차렸다. 일단 더 늦지 않게 파티에 도착하는 것이 급선무였다.

그는 2층에서 내려다보았던 바로 그 자리에 서 있었다. 깊은 생각에 잠긴 듯, 바닷빛 눈동자는 상념에 젖어 있었다. 나는 조심조심 그에게 다가가 고개를 숙이며 말했다.

"늦어서 송구합니다, 전하."

"다 됐으면 이제 출발하지."

"네, 전하."

마차에 먼저 오른 그가 내게 손을 내밀었다. 한 번도 경험해 보지 못한 친절에 조금 놀랐지만, 나는 말없이 그의 손을 잡고 마차에 올랐다. 대기하고 있던 기사가 문을 닫았다. 하얀 제복을 휘날리는 근위 기사들의 호위를 받으며, 그와 나는 라스 공작가로 출발했다.

파티가 시작되고 한참이 흘렀는지, 그와 내가 도착했을 때 라스 공작저의 주위는 이미 한산하기 그지없었다. 그새 기별을 받은 것인지, 입구에서 기다리고 있던 라스 경이 정중하게 허리를 숙이며 예를 표했다.

"황태자 전하, 누추한 곳까지 왕림해 주시니 가문의 무한한 영광입니다."

"오랜만이오, 라스 경. 그간 무탈하였소?"

"황은에 힘입어 잘 지냈습니다. 이리 신경 써 주시니 감사드립니다, 전하. 그럼 안으로 모시겠습니다."

고개 숙여 감사를 표한 라스 경은 곧장 그와 나를 연회장으로 안내했다. 문 앞에 서자, 잔뜩 긴장한 시종이 떨리는 목소리로 외쳤다.

"제국의 작은 태양, 루블리스 카말루딘 샤나 카스티나 황태자 전하와 아리스티아 라 모니크 영애 드십니다."

순간 음악이 그치고 정적이 흘렀다. 안으로 들어서는 그를 향해 모든 이들이 깊게 허리를 숙였다. 그것은 제국의 차기 주인에게 표하는 경의였다.

"모두 고개를 드시오."

모두가 몸을 바로 하자, 황급히 그와 나를 향하여 다가오는 라스 공작 일가의 모습이 보였다.

"황태자 전하, 왕림해 주실 줄은 미처 몰랐습니다. 가문의 무한한 영광입니다."

"미처 몰랐다니, 섭섭하오. 본인과 라스 공작가 사이에는 특별한 인연이 있지 않소."

나는 나도 모르게 라스 공작 부인을 바라보았다. 짙은 하늘색 머리카락의 라스 공작 부인은 냉정해 보이는 평소의 모습과는 달리 조금은 두려운 기색으로 그를 바라보고 있었다.

"혼인과 동시에 황가와의 인연은 끊겼다 하나, 사사로운 인연으로 친다면 우리는 인척 관계가 아니오. 아니 그렇습니까, 고모님."

"저, 전하, 그런 말씀은 부디 거두어 주십시오. 전하의 말씀대로 혼인과 동시에 끊긴 인연입니다. 어찌 그러십니까."

라스 공작 부인은 떨리는 목소리로 말했다.

그녀의 풀 네임은 에르니아 샤나 데 라스. '샤나' 라는 황족의 중간 성을 사용하는 것에서 알 수 있듯이 혼인하기 전 그녀의 신분은 황녀였다._{설정집 I. 작위에 따른 중간 성 참조}

건국 초기에는 황녀의 권한 또한 막강했으나, 몇 번의 계승권 분쟁이 일어난 후 제국법이 개정되면서 황녀의 권한은 크게 추락했다. 개정된 제국법에 따르면 황녀는 혼인과 동시에 계승권을 비롯한 황족으로서의 모든 권리를 버리고 오로지 남편의 신분에만 따라야 했으므로, 황제 폐하의 유일한 여동생이던 그녀라 하더라도 현재 신분은 라스 공작 부인일뿐이었다.

황실과의 인연이 끊긴 황녀가 사사로운 인연을 강조할 경우 자칫 잘못하면 역심을 품고 있다 몰릴 수도 있는 일이었기에 대부분의 황녀는 혼인함과 동시에 황궁으로는 거의 발걸음을 하지 않았다.

라스 공작 부인은 황제 폐하의 부인이 전무한 지금 어쩔 수 없이 제국 제1의 여성으로서 베리타 공작 부인과 함께 황궁의 내정을 돌보고 있지만, 그것은 어디까지나 제국 의전 서열 1위인 라스 공작가의 안주인으로서 하는 일이었지 황녀의 신분으로 행하는 것이 아니었다. 현 황제 폐하의 그늘에서 항상 조심스럽게 살아온 그녀였기에 지금 황태자 전하의 말에 두려워하는 것은 어찌 보면 당연한 일이었다.

가볍게 혀를 찬 푸른 머리카락의 청년이 말했다.

"그리 두려워할 필요 없소, 공작 부인. 그저 본인이 그만큼 라스 공작가를 아끼고 있고, 라스 공자의 놀라운 성취에 기뻐하고 있다는 뜻으로 한 말일뿐이오."

"화, 황공합니다, 전하."

"오늘의 주인공에게 축하 인사를 전하고 싶은데."

"카르세인 데 라스가 제국의 작은 태양, 황태자 전하를 뵙습니다."

멋지게 제복을 차려입은 카르세인이 예를 올리는 모습을 묵묵히 바라보던 그가 입을 열었다.

"라스 공자, 아니, 이젠 카르세인 경이라고 해야 하나. 보통 기사 작위를 받은 자를 부를 때는 성 뒤에 '경'이라는 경칭을 붙여 부르나, 같은 성을 가진 기사가 여럿일 경우 혼동을 방지하기 위해 후에 작위를 부여받은 자의 이름 뒤에 경칭을 붙여 부르기도 했음. 내 그대에게는 항상 고마워하고 있었는데, 이제는 이토록 놀라운 성취까지 보여 주다니. 어떻게 치하를 해야 할지 모르겠소."

"……황공합니다, 전하."

"작년이던가. 내 그때 그대에게 이 년 뒤를 기대하겠다고 하였거늘, 고작 열여섯에 정식 기사라니. 이 어찌 놀랍지 않다 할 것인가. 실로 제국의 홍복이오. 부황 폐하께서도 그대의 성취에 몹시 기뻐하셨소."

몇 걸음 앞으로 나간 그가 카르세인을 가볍게 포옹했다.

순간 여기저기서 웅성거리는 소리가 들렸다. 신뢰의 표시. 항상 호위가 따라다니는 황족이 잠시라도 무방비 상태에 놓이는 것을 감수하면서 누군가를 포옹한다는 것은 그런 의미였다. 그는 지금 만인 앞에서 카르세인을 신뢰하고 있노라고 보여 준 것이었다.

뻣뻣하게 굳은 카르세인의 등을 가볍게 두드린 푸른 머리카락의 청년이 입꼬리를 끌어 올리며 말했다.

"공작 부인이 또 오해를 할까 걱정이 되긴 하지만, 그대는 사사롭게는 내 사촌이 아닌가. 내 경을 항상 믿고 아끼고 있다오."

"……영광입니다, 전하."

"아, 그러고 보니 경에게 고마움을 표시할 것이 또 하나 있었군."

몇 발자국 뒤에 서 있던 나를 돌아본 그가 내게 손을 내밀었다. 떨어지지 않는 걸음으로 천천히 다가가 손을 얹자, 그는 슬쩍 미소를 지으며 말했다.

"내 약혼녀는 외로운 사람이오. 어린 나이에 내 반려로 선택되는 바람에 마음을 터놓을 만한 벗을 사귀는 것이 쉽지 않지. 내 항상 그것을 미안해 하고 안타까워하고 있었소."

"……."

"그런데 최근 몇 년 사이 눈에 띄게 밝아 보여 이유를 물었더니, 경과 베리타 공자가 내 약혼녀의 절친한 벗이 되어 주고 있다 하더군. 잘 챙겨 주지 못해 항상 안타까웠거늘, 본인을 대신하여 그녀의 벗이 되어 주어 고맙소."

"……황공합니다, 전하."

카르세인은 조금 갈라진 목소리로 답했다. 떨리는 눈을 들어 옆을 돌아보자, 전하의 입가에 예의 사교용 미소가 걸려 있는 것이 보였다. 순간 심장이 서늘하게 얼어붙었다.

"경도 알겠지만, 내 많이 바빠 약혼녀에게 잘 신경을 써 주지 못하오. 모두 본인이 미욱한 탓이나 그녀에겐 몹시 미안할 따름이지. 다행히 경과 베리타 공자가 있어 조금은 마음이 놓인다오. 앞으로도 내 약혼녀의 절친한 벗이 되어 줬으면 좋겠소."

"……분부 받들겠습니다, 전하."

"고맙소. 흠, 베리타 공자는 어디에 있는가."

카르세인의 대답에 입꼬리를 끌어 올린 그는 주위를 둘러보며 말했다. 카르세인과 그리 사이가 좋지 않은 알렌디스니 오지 않았을 수도 있다 생각했지만, 의외로 그 역시 파티에 참석한 모양이었다. 몰려 있는 사람들 사이에서 빠져나온 연둣빛 머리카락의 청년, 알렌디스가 그를 향해 예를 올렸다.

"제국의 작은 태양, 황태자 전하께 알렌디스 데 베리타가 인사 올립니다."

"반갑소, 베리타 공자. 공자와는 직접 대화를 나눠 본 적은 없는 것 같군."

잠시 말없이 알렌디스를 바라보던 그가 카르세인을 향해 말했다.

"주인공이 따로 있는 자리에서 이런 말을 하는 것은 뭣하지만, 본인의 결례를 이해해 줬으면 하는군."

"아닙니다, 전하."

카르세인의 대답에 그는 가볍게 고개를 끄덕였다.

"고맙소. 내 베리타 공자를 부른 것은, 공자에게도 치하의 말을 하고 싶었기 때문이오. 세기의 천재라 불린다지? 고작 열일곱의 나이로 행정부의 정식 관료가 되었다 들었소. 참으로 훌륭하오. 이토록 뛰어난 인재들이 있으니, 제국의 미래가 어찌 아니 밝다 할 것인가."

"황공합니다, 전하."

"공자에게도 같은 말을 하고 싶군. 내 약혼녀를 잘 부탁하오. 앞으로도 계속 그녀의 절친한 벗이 되어 주시오."

알렌디스에게도 같은 말을 던진 그는 조용히 우리 쪽을 응시하고 있는 좌중을 향해 말했다.

"내가 그대들의 즐거운 시간을 너무 오랫동안 방해한 듯하군. 이만 연회를 재개하지."

"망극합니다, 전하."

고개를 숙여 보인 라스 공작이 손짓을 하자 다시 음악이 흐르고 우리에게 집중되어 있던 시선들도 조금씩 떨어져 나가기 시작했다.

라스 공작과 부인이 인사를 하고 다른 무리 사이로 떠나자, 네 사람만 남은 자리에는 기묘한 침묵이 흘렀다. 무슨 생각을 그리하는지, 한참 동안 묵묵하게 서 있던 그가 불현듯 나를 내려다보며 입꼬리를 들어 올렸다.

"그대, 춤 실력은 변함이 없는가?"

"네, 전하?"

"성년의 춤을 추던 당시 제법 능숙하던 모습에 놀랐는데, 여전한가 한번 보고 싶군."

잠시 귀를 의심했다. 말의 뜻만 보면 춤 신청이 분명한데, 그가 내게 춤을 신청하다니. 회귀 전 나는 사교계에서 생활하면서 춤을 제법 많이 췄지만, 그와 함께 춤을 춘 것은 몇 번 되지 않았다. 성년의 춤 이후로 그는 공식적인 자리에서 반드시 스타트를 끊어야 할 때를 제외하고는 내게 춤을 신청한 적이 없었기 때문이었다. 지은이 나타난 이후로는 물론 전혀 없었고.

그런데 지금 그는 공식적인 자리가 아님에도, 반드시 그가 스타트를 끊어야 하는 자리가 아님에도 내게 춤을 신청하고 있었다.

"음?"

"……영광입니다, 전하."

재촉하는 듯한 목소리에 나는 간신히 그를 향해 희미한 미소를 지어 보일 수 있었다. 그와 함께 댄스플로어로 다가가자 춤을 추고 있던 귀족들이 동작을 멈추며 자리를 비켜 주었다. 악단이 새로운 음악을 연주하기 시작했다.

허리를 휘어 감는 그의 손이 느껴졌다. 맞잡은 그의 손은 여전히 서늘했지만, 기억 속의 그것처럼 차갑지는 않았다. 나는 그의 움직임에 따라 스텝을 밟으며 생각에 잠겼다.

'그가 갑자기 내게 춤을 신청한 이유가 뭘까? 그리고 알렌디스와 카르세인에게 한 말의 의미는 또 무엇일까?'

음악에 맞춰 잠시 멀어졌다가 나를 다시 끌어당기는 그의 눈을 바라보았다. 하지만 깊고 깊은 바닷빛 눈동자에서는 아무것도 읽어 낼 수가 없었다.

문득 저 눈동자 가득 그리움이 담겼던 날의 일이 떠올랐다. 어머니의 기일이었지. 갑자기 떠오르는 의문에 나는 한참을 망설이다가 조심스럽게 입을 열었다.

"전하."

"왜 그러지?"

"저……."

애써 용기를 내어 질문하려는 순간, 음악이 멈췄다. 나를 잠시간 바라보던 그가 춤의 마지막 인사를 취하고는 손을 내밀었다. 나는 질문을 삼키며 그의 손 위에 가볍게 손을 얹었다. 한 번 맥이 끊긴 탓인지 차마 다시 물어볼 용기가 나지 않았다.

"카르세인 경."

"네, 전하."

"본인은 바빠서 이만 가 봐야 할 듯하군. 그러니 내 약혼녀를 부탁하오. 그녀에게서 모처럼의 즐거움을 뺏고 싶지 않군."

"분부 받들겠습니다, 전하."

카르세인의 답에 고개를 끄덕인 그는 알렌디스와 나를 돌아보며 말했다.

"베리타 공자, 공자에게도 마찬가지 부탁을 하지. 내 약혼녀를 잘 부탁하오."

"……분부 받듭니다, 전하."

"그럼 그대는 더 즐기다가 오시오. 다음에 보도록 합시다."

"네, 전하."

"나올 필요는 없소. 흥겨운 분위기를 깨고 싶지는 않군. 공작과 부인에게는 따로 얘기해 주시오. 그럼."

그는 따라나서려는 우리를 제지하고는 망설임 없이 돌아섰다. 근처에 대기하고 있던 근위 기사들이 곧바로 따라붙는 것이 보였다. 흔들리던 푸른빛이 점점 멀어지다가 마침내 사람들 사이로 완전히 사라졌다.

"한 곡 추실까요, 레이디?"

카르세인은 긴 시간 동안 흐르던 어색한 침묵을 깨며 물었다. 뜻밖의 말에 놀라 바라보자 그는 어깨를 으쓱하며 태연하게 말했다.

"전하께서 잘 부탁한다고 하셨으니, 무료한 시간을 보내시도록 하는 것도 비례가 아니겠습니까. 어떠신가요, 레이디? 저와 한 곡 추시지 않겠습니까?"

잠시 망설였다. 지금 이 춤 신청을 받아들여도 되는 것인가? 자칫 잘못하다가 다시 소문이 돌기라도 하면 어떡하지?

하지만 곰곰이 생각해 보니 그럴 리는 없을 것 같았다. 이 자리에 참석한 귀족들은 대부분 우리 계파의 사람들인데다가 조금 전 전하께서 하셨던 말과 행동을 똑똑히 보고 듣지 않았던가.

"오늘의 주인공과 춤출 수 있는 기회를 주시니 영광입니다."

나는 빙그레 미소를 지으며 카르세인이 내민 손 위에 가볍게 손을 얹었다. 댄스플로어로 나서자 때마침 하나의 춤곡이 끝나고 다음 곡이 흘러나오기 시작했다.

"못 올 줄 알았는데, 황태자 전하와 함께 등장해서 얼마나 놀랐는지 알아?"

"어쩌다 보니 그렇게 됐네. 미안, 많이 놀랐어?"

"뭐 괜찮아. 덕분에 개인적으로는 영광스러운 자리도 됐고."

평소와 다름없는 어조로 답한 카르세인이 나를 오른쪽으로 이끌었다. 황태자 전하가 상대를 리드하기보다는 조금은 냉담하게 자신의 동작만 제대로 취하는 스타일이라고 한다면, 카르세인은 힘차게 상대방을 리드해 나가는 스타일이었다. 매일 검술만 수련하느라 춤 같은 건 잘 못 출 것이라고 생각했는데, 그는 의외로 능숙하게 나를 이끌었다. 어쩐지 조금 놀라웠다.

"뭐냐, 너. 지금 내가 춤도 출 줄 알았나 하고 생각했지?"

"……어떻게 알았어?"

"얼굴에 딱 쓰여 있구만, 뭘. 야, 나라고 매일 검만 판 줄 아냐. 이래 봬도 공작가의 아들인데, 기본적인 건 다 배웠지."

못 믿겠다는 눈으로 바라보자, 나를 왼쪽으로 끌어당긴 카르세인이 작은 소리로 속삭였다.

"왜, 새삼 또 반했냐? 내가 여러 방면에서 멋진 놈인 건 인정하는데 말이야, 자꾸 반하고 그럼 못 쓴다."

"그런 거 아니거든."

"아니긴 뭐가 아니야. 얼굴에 다 쓰여 있다니까?"

"진짜 아니라니까?"

"어쭈, 반항이냐?"

아, 진짜. 눈을 가늘게 뜨고 노려보자 카르세인은 쿡쿡 웃고는 다른 이야기를 꺼냈다. 몹시 얄미웠지만, 거듭 늘어놓는 우스갯소리에 나는 화를 내려던 것도 잊고 웃고 말았다. 하여튼 말 돌리는 건 알아줘야 한다니까.

이런저런 대화를 나누며 즐겁게 춤을 마친 뒤, 나는 카르세인에게 잠시 휴게실에 다녀오겠노라고 말했다. 오랜만에 연회에 참석한 탓인지 조금 피곤했다.

휴게실은 잠시 앉아 담소를 나눌 수 있도록 푹신한 의자가 놓인 공간과 넓게 드리워진 커튼 안쪽으로 매무새를 살필 수 있도록 거울 등이 놓여 있는 공간으로 나뉘어 있었다. 나는 드리워진 커튼 안쪽으로 들어가 차림을 정돈했다. 아무도 없는 공간은 간간이 연회장에서 흘러나오는 음악 소리를 제외하고는 소음 하나 없이 고요했다.

그때, 몇 명의 사람들이 들어오는 소리가 들렸다. 뭔가 재밌는 일이라도 있는지 그들은 하나같이 들뜬 음성이었다.

"아까 보셨어요? 모니크 영애 말이에요."

별생각 없이 일어나다 멈칫했다. 내가 뭘 어쨌다는 거지?

"네. 황태자 전하야 약혼자이시니 그렇다 쳐도 라스 공자에 베리타 공자까지. 참 대단하신 분이던걸요."

"그러니까요. 두 공작 전하와 후작 각하의 사이가 각별하니 어린 시절부터 친분이 있을 수야 있겠지만 아무리 그래도 남녀가 유별한데 그게 무슨 짓인지."

"그거 아세요? 일전에 베리타 공작가에서 열리는 가든파티에 갔는데, 글쎄, 영애가 두 분 공자의 찻잔에 설탕을 넣어 주는 거예요. 정말이지 눈꼴이 시어서."

떨리는 손을 그러모아 주먹을 꽉 쥐었다. 당장 뛰쳐나가려는 발을 애써 묶어 두며 심호흡을 하고 있는데, 누군가가 단호한 목소리로 일동의 말을 잘랐다.

"모두 그만하세요. 듣기 거북합니다."

"하지만 영애."

"이러니저러니 해도 황태자비가 되실 분입니다. 장차 우리가 섬겨야 할 분이에요. 그러니 그런 이야기는 그만하세요. 제국에 대한 불충입니다."

움켜쥐고 있던 주먹에 더 힘이 들어갔다. '이러니저러니 해도' 황태자비가 되실 분이라. 다른 영애들을 말리는 것처럼 보였지만, 찬찬히 곱씹어 보면 그녀 역시 나를 깎아내리는 데 동참하고 있는 것과 마찬가지였다.

"그게 무슨 소리세요, 제노아 영애. 영애께서는 모니크 영애에 관한 소문도 못 들으셨어요?"

"맞아요. 견습 기사가 됐다고 하잖아요? 기사단 출입도 한다고 하더군요."

"레이디답지 않게 그게 무슨 짓인지. 정말 황태자비가 될 생각이 있기는 한 걸까요? 어쩌면 폐하께서도 파혼을 생각하고 계실지도 모르는 일이지요."

"아쉽네요. 제국법이나 신탁 따위만 아니었다면……."

나는 이를 악물었다. 제노아 영애라. 황제파 영애들을 이끄는 수장이라는 그녀마저 동조하고 있었단 말이지.

그때, 누군지 모를 영애들의 종알거림에 이어 무척 높은 톤의 목소리가 들렸다. 내 기억이 맞다면 저 음성의 주인공은 휘르 영애가 분명했다.

"폐하께서 신전을 싫어하시는 건 누구나 다 아는 얘기 아닌가요? 제국민의 시선이 있으니 신탁의 아이라고 떠받들어 주는 것뿐이지, 아마 모니크가의 영애가 아니었다면 진작 파혼당했을 걸요."

"하긴 황실에서 제일 신임하는 모니크가의 영애니 폐하나 전하께서도 눈감아 주시는 거겠죠."

"그만들 하세요."

전보다 조금 더 단호한 기세로 제노아 영애가 말했다.

"설사 황태자비가 되지 않으신다고 해도 모니크 영애는 현재 우리 파벌에서 가장 높은 지위를 가지신 분입니다. 귀족파와 대립하고 있는 지금, 내부에서 이런 소리를 해서야 되겠습니까. 이런 얘기가 밖으로 새어 나가지 않도록 모두 주의하세요."

"알겠습니다, 영애."

"알겠습니다. 하지만 정말 아쉽군요. 아무리 봐도 영애께서 황태자비에 더 적합하신데 말이에요. 가문만 아니었어도……."

"그만하세요, 휘르 영애. 자, 그만 나갑시다. 생각보다 시간이 오래 흘렀군요."

사락사락 옷자락이 끌리는 소리가 들리고, 곧이어 적막이 깔렸다. 모두가 나간 것이 분명했음에도 나는 한참 동안 커튼 안쪽에 그대로 서 있었다. 움켜쥐고 있던 손이 부들부들 떨리는 것이 느껴졌다.

'그동안 지나치게 사교계에 신경을 안 썼구나.'

차갑게 식은 머리로 생각했다. 하루 빨리 운명에서 벗어나기 위해서는 기사가 되는 방법밖에 없었기에, 나는 그간 사교계의 출입을 극도로 삼가며 모든 여유 시간을 검술에 투자했다. 회귀 전 신물이 나도록 겪은 탓에 조금은 지긋지긋했던 이유도 있었다.

하지만 이런 대화를 듣고도 가만히 있을 수는 없었다. 감히 일개 백작가의 여식 따위가 이런 식으로 나를 모함하고 있었다니. 더욱이 귀족파에 맞서기 위해 똘똘 뭉쳐도 모자랄 판에 같은 계파 소속인 나를 깎아내리는 데 혈안이 되어 있었다니.

다소 귀찮긴 했지만, 아무래도 사교계를 휘어잡을 필요가 있을 것 같았다. 이런 상황에서조차 모른 척한다면 그들과 나, 그리고 황실 모두에 지속적으로 악영향을 미치게 될 것이었다. 소중한 친구들, 그리고 내가 아끼는 다른 것들을 지키기 위해서라도 싸워야 했다.

허리를 곧게 폈다. 머리와 옷매무새를 다시 한 번 점검하고서 표정을 가다듬었다. 거울을 들여다보며 과거에는 늘 달고 있었으나 회귀 후에는 거의 짓지 않았던 사교용 미소를 연습한 뒤 밖으로 나왔다.

어쩐지 웃음이 나왔다. 과거에는 약혼자의 마음 하나 얻지 못하는 모자란 여자라고 무시당했는데, 이제는 약혼자뿐만 아니라 여러 남자들을 꾀는 여자라 비웃음을 당하다니. 아무리 과거와 현재가 달라졌다고는 하나 이토록 극과 극일 줄이야.

터져 나오는 실소를 참으며 주위를 둘러보는데, 저쪽에서 나를 부르는 소리가 들렸다.

"아리스티아. 여기 계셨군요."

"……알렌디스."

밝게 미소를 지으며 내게 다가오던 알렌디스의 눈동자가 심하게 흔들렸다. 그의 입가에서 미소가 빠르게 사라졌다.

"괜찮으십니까?"

"네? 무슨 말씀이신지 모르겠습니다만."

"어찌 그런 표정이십니까. 그 웃음은 또 뭐고요? 무슨 일입니까? 누가 그대를 이리 만들었죠?"

"……아무 일도 없었습니다."

고개를 젓자, 잠시 침묵하던 그가 한숨을 내쉬며 말했다.

"피곤해 보이시는군요. 그만 돌아가시는 것이 좋겠습니다."

"……"

"걱정이 되어서 그럽니다. 내일 출근도 하셔야 하지 않습니까."

"알겠습니다, 알렌디스. 양해를 구하고 오지요."

"모셔다 드릴 터이니 함께 가시지요."

걱정스러운 목소리를 듣자 잊고 있었던 피로감이 몰려왔다. 하긴 그럴 법도 했다. 요 몇 주간 기사 서임식 때문에 일이 많았던 데다가 어제오늘은 내내 바쁘게 움직였으니까.

연회장을 한 바퀴 빙 둘러보자, 저 멀리 창가 쪽에 서서 많은 영애들에게 둘러싸여 있는 모자母子가 보였다. 천천히 다가가 작별을 고하자 몇몇 영애들과 대화를 나누고 있던 카르세인이 내게 물었다.

"돌아가시는 겁니까, 아리스티아."

"네, 카르세인. 다시 한 번 서임을 받은 것을 축하드립니다."

"감사합니다. 그런데 혼자서 돌아가실 수 있겠습니까?"

"아, 카르세인, 걱정하지 말게. 내가 모셔다 드리도록 하지."

싱긋 미소를 지은 알렌디스가 말했다.

"전하께서 자네와 내게 영애를 부탁하시지 않았나. 자네는 오늘의 주인공이라 자리를 뜰 수 없을 테니, 내가 대신 영애를 모셔다 드리겠네."

"……그래 주겠나. 고맙군."

"그럼 다음에 또 보세. 가시지요, 아리스티아."

"감사합니다, 알렌디스. 그럼 다음에 뵙겠습니다, 카르세인."

아직 연회가 한창인 탓에 마차를 준비시키는 것은 그리 오래 걸리지 않았다. 금세 나타난 마차에 오르자마자, 알렌디스는 평소와는 달리 몹시 단호한 말투로 말했다.

"자, 이제 얘기해 봐. 무슨 일이야, 티아?"

"……아무것도 아냐."

"내가 네 상태를 모를 것 같아? 함께 지낸 시간이 얼만데."

"아무 일도 없었어."

"……."

"……정말이야."

휴게실에서 들었던 얘기를 그에게 말할 수는 없었다. 다정한 알렌디스라면 분명 나와 함께 분노해 줄 테지만, 이것은 어디까지나 내 일이었다. 그마저 끌어들일 생각은 없었다.

그런 내 마음을 알아차린 듯 한숨을 내쉬던 알렌디스는 갑자기 눈에 날을 세웠다.

"손이 이게 뭐야."

무심코 손바닥을 내려다보다 멈칫했다. 아까 주먹을 꽉 쥔 탓인지, 그곳에는 손톱에 깊게 파인 자국이 나 있었다.

별것 아니라 답하며 손을 감추려 했지만, 알렌디스는 그런 나를 저지하며 부드럽게 손목을 잡아 끌어당겼다. 그러고는 천천히 고개를 숙였다. 따뜻하고 말랑말랑한 것이 손바닥에 가볍게 닿았다가 떨어지는 느낌에 움찔 몸이 굳었다.

"속상하다."

"응?"

"예전엔 널 다 안다고 생각했는데……."

"……."

"요즘 들어 점점 널 알 수 없어지는 것 같아, 티아. 내가 잡을 수 없는 곳으로 날아가려는 것 같은 기분이 들어."

"알렌."

가슴이 덜컹했다. 항상 여유로워 보이던 모습과는 달리 오늘의 알렌디스는 몹시 불안하고 위태로워 보였다.

나는 에메랄드색 눈동자에 어른거리는 빛을 보며 고개를 숙였다. 내게는 그에게 줄 수 있는 것이 없었다. 그것이 몹시 미안했다.

"그냥 그렇다고."

"……."

"요즘 들어 라스 공자랑만 너무 친한 것 아니야, 내 아가씨? 내가 먼저였다고. 그에게 대하는 것처럼 나한테도 좀 해 줘 봐. 나 정말 섭섭해."

따뜻한 미소를 머금은 채 내 머리카락을 쓰다듬는 그의 모습을 보며 고민에 고민을 거듭하던 나는 누적된 피로에 눈꺼풀이 점점 무거워지는 것을 느꼈다. 느리게 눈을 깜빡이며 생각했다. 그리고 결론을 내렸다. 지금은 소중한 그들을 지키기 위해서 싸워야 할 시간이지 한가롭게 내 감정에 대해서 고민할 시간이 아니라고.

눈꺼풀을 들어 올리는 시간이 점점 늦어졌다. 나는 조금씩 늘어나는 눈꺼풀의 무게를 감당하지 못하고 스르르 눈을 감았다. 나른한 꿈의 세계가 나를 부르고 있었다.

3. 사교계란……

"아가씨, 어제는 어떻게 되신 거예요? 갈 때는 황태자 전하와 나가셨는데, 올 때는 베리타 공자와 함께 돌아오시다니."

"아, 말하자면 사정이 좀 길어."

어색한 미소를 지으며 거울 앞에 앉자, 드레스룸에서 제복을 가져오던 리나가 말했다.

"각하께서 많이 기다리셨어요. 황태자 전하와 함께 가셨단 얘길 드렸더니 그냥 그러냐 하셨는데, 계속 아가씨가 돌아오기만 기다리는 눈치셨다니까요."

"그래? 많이 기다리셨어?"

"그럼요. 나중에는 정원을 서성이다 마차를 발견하시고는 잠든 아가씨를 바로 안아서 데려오신 걸요."

"그랬구나."

"네. 그런데 아가씨."

리나는 머리카락이 반짝반짝해질 때까지 거듭해서 내 머리를 빗어 내리며 쉴 새 없이 입을 놀렸다.

"각하께서는 베리타 공자를 왜 그렇게 싫어하실까요? 어제도 마차에서 아가씨를 안아 내리면서 영 불쾌하신 기색이셨어요."

고개를 갸웃하던 리나는 황궁에 출근하는 날이면 늘 그랬듯이 은빛 머리카락을 하나로 모아 묶으면서 말했다.

"음, 저는 높으신 분들의 복잡한 상황 같은 건 잘 모르지만, 그래도 아가씨와 관련된 일은 알아요. 요즘 각하께 수업을 받으시는 거나 기사단에 들어가신 걸 보면 아가씨께서는 가문을 이어받으시려는 거죠?"

"응. 그렇지."

"이상하다. 그럼 더욱 싫어하실 이유가 없는데. 베리타 공자 정도면 일등 신랑감이잖아요. 솔직히 저는 조금 그렇지만, 아가씨께는 따뜻하고 다정하고……. 아, 그런데 말이에요. 아가씨께선 황태자 전하와 약혼하신 사이잖아요. 아가씨께서 가문을 이어받으시면 약혼은 어떻게 되는 건가요? 황실과의 혼약인데, 그렇게 쉽게 파기가 되나요?"

"글쎄."

쉽게 꺼낼 주제는 아니었기에 나는 그저 애매하게 웃었다. 내 표정을 본 리나는 벗겨 낸 잠옷을 한쪽에 던져 놓고 제복을 가져와 입혀 주며 입술을 삐죽였다. 속 시원하게 답해 주지 않는 내게 영 서운한 눈치였다.

혼약 파기, 가문의 후계자, 그리고 알렌디스.

어젯밤 보았던 그의 표정을 떠올리자 가슴 한쪽이 답답해졌다.

그에게 보답할 수 없는 이 마음 때문에.

나는 사랑을 할 수 없었다. 사랑은 내 것이 아니다.

온 힘을 다해 사랑했지만 보답받기는커녕 비참하게 버림받았던 과거는 아직도 내 가슴속에 남아 있었다. 어쩌면 나는 그때의 일 때문에 아직 사랑이라는 것을 믿지 못하는 것일지도 모른다. 과거와 같은 일을 두 번 다시 겪고 싶지는 않았다. 볼 때마다 가슴이 아파도 말 한마디 못하는, 속에서 피눈물이 나는 처절한 심정을 겪는 것은 한 번으로 족했다.

알렌디스가 그런 사람이 아니라는 것은 알고 있지만 사람의 일이란 모르는 것. 만에 하나 내가 알렌디스와 같은 마음을 품었다고 하더라도 나중에 변심해서 과거의 그처럼 나를 버리면 어떡하지? 사랑하는 사람에게 두 번씩이나 버림받는다면 내가 멀쩡한 정신으로 살아갈 수 있을까?

"참, 그런데 아가씨."

"……응?"

상념에서 깨어나며 답하자, 마지막으로 제복의 매무새를 다듬어 준 리나가 몹시 궁금하다는 표정으로 물었다.

"아가씨께서는 황태자 전하를 왜 그리 꺼리세요?"

"……."

"뭐, 아가씨께서 하도 무서워하시는 것 같아서 저도 처음에는 좀 꺼림칙했는데 말이에요. 원래 약혼자이시기도 하고, 영지에서 아가씨가 쓰러졌을 때 보여 주신 모습이나 어제 아가씨와 함께 파티에 간다고 같이 오시기까지 한 걸 보면 전하께서도 아가씨를 나름 생각해 주시는 듯한데. 어째서 전하를 그렇게 싫어하세요?"

"글쎄."

"아이 참, 아가씨께선 너무 말이 없으세요. 가끔은 시원하게 속마음도 얘기하고 하셔야죠. 그렇게 매번 혼자만 꽁꽁 고민하고 계시니까 병이 되는 거예요. 별다른 이유가 없다는 데도 자꾸 쓰러지시는 것도 알고 보면 다 그 탓일 거라고요."

"그러니?"

뭐라 대답할 말이 없어 그저 빙그레 웃자, 답답하다는 듯 가슴을 치던 리나는 한숨을 푹 쉬며 말했다.

"후우, 뭐 그게 아가씨만의 매력일지도 모르죠. 자, 다 됐습니다. 각하께서 기다리고 계실 테니 어서 내려가서 식사하세요."

"그래. 고마워, 리나."

리나의 재촉을 받으며 식당으로 내려가자 먼저 와서 앉아 계시는 아버지의 모습이 보였다. 내심 찔리는 점이 없지 않아 있었기에 나는 아버지를 향해 배시시 웃으며 인사했다.

"안녕히 주무셨어요, 아빠?"

"그래, 너도 잘 잤느냐. 어젠 많이 피곤했나 보더구나."

"그랬나 봐요."

"그래, 전하께서 파티에 데리고 가셨단 얘기는 들었다. 즐거운 시간 보냈느냐?"

어제의 일로 꾸중하시는 것은 아닐까 생각했지만, 아버지께서는 의외로 별다른 말씀을 하지 않으셨다. 아무래도 황태자 전하께서 데리고 가 주신 것이 주요한 듯했다.

한결 가벼워진 마음으로 식사를 마친 뒤 황궁으로 향했다. 오후 내내 보좌관 업무를 보다가 연무장으로 향하자 늘 그랬듯 카르세인이 나를 기다리고 있었다.

"여, 안녕."

"안녕, 카르세인."

"엉. 어젠 잘 들어갔냐?"

"응."

"그래. 그럼 오늘도 일단 기본 동작 백 회씩."

나는 평소와 다름없는 카르세인의 모습에 안심하며 검을 들어 올렸다. 그동안 배운 검술을 다시 복습한 후 다음 동작을 배우는데, 생각보다 몸이 잘 따라 주지 않았다. 난감해 하는 나를 바라보던 카르세인이 고개를 갸웃하며 물었다.

"잘 안 돼?"

"응. 어렵네."

"흠, 잘 봐. 여기서 이렇게 꺾어서……."

한참 동안 부가 설명을 듣자 그제야 이해가 되었다. 나는 그가 가르쳐 준 방법대로 새로운 동작을 반복해서 연습했다. 이만하면 어느 정도 괜찮다 싶어 검을 내리자, 나를 물끄러미 바라보던 그는 빙긋 미소를 지으며 말했다.

"이제 좀 이해한 것 같으니까 반복해서 삼백 번만 더 해."

"후우, 알았어."

"이제 전수해 줄 부분도 얼마 안 남았어. 그러니까 조금만 더 힘 내서 해 봐."

"응."

"너도 참 고생이 많다."

순간 나도 모르게 움찔했지만, 웬일인지 머리에 와 닿는 손길이 없었다. 이상하네. 이쯤 되면 항상 그가 내 머리를 쓰다듬었는데. 혹시 소문 때문에 조심하는 건가?

의아하게 올려다보자 내게서 시선을 거둔 카르세인이 한숨을 내쉬며 말했다.

"오늘 훈련은 여기까지 하자. 먼저 가 볼게."

"응? 응. 알았어."

"그럼 다음에 봐."

카르세인은 그대로 등을 돌려 연무장을 빠져나갔다.

'쟤가 웬일이지?'

나는 잠시 그가 사라진 쪽을 바라보다 검을 들었다. 어쨌든 삼백 번은 채울 생각이었다.

수련까지 모두 마치고 나자 어느새 오후가 모두 지나가 있었다. 나는 가벼운 마음으로 제복의 재킷을 걸쳤다.

'오늘은 조금 일찍 돌아갈 수 있겠네.'

평소였다면 카르세인이 들들 볶는 바람에 개인 시간 같은 것은 남지 않았겠지만, 오늘은 그가 일찍 자리를 떠서 그런지 여유가 조금 있었다.

집에 돌아가려는데, 문득 베르 궁 정원에 있던 은빛 꽃에 생각이 미쳤다. 어느덧 겨울도 거의 다 지나갔는데, 은빛 꽃은 과연 피었을까? 궁금한 마음에 나는 마차 보관소 대신 내궁을 향해 걸음을 옮겼다. 어차피 평소보다 조금 이른 시간이니 잠시 들렀다 가도 무난할 듯했다.

"음? 그대가 여기엔 어쩐 일인가."

목적지에 거의 도착했을 무렵, 맞은편에서 푸른 머리카락의 청년이 걸어오는 모습이 보였다. 잠시 멈칫했지만, 나는 그를 향해 황급히 예를 갖추며 답했다.

"제국의 작은 태양, 황태자 전하를 뵙습니다. 그저 지나가던 길이었습니다."

"그저 지나가는 길이었다라. 제1기사단은 외궁에 있을 텐데."

담담한 어조로 내 말속의 모순을 짚어 내는 모습에 나는 속으로 한숨을 삼키며 정정했다.

"송구합니다, 전하. 베르 궁의 정원에 가는 길이었습니다."

"흠, 그때 그 꽃을 보러 가는가 보군."

"네, 전하."

"그런가. 본인도 마침 궁금했었는데, 같이 가지."

의외의 말에 주춤하는 사이, 그는 어느새 저만치 앞서 가고 있었다. 나는 종종걸음으로 간신히 그를 따라잡았다. 조심스럽게 거리를 재며 한 발자국 뒤에서 걸었다. 에스코트를 받고 있는 것이 아닌 이상, 제국의 차기 주인과 나란히 서서 걸을 수는 없었다.

"그래, 연회는 잘 즐기다 왔는가?"

"……네, 전하. 어제는 감사했습니다."

고개를 숙여 감사를 표하자, 그는 겸사겸사 간 것이니 그리 예를 차릴 필요는 없다며 담담하게 말했다. 그러고는 그대로 침묵했다.

등나무로 엮은 아치문을 지나 자갈길을 걷기를 한참, 어느새 저 멀리 베르 궁의 정원이 보였다. 그곳은 지난번에 봤던 것과는 사뭇 다른 모습이었다. 봄기운이 슬슬 불고 있어서인지, 그새 조경 공사를 끝낸 작은 정원은 언제 화재가 있었냐는 듯 멀쩡한 모습이었다.

하지만 멀쩡한 정원의 한가운데 홀로 이질적인 존재가 있었다. 군데군데 그을린 은빛 꽃나무가.

'어디 보자, 꽃은 피었나?'

나는 눈에 힘을 주어 나무의 이곳저곳을 유심히 살펴보았다. 하지만 나무에는 여전히 벌어지지 않은 은빛 꽃봉오리만 맺혀 있을 뿐, 꽃은 피어 있지 않았다. 그나마도 너무 높은 곳에 있는 탓에 제대로 보이지가 않았다.

답답한 마음에 까치발을 해 보았지만 아무런 소용이 없었다. 작게 한숨을 짓자, 나를 물끄러미 바라보던 그가 갑자기 피식 웃었다. 그러고는 열 발자국 뒤에 떨어져 있던 근위 기사를 불러 말했다.

"시종을 시켜 사다리를 찾아오라."

"명을 받듭니다, 전하."

사다리라고? 나는 나도 모르게 눈을 크게 뜨며 그를 올려다보았다. 무엇을 담았는지 알 수 없는 바닷빛 눈동자가 나를 마주 응시했다. 꽤 오랜 시간이 흐를 동안 묵묵히 나를 바라보던 그는 문득 은빛 꽃봉오리로 시선을 돌리며 말했다.

"그대, 이제는 내가 무섭지 않은가?"

"네?"

"나만 보면 시선을 피하더니, 이제는 피하지 않는군."

어쩐지 복잡한 생각이 들었다.

열 살로 돌아온 이래 나는 그를 피하기 위해 온 신경을 쏟았다. 과거와 같은 삶을 반복하지 않기 위해 그의 관심을 끌지 않으려고 최대한 감정을 죽였다. 아니, 사실 떨리는 것을 감추기에 급급했다. 회귀한 지 얼마 되지 않았을 때에는 그를 생각하기만 해도 기절할 정도였다.

그런데 세월이 흐르고 과거의 그와 현재의 그는 다르다는 것을 깨달으면서 어느새 그를 향한 내 태도도 조금씩 변화하고 있던 모양이었다. 그와의 약혼 관계에서 벗어나고 싶은 것은 여전했지만, 더 이상 예전처럼 온몸이 떨릴 정도로 무섭거나 하지는 않은 것을 보면.

"전하, 사다리를 가져왔습니다."

"수고했군."

시종이 달려와 나무 밑에 사다리를 설치했다.

잠시 망설이며 사다리를 바라보자, 또다시 피식 웃은 그가 손을 내밀었다. 나는 그가 내민 손을 물끄러미 바라보았다.

'이건 무슨 뜻이지?'

"보고 싶어 하지 않았나. 잡아 줄 테니 직접 올라가 보도록."

"아닙니다. 그런 결례를……."

"사다리를 여기까지 가져오지 않았나."

"화, 황공합니다, 전하."

머뭇머뭇, 그의 손을 잡았다. 그리고 한 발 한 발 조심스럽게 사다리를 밟아 올라갔다. 조금 더 힘 있게 잡아 주는 그를 잠시 바라보다가 은빛 꽃봉오리로 시선을 돌렸다.

'아!'

검지 길이 정도 되는 은빛 꽃봉오리가 나무 여기저기에 맺혀 있었다. 조금이라도 벌어진 것이 있을까 싶어 이리저리 둘러보았지만, 야속하게도 봉오리는 모두 꽉 닫혀 있었다.

'너는 언제 내게 꽃을 보여 줄 거니? 잿더미가 될 뻔했던 운명에서 간신히 구제되었지만, 아직까지 화재의 충격에서 온전히 벗어나지는 못한 거니? 그래서 아직까지 제대로 피어나지 못하고 있는 거니? 그런 거야?'

작게 한숨을 쉬고서 사다리에서 내려왔다. 한 발 한 발 아래로 내디딜 때마다 내 손을 잡고 있는 그의 손에 힘이 들어가는 것이 느껴졌다. 그것이 부담스러워 나는 무사히 두 발로 땅을 딛자마자 그의 손에서 조심스럽게 손을 빼내었다. 감사하다 고개를 숙여 예를 취하자, 그는 묵묵히 고개를 끄덕이며 말했다.

"그래, 어떻던가?"

"지난번과 다를 바가 없는 것 같았습니다."

"그런가. 확실히 이상하긴 하군. 역시 화재의 충격 때문인가."

"그런 듯합니다."

"그래도 봉오리가 맺힌 이상 언젠가는 피겠지. 그대가 그토록 궁금해 하니, 다음에 기회가 된다면 다시 같이 오도록 하지."

놀란 눈초리로 바라보자, 그는 무덤덤한 표정으로 돌아서며 말했다.

"그만 돌아가지."

"……네, 전하."

석양을 받아 검게 보이는 푸른 머리카락이 흩날렸다. 갑자기 돌아선 그를 향해 황황히 예를 취하는 근위 기사들의 제복이 단풍색으로 물들었다. 오늘따라 유난히 붉은 노을이 등 뒤를 비추고 있었다.

아버지와 함께 아침 식사를 하고 있는데, 집사가 초대장 한 무더기를 가져와 내게 건넸다. 그의 성인식에서 데뷔한 이후로 잡다한 초대장들이 오기는 했지만 오늘같이 많은 적은 처음이었다.

'설마 아버지께 온 것을 내게 잘못 줬나?'

충분히 있을 수 있는 일이었다. 대부분 거절하시는 바람에 목적을 이룬 것은 거의 없었지만, 황제 폐하께서 가장 신임하는 신하에다 기사단장, 사실상 공작과 동등한 지위, 게다가 현재 독신이라는 점 때문에 아버지에게는 매일 수십 통의 초대장이 쏟아지곤 했으니까.

하지만 초대장의 수신인은 전부 내가 맞았다.

'이게 다 웬 거람.'

수북한 초대장을 건성으로 하나씩 넘겨 보는데, 고만고만한 이름의 향연 속에 유독 눈에 띄는 것이 하나 있었다.

누앤 자작가.

베리타 공작가에서 열린 가든파티에 왔던 영애의 이름이 누앤 자작 영애였다. 내게 카르세인과의 소문을 처음 말해 줬던, 옷에 찻물을 쏟아 버려 중간에 돌아갔던 그녀. 나는 봉투를 뜯어 내용을 읽어 보았다.

모니크 영애께.

닷새 뒤에 저희 가문에서 여는 조촐한 파티에 참석해 주실 수 있으신지요. 지난번에 있었던 무례를 사과드리고자 합니다.

나는 잠시 기억을 더듬다가 아버지께 질문을 던졌다.
"아빠."
"왜 그러느냐?"
"누앤 자작가라면 루비와 다이아몬드로 유명한 곳 아닌가요?"
"그렇단다. 덕분에 제국에서 손꼽을 정도로 부유한 곳이지."
맞구나. 적당한 곳을 찾고 있던 참이었는데, 마침 잘됐다는 생각이 들었다. 시기도, 지위도, 상황도 모두 안성맞춤이었다.
"갑자기 그건 왜 묻는 것이냐?"
"아, 제게 초대장이 와서요. 닷새 뒤에 파티가 있다는데, 참석할까 봐요."
"누앤 자작가라. 나쁘지 않지."
"그렇죠?"
살짝 미소를 지으며 답하자 아버지께서는 안쓰럽다는 듯한 눈으로 나를 바라보며 말씀하셨다.
"되도록 정치에는 발을 들이게 하고 싶지 않았건만, 귀족으로 태어난 이상 어쩔 수 없는 숙명이겠지. 그래, 파트너는 누구로 할 것이냐?"
"글쎄요, 그게……."
어색한 미소를 지었다. 파트너가 되어 줄 만큼 친분이 있는 사람이라고 해 봐야 알렌디스와 카르세인뿐인데, 이런 상황에서 함께 가자고 부탁하기에는 좀 그랬다.

"그럼 아비와 함께 가겠느냐?"

"네? 정말이세요?"

"그래. 생각해 보니 내 딸과 함께 파티에 참석해 본 적이 없는 것 같아서 말이다."

"정말 감사해요, 아빠!"

갑자기 오 일 뒤에 있을 파티가 몹시 기대되기 시작했다. 좋아하는 내 모습을 본 아버지께서는 엷은 미소를 지으며 말씀하셨다.

"초대장을 골라내는 것을 보니 네가 심중으로 뭔가 결심한 것이 있는 것 같구나. 혹 아비에게 부탁할 것은 없느냐?"

그 말씀을 듣고 나니 필요한 것이 떠올랐다.

"아, 혹시 우리 파벌에 속하는 가문에 대한 정보를 알 수 있을까요? 비밀스러운 것부터 사소한 것까지 전부 말이에요."

"어렵지 않지."

"정말요? 사흘 안에 가능할까요?"

"흠, 루스 녀석에게 내놓으라고 해야겠다. 명색이 재상인데, 이럴 때 아니면 언제 써먹겠느냐."

진지하게 답하시는 아버지를 보며 나는 속으로 베리타 공작에게 용서를 빌었다.

회귀 전에도 이맘때부터 사교계에 나가기 시작했으나, 당시에는 내게 도움을 줄 수 있는 사람도 없었고 경험이나 요령도 없었기에 나는 많은 시행착오를 거듭한 끝에야 간신히 사교계를 손에 거머쥘 수가 있었다. 이번에는 그때보다야 훨씬 쉽겠지만, 과거와 현재가 조금씩 달라지고 있는 만큼 만전을 기하기 위해서는 정확한 정보가 필요했다. 굳이 이렇게 하지 않아도 여기저기 다니면서 소문을 수집하다 보면 자연스럽게 알게 되기야 하겠지만 그보다는 이쪽이 훨씬 효율적이었으니까.

'먼저 걸어온 싸움을 피하는 건 모니크가의 사람이 아니지.'

나는 머릿속으로 어떻게 공략할지를 생각했다.

"티아, 네가 부탁했던 것이다."

아버지의 능력이 좋으신 것인지 아니면 베리타 공작의 능력이 엄청난 것인지 모르겠지만, 어쨌든 아버지께서는 단 이틀 만에 내게 황제파에 속하는 모든 가문의 정보를 가져다주셨다. 물론 라스 공작가와 베리타 공작가, 그리고 우리 가문의 정보는 빠져 있었지만 그 외의 네 개 후작가부터 시작해서 가장 낮은 지위의 남작 가문에 대한 정보까지 담겨 있는 서류는 그 두께만 해도 무시무시했다.

"다 읽거든 반드시 소각하도록 해라."

"네, 아빠."

나는 두툼한 서류를 안고서 내 집무실로 향했다.

밤새도록 서류를 보면서 과거의 기억과 대조했다. 거의 대부분은 일치했지만, 서류 속에는 내가 몰랐던 것도 상당히 많았다. 새로운 사실을 몇 번씩 반복해서 완벽하게 외운 다음, 타닥타닥 타오르고 있는 벽난로 속에 서류 뭉치를 넣었다.

얼마나 시간이 흘렀을까. 나는 서류가 완벽하게 재가 되어 사라진 다음에야 자리에서 일어났다. 밤새도록 책상에 앉아 서류를 봐서 그런지 온몸이 찌뿌둥했다.

'몸도 풀 겸 오랜만에 새벽 수련이나 하러 나가 볼까.'

나는 수련복으로 갈아입고 연무장으로 향했다.

연무장에는 다섯 명의 기사가 검을 들고 수련하고 있었다. 부지런하기도 하지. 내심 감탄하며 안으로 들어서자, 가장 가까운 곳에 서 있던 젊은 기사가 황급히 인사를 건넸다.

"아가씨, 이렇게 이른 시간에 어쩐 일이십니까?"

"안녕하세요, 엑스 경. 어쩌다 보니 그렇게 되었네요."

언젠가 대련한 적이 있는 갈색 머리의 젊은 기사 엑스 경. 그를 보자 아까 봤던 문서의 내용이 떠올랐다.

에아르 엑스. 백작 가문인 엑스가의 피가 흐르고 있지만, 아버지가 단승 남작이라 중간 성조차 부여받지 못한 사람이었다. 엑스 경의 본가는 별다른 두각을 나타내지는 못하고 있으나 어쨌든 황제파에 속하는 가문이었다.

'하긴 황제파에 속한 사람이 아니고서야 우리 가문의 기사단이 될 리가 없지.'

"아니, 아가씨, 안색이 영 좋지 않아 보이시는데. 설마 또 밤샘하신 겁니까?"

요즘 들어 자주 보이는 중년 기사가 나와 엑스 경 사이로 끼어들며 말했다.

프리어 센 리그. 그는 리그 백작가의 삼남으로, 그의 맏형이 백작 위를 물려받으면서 자연스럽게 단승 작위를 물려받았다. 리그 백작가 역시 황제파에 속하는 가문으로, 대대로 훌륭한 실력을 가진 기사들을 배출해 내는 곳이었다. 그래서 그런지 리그 경의 실력도 범상치 않았다.

"아, 네. 사실 밤을 새긴 했어요."

"자꾸 그렇게 밤을 지새우고 하시면 안 됩니다. 그러다가 피부가 다 망가지면 어쩌려고 그러십니까."

"그렇게 치면 검술도 배우면 안 되는 것 아닌가요?"

"뭐 그렇긴 하지만. 검술은 체력을 길러 주지 않습니까. 날씬한 몸매도 유지하실 수 있고 말입니다."

빙그레 미소를 짓자, 그는 벙긋 웃으며 말했다.

"예전에도 말씀드렸지만, 자꾸 웃으십시오. 참 아름다우십니다."

"과찬이세요. 어쨌든 감사드려요."

"오늘은 황궁에 가시지 않는 날이지요? 밤샘하느라 찌뿌둥하실 테니 조금만 수련하고 들어가서 주무십시오. 그러다 몸 상하실까 걱정됩니다."

"그럴게요. 염려해 주셔서 감사합니다."

나는 걱정 어린 잔소리를 늘어놓는 리그 경을 향해 빙긋 웃어 주고서 간단하게 아침 수련을 하고 집으로 돌아갔다.

마침내 파티 당일.

나는 두근거리는 마음을 안고 누앤 자작가를 방문할 준비를 했다. 오늘은 부드러우면서도 성숙한 느낌을 줘야 했기에 화장을 평소보다 조금 짙게 하고, 머리를 하나로 틀어 올리되 자연스럽게 옆머리가 흘러내리도록 했다. 그리고 항상 제복을 입으시는 아버지와 맞추기 위해 은은하게 빛나는 하얀 바탕에 군청색으로 포인트를 준 드레스를 입었다.

한참 동안 거울을 보며 사교용 미소를 연습했다. 한 치의 흐트러짐도 없다고 생각될 때까지.

누앤 자작가는 예상했던 것과는 달리 그리 크지는 않았다. 하지만 집사의 안내를 받아 연회장까지 가는 길에 본 저택 내부는 집주인의 풍족함을 보여 주듯 최고급 가구로 장식되어 있었다. 고풍스럽지만 천박하지는 않은 실내 장식에 내심 흡족했다. 잘못 고르지는 않은 모양이었다.

"케이르안 라 모니크 후작 각하, 그리고 아리스티아 라 모니크 후작 영애 드십니다."

시종이 알리는 소리가 들리자마자 한 여자가 바쁘게 다가와 깊게 고개를 숙였다.

"모니크 후작 각하, 그리고 영애, 누추한 곳을 찾아 주셔서 참으로 영광입니다. 참석해 주신다는 답신을 받고 얼마나 기뻤는지 모른답니다. 저는 누앤 자작 부인 베버리 수 누앤입니다."

만면에 미소를 지은 중년의 여인이 말했다. 나는 아버지께서 가볍게 고개를 끄덕여 답례하시는 것을 확인한 후, 얼굴 가득 사교용 미소를 지으며 인사했다.

"꼭 한번 뵙고 싶었습니다, 누앤 자작 부인. 아리스티아 라 모니크입니다."

"만나 뵙게 되어 정말 영광입니다. 그 유명하신 후작 각하와 제국의 안주인이 되실 분을 저희 집에 모실 날이 오게 될 줄은 꿈에도 몰랐습니다. 이런, 제가 두 분을 너무 오래 서 계시게 했군요. 안쪽으로 모시겠습니다."

조금은 들뜬 어조로 말을 늘어놓던 자작 부인은 아차 싶었는지 서둘러서 나와 아버지를 안으로 안내했다.

더욱 마음에 들었다. 이토록 풍족한 가문의 안주인임에도 아직 때가 덜 묻은 사람이라. 닳고 닳은 사람은 곤란했는데 다행이었다. 흡족한 마음에 입꼬리를 끌어 올리는데, 문득 나를 바라보고 있던 아버지께서 씁쓸한 웃음을 머금으시는 것이 보였다.

나는 군청색 눈동자를 올려다보며 어색한 미소를 지었다.

"이런 모습은 싫으세요?"

"멍청하게 당하는 모습보다는 낫다."

"감사해요, 아빠."

"이왕 시작한 일, 확실하게 해내고 오거라."

"네, 그럴게요."

묵묵히 나를 지지해 주겠다는 말씀에 가슴이 뭉클했다. 열 살로 돌아온 이래 언제나 나의 든든한 버팀목이 되어 주시는 아버지가 무척이나 고마웠다.

자작 부인의 안내를 받아 여러 귀족, 귀부인들과 인사를 나누고 난 뒤, 나는 양해를 구하고서 아버지 근처에 몰린 사람들 사이를 빠져나왔다.

'어디 보자. 어디 있으려나.'

잠시 주위를 둘러보자 삼삼오오 무리를 지어 있는 영애들의 모습이 보였다. 나는 그중 세 번째 무리에서 원하는 사람의 모습을 발견했다. 입가에 절로 웃음이 걸렸다. 어디 한 번 시작해 볼까.

모르는 척 가까이 다가가자, 눈치를 살피던 여자가 다가와 인사했다.

"안녕하세요, 모니크 영애. 일전에는 실례가 많았습니다."

나는 떨리는 눈으로 나를 바라보는 여자를 향해 빙그레 미소를 지었다.

"안녕하세요, 누앤 영애. 실례라니, 당치도 않습니다. 오히려 그날 영애를 돕지 못해 죄송했답니다."

"네?"

"보시다시피 제가 아직 어려서, 미처 도움을 드리지 못했습니다. 제가 조금만 더 컸더라면 누추하나마 기꺼이 내어 드렸을 텐데요."

일부러 직접 언급하지 않으면서 나는 그녀가 내 말뜻을 알아듣는지 시험했다. 드레스에 차를 쏟았다는 사실 자체가 수치였기에 다른 영애들 앞에서 언급하지 않는 것이기도 했지만, 이 정도의 말귀도 못 알아듣는 여자라면 곤란했다. 만일 그렇다면 차라리 다른 사람을 찾는 게 나을지도.

다행히 그녀는 내 말을 알아들은 듯, 고개를 숙여 감사를 표시했다.

"모니크 영애께서 애써 주신 것은 잘 알고 있습니다. 미처 말씀드리지 못했지만, 정말로 감사했습니다."

"아닙니다. 도움도 되어 드리지 못했는데, 그리 말씀해 주시니 민망하군요."

나는 만족스럽게 입꼬리를 끌어 올렸다. 적당히 순진하고, 그럭저럭 눈치도 있고, 딱 맞는 지위가 있는, 그러나 황제파 영애들 사이에서 주류가 되지는 못한 여자. 핵심 세력만 엄선해서 골랐을 베리타 공작가의 가든파티에 초대받을 정도의 위치에 있었음에도, 무슨 이유에서인지는 모르겠으나 제노아 영애가 드레스를 빌려 주지 않겠다고 선언함으로써 버려진 여자.

'이번 생에는 이런 지저분한 곳에 발 들이지 않으려고 했는데.'

얌전히 검술을 수련하여 기사가 되고 가문의 정식 후계자가 되기를 바랐을 뿐, 얼마 전까지만 해도 나는 이런 넌더리나는 여자들의 전쟁터에 다시 발을 들이고 싶은 생각 같은 것은 전혀 하지 않았다. 어쩐지 입맛이 썼지만, 소중한 사람들을 지켜야 한다는 사실을 애써 떠올리며 나는 마음을 추슬렀다.

"초대장을 받고 몹시 기뻤답니다. 사실 제게는 또래 친구가 없어서 무척 외로웠거든요."

"영애께서는 두 분 공자들과 어릴 적부터 친분을 쌓으신 사이가 아니셨나요?"

"그렇긴 합니다만, 두 분 공자는 남성분이지 않습니까. 간혹 남자끼리만 통하는 얘기를 할 때면 어찌나 소외감이 느껴지던지. 제게도 동성 친구가 있었으면 하고 몹시 바랐지만 여태껏 기회가 없었는데, 이제야 이렇게 인연이 닿네요."

"……설마 제게 기회를 주시는 건가요?"

갈색 눈동자가 떨리는 것이 보였다. 동시에 나는 그녀의 눈 속에서 빠르게 스쳐 지나가는 계산을 보았다. 가든파티에서의 모습 때문에 완전히 순진하기만 하면 어쩌나 하고 걱정했는데, 역시 그 사건을 계기로 조금이나마 깨달음을 얻은 모양이었다.

"감사합니다, 영애. 정성을 다해 섬기겠습니다."

"어머, 친구 사이에 섬긴다고 하면 이상하지요. 우리 앞으로 잘 지내 볼까요, 니아브. 부디 제 좋은 벗이 되어 주세요."

나는 화사하게 사교용 미소를 지으며 의식적으로 그녀의 이름을 불렀다. 친분의 표시. 못생기지는 않았으나 그리 예쁘지도 않은 누앤 영애의 얼굴에 환한 미소가 떠오르고, 주위에 서 있던 몇몇 영애들이 부러움의 눈길로 그녀를 바라보는 것이 보였다.

"친구분들을 소개해 주지 않겠어요, 니아브? 제가 사교계에 나온 지 얼마 되지 않아 아는 분이 별로 없군요."

"물론입니다! 이쪽부터 차례로 나이라, 샤리아, 센크 자작 영애입니다."

"그렇군요. 여러분, 모두 반갑습니다. 함께 계신 것을 보니 니아브의 절친한 벗들이시겠군요. 니아브와 더불어 제 좋은 벗이 되어 주었으면 합니다."

"영광입니다, 모니크 영애."

"정성을 다해 섬기겠습니다."

"이런 기회를 주셔서 정말 감사합니다, 모니크 영애."

나는 재빠르게 고개를 숙여 충성을 맹세하는 그녀들을 보며 다시 한 번 화사한 미소를 지었다. 생각보다 소득이 괜찮았다. 루비와 다이아몬드로 유명한 누앤 자작가, 질 좋은 사파이어로 명성을 날리고 있는 나이라 자작가, 상단을 이끌고 있는 샤리아 자작가에, 보석 세공 장인을 다수 보유하고 있는 센크 자작가라. 첫 소득치고 이 정도면 나쁘지 않았다.

나는 그들에게 주류로 거듭날 기회를 제공하고, 그녀들은 내가 사교계를 휘어잡을 발판이 되어 준다. 이 정도면 괜찮은 거래이지 않은가.

그렇지만 갑자기 알렌디스와 카르세인이 너무나 보고 싶었다. 이익 같은 걸 따지지 않아도, 따로 계산 같은 걸 하지 않아도 언제든지 함께할 수 있는 두 사람. 내게 거짓된 미소가 아니라 진심에서 우러나오는 미소를 짓게 만드는 그들이.

애초에 그럴 의도로 다가가긴 했지만, 막상 계산적으로 '나'라는 사람의 가치를 따지고서야 비로소 친근하게 미소를 짓는 여자들을 보자 가슴 한구석이 허전해졌다. 그에게 인정받기 위해 사교계에서 악전고투하던 때에 항상 내 마음 한구석을 지배하고 있던 공허한 이 느낌. 참으로 오랜만이었다.

"……티아."

"네, 아버지."

마음은 허전할지언정 결코 표정으로 드러내지는 않았다고 생각했는데, 아무리 그래도 아버지까지 속일 수는 없던 모양이었다. 어느새 다가와 안쓰럽다는 듯 바라보던 아버지께서 말씀하셨다.

"즐거운 시간을 보내고 있는 네겐 미안하다만, 오랜만에 파티에 참석했더니 조금 피곤하구나. 너만 괜찮다면 이만 돌아갈까 하는데, 어떻게 생각하느냐?"

"어머, 제가 너무 제 생각만 하고 미처 아버지를 살피지 못했군요. 죄송해요, 아버지. 어서 돌아가요."

"미안하구나. 친구들과의 즐거운 시간을 방해해서."

아버지의 말씀에 나는 고개를 저으며 말했다.

"아니에요, 아버지. 여러분, 모두 들으셨겠지만 저는 이만 돌아가 봐야 할 듯하군요. 초대해 줘서 고마워요, 니아브. 즐거운 시간이었어요."

"저야말로 모실 수 있어서 영광이었습니다, 모니크 영애. 다음에 또 초대장을 보내도 될까요?"

"물론이에요, 니아브. 우린 이제 친구잖아요. 사라, 카트린느, 엔테아, 그대들도 마찬가지예요. 만일 저만 빼놓으신다면 미워하겠어요."

"저희가 영애를 빼놓을 리가 있겠습니까. 다시 뵙는 날을 학수고대하고 있겠습니다."

"고마워요. 그럼 다음에 만나도록 하죠. 가요, 아버지."

"그러자꾸나. 영애들, 다음에 또 보도록 하지. 그럼."

마지막까지 화사하게 사교용 미소를 지어 보이고서 나는 아버지와 함께 누앤 자작가를 빠져나왔다.

마차에 올라 아버지의 옆에 앉았다. 어리광을 부리듯 너른 어깨에 머리를 기대자, 손을 뻗어 내 머리카락을 부드럽게 쓰다듬은 아버지께서 말씀하셨다.

"처음이라 힘들었을 텐데, 수고했다. 잘 해냈더구나."

"그런가요? 다행이네요."

"내 딸에게 이런 면모가 있을 줄은 몰랐구나. 조금 놀랐단다."

"제게 실망하신 건 아니죠?"

"험난한 사회를 살아가는 데 있어 필요한 것 아니더냐. 아무리 두꺼운 가면을 쓴다 한들, 아비는 이미 네가 한없이 여리고 착한 아이라는 것을 알고 있단다. 어째서 실망 같은 걸 하겠느냐. 괜한 걱정은 하지 말거라."

"……그들도 그렇게 생각해 줄까요?"

지친 목소리가 흘러나왔다. 그녀들과 어울리며 내내 머릿속에서 떠나지 않던 불안감. 과거에는 진심으로 마음을 털어놓을 수 있는 존재를, 그리고 그 소중함을 미처 알지 못했다. 그렇기에 나는 가식적으로 웃고 거짓 친분을 쌓으면서도 누군가에게 미움을 받을까 봐 두려워하지는 않았다. 그러나 진심으로 다가설 수 있는 사람들의 존재와 그 무게감을 알게 된 지금 나는 이런 내 모습을 보고 진정 소중한 이들이 실망할까 봐 두려웠다. 이런 아이인 줄 몰랐다며 차갑게 돌아설까 무서웠다.

"아비는 그들을 썩 좋아하지는 않는다만, 네게 그럴 아이들은 아니라는 건 알고 있다. 너도 잘 알고 있지 않느냐."

"그런가요?"

잔뜩 지친 몸을 아버지에게 기대고서 나는 점점 뻑뻑해지는 눈을 스르르 감았다. 몸도 마음도 몹시 피곤한 하루였다.

"여러분, 여러분께서는 혹시 색다른 취미 같은 건 없으신가요?"

완연한 봄기운이 도는 어느 날, 나는 열 명의 영애와 함께 우리 집 정원에서 티타임을 갖고 있었다. 오늘의 주인이자 가장 지위가 높은 자로서 상석에 앉은 내 좌우에는 니아브, 사라, 엔테아, 그리고 카트린느가 자리 잡고 있었고, 그 밑으로는 새롭게 알게 된 자작 및 남작 영애들이 올망졸망 모여 앉아 있었다.

나는 의아하다는 표정을 짓는 이들을 향해 화사하게 미소를 지으며 설명했다.

"제게는 색다른 취미가 하나 있는데 말이죠. 여러분께서 천박하다 여기지 않으신다면, 조심스럽지만 한번 얘기해 볼까 합니다."

"어떤 취미이신가요, 모니크 영애?"

내 오른편에 앉아 명실공히 나와 가장 친분이 있는 영애로서의 위엄을 과시하던 니아브가 물었다. 그녀의 오른쪽에 앉아 있는 분홍빛 머리카락의 소녀, 사라도 눈을 빛내며 물었다.

"대체 그 취미가 어떤 것이기에 그러시나요, 모니크 영애? 몹시 궁금합니다. 어서 말씀해 주세요."

"그건 말이죠. 사실 저는 장신구 같은 것을 디자인해 보는 취미가 있답니다."

"장신구라고요?"

운을 떼기가 무섭게 카트린느가 물었다. 보석 세공 장인을 다수 보유하고 있는 센크 자작가의 영애다운 행동이었다. 걸려들었구나.

"네. 볼품없는 솜씨라 전부 보여 드리기는 민망하지만, 최근에 디자인한 것은 제 마음에 쏙 들어서 말이에요. 여러분의 고견을 듣고 싶어서 부끄러운 것을 무릅쓰고 말씀드리는 것이랍니다."

"한번 보여 주실 수 있나요, 모니크 영애?"

"쑥스럽지만 제가 먼저 말을 꺼냈으니 응당 보여 드려야겠죠? 바로 이것이랍니다."

나는 미리 준비해 뒀던 종이쪽지를 꺼내 카트린느에게 건넸다.

조심스럽게 쪽지를 펴서 본 그녀는 고개를 갸웃하며 물었다.

"이건 어디에 쓰는 건가요?"

"보통 머리를 하나로 틀어 올릴 때, 여러 개의 핀 때문에 고생하거나 무거운 장식 때문에 힘들지 않던가요? 그래서 고안해 봤어요. 이걸 사용하면 머리도 쉽게 틀어 올릴 수 있을 뿐만 아니라 장식도 되죠."

"아! 이건 정말 획기적인 생각인데요? 간편한데다 이 윗부분에 이런저런 장식을 붙이면 디자인도 다양하면서 무척 아름다울 것 같아요."

"그런가요?"

나는 감탄하는 카트린느를 향해 빙긋 웃어 보였다. 내가 그녀에게 건넨 쪽지에는 비녀가 그려져 있었다.

비녀는 과거 내가 막 성인식을 치렀을 무렵, 무명의 보석 세공사가 발명했다가 폭발적인 반응을 얻으며 유행했던 것이었다. 그럴 수밖에 없었던 것이, 비녀의 발명 이전에는 머리카락을 하나로 틀어 올리기가 몹시 힘들었다. 티아라는 오직 황족만 사용할 수 있었으므로 머리카락을 고정하기 위해서는 수십 개의 가느다란 핀을 사용하거나 큼직한 장식을 여러 개 꽂아야 했다. 하지만 그 방식은 시간도 많이 걸릴 뿐만 아니라 두피가 찔려 아팠다. 따라서 귀족 부인들은 단 하나로 머리카락을 고정할 수 있는 비녀에 열광했다.

처음으로 내게 충성을 맹세한 네 사람에게 줄 수 있는 적절한 보상이 뭐가 있을까 고민하다가 내가 떠올린 것이 바로 비녀였다. 화려하게 세공된 온갖 보석으로 장식한 비녀, 그리고 그 판권. 만들기만 하면 엄청난 호응이 보장되는 상황에서 이보다 더 안성맞춤인 보상이 어디 있을까.

"이것을 실제로 만드실 생각은 없나요, 모니크 영애?"

눈을 반짝 빛낸 엔테아가 물었다. 유명한 상단을 이끌고 있는 샤리아 자작가의 여식다운 행동이었다.

'그래, 네가 제일 애가 탈 테지. 난 이미 네가 덜떨어진다는 평가를 받는 네 오라비를 밀어내고 후계자가 되고자 노력하고 있다는 걸 알고 있어, 엔테아. 이걸 가져간다면 네 목표에 한발 더 다가설 수 있을 테지.'

이 정도면 충분히 넘어온 듯했지만, 나는 일부러 수줍은 듯한 미소를 지으며 한 번 더 겸양을 표했다.

"그저 소소한 취미일 뿐이에요. 실물로 만든다니, 그런 생각은 해 본 적도 없습니다."

"아닙니다, 모니크 영애. 이건 충분히 획기적인 작품입니다. 반드시 엄청난 대유행이 될 거예요. 샤리아가의 일원으로서 장담합니다."

"정말인가요?"

"네. 마침 조건도 딱 맞지 않습니까. 이 디자인을 가지고 누앤 영지와 나이라 영지에서 나오는 질 좋은 보석을 붙여서 센크 영지의 세공사들이 세공을 한다면, 그리고 그것을 저희 상단에서 판매하게 된다면 분명 엄청난 수익이 될 겁니다."

엔테아의 말에 니아브와 사라, 그리고 카트린느 역시 간절한 눈초리로 나를 바라보았다. 나는 일부러 고민하는 척 허공을 바라보며 열까지 세고 난 뒤에야 낮게 한숨을 내쉬며 말했다.

"제가 보기에는 영 볼품없습니다만, 그 말대로라면 소중한 벗인 그대들에게 조금이나마 보탬이 될지도 모르겠다는 생각이 드네요. 제가 어떻게 하면 될까요?"

"이 디자인을 공으로 주십사 할 수는 없고, 수익을 나누시는 게 어떻겠습니까? 반드시 성공해 보이겠습니다."

"좋은 벗 사이인데, 공연히 금전 문제로 의가 상할까 봐 두렵네요. 저는 괜찮습니다. 어차피 취미였을 뿐이니, 그대들끼리 수익을 나누도록 하세요."

나는 보란 듯이 정색하며 말했다. 어차피 이건 더 큰 것을 얻기 위한 투자였다. 나중에 따라올 것을 생각하면 이 정도쯤은 얼마든지 내줄 수 있었다.

"하지만 영애."

"그대들에게 도움이 되었다면 그걸로 되었습니다. 정 그러시다면 완성되었을 때 제게 가장 먼저 보여 주는 걸로 계약을 맺도록 하죠. 저는 그 정도면 족합니다."

"……정말 감사합니다, 모니크 영애. 이 은혜는 결코 잊지 않겠습니다."

엔테아는 내게 깊이 고개를 숙여 감사를 표했다. 다른 세 사람 역시 마찬가지였다.

흡족한 미소를 지으며 그녀들을 바라보다가 나는 네 사람을 부럽다는 듯 바라보고 있는 여섯 영애들을 향해 환하게 웃어 보였다. 안절부절못하는 그들의 눈동자에는 어떻게 해야 내 환심을 살 수 있을지 고민하는 빛이 역력했다.

이제 그들뿐만 아니라 황제파의 다른 영애들도 나를 따른다면 어떤 보상이 오는지 깨달을 테지.

'그때가 되면 제노아 영애와 그녀를 따르는 영애들은 어떻게 나올까?'

앞으로 해야 할 일을 생각하며, 나는 다시 한 번 열 명의 영애들을 향해 화사하게 미소를 지었다.

다음 날, 나는 황궁에 출근해 하루 종일 연무장에서 검을 수련했다. 사교계 모임을 갖느라 수련할 수 있는 절대적인 시간이 줄어들었으므로 조금이라도 짬이 날 때마다 검을 들어야 했다.

혹시나 하는 마음에 기다렸지만, 원래 이 시간쯤 되면 나타났을 카르세인은 모습을 드러내지 않았다.

'아무래도 바쁜 모양이네.'

하긴 며칠 뒤에 열릴 황태자 전하의 생일 연회 때문에 모두가 정신없이 바쁜 지금 한가한 사람이 누가 있겠나 싶었다. 나도 공작 전하께서 배려해 주셨기에 겨우 이렇게 수련을 하고 있는 것을.

오랜만에 만족할 정도로 수련을 마친 뒤, 보좌관실로 돌아와 간단하게 몸을 씻었다. 땀에 젖은 수련복 대신 깨끗한 제복으로 갈아입은 뒤 머리를 한데 모아 질끈 묶었다. 실컷 땀을 흘린 덕에 몹시 상쾌한 기분이었다.

마지막으로 한 번 더 차림을 점검한 뒤 밖으로 나서려는데, 문득 책상 위에 놓여 있는 쪽지가 보였다. 고개를 갸웃하며 종이를 펼치자 라스 공작의 글씨체가 눈에 들어왔다. 몹시 바빠 짬이 나질 않으니, 자신을 대신해서 행정부에 서류를 전해 달란 내용이었다.

"제1기사단장, 라스 공작 전하께서 보내시는 서류입니다."

"알겠습니다. 확실히 수령했습니다."

서류를 넘겨주고 나와 걷는데, 문득 알렌디스가 생각났다.

'잠깐 보고 갈까.'

마지막으로 봤을 때의 모습이 마음에 걸리긴 했지만 기왕 여기까지 왔는데 그냥 가는 것도 조금 그렇다 싶었다.

지나가는 사람들에게 물어 알렌디스가 근무하는 곳을 찾았다. 재상의 아들이라는 타이틀 때문인지 아니면 그 자신의 능력이 워낙 뛰어나서인지, 그는 행정부에 임관한 지 얼마 되지도 않았음에도 벌써 개인 집무실을 갖고 있었다.

몇 개의 모퉁이를 돌고 복도를 지나 도착한 그의 집무실 문 앞에서 나는 한참을 망설이다 조심스레 노크했다. 하지만 들어오라는 소리는 들리지 않았다.

'자리에 없는 건가? 이상하네. 황태자 전하의 생일 파티 때문에 비상사태일 테니 퇴근했을 리는 없고.'

머뭇머뭇 문을 열었다. 방 안을 빙 둘러보자, 긴 의자에 기대서 잠들어 있는 연두색 머리카락의 청년이 보였다. 늘 단정하게 묶고 다니던 연둣빛 머리카락이 웬일인지 다 풀어져 하얀 얼굴에 짙은 그늘을 드리우고 있었다. 계속되는 업무에 많이 피곤했던 듯 보드랍던 얼굴이 조금은 까칠해 보였다.

'어떡하지. 그냥 갈까?'

망설이다 돌아서는 순간, 갑자기 강하게 손을 잡아채는 힘이 느껴졌다. 삽시간에 온 세상이 연둣빛으로 가득 찼다. 절로 눈이 휘둥그레지고, 놀란 심장이 미친 듯 빠르게 뛰었다.
 채 정신을 수습할 틈도 없이 다가온 커다란 손이 목을 움켜쥐었다. 깜짝 놀라 그 손을 떼어 내려 했지만, 어느새 다가온 또 다른 손이 내 손목을 꽉 붙들었다. 나를 옴짝달싹 못하게 하는 힘에 조금씩 공포심이 차올랐다.
 "아, 알······."
 "······티아?"
 목과 손목을 움켜쥐던 힘이 조금 늦춰졌다. 하지만 그뿐, 알렌디스는 나를 놓아주지 않았다. 항상 밝게 빛나던 에메랄드빛 눈동자가 조금은 짙어져 있었다. 느릿느릿 다가온 손이 내 뺨을 쓸었다.
 어딘가 서늘한 그 손길에 잊고 있던 과거의 기억이 떠올랐다. 머릿속을 가득 울리는 싸늘한 목소리에 온몸이 부들부들 떨렸다.

 "천한 노예처럼 날 만족시켜 봐라. 그럼 네 아비를 살려 주마."

 "이, 이러지······."
 오싹, 소름이 돋았다. 덜덜 떨리는 입술 사이로 더듬거리는 목소리가 새어 나왔다.
 "이대로 네게 닿아 버리면 어떻게 될까? 그럼 넌 날 미워하겠지?"
 "아, 알렌, 제발······."
 "아직 네가 준비가 되지 않은 건 아는데. 이젠 조금씩 힘들어지려고 해."

연둣빛 세상 속, 이제는 온전히 제빛을 찾은 영롱한 눈동자가 슬픔을 한가득 머금고 나를 보았다. 물기 어린 그 눈빛에 가득 차올랐던 공포가 서서히 사그라졌다. 뺨을 어루만지는 서글픈 손길에 떨리던 몸이 조금씩 가라앉았다.

"조금 후회가 된다. 내가 문관이 아니라 기사의 길을 걸었더라면, 라스 공자처럼 좀 더 당당하게 네게 다가갈 수 있었을 텐데."

파르르 흔들리는 연둣빛 속눈썹을 보자 불현듯 떠오르는 말이 있었다.

"……."

하지만 나는 그것을 차마 입 밖으로 낼 수가 없었다. 입술을 꼭 다문 채 침묵하는 나를 바라보던 알렌디스가 깊은 한숨을 내쉬며 천천히 몸을 일으켰다. 연둣빛 세상이 물결치며 내게서 멀어졌다.

"그래도 네가 기사의 길을 걷는다는 건 내게도 아직 기회가 있단 얘기겠지?"

"……."

"좀 더 당당하게 나설 수 있는 날이 오면, 그때는……."

말을 삼킨 그는 담담하게 미소를 지으며 나를 일으켜 세웠다. 그 미소는 평소와 같았지만, 그 안에 가득 담겨 있는 씁쓸한 감정이 내 가슴을 찔렀다. 미안함과 죄책감이 어우러져 자꾸만 심장을 울렸다.

"후우……."

길게 한숨을 내쉰 알렌디스가 말했다.

"조금 전엔 미안했어, 티아. 잠결에 그만……."

"응? 아, 응. 괜찮아."

더듬더듬 답하는 내게 힘없이 웃어 보인 알렌디스가 창가로 다가갔다. 내게 등을 돌리고 선 그의 뒷모습은 어쩐지 더 이상의 대화를 거부하는 것처럼 보였다.

나는 말없이 방을 나가려다 말고 멈칫 멈춰 섰다. 쓸쓸해 보이는 뒷모습이, 평소와는 다르게 흐트러진 모습과 풀어 헤쳐진 연둣빛 머리카락이 계속해서 마음에 걸렸기에.

몇 번을 망설이다 그에게 다가갔다. 손을 위로 올려 머리끈을 풀어낸 뒤, 창밖에 시선을 고정한 그의 손에 쥐어 주었다.

"티아?"

"그냥, 나는 퇴궁하는 길이니까 필요 없어서. 이러고 있으면 불편할 거잖아."

나는 묻는 듯한 눈으로 나를 물끄러미 바라보는 알렌디스를 슬쩍 외면하며 말했다. 한참 동안 침묵하던 그가 잔뜩 가라앉은 목소리로 답했다.

"⋯⋯고마워."

"⋯⋯아냐. 그럼 가 볼게."

밖으로 나와 문에 등을 기대고 섰다. 미안함과 죄책감, 그리고 알 수 없는 감정들이 가슴속을 뱅뱅 맴돌았다. 물기 어린 눈빛과 서글픈 손길이 잊히지가 않았다.

한참 동안 멍하니 서 있는데, 문득 복도 끝에서 두런두런 대화를 나누는 소리가 들렸다. 그제야 비로소 정신이 들었다. 그러고 보니 여기는 행정부였지. 귀족파 사람들도 많이 오가는.

'이러고 있다가 또 어떤 소리를 들을지 몰라. 우선 이 자리를 벗

어나자.'

 무언가 나를 뒤로 잡아당기는 듯한 느낌이 들었지만, 나는 입술을 잔뜩 깨물며 복도를 걸어 나갔다. 단 한 번도 돌아보지 않은 채로.

 그의 생일 연회가 열리는 날.
 겨우 준비를 끝내고 한숨을 돌리던 무렵, 온 집안이 발칵 뒤집히는 일이 발생했다. 오늘의 주인공인 황태자 전하가 저택을 방문한 것이었다.
 나는 황급히 그를 맞이하러 1층으로 내려갔다. 어째서 그가 여기까지 찾아왔단 말인가. 연회 준비만 해도 충분히 바쁠 텐데.
 "제국의 작은 태양, 황태자 전하를 뵙습니다."
 "오랜만이군."
 "연회 준비로 많이 바쁘실 텐데……."
 "궁내부가 바쁘지, 본인이 할 일이 뭐가 그리 많겠나. 혹 그대는 아직 준비 중이었나?"
 "아닙니다, 전하. 막 마치고 잠시 휴식을 취하던 중이었습니다."
 "그런가. 다행이군."
 의례적인 대화를 마친 뒤 응접실로 자리를 옮기고 나자 정적이 흘렀다. 무언가를 곰곰이 생각하던 그는 한참 후에야 침묵을 깨며 물었다.

"그대, 요새 주변에서 별다른 점은 없었나?"

"네? 어떤 것을 말씀하시는지……."

"아니, 모른다니 됐군. 별일은 아니니 신경 쓰지 말도록."

그는 그대로 입을 다물고는 다시 침묵했다. 나는 생각에 잠긴 듯한 표정으로 의자를 톡톡 두드리는 그를 보며 고개를 갸웃했다.

'그에게 원래 저런 버릇이 있던가? 아닌 것 같은데.'

무슨 일이 있느냐고 물어볼까 고민하고 있는데, 손을 멈춘 그가 허공을 응시하며 말했다.

"그대, 차 한 잔 줄 수 있겠나?"

"네, 전하. 곧바로 사람을 부르겠습니다."

"아니, 음. 그대가 끓인 차를 마셔 보고 싶은데."

"……네?"

절로 눈이 휘둥그레졌다. 지난번도 그렇고 이번에도 그렇고, 자꾸만 보여 주는 그답지 않은 행동에 몹시 당혹스러웠다.

"어찌 그러지? 아니 되겠나?"

"아, 아닙니다, 전하. 그리하겠습니다."

황급히 줄을 당겨 집사를 불렀다. 집사가 최상급 찻잎과 티 세트를 가져오는 동안, 나는 크게 심호흡하며 마음을 가라앉혔다. 음식이나 차에 관한 한 몹시 까다로운 사람이니 책잡히지 않으려면 만전을 기해야 했다.

잠시 후 돌아온 집사가 온갖 종류의 찻잎 상자를 내려놓았다. 나는 그중에서 캐모마일과 민트를 골라 일정 비율로 섞은 후 물을 부었다. 그러고는 잔뜩 긴장한 채 속으로 시간을 세다가 조심조심

따라 냈다.

조마조마한 마음으로 그에게 찻잔을 내밀었다. 부디 잘 우러났어야 할 텐데. 말없이 찻잔을 기울여 한 모금을 마신 그가 말했다.

"……이런 점은 또 다르군."

"네, 전하?"

"아니, 아무것도 아니다. 그보다 차 맛이 좋군."

바짝 조여 오던 긴장이 탁 풀렸다. 나도 모르게 입가에 미소가 걸렸다. 까다로운 취향을 가진 그가 혹시라도 찾아올 때를 대비해서 몇 번이고 차를 우려내는 연습을 했던 과거의 노력이 조금이나마 인정받은 것 같은 기분이었다. 눈앞의 그는 기억 속의 그와는 다르면서도 이런 점은 또 같았다.

"연회 준비로 힘드셨을 것 같아 피로 회복에 좋다는 차로 준비해 봤습니다."

"그런가. 고맙군."

말없이 찻잔을 기울이는 그를 보며 나도 내 몫의 찻잔을 입으로 가져갔다.

조용한 가운데 은은한 차향을 즐기고 있으려니 문득 한동안 바쁘게 지내느라 접어 두었던 궁금증이 다시 일었다. 그는 어머니에 대해 어떻게 알고 있는 걸까? 그리고 어린 시절 그와 나 사이에는 무슨 일이 있었던 걸까?

평소였다면 물을 엄두조차 나지 않았겠지만, 어쩐지 오늘은 괜찮을 것 같았다. 그래서 나는 한참을 망설이다 용기를 내어 그에게 말을 걸었다.

"전하."

"음."

"전하께선 제 어머니와 친분이 있으셨다고 들었습니다."

"……그랬지."

"제 어머니께선 어떤 분이셨나요?"

그는 한참 동안 말이 없었다. 제법 긴 시간 동안 이어지는 침묵에 조금씩 불안해졌다. 괜한 걸 물었나 싶어 점점 안절부절못하고 있을 때, 정적을 깨는 서늘한 목소리가 들려왔다.

"아름다운 분이었지. 그대와 많이 닮았고."

"……"

"햇빛을 받으면 붉게 빛나는 자홍색 머리카락에 그대와 같은 황금빛 눈동자를 가진 분이셨지. 갓난아이였던 그대를 안고 처음 입궁하셨을 때가 떠오르는군."

들고 있던 찻잔을 내려놓은 그가 먼 허공을 응시하며 말했다.

"건강이 좋지 않아 자주 외출하지도 못하고 아는 사람도 적었지만, 주변 사람들은 누구나 그분을 좋아했다."

"……"

"정이 없는 편이셨던 황후 폐하께서도 그분만은 곁에 두셨을 정도였지. 간혹 그대와 함께 입궁하는 날이면 부황 폐하께서도 나를 데리고 황후궁을 찾아 함께 시간을 보내곤 하셨다."

이어지는 그의 말속에 마음에 걸리는 것이 하나 있었다. 하지만 지금은 어머니의 이야기를 듣는 것이 우선이었기에 나는 말없이 그의 말에 귀를 기울였다.

"그리고 보면 그대가 그분을 닮은 게 또 하나 있군. 부황 폐하께서도, 황후 폐하께서도, 그리고 그대의 어머니도 모두 그대를 몹시 사랑하셨으니."

"……."

"그래. 그분께선 그대를 한없이 사랑했었지."

그의 목소리에는 나로서는 알지 못할 한숨이 섞여 있었다. 그 모습을 보자 문득 의문이 생겼다. 폐하와 그는 모두 열 살보다 어린 시절의 나를 아는 것 같은데, 폐하께서는 어째서 사치세를 주청했던 그때 나를 처음 본 것처럼 대하셨던 걸까. 그리고 그는 왜 황궁 정원에서 마주쳤던 날 나를 낯선 사람처럼 대했던 것일까?

추억에서 깨어난 듯, 그는 찻잔을 다시 들어 올렸다. 나는 그 모습을 바라보며 한참을 망설이다 머뭇머뭇 입을 열었다.

"저, 전하."

"음."

"저, 그렇다면 전하께서는 제 어린 시절을 잘 알고 계신 것입니까? 얼마 전 가문의 사람에게서 한때 자주 방문해 주셨단 얘기를 들었습니다만……."

"이제 그 얘긴 그만했으면 하는군."

찻잔을 탁 소리 나게 내려놓은 그가 싸늘하게 말했다. 몹시 서늘한 그 기세에 나는 황급히 입을 다물었다. 갑작스러운 태도 변화가 무척 당혹스러웠다. 내가 뭔가 잘못 말한 걸까? 갑자기 왜 그러지?

"저, 전하, 제가 무슨 실례라도……."

"아니, 그대의 잘못은 아니다."

"……."

"제법 시간이 지났군. 준비가 다 됐다면 그만 출발하도록 하지."

자리에서 벌떡 일어난 그는 뒤도 돌아보지 않고 밖으로 향했다. 냉기를 뿌리며 황궁으로 갈 차비를 하라 이르는 모습에 그를 수행해 온 근위 기사들이 묻는 듯한 눈초리로 나를 바라보았지만, 영문을 알 수 없는 건 나 역시 마찬가지였다.

 쭈뼛쭈뼛 그를 따라 내려가는데, 때마침 저택으로 들어서던 아버지와 마주쳤다.

 '어떻게 집에 돌아오신 거지? 황궁 경비를 맡고 계실 텐데.'

 "제국의 작은 태양, 황태자 전하를 뵙습니다. 전하께서 오셨을 줄은 몰랐습니다."

 "오랜만이오, 후작. 마침 시간이 남았기에 겸사겸사 잠시 들렀소. 지금 출발하는 길이었소만."

 "그렇습니까. 신도 잠시 자리를 비우고 들른 참이었으니, 바로 전하를 모시겠습니다."

 나는 아버지를 바라보며 살며시 미소를 지었다. 어찌 오셨나 했는데, 아무래도 홀로 황궁에 가야 하는 내가 마음에 걸려 잠시 들르신 모양이었다.

 어색한 공기 속에서 간신히 황궁에 도착한 뒤, 여전히 냉기를 뿌리는 그와 함께 연회의 스타트를 끊었다. 숨 막히는 침묵 속에서 간신히 춤을 마친 뒤 나는 그에게 양해를 구하고 자리를 빠져나왔다. 차를 마시다 불현듯 싸늘해진 이후로 내내 냉기를 뿌리는 터라 안 그래도 어렵던 그의 곁이 더욱 가시방석이었다.

 '갑자기 이러는 건 무슨 경우야? 그럴 거면 이유라도 얘기해 주던가.'

 "모니크 영애."

속으로 종알거리고 있을 때, 기다렸다는 듯 다가온 일련의 무리가 일제히 고개를 숙여 인사했다. 나는 그중 가장 앞에 서 있는 금발의 여자를 향해 밝게 미소를 지었다.

"어머, 니아브. 왔군요."

"오늘 정말 아름다우세요, 영애. 그 드레스는 역시 황태자 전하와 맞추신 거죠? 정말 잘 어울리셨어요, 두 분."

카트린느의 말에 나는 잠시 내가 입은 드레스를 내려다보았다. 검은 바탕에 은빛 리본으로 포인트를 준 드레스는 분명 하얀 바탕에 검은색으로 포인트를 준 그의 예복과 콘셉트를 맞춰 만든 것이었지만, 오전까지만 해도 괜찮아 보였던 드레스가 지금은 왠지 마음에 들지 않았다.

"참, 모니크 영애, 일전에 말씀해 주신 세공사는 찾았습니다. 굉장한 실력이던걸요."

"그런가요? 다행이군요."

"그런 자는 어찌 아셨습니까? 덕분에 저희 상단에서도 조만간 시제품을 만들어 올릴 수 있을 것 같습니다."

"글쎄요, 엔테아, 누구나 밝히고 싶지 않은 게 한두 가지 정도는 있는 것 아니겠어요?"

디자인을 넘겨주기는 했지만, 기존의 장신구와는 많이 다른 비녀를 쉽사리 만들어 낼 수 있을 것 같지는 않아서 그날 나는 카트린느에게 미리 찾아 두었던 원작자의 정보를 넌지시 건네줬다. 처음에는 흘려들었겠지만, 막상 제작에 들어가 만들기가 쉽지 않자 카트린느는 결국 그자를 찾은 모양이었다. 원래 세공사의 발명품이었으니 잘 만들어 줄 것이다.

'과거에는 미치지 못하지만 이 정도면 보상은 됐겠지.'

비녀 이야기가 나오자 주위를 둘러싼 영애들의 눈이 반짝였다. 저마다 조금이라도 더 환심을 사려 애쓰는 그녀들을 보자 속에서 신물이 올라왔지만, 나는 겉으로는 더욱 화사한 미소를 지으며 그들과 대화를 나눴다.

"저길 좀 보세요, 모니크 영애. 다툼이 일어났나 봐요."

사라가 가리키는 쪽을 바라보자 대치하고 있는 두 개의 무리가 보였다. 마주 보고 있는 두 여자, 그리고 두 여자를 위시하고 있는 영애들. 그중 왼편에 있는 옅은 갈색 머리카락의 여자는 낯이 익었다.

"제노아 영애와 하멜 영애군요. 또 시작인가 봐요."

엔테아의 말에 동조한 영애들이 저마다 한마디씩 떠들기 시작했다. 나는 귓가를 윙윙 울리는 말들을 흘려들으며 대치하고 있는 두 무리를 바라보았다.

'하멜 영애라. 귀족파 영애의 우두머리가 하멜 백작가의 장녀라고 했지. 제나 공작가의 친척뻘이 된다고 했던가.'

나는 오른손을 들어 아직도 떠들고 있는 여자들을 조용히 시킨 뒤 대치하고 있는 무리에게 향했다. 모두가 멍하니 서 있는 가운데 재빠르게 나를 따르는 자가 있었다.

'엔테아.'

역시 상황 판단이 빠른 상가의 여식다운 행동이었다. 그제야 정신을 차린 다른 영애들도 앞서거니 뒤서거니 하며 나를 따랐다.

"무슨 일입니까, 제노아 영애."

"……안녕하세요, 모니크 영애."

보란 듯이 살짝 인상을 찌푸리며 말을 걸자, 제노아 영애는 잠시 멈칫하다 이내 고개를 숙여 예를 갖췄다. 아무것도 모르는 척 묻는 내게 그녀는 머뭇머뭇 자초지종을 설명했다.

 "목이 말라 음료를 들고 있는 시종을 불렀습니다만, 때마침 하멜 영애께서도 시종을 부르신지라……."

 "흠, 그렇습니까. 어느 영애가 먼저 시종을 불렀지요?"

 "거의 비슷한 시기에 불러서……."

 "분명 제가 먼저 불렀거늘, 제노아 영애께서 본인이 먼저라고 주장하시더군요."

 이건 무슨 경우지? 나는 고개를 홱 돌려 목소리의 소유자를 쏘아보았다. 도전적인 눈초리로 나를 바라보는 여자를 보자 기가 찼다. 하, 이젠 별게 다 기어오르는군.

 "그대는 어느 가문의 여식입니까?"

 "하멜 백작가의 장녀 라이아 세 하멜입니다."

 "그렇군요. 혹 제나 공작 전하의 손녀이신가 했더니, 하멜가의 영애셨군요."

 "그게 무슨 말씀이십니까, 모니크 영애? 설마 제 머리카락 색을 보고 그렇게 말씀하신 건 아니겠지요? 공작 전하께 손녀가 없는 것쯤은 사교계 초년생이라도 다 아는 일 아닌가요?"

 나는 그런 것도 모르냐는 듯 오만하게 말하는 하멜 영애를 향해 화사하게 웃어 보였다. 그녀의 말에 동조하던 귀족파 영애들이 흠칫 놀라는 모습이 보였다. 너희가 그나마 눈치가 빠르구나.

 "맞습니다. 제나 공작 전하께 손녀가 없는 것쯤은 사교계 초년생이라도 다 알죠. 그런데 말입니다, 하멜 영애."

"……."

"현재 사교계에서 저보다 높은 지위의 영애가 없는 것 또한 누구나 다 알죠. 그렇지 않습니까?"

"그, 그렇, 습니다."

나는 억눌린 목소리로 대답하는 하멜 영애를 향해 더 환하게 웃으며 한 자 한 자 또박또박 내뱉었다.

"그대의 예법 교사를 벌해야겠습니다. 자신보다 지위가 높은 자가 다른 사람과 대화를 나누고 있는 데 끼어드는 것이 무례한 짓임을 가르치지 못한 교사라니. 이 어찌 사교계의 수치가 아닐 수 있겠습니까. 고귀하신 백작 영애께서 이런 간단한 예법 따위를 모를 리는 없고……. 아무래도 몹시 불성실했던 것이 분명합니다. 그자가 누굽니까? 제가 반드시 벌해 본보기를 보여야겠습니다."

하멜 영애는 분한 듯 나를 쏘아보기만 했을 뿐 아무런 말도 하지 못했다. 나는 꿀 먹은 벙어리처럼 가만히 서 있는 귀족파 영애들을 한 번씩 찬찬히 훑어본 뒤 킥킥 웃고 있는 제노아 영애 쪽 무리를 향해 말했다.

"그대들, 오늘 이 자리가 무슨 자리인지 알고 있습니까?"

"……."

"어째서 대답이 없습니까. 그럼 다른 분에게 묻죠. 이 자리가 무슨 자리죠, 니아브?"

"황태자 전하의 탄신일을 기념하는 자리입니다, 모니크 영애."

니아브의 눈에 차오른 환희를 애써 무시하며 나는 제노아 영애와 그 무리를 향해 싸늘하게 미소를 지었다.

"맞습니다. 그런 자리에서 이런 사소한 일로 말다툼이라니요.

전하께서 아시면 몹시 상심하실 것입니다. 이 어찌 불충이 아니라 할 것입니까."

"……죄송합니다, 모니크 영애."

"알아들었다니 다행입니다. 흠, 그럼 분란의 원인을 제거해 볼까요. 거기 시종."

"네, 네, 영애."

뻣뻣하게 굳어 있던 시종이 화들짝 놀라며 다가왔다. 나는 자연스럽게 그가 들고 있는 쟁반에서 잔을 하나 집어 들며 말했다.

"동료를 더 불러와서 여기 있는 영애들 모두에게 음료를 돌리도록."

"아, 알겠습니다. 감사합니다, 영애."

빠른 기세로 사라지는 시종의 뒷모습을 멍하니 바라보았다. 어쩐지 허무했다. 화사한 미소와 기품 있는 말투로 위장했을 뿐, 사교계, 특히 여자들의 기세 싸움이란 이토록 유치하기 짝이 없었다. 과거에는 나도 이 싸움에 끼어들어 서로 물고 뜯은 끝에 결국에는 누구도 건들지 못하는 위치에까지 올라갔었다.

'그때 내 모습도 저토록 유치했을까?'

벗어나고자 했던 진흙탕 속에 스스로 뛰어든 것은 나였지만, 막상 싸움터에 뛰어들어 온몸에 진흙을 뒤집어쓰게 되자 기분이 급속도로 가라앉았다.

그때, 영애들의 시선이 내 뒤쪽으로 옮겨지는 것이 보였다. 왜 그러지? 뒤를 돌아보자, 깊게 가라앉은 눈빛으로 나를 바라보고 있는 푸른 머리카락의 청년이 보였다.

황급히 예를 갖추는 영애들을 일별한 그가 입꼬리를 끌어 올리며 말했다.

"그대, 여기 있었군. 어디 있는지 몰라서 내 한참을 찾았다오."

"……송구합니다, 전하."

"영애들과 친분을 다지는 것도 좋지만, 명색이 내 생일인데 너무한 것 아니오. 내 조금 섭섭해지려 하오."

그의 말은 다정하기 이를 데 없었다. 보여 주기 위한 것임을 알고 있으면서도, 몹시 울적하던 차에 건네진 부드러운 말에 가라앉았던 기분이 조금은 나아지는 것 같았다. 심지어는 그러한 말을 건넨 사람이 아버지나 알렌디스, 혹은 카르세인이 아니라 바로 그임에도.

나는 순간 떠오르는 소중한 이들의 모습을 애써 지워 내며 그를 향해 고개를 숙여 사과의 말을 건넸다.

"심려를 끼쳐 드려 송구합니다, 전하. 벌하여 주십시오."

"좋소. 그럼 이렇게 합시다."

"네?"

"그대의 시간을 내게 좀 할애해 주시겠소? 마침 음악이 좋군."

"……영광입니다, 전하."

정중하게 춤을 청한 그가 손을 내밀었다. 나는 뻣뻣한 입가에 간신히 미소를 그리며 그의 손 위에 손을 얹었다. 그러고는 감탄과 부러움을 담은 한숨을 뒤로한 채, 그와 함께 댄스플로어로 향했다.

여태까지 춰 온 느린 곡과는 달리, 이번 곡은 빠르고 경쾌한 분위기였다. 뛰뛰듯 움직여야 하는데다 중간중간에 박자가 변하기 때문에 아차 하면 박자를 놓치기 십상이어서 과거에 사교계에서 제법 오랜 시간을 보낸 나로서도 이 곡은 조금 불안했다.

박자를 놓칠까 봐 온 신경을 쏟고 있는데, 내내 침묵하던 그가 말했다.

"의외로군. 베리타 공자나 라스 경과 함께 있을 줄 알았는데."

"네? 라스 경이라니요?"

"이번에 기사로 서임된 그 라스 경 말이오. 그대 아버지의 보좌관인 라스 경 말고."

"아, 카르세인 말씀이십니까?"

대화를 나누느라 신경이 분산된 사이 박자가 한 번 바뀌었다. 잠시 스텝이 꼬였지만, 나는 재빠르게 바뀐 박자에 몸을 실으며 애써 태연한 척 미소를 지었다.

"이름이 카르세인이던가. 어쨌든 그들과 함께 있을 줄 알았소."

"카르세인 경은 오늘 근무 중입니다. 알렌……, 아니, 베리타 공자는 잘 모르겠습니다."

"그들과 서로 이름을 부르는 사이였나? 그리 자연스럽게 말하는 것을 보면."

무슨 의도로 하는 이야기일까? 애칭도 아닌 이름이야 조금 친분이 있으면 얼마든지 부를 수 있는 것인데. 의도를 알 수 없으니 적절한 답을 찾기가 어려웠다.

주의 깊게 말을 고르고 있을 때, 이 춤의 하이라이트라 불리는 부분이 연주되기 시작했다. 섬세하면서도 화려한 동작 때문에 몹시 아름답다는 평가를 받지만, 파트너와의 호흡이 맞지 않으면 절대로 불가능하다는 절정 부분. 그래서 이 춤곡은 대부분 부부나 약혼한 커플이 추곤 했다.

불안한 마음으로 스텝을 밟았다. 그와는 단 한 번도 함께 춘 적이 없었던 곡이었기에 몹시 걱정스러웠다. 하지만 주의에 주의를 기울인 덕분인지, 하이라이트 중에서도 가장 어렵다는 부분을 무사히 마칠 수 있었다.

'앗!'

어려운 부분을 넘겼다고 방심한 탓일까. 아차 하는 사이 발이 꼬였다. 균형을 잃고 무너지려는 순간, 단단한 팔이 허리를 받쳐 들었다. 나는 안도의 한숨을 내쉬며 놀란 가슴을 쓸어내렸다. 그리고 나를 물끄러미 바라보는 그를 향해 감사를 표했다.

"가, 감사합니다, 전하."

"……정말이지 알다가도 모르겠군."

"네?"

"딱딱하게 굴어 인형인가 했더니 그건 또 아닌 것 같고. 노회한 부인인 양 능수능란하게 굴더니 어수룩하게 스텝이나 꼬이고."

"……."

"이게 그들이 발견한 그대의 매력인가."

귓가에 입술을 가까이 한 그가 내게 나지막하게 속삭였다. 그의 성인식 때와 비슷한 상황과 말. 당시엔 두려움에 온몸이 덜덜 떨렸는데, 지금의 그는 어쩐지 그리 무섭지가 않았다. 그런 스스로에게 놀라운 마음이 생겼지만 그 발견은 바로 사라지고, 주위의 눈들이 의식되었다.

얼굴이 화끈거려 어쩔 줄 몰라 하는 나를 빤히 바라보던 그가 피식 웃었다. 그러고는 허리를 감싸 안은 팔에 힘을 주며 말했다.

"또 꼬이지 말고, 잘 따라오도록."

"……네, 전하."

원래 자신의 스텝에만 신경 쓰는 사람이었는데, 그는 평소와는 달리 박자가 바뀌는 순간마다 나를 적절히 리드해 주었다. 그 덕에 무사히 춤을 마친 나는 안도의 한숨을 쉬며 감사를 표했다.

"감사합니다, 전하."

그는 묵묵히 고개를 끄덕이며 지나가던 시종을 불러 세웠다. 그러고는 쟁반에서 잔 두 개를 집어 내게 하나를 건네며 말했다.

"그래, 그대는 이제 다시 뱀 떼 사이로 돌아갈 생각인가?"

"네, 전하? 뱀 떼라니요?"

"저 여자들의 무리 말이다."

"그게 무슨……."

"웃고 있는 듯하나 독을 품고 있고 늘 쉭쉭거리니, 뱀 떼가 아니면 뭐란 말인가."

갑자기 웃음이 터져 나왔다. 소리 내어 웃는 것은 본디 예법에 어긋나는 일이나 막을 길이 없었다. 손으로 입을 가려 최대한 소리를 죽여 웃는 것만이 내가 할 수 있는 최선이었다. 진흙을 뒤집어쓴 것처럼 불쾌했던 느낌이 한 번에 씻겨 나가는 듯한 기분이었다. 어쩐지 속이 시원했다.

"그게 그토록 웃기는 얘기였던가."

이해할 수 없다는 듯한 눈빛에 그저 미소만 지었다. 그토록 적절한 표현이 있을 줄은 몰랐노라고 어떻게 대답한단 말인가. 그 말을 듣고 나니 속이 시원해졌단 얘기도.

"어쨌거나 웃으니 보기 좋군."

"네, 전하?"

"그대는 딱딱한 표정보단 웃는 모습이 어울려."

민망하다는 기분이 이런 걸까. 예법을 지키지 못한 걸 지적당해서인지 왠지 부끄러웠다. 어쩐지 더운 것 같아서 손으로 부채질을 하자 나를 바라보던 그가 피식 웃었다. 계속 그의 곁에 있으면 안 될 것만 같은 기분에, 나는 서둘러 그에게 양해를 구했다.

"전하, 이만 벗들에게 돌아가 봐도 되겠습니까?"

"벗이라. 어쨌든 알았다. 그리하도록."

"감사합니다."

속으로 안도의 한숨을 내쉬며 원래 있던 자리로 돌아가려는데, 언뜻 사람들 사이로 연둣빛이 스쳐 지나가는 것이 보였다.

'알렌디스인가?'

나는 두리번거리며 주위를 확인했다. 간간이 말을 걸어오는 자들 때문에 놓쳤나 하고 포기하려는 순간, 연회장 문을 빠져나가는 연두색 머리카락의 남자가 보였다.

잠시 주위를 둘러보았지만, 특별히 내게 주목하는 사람은 없었다. 어떡하지. 얼핏 보인 뒷모습이 알렌디스와 흡사했는데, 우선 따라가 볼까?

조심스럽게 연회장을 빠져나와 주위를 둘러보았다. 야심한 시각이라 그런지, 중앙궁의 복도는 불을 밝혀 놨어도 어쩐지 음침해 보였다. 그냥 돌아갈까 잠시 고민하다 그대로 걸음을 옮겼다. 이대로 돌아가기에는 지난번에 봤던 알렌디스의 모습이 영 마음에 걸렸다. 몸도 마음도 잔뜩 지친 탓에 조금 쉬고 싶기도 했고.

얼마나 시간이 흘렀을까. 연회장에서 제법 멀리 왔는데도 연두색 머리카락은 보이지 않았다.

'내가 잘못 봤나.'

그냥 돌아가자 싶어 몸을 돌리는데, 복도 끝에서 어른거리는 검은 그림자가 보였다.

'누구지?'

주위를 살핀 그림자는 어떤 방 안으로 스며들었다. 무심코 지나가려다가 스치는 생각에 멈칫 멈춰 섰다. 뭔가 수상했다.

비밀스러운 일이 아니라면 저렇게 조심히 주위를 살필 필요가 없을 터. 어째서 저토록 두리번거리며 방으로 들어서는 걸까? 혹시 불온한 자일까 싶어 기사를 부르려다가 생각을 접었다. 내가 잘못 본 것이면 어쩐단 말인가. 하지만 그렇다고 해서 그냥 가기에는 불순한 의도를 가진 자일까 염려가 되었다.

'이 일을 어찌한다.'

나는 잠시 망설이다가 그림자가 사라진 곳으로 향했다.

'견습이라고는 해도 기사의 길을 걷기로 한 몸, 이 정도로 물러서서는 안 된다.'

꽉 닫힌 방문에 귀를 가까이 대 봤지만 방 안은 조용했다. 머뭇거리다가 문을 살짝 밀어 보았다. 다행히 문은 소리 없이 열렸다. 조그만 틈 사이로 보이는 방 안에는 아무도 없었다.

'분명 여기로 들어간 것 같은데.'

잘못 봤나 싶어 문을 닫으려는 순간, 안쪽에 붙어 있는 또 다른 방문이 눈에 들어왔다. 아무래도 방 안에 방이 있는 구조인 듯했다.

조심조심 다가가자 두런거리는 소리가 들렸다. 제법 나지막한 소리였지만, 워낙 주위가 조용해서 그런지 내용을 알아듣는 데 크게 무리는 없었다. 나는 조금만 들어 보고 수상하다 싶으면 다른 기사들을 불러야겠다고 생각하며 귀를 기울였다.

"황태자의 생일이라. 세월이 참 빠르군요."

"정말 그렇군."

"그도 이제 성년이고 하니, 방해물만 없으면 새로운 여자를 올리기가 쉬울 텐데, 아쉽습니다."

"그러게 말입니다. 이번 대 황후는 반드시 우리 귀족파에서 나와야 합니다. 하물며 모니크가의 여식이라니요. 절대로 안 될 말입니다, 공작 전하."

"맞는 말이다. 현 황제 때문에 밀린 세를 회복하려면 반드시 황태자를 잡아야 하지."

귀족파, 그리고 공작 전하라는 단어가 귀에 걸렸다.

'제나 공작을 위시한 귀족파의 대화인가.'

심장이 쿵쿵 뛰었다. 나는 한층 더 숨을 죽여 안에서 흘러나오는 말에 귀를 기울였다.

"후환이 좀 두렵긴 하지만, 없애 버리는 게 낫지 않겠습니까?"

"이미 여러 차례 시도하려고 했네. 하지만 능글맞은 황제가 하도 방비를 철저히 해서 그런지 영 쉽지가 않더군."

"허어, 그렇습니까."

"맞습니다. 자택엔 백 명이 넘는 기사가 지키고 있고, 후작 또한 보통 인간은 아니지요. 기회만 노리던 차에 견습 기사가 됐다기에 잠정적인 파혼인 줄 알았는데, 오늘 황태자의 태도를 보아하니 능글맞은 현 황제가 아예 건드리지도 못하게 하려고 기사단 속에 박아 둔 것 같더군요."

"그러니 문제 아닌가. 마침 잘됐다 싶어 소문도 퍼트려 줬거늘. 현 황제나 황태자나 눈 하나 깜빡 안 하더군."

그랬던가. 어쩐지 말도 안 되는 소문이 지나치게 많이 퍼졌다 했다.

"아무래도 다른 건수를 찾아서 파혼하지 않으면 못 견디게끔 여론을 조작하는 수밖에 없을 것 같습니다."

"약점이야 이미 쥐고 있는 게 있네. 적당한 다른 여자를 찾는 것이 문제지."

"하지만 공작 전하, 파혼한다면 모니크가의 후계자가 될 수도 있는데, 피의 맹세가 껄끄럽지 않으십니까?"

"흥, 여자가 정식 기사가 되기 쉬운 줄 아나. 모니크가의 후계자? 웃기지도 않는군."

제나 공작은 코웃음을 쳤다. 맹세야 그렇다 쳐도, 약점이라는 단어가 귀에 거슬렸다. 그가 쥐고 있다는 내 약점이라는 게 대체 뭘까? 혹시 지난번 천한 피라고 얘기한 것과 관련이 있는 건가?

'하지만 아무리 봐도 나를 천한 피라 일컬을 이유가 없는데.'

"그야 그렇지만, 기사단에 들어간 게 아무래도 미심쩍습니다. 잠정적인 파혼인데, 일단 여파가 커서 놔두는 게 아닐까요?"

"그럴 수도 있겠지. 눈속임으로 기사단에 넣기 위해 몇 년씩이나 검술을 수련시켰다고 보기에도 무리가 있으니. 하지만 웃기지도 않는군. 뭐 절대적 충성이 아쉬울 테니, 이해가 안 가는 바도 아니다만."

제나 공작은 비웃음이 섞인 어조로 말했다. 몇몇 남자들이 그에 동조해서 웃는 소리가 들렸다.

"어쨌든 지금은 모니크가의 여식을 대신할 다른 여자를 찾는 것이 중요하다. 당장 없애기는 힘들어졌으니, 그사이에 조건에 들어맞는 여자를 찾아보도록."

"하멜 영애는 어떻습니까? 공작 전하의 먼 친척뻘이 되기도 하는데다가 현재 우리 파벌의 영애들을 이끌고 있지 않습니까."

"멍청하긴. 황제가 신전을 싫어하면서도 굳이 그 여자를 신탁의 아이란 명분을 내세워 황태자의 약혼녀로 올린 이유가 뭐라고 생각하나. 제국민의 시선 때문이다. 그러니 신탁과 비슷하게 들어맞을 만한 여자를 찾아야 할 것이 아닌가."

제나 공작은 짜증 어린 어조로 말을 이어 나갔다.

"일단은 황태자와 그 여자를 떼어 놔야 해. 라스가의 차남과 붙어 다녀도 가만히 놔뒀다기에 역시 여자 따위엔 관심 없는 인물이라 생각했거늘. 둘 다 차후 자기 세력이니 봐주는 것뿐이라 생각했는데, 오늘 태도를 보면 그게 아닌 것 같단 말이지. 어쩐지 좋지 않은 예감이 드는군."

"최대한 빠른 시간 내에 찾아보도록 하겠습니다. 그럼 모니크가의 여식은 어찌실 생각이십니까?"

나를 어쩔 거냐고 묻는 이름 모를 남자의 목소리에는 여기서도 알 수 있을 정도로 진한 한기가 서려 있었다.

"적당한 여자를 찾을 때까지 당분간 보류다. 만에 하나 암중 호위까지 붙어 있다면 승산이 없어. 명심하라. 절대 황제나 그 측근에게 발각되어서는 안 된다. 지금은 잠잠하다고는 하나, 한때 귀족가의 절반을 쓸어버린 인물들이 아닌가. 절대로 조심하고, 또

조심해서 행동하도록."

"명심하겠습니다, 공작 전하."

"좋아. 오래 자리를 비우면 의심할 테니, 한 명씩 순서대로 빠져나가도록 하지."

나는 최대한 소리를 죽이며 방에서 나왔다. 그들이 나오기 전에 어서 여기에서 빠져나가야 했다.

어딘가에 몸을 숨겨야 했지만, 여기서 연회장까지의 통로는 단 하나뿐이었다. 옆방 문을 밀어 보았으나 문은 잠겨 있었다. 이러다가 들킬 것 같았다.

'어떡하지?'

그때, 뒤에서 누군가가 나를 확 잡아당겼다. 몸부림을 쳤지만, 입이 단단하게 막혀 있어 소리를 칠 수가 없었다. 강한 힘으로 나를 끌어당긴 남자는 복도를 따라 늘어선 조각상 뒤, 어둑어둑한 그늘 속으로 나를 밀어 넣으며 낮게 속삭였다.

"쉿! 상황을 설명할 시간이 없으니 일단 조용히 계십시오."

들어 본 적이 있는 듯한 낮은 목소리에 뻣뻣하게 굳었던 몸이 조금 풀렸다. 소리 없이 고개를 끄덕이자 남자는 손을 풀고는 내 앞에 단단히 버티고 섰다. 새하얀 제복 자락이 온통 시야를 가렸다.

점점 다가오는 발소리가 들려왔다. 남자 근처에서 잠시 멈칫한 발소리는 이내 연회장 쪽으로 멀어졌다. 오늘따라 검은 드레스를 입고 온 덕분인지 그늘 속에 있는 나를 발견하지는 못한 모양이었다.

몇 명이 더 지나가고 이제 끝났나 싶어 안심하려는 순간, 또다시 발소리가 들렸다.

저벅저벅, 턱.

거침없이 걸어오던 발걸음이 뚝 멎었다. 절로 호흡이 거칠어지고, 심장이 미친 듯 뛰었다. 설마 들킨 건가?

"근위 기사가 아닌가. 왜 이런 곳에 있지?"

"임무 중입니다, 공작 전하."

"흠, 그런가."

오만함이 뚝뚝 묻어나는 목소리. 제나 공작이었다. 순간 등에서 식은땀이 흘렀다. 나는 손으로 입을 가리며 숨을 멈췄다. 조금이라도 움직이면 소리가 들릴 것 같아 두려웠다.

잠시 지체하던 제나 공작이 말했다.

"알았네. 수고가 많군."

뚜벅뚜벅, 발소리가 멀어졌다. 안도의 한숨을 쉬자, 자리에서 비켜난 남자가 내게 정중하게 허리를 숙였다.

"조금 전에는 실례가 많았습니다, 모니크 영애."

"아, 오랜만이에요, 시모어 경. 그런데 여긴 어떻게……."

짐작은 했지만 위급한 상황에서 나를 구한 사람은 역시 시모어 경이었다. 오랜만에 보는 그의 모습에 반가운 마음도 들었지만, 그보다는 어떻게 그토록 적절한 시기에 나를 구출했는지에 대한 놀라움과 의구심이 앞섰다.

"……지나가던 길이었습니다."

'뭐라고?'

변명을 하려면 그럴듯하게 할 것이지, 저게 뭐란 말인가. 황당하다는 표정으로 바라보자, 그는 슬쩍 시선을 피하며 말했다.

"우선 연회장으로 돌아가시는 것이 좋겠습니다."

"······그러도록 하죠."

마지못해 수긍했다. 더 추궁하고 싶기는 했으나 그의 말대로 연회장에 돌아가는 것이 우선이었다.

복도를 걸으며 곰곰이 생각에 잠겼다. 제나 공작은 이미 여러 차례 나를 없애기 위해 시도하려고 했지만, 폐하께서 방비를 철저히 하는 바람에 실패했다고 했다. 내게 암중 호위가 붙어 있을지도 모른다는 얘기도 했다. 문득 대규모 흉년이 있었던 당시 집이 비었다고 하자 즉시 근위 기사를 파견하겠다고 하셨던 폐하의 말씀이 떠올랐다. 당시에는 나를 황실에 더욱 옭아매기 위한 수단일뿐이라고 생각했지만······.

'만일 그때에도 이미 그런 시도가 있었던 것이라면?'

한 번 의심의 싹이 트자 생각이 꼬리를 물고 이어졌다. 그러고 보면 아버지도, 가문의 기사들도 요즘 들어 유난히 나를 홀로 두려 하지 않았다. 언젠가 밤늦게 혼자 산책을 하는 나를 보고는 부득불 따라왔던 리그 경도 그렇고, 오늘도 그랬다. 공과 사를 엄격하게 구분하던 아버지께서 근무 중에 자리를 비우고 나를 데리러 오시지 않았던가.

'잠깐, 데리러 왔다고?'

문득 오후에 나를 불쑥 찾아와서 요즘 주변에 별다른 점은 없었느냐고 묻던 그의 모습이 떠올랐다. 그도 알고 있었던 것일까? 그도 나를 걱정해서 직접 데리러 왔던 것일까?

'에이, 설마. 망상이야.'

피식 웃음이 나왔다. 요즘 들어 조금 부드러워졌다고는 해도 그가 내게 그렇게까지 할 리가 없지 않은가.

"조금 전 얼굴을 보였기 때문에 저는 영애와 함께 들어가지 않는 것이 좋을 것 같습니다. 먼저 들어가시지요."

"알겠습니다. 도와주셔서 감사했습니다, 시모어 경."

시모어 경과 인사를 나누고서 나는 바로 연회장으로 돌아갔다. 어디 있었느냐며 나를 향해 반갑게 다가오는 여자들의 무리가 보였다.

'그래, 일단 이 일은 덮어 두고, 나중에 아버지께 여쭤 보자.'

쌓여만 가는 의심을 마음 한편에 차곡차곡 접어 두면서, 나는 다가오는 영애들을 향해 환한 미소를 지었다.

4. 건국기념제

　날이 좀 선선해진다 싶더니, 어느새 나뭇잎들이 알록달록한 옷을 입기 시작했다. 연무장에 내리쬐던 햇볕도 어느새 분노를 감춘 채 부드럽게 미소를 지었다. 산들산들 불어오는 바람이 제법 시원했다.
　"수고하셨습니다."
　"수고하셨어요, 딜론 경. 그럼 내일 봬요."
　연무장을 빠져나오며 땀에 젖은 머리카락을 풀었다. 시원하게 다가오는 바람결을 느끼며 하나로 그러모으는데, 어느새 다가온 커다란 손이 기껏 모은 머리카락을 도로 흐트러뜨렸다. 나는 눈을 가늘게 뜨며 손의 주인을 노려보았다.
　"하지 마, 카르세인."
　"어차피 감으려고 다시 풀 거잖아. 딱딱하게 굴기는."
　"땀에 젖어서 축축하단 말이야."

"알았어. 알았어. 오늘따라 유독 까칠하다?"

양손을 번쩍 들어 항복 표시를 한 카르세인이 말했다.

"내일인가? 왕녀들이 온다던 날이?"

"아마도. 아, 카르세인, 오늘은 먼저 가. 난 폐하께서 부르셔서 들렀다 가야 해."

"아무래도 그 일 때문인가 보지? 알았어. 그럼 내일 보자고."

가볍게 고개를 끄덕인 그는 내게 손을 흔들어 보인 뒤 사라졌다. 나는 그 뒷모습을 잠시 바라보다가 보좌관실로 돌아왔다. 그리고 간단하게 몸을 씻으며 상념에 빠져들었다.

'벌써 시간이 이렇게 흘렀구나.'

그의 생일 연회로부터 벌써 두 계절이 흘렀다. 그날 파티가 끝나고 집에 돌아가자마자 아버지께 자초지종을 말씀드렸던 나는 그동안 몰랐던 많은 이야기를 들었다. 태어나자마자 그의 약혼녀로 정해진 이후 끊임없이 생명의 위협을 받아 왔다는 이야기. 그 때문에 제국법상 수도에는 사병을 둘 수 없음에도 폐하께서 예외 조항을 만들어 라스 공작가와 우리 가문에만 특별히 개인 기사단을 가질 수 있도록 윤허하셨다는 이야기. 내가 어느 정도 나이가 든 다음에는 조금 잠잠해졌지만, 영지에서 돌아온 이후 또다시 나를 노리려는 시도가 있어 한시적으로 근위 기사를 붙이기로 했다는 이야기까지.

현 황제 폐하께서 황위에 오르시기 전까지 약 삼대에 걸쳐 귀족파가 득세했기 때문에, 폐하께서는 황권 강화를 위해 제법 많은 가문을 쳐 내셨다. 그럼에도 그 수가 워낙 많았기에 모두 쳐 버리면 정무를 볼 수 없을 지경이라 그나마 온건했던 자들을 놔둔 것이 지금의 귀족파라 했다. 그 때문에 그들의 속셈을 알고는 있지만 차마 어쩌지 못하고 나를 소극적으로 보호하는 데 그치고 있는 것이라고, 아버지께서는 말씀하셨다.

"다 됐습니다, 모니크 경."

시중을 들던 시녀가 마지막으로 매무새를 가다듬어 주며 말했다. 나는 그녀에게 수고했다 말한 뒤 중앙궁으로 향했다.

적당한 여자를 물색하는 게 쉽지 않았는지, 귀족파는 결국 국외로 눈을 돌렸다. 황태자 전하께서 성년을 맞이하신 지도 일 년이 넘었는데, 아직 나이 어린 약혼녀 때문에 성혼조차 못하고 계신 것은 너무한 처사가 아니냐며 귀족파가 들고일어난 것이 불과 두어 달 전의 일이었다. 이미 정해져 있는 반려를 바꿀 수는 없으니 우선 후비라도 들이자는 것이 그들의 논리였다. 그리고 제국의 귀족 중에서 뽑는 것이 뭣하다면 곧 열릴 건국기념제에 각국의 왕녀를 초청해 적합한 자를 우선 태자빈, 즉 미래의 황비로 올리는 것이 어떠냐는 의견을 주청하였다.

제국법에 따르면 정비 없이 후비부터 맞이할 수는 없었다. 따라서 황제파의 반발이 있을 법도 했지만, 의외로 그들을 부추겨야 할 폐하께서는 침묵을 지키셨다. 게다가 폐하의 측근 세력이라 할 수 있는 라스 공작가와 베리타 공작가, 그리고 가장 큰 이해관계자라 할 수 있는 우리 가문도 이에 대해 별다른 반대를 하지 않았다.

그 때문에 왕녀들을 초청하는 일은 일사천리로 진행되었고, 드디어 내일이면 태자빈 후보로 선발된 왕녀들이 한 달 뒤에 열릴 건국기념제에 참석한다는 명분을 들어 수도에 도착한다고 했다.

"제국의 작은 태양, 황태자 전하를 뵙습니다."

"……오랜만이군. 부황 폐하를 알현하러 온 모양이지?"
"그렇습니다."
"그렇군. 그럼 어서 들어가 보도록."
평소와는 달리 낮게 가라앉은 목소리와 잔뜩 흐려진 얼굴. 몹시 기분이 좋지 않아 보이는 모습에 주춤하는 사이, 그는 휙 돌아서서 출구를 향해 걷기 시작했다. 나는 잠시 그의 뒷모습을 바라보다가 한숨을 내쉬며 알현실에 들어섰다.
"제국의 태양, 황제 폐하를 뵙습니다."
"오, 영애, 어서 오게. 오랜만이군."
두 달 만에 보는 폐하께서는 조금 피곤한 기색이셨다. 요즘 들어 귀족파의 공세가 심해져서 마음고생을 하신 탓일까? 몇 달 사이 흰머리가 부쩍 늘어난 것처럼 보였다. 하지만 사람을 꿰뚫어 보는 듯한 형형한 눈빛이나 앞에 선 자를 압도하는 위엄 어린 모습은 여전했다. 진정한 제국의 주인다운 모습이었다.
"그래, 요새는 어떻게 지내고 있는가?"
"황은에 힘입어 잘 지내고 있습니다. 폐하께선 강녕하십니까?"
"잘 지내고 있다네. 흠, 내 단도직입적으로 말하지. 내일 왕녀들이 온다는 사실은 영애도 잘 알고 있겠지."
"네, 폐하."
고개를 끄덕이자, 폐하께서는 빙그레 웃으며 말씀하셨다.
"영애는 지금 몹시 기뻐하고 있겠군. 아니 그러한가."
"……폐하."
"일단은 태자빈이라는 명분으로 오겠지만, 막상 자리를 꿰차면 정비 자리도 노리려고 하겠지."

"……."

"영애가 기사단에 들어간 지 반년. 이제 다들 영애가 모니크가를 이어받겠다는 뜻을 가진 걸 알았을 테니, 사실상 황태자비 자리가 비었다고 생각하고 오는 게 아니겠는가."

그랬다. 이미 내가 기사단에 들어갔을 때부터 황실과의 혼약은 어떻게 되는 것인지에 대해 의문을 품는 자들이 생겼고, 그 의구심은 왕녀들을 초청하는 일에 대해 폐하의 최측근 세력인 두 공작가와 우리 가문이 침묵했다는 사실을 통해 더욱 증폭되고 있었다. 그중에서도 특히 귀부인들과 영애들이 파혼 여부에 대해 몹시 궁금해 하고 있었지만, 어느 누구도 이미 사교계에서 무시 못할 세력을 쌓은 나에게 직접 물어 오거나 하지는 못했다.

"하지만 말일세. 과연 영애의 뜻대로 될까."

"네, 폐하?"

"짐은 그 아이를 믿는다네."

폐하께서는 신뢰가 가득 묻어 나오는 얼굴로 말씀하셨다.

"연전에는 내 자식을 잘못 키웠다 말했지. 아직 한참 부족하다 생각하였어. 그러나 이제는 그 아이도 제법 성장한 게야. 요새 하는 걸 보면 영애와 같은 보석을 쉽게 놔줄 아이는 아니란 말일세."

"폐하."

"만일 그 아이가 눈이 멀어서 영애를 놓친다면, 짐도 이제는 더 이상 잡지 않을 것이라네. 짐은 루브의 안목을 믿네."

고개를 갸웃했다. 폐하께서 그토록 그를 믿고 계셨던가? 그런데 왜 그에게는 항상 그리 엄하게 대하시는 거지?

문득 알현실에 들어서기 전 보았던 그의 표정이 떠올랐다. 생각해 보면, 그는 항상 폐하를 만나기 전이나 후에는 기분이 좋지 않았다. 하긴 그럴 법도 했다. 폐하께서는 언제나 그를 못마땅하게 여기셨으니까.

"음? 뭔가 궁금한 듯한 표정이군. 짐에게 뭐 묻고 싶은 것이라도 있는가."

"아, 네, 폐하. 음……."

"편안하게 물어보도록 하게. 영애에겐 그만한 자격쯤은 있지 않나."

"황공합니다, 폐하. 그러니까……. 그토록 신뢰하시면서 정작 전하께는 왜 그리 항상 엄하게만 대하십니까?"

간혹 던지시는 말을 듣기 전까지는 나도 대부분의 사람들이 생각하는 것처럼 폐하께서 그를 항상 부족하다 여겨 못마땅해 하시는 줄로만 알았다. 뜻밖의 질문이었는지, 조금 놀란 듯한 눈으로 나를 바라보던 폐하께서 씁쓸한 미소를 지으며 말씀하셨다.

"짐 말고 그 역할을 할 사람이 누가 있단 말인가."

"……."

"어미의 사랑도 제대로 못 받고 자란 아이일세. 후작 부인, 그러니까 영애의 어머니 덕에 한동안 조금 괜찮아지나 했지만……. 부인도 금세 세상을 떴지."

어머니의 이야기가 또 나왔지만, 지금은 그것에 관해 물을 때가 아니었다. 그래서 나는 그저 묵묵히 귀만 기울였다.

"사랑이 뭔지 모르는 그 아이에게 짐이라고 왜 사랑을 주고 싶지 않겠나. 짐이 평민, 아니, 귀족만 되었어도 그 아이에게 사랑을 퍼 줬을 것이야. 하지만 영애, 루브는 평범한 아이가 아니지 않은

가. 짐의 뒤를 이어 제국을 책임질 사람일세. 어리광 피우는 아이를 달래기보단 혼내야 했고, 잘못을 용서하기보단 질책해야 했네. 잘한다고 칭찬했다가 게으름이라도 피울까 봐 끊임없이 못 한다고 야단쳐야 했지."

"……폐하."

문득 과거의 일이 떠올랐다. 내게는 몹시 인자하셨던 폐하께서 그에게만 유독 엄격하셨던 일들이. 유일한 당신의 아드님이신데 어째서 그러셨던 것일까. 이상하다고 생각은 했지만 깊게 고민해 보지는 않았던 그 일의 이유가 바로 이것이었던 모양이었다.

'하지만…….'

하지만 이것이 최선일까? 회귀 전 폐하와 내가 다정하게 말을 주고받는 동안 묵묵히 자기 몫의 차만 마시고 있던 그의 모습이 떠올랐다. 꿈속 거울의 방에서 보았던, 폐하와 함께 있는 나를 노려보던 그의 얼굴도 생각났다. 문득 나를 항상 지켜보고 있었음에도 말 한마디 해 보지 못했던 아버지와 아버지께서는 나를 전혀 사랑하시지 않는다고 생각했던 과거의 내가 그 모습 위에 겹쳐 보였다.

"뭐, 어쨌든 됐네. 영애를 부른 것은 이 얘기를 하고 싶어서였어. 짐은 아직도 영애가 가장 훌륭한 황후감이라고 생각하네. 아직 보진 않았지만, 각국의 왕녀들이라 해서 영애와 대적할 순 없을 것이야."

"……황공합니다, 폐하."

"그래. 갑자기 호위해야 할 요인이 늘어 기사단도 몹시 바쁠 테지. 바쁜 사람을 오래 잡고 있을 수는 없으니, 그만 가 보게나."

"네, 폐하. 그럼 이만 물러가겠습니다."

중앙궁을 빠져나오면서 나는 어둠 속으로 잠겨 드는 내궁을 다시 한 번 돌아보았다. 사람과 사람의 마음은 왜 이토록 닿기 어려운 것인지. 어쩐지 가슴이 시렸다.

그날 이후로 기사단은 새롭게 들어서는 요인의 호위 문제 때문에 정신없이 바빴다. 황족만 수호하는 근위 기사단이야 변할 것이 없으니 상대적으로 한가했다. 그러나 제1기사단과 제2기사단은 차례차례 들어서는 각국 왕녀의 경호와 그녀들이 데려온 자국 기사들과의 업무 조율, 그리고 그 외 왕녀들을 따라온 각국의 주요 요인들까지 모두 챙겨야 했으므로 눈코 뜰 새 없이 바빴다. 특별한 개인 사정이 없는 한 비번인 자들도 모두 불려 나왔다. 제1기사단장의 보좌관인 나야 말할 나위도 없었다.

며칠 연속해서 철야가 이루어졌다. 새벽같이 출근해서 야심한 밤이 되어서야 퇴근하는 생활이 반복되었다. 아무리 사전에 계획을 짜 두었다고 해도 막상 닥치면 달라지는 법이라, 결국 꼬박 일주일이 지나서야 어느 정도 업무가 정상화되었다.

나는 잔뜩 녹초가 되어 보좌관실에 늘어졌다. 집에 돌아가서 푹 쉬고 싶은 마음과 그냥 여기서 잠들어 버리고 싶다는 생각이 격렬하게 대립했다. 나른한 몸을 창문에 기대며 자꾸만 감겨 오는 눈을 깜빡이고 있을 때, 갑자기 노크 소리가 들렸다.

"들어오세요."

"안녕, 티아."

"알렌? 여긴 어쩐 일이야?"

라스 공작이나 다른 기사일 것이라고 생각했는데, 문을 열고 들어선 사람은 다름 아닌 알렌디스였다. 나만큼이나 지치고 피곤해 보이는 기색으로 힘겹게 미소를 지어 보인 그가 안으로 들어섰다. 녹색 끈으로 묶어 늘어뜨린 연두색 머리카락도 보드랍던 하얀 얼굴도 모두 푸석푸석해 보였지만, 에메랄드색 눈동자만은 따뜻하게 빛나며 나를 응시하고 있었다.

"이러고 있을 줄 알아서 찾아왔지."

"응?"

"행정부나 기사단이나 모두 비상이잖아. 나도 이렇게 피곤한데, 내 아가씨는 오죽할까 싶어서. 다 큰 아가씨가 이런 데서 잠들면 못 써."

"으응."

나는 간신히 고개를 끄덕이며 창문에 기대고 있던 몸을 뗐다. 비칠비칠 걸음을 떼려는 나를 붙든 알렌디스가 작은 상자를 하나 내밀었다.

"자, 받아."

"이게 뭐야, 알렌?"

"언젠가 내게 준 머리끈에 대한 보답이랄까."

나는 알렌디스가 내민 상자를 받아 녹색 리본을 풀었다. 자그마한 은빛 상자 안에는 색색의 머리끈이 들어 있었다.

"와, 예쁘다."

"어때. 맘에 들어?"

"응. 근데 이렇게 많이 줄 필요는 없는데……."

"어떤 걸 맘에 들어 할지 몰라서."

상자 안에서 녹색 머리끈을 하나 꺼내 든 알렌디스가 말했다.

"선물은 받으면 해 보는 게 예의인 거 알지? 어디 봐. 내가 묶어 줄게."

"응? 응."

마침 흐트러진 머리카락을 다시 묶을까 했기에 나는 순순히 뒤돌아서서 검은색 머리끈을 풀어냈다. 치렁치렁한 은빛 머리카락이 폭포수처럼 쏟아져 내렸다. 흘러내리는 머리카락을 잡아 한데 모으는 손길이 몹시 부드러웠다. 어쩐지 나른해졌다.

조금씩 감겨 오는 눈을 느릿느릿 깜빡이는데, 문득 창문에 비친 뜻밖의 광경이 눈에 들어왔다. 알렌디스가 고개를 숙여 은빛 머리카락에 입술을 가져다 대는 모습. 갑자기 잠이 확 달아났다.

가슴이 아릿했다. 대체 널 어찌해야 좋을까, 알렌. 나를 향한 너의 마음은 점점 깊어만 가고 있는 것 같은데, 네 마음에 보답할 수 없는 나는 어찌해야 좋을까. 차라리 내 마음이 널 향하고 있다면 좋겠다. 네게 뭐라 말하려 할 때마다 애써 웃으며 외면하고자 하는 네 모습이 너무 안타깝고 가슴이 아파. 알렌, 너를 볼 때마다 과거의 내 모습이 떠올라서 정말이지 나는 어찌할 바를 모르겠어.

"……알렌."

머뭇거리는 나를 본 알렌디스는 그저 빙긋 웃었다. 하지만 나는 마주 웃을 수가 없었다. 그 웃음이 무척이나 쓰게 보였기에.

"그런 표정 짓지 마, 티아. 나는 너에게 아직 아무런 얘기도 하지 않았어."

"알렌."

"그만, 거기까지. 이런 얘긴 그만하자. 그보다 이제 집에 돌아가야지, 내 아가씨."

지난 몇 달간 알렌디스는 내가 머뭇거릴 때마다 이런 식으로 말하곤 했다. 그의 마음을 알면서도 외면할 수밖에 없어 죄스러워할 때마다, 기약 없는 기다림이 얼마나 가슴 아픈지 알기에 미안하다 말하려 할 때마다 그는 아무렇지도 않다는 듯 미소를 지으며 내 말을 잘랐다. 그럴수록 내 마음은 점점 불안해져만 갔다. 그를 어쩌면 좋을까. 같은 감정이 될 정도로 마음이 열리지 않는데, 그렇다고 해서 외면하지도 못하게 하는 그를.

아릿한 가슴을 안고 함께 보좌관실을 나왔다. 피곤에 지쳐 터벅터벅 마차 보관소로 향하는 길을 걸었다. 목적지에 거의 도착했을 무렵, 맞은편에서 걸어오는 한 쌍의 남녀가 보였다. 푸른 머리카락의 청년, 그리고 이름 모를 여자. 아마도 태자빈 후보로 온 왕녀 중 하나겠지.

모른 척 지나가고 싶었지만, 그러기에는 거리가 너무 가까웠다. 나는 한숨을 삼키며 자리에 멈춰 서서 예를 표했다.

"제국의 작은 태양, 황태자 전하를 뵙습니다."

"알렌디스 데 베리타가 제국의 작은 태양, 황태자 전하께 인사 올립니다."

"……오랜만이군. 집에 돌아가는 길인가."

"네, 전하."

본래 차가운 편이긴 했지만, 그의 목소리는 오늘따라 유독 서늘하게 느껴졌다. 깊게 가라앉은 바닷빛 눈동자가 나와 알렌디스를 물끄러미 응시했다.

"은발에 금안……. 혹시 그 모니크 영애이신가요?"

"아, 네."

그의 옆에 서 있던 여자가 반갑다는 표정으로 재차 말을 붙이려는 순간, 그보다 한발 앞서 입을 연 그가 말했다.

"몹시 피곤해 보이는군. 이만 들어가 쉬도록."

"……황공합니다, 전하. 그럼 이만 물러가겠습니다."

배려가 섞인 말에 잠시 멈칫하다가, 묵묵히 고개를 숙여 감사를 표했다. 가볍게 고개를 끄덕여 보인 그가 걸음을 옮겼다. 아쉬운 표정으로 나를 돌아본 여자가 그가 사라진 쪽을 향해 종종걸음으로 따라갔다.

요즘 들어 조금 달라 보이는 그의 태도가 의문스럽기는 했지만, 그보다는 몸이 너무 피곤했다. 잔뜩 늘어진 몸을 마차에 싣고서 나는 알렌디스와 함께 집으로 출발했다.

"현재 배치 상황은?"

"각 왕녀의 신변 호위는 자국의 기사들이 맡기로 했습니다. 우리 기사단이 맡은 부분은 각 궁의 경비 인원 중 절반입니다. 대략 궁 하나당 정식 기사 서른 명, 견습 일흔 명꼴이 될 것 같습니다."

"그리고?"

"만일의 사태를 대비해서 중앙궁과 황태자궁의 경비 인원을 두 배로 증원했습니다. 당분간 강행군을 해야 할 듯합니다."

"그렇군. 수고했네, 모니크 경."

왕녀들이 제국에 도착한 지 대략 열흘 정도가 지난 어느 날, 나는 라스 공작과 함께 내궁을 돌아보며 경비 태세를 점검했다. 중앙궁과 황태자궁을 돌아보고 왕녀들이 있는 곳을 살피러 가려고 했을 때, 맞은편에서 어떤 여자가 걸어오는 모습이 보였다. 붉은 생머리에 녹색 눈동자, 화려하기 짝이 없는 녹색 드레스를 입은 그녀는 황태자궁을 향해 걸음을 옮기고 있었다. 일전에 봤던 여자와 마찬가지로 아마도 태자빈 후보로 온 왕녀 중 하나인 모양이었다.

"경들."

먼저 인사를 할 수도 받을 수도 없는 미묘한 상황이라 망설이고 있는데, 자리에 멈춰 선 그녀가 오만한 목소리로 말했다. 저쪽에서 먼저 말을 걸어온 이상 무시할 수는 없었기에 나는 라스 공작을 한 번 힐끗 바라본 뒤 그녀의 말에 답했다.

"무슨 일이십니까?"

"마침 잘됐군. 아직 이곳이 익숙하지 않아서 말이야. 경들이 안내를 좀 해 줬으면 하는데."

뭐라고? 반사적으로 공작을 돌아보자, 붉은 눈썹이 꿈틀거리는 모습이 보였다. 잠시 침묵을 유지하던 그는 싸늘한 표정으로 그녀의 말을 무시한 채 걸음을 옮겼다.

"지금 본인의 말을 무시하는 것인가?"

"……어느 왕국의 왕녀신가."

이런. 목소리의 고저는 변함없었지만, 과거에는 스승으로 모셨고 현재는 상관으로 모시고 있는 분이었기에 나는 지금 공작 전하의 심기가 상당히 불편하다는 것을 알 수 있었다. 평소에는 순응하여 따르지만 아니다 싶을 땐 폐하의 명도 거부하는 그다. 원칙에서 벗어난다 싶을 때에는 같은 파벌에게도 가차 없기 때문에 귀족들이 가장 어려워하는 사람이 라스 공작이었다. 그런 그가 지금 이 상황을 그냥 넘길 리가 없었다.

"내게 먼저 소개를 하라는 것인가. 제국은 손님에 대한 예우를 이 정도밖에 하지 않나 보군."

"좋소. 손님에 대한 예우로 먼저 소개하도록 하지. 아르킨트 데 라스, 라스가의 수장이오."

왕녀의 뒤에 서 있던 수행 기사들이 움찔하는 모습이 눈에 들어왔다. 그도 그럴 것이 그는 제국 제1가문인 라스 공작가의 수장이었다. 제국에서 공작가라면 왕국에서는 왕족과 동등한 지위. 그중에서도 가문의 수장인 공작이라면 일국의 왕에 준하는 지위다. 지금 이름 모를 왕녀가 하는 것처럼 하대를 하거나 길 안내를 하라고 불러 세울 수 있는 상대가 아닌 것이다. 하지만 불안한 기색으로 우리를 바라보는 수행원들과는 달리, 왕녀는 시종일관 당당한 태도로 말했다.

"제국의 검이라는 라스 공작가의 수장이셨군요. 이트 왕국의 제1왕녀, 모이라 데 이트라고 합니다. 미처 알아보지 못해 죄송합니다, 공작. 결례를 범했군요."

"미처 알아보지 못했다라. 태자빈 후보로 온 왕녀가 제국 귀족의 기본적인 인적 사항조차 파악하지 않고 오셨다……. 뭐, 그렇다고 합시다. 모니크 경, 이만 가지."

기가 차다는 듯 왕녀를 일별한 공작이 걸음을 떼었다. 하지만 이트 왕녀는 그런 그를 막아 세우며 말했다.

"잠시만요."

"또 뭡니까, 이트 왕녀?"

"공작 전하께 결례를 범한 것은 인정합니다. 하지만 전하의 옆에 있는 저 기사가 내게 범한 결례는 어쩔 것입니까."

"……무슨 소리요, 그건."

녹색 눈동자가 차가운 빛을 발하며 나를 향하고 있었다. 문득 깨달음 하나가 머릿속을 스치고 지나갔다. 이걸 노렸구나. 왕녀는 이미 나와 라스 공작의 정체를 알고 있던 거였어. 일부러 모르는 척하며 우리를 불러 세운 후, 핑계 삼아 날 고개 숙이게 할 생각이었던 게지.

"모니크 경이라면 후작가의 사람이 아닙니까. 아무리 모니크가가 제국에서 공작가에 준하는 대접을 받는다고는 하나 그렇다고 해서 공작가는 아닌 법. '라'라는 중간 성을 사용하고 있는 이상 '데'의 중간 성을 사용하고 있는 본인보다 아랫사람이 아니냐 말입니다. 그런데 어째서 내게 먼저 인사하지 않는 것입니까."

"……."

"황태자 전하의 약혼녀 되시는 분이라는 것은 알고 있습니다. 이 몸이 태자빈 후보로 온 것도. 하지만 지금 이 자리에 선 건 이트 왕국의 제1왕녀인 나와 모니크가의 영애인 모니크 경일뿐. 태자빈 후보로서 소개되지 않은 이상, 모니크 경이 내게 먼저 인사를 올리는 것이 예법 아닙니까."

라스 공작은 침묵했다. 엄밀하게 따지면 왕녀의 말이 맞았기에. 아직까지 공식적으로 태자빈 후보로서 소개되지 않은 이상, 그녀의 지위는 태자빈 후보가 아니라 왕국의 왕녀다. 태자빈 후보로 소개되는 순간 정비에 내정되어 있는 나보다 낮은 지위가 되겠지만 아직은 그녀가 나보다 지위가 높았다. 비록 공녀에 준하는 대접을 받고 있긴 하나 공식적인 내 신분은 후작 영애였으므로.

왠지 기분이 나빴다. 왜 이래, 아리스티아. 어차피 내가 가문의 후계자가 된다면 섬겨야 할지도 모르는 사람이잖아. 왕녀들 덕분에 황비가 될 운명에서 한발 벗어나게 됐는데 뭐가 기분이 나쁘다는 거야. 정신 차려.

크게 심호흡을 했다. 예를 취하기 위해 한발 앞으로 나서는데, 갑자기 서늘한 목소리가 들려왔다.

"오랜만이오, 라스 공작."

"제국의 작은 태양, 황태자 전하를 뵙습니다."

업무 중에 잠시 바람을 쐬러 나온 것이었는지, 그의 뒤에는 보좌관들이 줄줄이 따르고 있었다. 차갑게 나를 노려보고 있던 이트 왕녀가 언제 그랬냐는 듯 얼굴 가득 우아한 미소를 띠며 나붓이 예를 올렸다.

"도착한 날 뵙고 이제야 겨우 다시 뵙습니다, 황태자 전하. 이트 왕국의 제1왕녀, 모이라 데 이트라고 합니다. 모나라고 불러 주세요."

"반갑소, 이트 왕녀."

애칭으로 불러 달라는 말을 뚝 자르는 그를 보면서도 왕녀는 미소를 잃지 않으며 나긋나긋하게 말했다.

"명색이 전하의 아내 후보로 왔는데 뵙기가 너무 힘들어서 결례인 줄 알면서도 감히 뵙길 청하러 가던 길이었습니다. 이렇게 뵙게 되다니 인연이란 역시 존재하는 것인가 봅니다."

"그렇소? 미안하게 됐군."

"혹시 무례가 되지 않는다면 소녀에게 약간의 시간을 허락해 주실 수 없겠는지요."

다소곳한 그녀의 말에 그는 고개를 돌려 나를 힐끗 쳐다보고는 답했다.

"본인이 지금 몹시 분주해서 말이오."

"방해하지는 않겠습니다. 그저 전하의 옆에서 걷는 것만이라도 허락해 주시어요."

"뭐, 좋을 대로 하시오. 라스 공작, 그럼 다음에 봅시다."

나는 그와 왕녀가 사라지고서야 간신히 참았던 숨을 토해 냈다. 문득 소매를 내려다보자 먼지가 조금 내려앉은 것이 보였다. 흐트러진 제복이 눈에 거슬려서 거듭 옷매무새를 가다듬었다. 아무리 해도 마음에 차지 않아 몇 번씩 옷을 정돈하자, 내가 하는 양을 말없이 지켜보고 있던 라스 공작이 한숨을 쉬며 말했다.

"그만하면 됐네, 모니크 경. 충분히 단정해."

"……네, 공작 전하."

"방금 저 왕녀가 귀족파에서 태자빈 후보로 밀고 있는 후보일세. 이런 데서 만날 줄은 몰랐지만, 예상대로 만만치는 않군."

그와 왕녀가 사라진 쪽을 노려보던 공작은 나를 안타까운 눈으로 바라보며 말했다.

"경에게 하는 양이나 아내 후보 운운하는 꼴을 보아하니, 태자빈이 아니라 황태자비 자리를 노리고 온 것이 분명하군. 폐하께선 대체 무슨 생각이신지. 세인 녀석이나 자네 아비에겐 미안한 얘기지만, 나는 경이 모니크 후작이 되는 것보단 황태자비가 되는 편이 더 제국을 위하는 길이라고 생각하네."

"……."

"괜한 얘길 했군. 잊어버리게. 그만 가지."

돌아서는 공작을 따라 나도 걸음을 옮겼다. 다시 일을 해야 할 시간이었다.

며칠 후.

퇴궁하는 길에 카르세인을 만나 함께 마차 보관소로 향하는데 어디선가 본 듯한 얼굴의 여자가 우리를 스쳐 지나가는 것이 보였다. 뭔가 이상했다. 황궁에 내가 아는 여자가 있던가? 분명히 낯이 익은데.

"저기 저 여자, 궁내부 복장이 아니네. 궁내부가 아니면 대체 누가 황궁을 돌아다니고 있는 거지? 안내도 없이."

그제야 그 여자를 어디서 봤는지 떠올랐다. 한창 철야 때문에 피곤했던 날, 알렌디스와 함께 돌아가던 길에 전하와 함께 있는 모습을 봤던 여자였다.

그렇다면 태자빈 후보로 온 왕녀 가운데 한 명이란 이야긴데. 어째서 왕녀가 수행 기사 하나 없이 이런 곳에 홀로 등장한 걸까. 기사이기 이전에 제국의 귀족으로서 타국의 왕족이 황궁을 홀로 돌아다니게 둘 수는 없었기에 나는 서둘러 왕녀가 있는 곳으로 다가가려고 했다. 만일 그녀를 향해 허겁지겁 다가가는 붉은 머리카락의 기사만 없었다면 틀림없이 그랬을 것이었다.

"어, 형님?"

카르세인의 말대로 붉은 머리카락의 기사는 다름 아닌 라스 경이었다. 제2기사단 제복에 제1기사단의 붉은 휘장을 달고 있는 것만 봐도 확실했다. 왕녀에게 다가간 그는 뭔가 한참 대화를 나눴다.

'그러고 보니 라스 경도 왕녀들이 머무는 궁 중 하나의 경비를 책임지고 있다고 했지. 아마도 저 왕녀를 담당하는 모양이군.'

그럼 더 이상 신경 쓰지 않고 가 봐도 되려나. 생각을 정리하고 돌아서다가 나는 카르세인의 말에 멈칫 멈춰 섰다.

"두 사람, 어딜 가는 거지? 저기는 황궁 밖으로 나가는 길이잖아."

"정말 그러네."

놀랍게도 두 사람은 황궁을 빠져나가고 있었다. 이 상황이 이해가 되지 않아서 나는 잠시 카르세인과 마주 보며 눈을 깜빡였다.

그때 갑자기 머릿속을 스치고 지나가는 생각이 있었다. 이런.

"따라가자."

"엉? 왜?"

"어느 왕국인지는 모르겠지만 왕녀야. 라스 경 혼자 호위하다가 무슨 일이라도 생기면 제국이 책임을 져야 하잖아. 그리고 태자빈 후보로 오신 분인데, 라스 경과 둘이 다니다가 만에 하나 스캔들이라도 난다면……."

"그렇군. 사라지기 전에 어서 가야겠는걸. 가자."

"응."

카르세인과 나는 재빠르게 그들의 뒤를 쫓았다. 황궁을 나가서 한참을 걸은 그들은 귀족들의 저택이 있는 곳을 지나서도 계속해서 걸음을 옮겼다. 두 사람의 속도가 생각보다 빨랐기에 카르세인과 나는 귀족을 위한 상가가 늘어서 있는 중심가에 도달해서야 간신히 그들을 따라잡을 수가 있었다.

"형님."

"세인, 모니크 영애, 여긴 어떻게?"

라스 경은 당황한 기색으로 물었다. 그런 라스 경을 흘낏 돌아본 왕녀가 갑자기 반색하며 내게 물었다.

"모니크 영애, 우리 얼마 전에 본 적 있지 않나요?"

"네, 맞습니다만……."

"반가워요. 루아 왕국 제2왕녀 프린시아 데 루아라고 합니다. 일전에 봤을 때 소개를 하고 싶었는데 상황이 여의치가 않았네요."

"아, 네. 모니크 후작가의 장녀 아리스티아 라 모니크입니다."

도도하게 먼저 자기소개를 하라고 하던 이트 왕국의 왕녀와는 달리, 그녀는 아무렇지도 않게 먼저 소개를 하며 생긋 웃었다.

"예전부터 꼭 한번 만나 뵙고 싶었는데, 그 황태자 전하를 뵙고 나니 더더욱 영애와 친분을 쌓고 싶어졌답니다. 어떤 분이신지 몹시 궁금해서 말이에요."

"네? 그게 무슨……."

나와 왜 친분을 쌓고 싶다는 거지? 루아 왕국이면 리사 왕국과 더불어 제법 강한 축에 속하는 나라인데. 그런 나라의 왕녀가 내게 무엇을 바라고 접근하는 걸까. 소문이야 어쨌든 공식적으로는 황태자의 약혼녀이니, 혹시 나를 통해 그와의 친분을 쌓겠다는 생각이라도 하고 있는 걸까? 아니면 우리 가문에 뭔가 바라는 것이라도 있나?

내심 경계하는 기색을 알아차린 것인지, 루아 왕녀는 슬쩍 고개를 저으며 말했다.

"아아, 친분을 가장한 다음, 그걸 이용해서 황태자 전하께 접근하려고 한다거나 하는 건 절대 아니에요. 전하께는 전혀 관심이 없답니다. 저는 차가운 남자는 별로 좋아하지 않거든요."

"……."

"별다른 이유는 없답니다. 그저 그 유명한 모니크가의 영애는 어떤 분일지도 조금 궁금하고, 황태자 전하의 약혼녀 신분이면서 기사단에 들어가셨다는 점도 신기해서요. 아무나 할 수 있는 일이 아니잖아요?"

뭐라 답할 말이 없어 그냥 침묵했다. 그런 나를 빤히 바라보던 그녀가 빙그레 웃음을 지으며 말했다.

"기왕 만났는데, 식사라도 함께하지 않겠어요? 마침 시간도 적절하군요."

"그보다는 황궁으로 돌아가시는 편이……."

"부탁해요. 모처럼 나온 건데 아무것도 못해 보고 돌아가긴 싫단 말이에요. 제국의 수도는 어떤지 구경도 좀 해 보고 싶고요."

"하지만……."

"그리하시지요, 왕녀님. 대신 식사를 마치신 후에는 돌아가셔야 합니다?"

갑자기 끼어든 카르세인의 말에 루아 왕녀는 환하게 미소를 지으며 말했다.

"감사합니다. 성함이?"

"카르세인 데 라스입니다. 라스 공작가의 차남이죠."

"어머, 라스 경의 동생이신가 보네요. 반갑습니다. 그럼 카르세인 경, 괜찮은 레스토랑을 소개해 주시겠어요?"

"저쪽으로 조금 걷다 보면 괜찮은 곳이 있습니다. 제가 안내하겠습니다."

어느새 죽이 맞은 두 사람은 앞서거니 뒤서거니 하며 걸음을 옮기기 시작했다.

'뭐야, 카르세인. 갑자기 왜 그러는 건데.'

조금 황당한 기분이었지만, 나는 어쩔 수 없이 그들을 쫓아가기 위해 라스 경과 함께 걸음을 떼었다.

이미 저만치 앞서서 걷고 있는 두 사람을 쫓다가 문득 허전한 기분에 뒤를 돌아보았다. 그러자 우뚝 멈춰 선 채 멍한 눈길로 두 사람을 응시하고 있는 라스 경의 모습이 보였다. 왠지 한숨이 나왔다. 그는 또 왜 그러는 걸까.

"라스 경?"

"……아, 부르셨습니까, 모니크 영애."

화들짝 놀란 그가 다시 걸음을 옮겼다. 두 사람을 놓칠세라 속도를 높이는 라스 경과 보조를 맞추며 나는 조심스레 말을 건넸다.

"저, 라스 경, 왕녀님께서 머무시는 궁 담당이신 것 같은데, 맞나요?"

"네? 네, 그렇습니다."

"왕녀님께선 어떤 분이신가요? 어쩐지 갈피가 잡히지 않아서요."

갑자기 붉은 눈동자에 생기가 돌았다. 늘 침착하던 평소와는 달리, 라스 경은 어딘가 들뜬 어조로 루아 왕녀에 대한 이야기를 늘어놓았다.

"아랫사람들에게 친절하고, 기사들에게도 상냥하십니다. 그렇다고 해서 무작정 친근하게 구시지도 않습니다. 위엄을 보여야 할 때는 확실하게 보이시죠. 다른 왕녀와 한 번 마찰이 있었는데, 어찌나 냉철하시던지……."

"……."

"제국에 비할 바는 아니지만, 왕국 중에서는 제법 강하다고 알려진 루아 왕국 출신이시라서 그런지 당당하고 기품이 흘러넘치시더군요. 아주 이상적인 왕녀의 모습이었습니다."

"아, 네. 그렇군요."

조금은 기가 질려서 나는 순순히 고개를 끄덕였다. 제법 긴 시간 동안 알고 지냈지만, 라스 경의 이런 모습은 난생처음 보았다. 루아 왕녀가 그렇게 대단한 사람인가? 그 상관에 그 보좌관이라는 말을 듣는 라스 경이, 무뚝뚝한 아버지와 마찬가지로 잔잔한 물결과 같은 모습만 보여 주던 그가 이토록 흥분해서 말하는 모습이라니.

나는 고개를 갸웃하며 앞서 가는 카르세인과 루아 왕녀를 따랐다. 중심가에 있는 식당 중 가장 인기가 높다는 귀족 전용 레스토랑에 도착하자, 자리에 채 앉기도 전에 카르세인이 말했다.

"넌 스테이크 하고 연어 샐러드. 지난번처럼 풀떼기로 고르면 혼난다."

"……왜, 또."

"그때도 말했을 텐데. 기사는 몸이 생명이야. 잘 먹어야지. 풀떼기 가지고 되겠냐?"

"알았어."

마지못해 고개를 끄덕였다. 정말이지, 지난번에도 마음대로 못 고르게 하더니. 선배가 된 기념으로 저녁을 사겠다고 했던 날, 카르세인은 야채 요리를 주문하는 내게 잔뜩 잔소리를 늘어놓으며 억지로 메뉴를 바꾸게 했다. 그런데 오늘마저 왜 그러는 것일까.

하지만 내가 불만스러워 하거나 말거나 카르세인은 만족스러운 표정으로 싱긋 웃음을 지었다. 그와 나를 흘낏 바라본 루아 왕녀가 라스 경을 돌아보며 말했다.

"라스 경, 제게 메뉴를 골라 주지 않겠어요?"

"제, 제가 말씀이십니까?"

라스 경은 늘 침착하던 평소답지 않게 잔뜩 더듬으며 답했다. 의아한 눈으로 돌아보자, 놀랍게도 그의 얼굴이 살짝 달아오른 것이 보였다. 당황한 기색이 역력한 얼굴로 메뉴판을 들어 올린 라스 경이 말했다.

"무난한 건 비프스테이크입니다만, 여긴 가끔 고기가 별로라……. 아, 생선은 어떠십니까? 여기 생선이 깔끔한데. 아, 차라리 트뤼프 파이는 어떨……."

"음?"

자신의 메뉴를 고르던 카르세인이 고개를 번쩍 들어 올렸다. 횡설수설하는 라스 경을 어처구니없다는 표정으로 바라보던 그가 말했다.

"여긴 스테이크가 괜찮습니다, 왕녀님."

"아, 그런가요? 그렇다면 저도 스테이크로 하겠습니다. 라스 경의 추천은 감사하지만 너무 다양해서 고르기가 힘드네요. 다음 기회에 들어 보도록 하죠. 죄송해요."

"아, 아닙니다, 왕녀님."

더듬거리며 대답한 라스 경은 조용히 메뉴판에 얼굴을 묻었다. 주문이 끝나고 곧이어 음식이 나오기 시작하자, 나를 포함한 세 사람은 이런저런 대화를 나누며 포크를 놀렸다. 주로 루아 왕녀가 내게 질문을 하고, 내가 대답을 하면 거기에 카르세인이 끼어드는 식이었다. 라스 경은 대화에 거의 참여하지 않은 채 어쩐지 뻣뻣한 태도로 묵묵히 음식만 입에 가져갔다. 내내 침묵하는 그가 마음에 걸렸던 것인지, 신변잡기부터 시작해서 이런저런 이야기를 하던 왕녀가 문득 옆으로 시선을 돌렸다.

"라스 경."

"네, 넷?"

그리 큰 소리로 부른 것도 아니었는데, 그는 화들짝 놀라며 답했다. 그 바람에 그의 손에서 빠져나간 나이프가 요란한 소리를 내며 바닥에 굴렀다. 어이없다는 듯한 표정으로 떨어진 나이프와 라스 경을 번갈아 가며 바라보던 카르세인이 의구심이 잔뜩 담긴 목소리로 물었다.

"어디 몸이라도 안 좋으십니까, 형님? 오늘따라 이상하시군요."

"아, 아무것도 아니다, 세인. 괜찮으니 신경 쓰지 말거라."

"흐음, 어디 불편하시면 바로 얘기하십시오."

라스 경은 뻘겋게 달아오른 얼굴로 알았다며 고개를 끄덕였다. 그답지 않은 실수에 창피했나 보다고 생각하며 포크를 내려놓는

데, 갑자기 어디서 들어 본 듯한 목소리가 들렸다.

"카르세인 경?"

"음?"

목소리의 주인공은 휘르 영애였다. 그녀의 뒤에는 제노아 영애를 따르는 무리 가운데에서 보았던 몇몇 영애들이 서 있었다. 카르세인은 평소답지 않은 딱딱한 어조로 물었다.

"실례지만 누구십니까?"

"일전에 베리타 공작가의 가든파티에서 뵈었는데, 기억하지 못하시는군요. 키리나 세 휘르라고 합니다."

"그랬습니까."

"네. 카르세인 경의 기사 서임 축하 파티에도 갔었답니다."

멀뚱히 바라보는 카르세인을 바라보며 다소곳하게 미소를 지은 휘르 영애는 라스 경을 향해 고개를 숙여 인사했다. 뒤이어 나를 보고 잠시 멈칫한 그녀는 이내 아무렇지도 않다는 듯 생긋 웃으며 묵례했다. 누군지 모르는 눈치였지만 어쨌든 루아 왕녀에게도 인사를 건넨 그녀는 다음에 뵙겠다는 말을 남기고 저쪽으로 걸어갔다.

"저 영애, 경에게 관심이 있나 본데요?"

짓궂은 왕녀의 말에 카르세인은 어깨를 으쓱하며 답했다.

"설마 그럴 리가요."

"하지만 맞는 것 같은데요."

"그렇다 해도 뭐 별로 관심 없습니다."

"그래요? 그럼 경께서는 어떤 타입의 여성을 좋아하시나요?"

갑작스러운 질문에 놀랄 법도 한데, 카르세인은 마치 평소에 답을 생각해 두고 있던 사람처럼 일말의 망설임도 없이 답했다.

"저는 검과 같은 여자가 좋습니다."

"어머, 뼛속까지 기사이신가 보군요. 검과 같은 여자라. 부디 좋은 여성분을 만나시길 빌어 드리겠어요."

잠시 멈칫하던 왕녀는 어딘가 의미심장해 보이는 웃음을 지으며 나를 돌아보았다. 뭐, 뭐지? 왜 저런 눈으로 쳐다보는 건데.

"모니크 영애."

"……시간이 많이 지체되었군요. 이제 돌아가셔야 할 시간입니다, 왕녀님."

왠지 모르게 불안한 기분에 모르는 척 말을 자르자, 루아 왕녀는 생글 미소를 지으며 자리에서 일어났다. 나와 카르세인도 따라 일어섰다.

하지만 라스 경은 요지부동이었다. 무엇을 그리 생각하는지 카르세인이 몇 번씩 부르고 나서야 겨우 상념에서 벗어난 그는 허둥지둥 사과를 하며 일어났다.

"오늘 정말 즐거웠어요, 모니크 영애. 다음에 제가 머무는 궁으로 한번 놀러 오세요."

"알겠습니다. 조심해서 들어가십시오."

"카르세인 경도 즐거웠어요. 정말 감사했습니다."

"다음에 뵙겠습니다, 왕녀님."

배정받은 궁에 도착하자, 루아 왕녀는 아쉬운 기색이 역력한 얼굴로 나와 카르세인에게 작별을 고했다. 라스 경은 밤 근무라 궁에 남는다고 해서 우리는 두 사람을 남겨 두고 다시 외궁으로 향했다.

"뭔가 긴 하루였어."

"그러게."

"그런데 카르세인, 라스 경 오늘따라 좀 이상해 보이지 않았어?"

"네가 보기에도 그랬냐? 영 형님답지 않긴 했지."

"응. 평소에는 침착하시던 분이……."

"네 눈에 이상해 보였다면 말 다 했다. 으이그, 바보 같은 형님, 엄한 데 걸리지나 말아야 할 텐데."

카르세인은 혀를 차며 말했다. 그의 말에서 묻어 나오는 묘한 느낌에 고개를 갸웃하자, 그는 싱긋 미소를 지으며 내 머리카락을 쓱쓱 쓰다듬었다.

"고민하는 게 눈에 보인다, 꼬맹아."

"내가 왜 꼬맹이야."

"내가 보기에 넌 한참 아기거든. 어른이 되려면 아직 멀었어."

나는 눈을 가늘게 뜬 채 카르세인을 노려보았다. 슬쩍 웃어 보이는 그가 몹시 얄미워 보였다.

'꼬맹이라니. 회귀 전까지 치면 내가 너보다 더 오래 살았다고.'

속으로 중얼거려 보았지만, 내심 뜨끔하는 면도 없지 않아 있었다. 몸이 어려지더니 마음도 어려진 것인지, 예전의 나였다면 결코 하지 않았을 행동이 불쑥불쑥 튀어나오는 것을 보면 더욱 그랬다. 그래도 다른 사람 앞에 있을 땐 그나마 나은데, 이상하게도 카르세인 앞에만 서면 유독 유치해지는 것 같았다.

"안 가냐? 그러다 늦는다."

"아, 알았어."

조금 찜찜하기는 했지만 어쨌든 즐거우면 된 것이라고 생각하며, 나는 카르세인에게 보조를 맞춰 다시 발걸음을 옮겼다.

모니크 영애께.

지난번에는 정말 감사했습니다. 덕분에 정말 즐거운 시간을 보냈답니다. 감사의 뜻으로 저희 왕국 특산 차를 보냅니다. 약소한 선물이지만 받아 주셨으면 좋겠어요. 그럼 다음에 또 뵙겠습니다.

프린시아 데 루아.

며칠 뒤, 루아 왕녀는 내게 편지와 함께 작은 상자를 보냈다. 어째서 이리 친밀하게 구는 것인지 조금 미심쩍었지만, 나는 일단 감사의 뜻을 담은 답신과 함께 본가의 영지 특산 찻잎을 답례품으로 보냈다.

왕녀의 편지를 비롯한 여타 서신들을 모두 정리했을 때, 엔테아에게서 시제품으로 받은 비녀를 보며 연신 탄성을 지르던 리나가 문득 생각났다는 듯 물었다.

"아가씨, 이번에는 드레스를 안 맞추시는 거예요? 오 일 동안 계속 되는 연회라고 들은 것 같은데."

"글쎄."

"원래 이맘때면 황궁에서 전갈이 오지 않았어요?"

"……그러게."

뭐라 답할 말이 없어 어색하게 웃었다. 그러고 보니 원래 이맘때쯤 되면 그가 어떤 색상과 스타일의 옷을 입을 것인지에 대해 황궁에서 통보가 오곤 했는데, 이상하게도 이번에는 그런 것이 오지 않았다. 이제는 더 이상 다정한 분위기를 연출할 필요가 없다는 의미일까? 사실상 파혼이라는 소문도 돌고 있는데다가 태자빈 후보들도 참석하는 연회이니만큼?

순간 드디어 그에게서 벗어날 길이 보인다는 생각에 기쁜 마음이 드는 것과 동시에 묘한 섭섭함이 가슴 한구석에 자리하는 것이 느껴졌다. 하지만 나는 고개를 흔들어 이해할 수 없는 마음 한 조각을 곧장 덜어 내며 말했다.

"그냥 적당한 걸로 골라 줘."

"새로 안 맞추시게요? 이번엔 좀 화사한 색으로 맞춰 보시는 게……."

"아냐. 괜찮아. 이미 갖고 있는 것도 많은데 뭘."

뭔가를 말하려던 리나는 내 표정을 보고는 조용히 입을 다물었다.

나는 내친김에 그녀와 함께 드레스룸을 돌아보며 기념제 연회에서 입을 옷을 골랐다. 이상하게도 마음에 드는 옷이 별로 없어 다소 애를 먹기는 했지만, 워낙 많은 드레스가 있었던 탓에 그럭저럭 입을 만한 옷을 뽑아낼 수가 있었다. 리나는 이대로는 절대 안 된다며 펄쩍 뛰었지만, 정작 나는 이제 곧 황실에서 벗어날지도 모르는데 아무려면 어떠냐는 심정이었다.

건국기념제를 일주일 앞둔 날.

평소와 다름없이 업무를 처리하던 나는 황실 인장이 찍힌 전갈을 받았다. 그것은 황태자 전하께서 보내신 것으로, 잠시 티타임을 갖자는 내용이었다.

황태자궁의 시종장이 안내한 곳은 지난날 한 번 가 본 기억이 있는 그의 개인 서재였다. 도서관이라는 말이 더 어울릴 법한 그의 서재는 언제 봐도 감탄이 나올 정도로 어마어마한 규모를 자랑하고 있었다.

넓디넓은 서재 한가운데, 탁자 앞에 앉아 무언가를 열심히 읽고 있는 푸른 머리카락의 청년이 보였다. 나는 황가의 문장이 수놓인 푹신한 카펫을 조심조심 지나 그를 향해 허리를 숙여 예를 갖췄다.

"제국의 작은 태양, 황태자 전하를 뵙습니다."

"왔군."

많이 피곤한 듯, 그는 읽고 있던 서류를 내려놓고는 엄지손가락으로 눈 주위를 꾹꾹 눌렀다. 그럴 법도 했다. 다섯 명이나 온 왕녀들 때문에 일이 늘어난 상황인데다가 그중 셋은 수시로 황태자궁을 들락거린다 했으니. 게다가 요즘에는 폐하께서 그에게 일을 넘기고 있다는 소문도 있지 않던가.

"그래, 그동안 잘 지냈나?"

"황은에 힘입어 잘 지냈습니다. 전하께선 어떠하셨는지요?"

"그대가 보기엔 어떠한가."

침묵했다. 무엇이든 겉으로 거의 드러내 보이지 않는 그가 저토록 피곤해 보일 정도라면 아마 속으로 누적된 피로는 엄청날 것이었으므로. 어색한 미소를 짓자, 묵묵히 나를 바라보던 그가 말했다.

"일전에 그대가 준 차가 제법 효과가 좋더군."

"황공합니다, 전하."

"오늘도 한 잔 끓여 줄 수 있겠나?"

"네, 전하. 그리하겠습니다."

나는 줄을 당겨 시녀에게 찻잎과 끓인 물을 가져오라 말했다. 잠시 정적이 흘렀지만, 그는 곧 침묵을 깨며 내게 물었다.

"그래, 이번엔 어떤 색으로 할 것인가?"

"네, 전하?"

"뭘 그렇게 놀라나. 공식 연회에 참석할 때면 매번 옷을 맞추지 않았나."

"아……."

연락이 오지 않기에 이번에는 맞추지 않는 줄 알았는데. 그저 너무 바빠서 미처 전갈을 넣을 시간이 없었던 것뿐이었나? 나는 실망과 안도가 섞인 복잡한 마음을 뒤로한 채 기억을 더듬었다. 내가 고른 게 무슨 색이었더라. 아무려면 어떠냐는 생각에 대충 골랐던 것 같은데.

"연녹색……."

"음."

"그리고 아마도 군청색, 청보라색, 암적색, 검은색이었던 것 같습니다."

"……그대는 어두운색을 상당히 좋아하는가 보군."

그랬던가. 며칠 전 리나도 그런 이야길 했는데. 그러고 보면 언제부턴가 차분하고 어두운 색깔을 선호했던 것 같기도 했다.

새롭게 깨달은 사실에 곰곰이 생각에 잠겨 있을 때, 몇 명의 시녀들이 각양각색의 찻잎 상자를 들고 들어왔다. 나는 한가득 쌓인 차 상자를 이것저것 열어 보며 잠시간 행복감에 잠겼다. 황실에서 사용하는 것이니 당연하겠지만 최상급 찻잎 중에서도 가장 우수한 품질의 찻잎이 너무 많아 무엇을 골라야 할지 갈피가 잡히지 않았다.

　'아무래도 피로 회복에 좋은 걸 골라야겠지.'

　수많은 차 중에서 캐모마일과 로즈힙, 페퍼민트를 골라냈다. 비어 있는 주전자에 찻잎을 적당한 비율로 섞어 넣고 뜨거운 물을 부었다. 그러고는 속으로 숫자를 세다가 적당한 시간이 되었다 싶을 때 찻잔에 따라 냈다.

　"여기 있습……."

　찻잔을 건네려다 말고 황급히 입을 다물었다. 어느새 의자에 기대어 잠이 들어 있는 그가 눈에 들어온 탓이었다. 늘 무표정하던 얼굴이 평화롭게 풀려 있었다. 난생처음 보는 모습, 무척 평화로운 표정.

　이상한 기분이었다. 과거에는 그토록 내 곁에 있어 줬으면 해도 냉정하게 외면하던 그였는데, 곁에서 멀어지려고 하는 지금 그는 나를 불러내 하루하루 새로운 표정과 모습을 보여 주고 있었다. 쓴웃음이 저절로 나왔다. 그토록 보고 싶던 그의 모습을 이렇게 쉽게, 의도치 않은 상황에서 보게 될 것이라고는 꿈에서조차 생각지 못했는데.

　한참을 망설이다 소리를 죽여 재킷을 벗었다. 혹시라도 잠이 깰까 싶어 조심조심 다가서다가 뒤척이는 모습에 화들짝 놀랐다. 숨을 죽이며 그 자리에 멈춰 섰지만, 다행히 감긴 눈은 떠지지 않았다.

　살며시 재킷을 덮었다. 삐져나온 재킷 소매를 당겨 꼭꼭 여민 뒤 소리 없이 자리에서 일어났다.

　'바쁜 사람이니 계속 저대로 두는 것은 안 되겠지만, 잠시간 휴식을 취하는 것 정도는 괜찮겠지.'

　잔뜩 늘어서 있는 서가에 다가가 제목을 훑어보았다. 지난번 이곳에 왔을 때는 신경이 곤두서 있어서 뭐가 있는지 제대로 살펴보지 못했는데, 책장마다 빼곡히 꽂혀 있는 화려한 책의 행렬을 보자 저절로 입이 벌어졌다.

　'와, 이건 전 대륙에 열 세트밖에 남지 않았다는 희귀본이잖아. 이건 파본이라 더 유명하다는 『대륙전기』 사 판이네.'

　신이 나서 이 책 저 책을 구경하다 보니 제법 많은 시간이 흘러 있었다. 아무래도 이제는 그를 깨워야 할 것 같았다. 충분하지는 못해도 잠시간이나마 눈을 붙였으니 조금은 낫겠지.

　발소리를 죽이며 다가가는데, 문득 테이블 위에 놓인 찻잔이 보였다. 아무래도 다시 우려내야겠다 싶어서, 소리 없이 방문을 열고 대기하고 있는 시종에게 끓는 물을 가져오라 명했다. 금세 나타난 시종에게서 새로운 주전자를 넘겨받아 조금 전과 같은 차를 우려낸 뒤 조심조심 그를 불렀다.

"전하."

"……."

"일어나세요, 전하."

　깊은 잠에 빠진 듯, 그는 거듭해서 불러도 눈을 뜨지 않았다. 그저 부르는 것만으로는 도저히 일어나지 않을 것 같아서 불충인 줄 알면서도 어쩔 수 없이 그의 어깨를 흔들었다. 순간 푸른 속눈썹이 파르르 떨리다가 번쩍 뜨였다. 나를 응시하던 몽롱한 눈동자에 빠르게 빛이 돌아왔다.

"일어나셨습니까."

"음, 내가 얼마나 이러고 있었던 거지?"

"그리 오래되지는 않았습니다."

"그런가."

서둘러 몸을 일으키던 그에게서 검은 기사단 재킷이 툭 떨어졌다. 잠시 동안 아무 말 없이 떨어진 재킷을 바라보던 그가 천천히 그것을 주워 내게 건넸다. 막 잠에서 깨어난 탓일까. 평소보다 한결 짙어진 바닷빛 눈동자가 나를 응시하고 있었다.

"……고맙군."

"차가 식습니다."

어색하게 미소를 지으며 재킷을 받아 들었다. 그에게서 난생처음으로 듣는 감사 표시에 뭐라고 답해야 할지 알 수가 없었다.

손을 뻗어 찻잔을 집어 든 그는 망설임 없이 잔을 기울였다. 아, 방금 우려내서 뜨거울 텐데. 하지만 잠시 멈칫하던 그는 아무 말 없이 마저 잔을 비웠다.

"뜨겁지 않으십니까? 방금 다시 우려낸 건데……."

"……조금 뜨겁군."

그는 빈 잔을 내려놓으며 답했다. 주전자를 들어 다시 찻잔을 채우려는데, 나를 제지한 그가 말했다.

"이만 돌아가 봐야 하는 것 아닌가. 시간이 제법 지났을 것 같은데."

"아. 네, 전하."

"차에 대한 보답으로 마차까지 배웅하지. 그만 일어날까."

"많이 바쁘실 텐데……. 괜찮습니다, 전하."

괜찮다는 말에도 그는 자리에서 일어나 먼저 성큼성큼 걸어 나갔다. 하는 수 없이 나는 종종걸음으로 그를 따랐다. 요즘 들어 정말 이상하다고 생각하면서.

집에 돌아오는 마차에서 그와 있었던 일을 생각해 보았다. 지난번에 우려냈을 때 훌쩍 비우고 두 번째 잔도 받더니, 오늘은 왜 거절한 것일까? 혹시 입맛에 맞지 않았나? 그렇지만 첫 잔은 훌쩍 비워 버렸는데. 그리고 보면 일전에 집에 찾아왔을 때도 그는 평소와는 다른 행동을 보이다가 뜨거운 차를 훌훌 마셔 버렸더랬다. 혹 뭔가 당혹스러운 때 저런 버릇이 나오는 걸까?

'다음 기회가 닿는다면 내 추측이 맞나 잘 살펴봐야지.'

결심이라고 하기에는 이상한 다짐을 하며 나는 창문을 열고 창밖으로 보이는 수도의 풍경을 바라보았다. 길 위에는 들뜬 인파와 거리 악사들의 음악 소리, 그리고 맛난 냄새가 가득했다.

건국기념제가 코앞이었다.

건국기념제 연회 첫날.

황궁으로 가는 길에 본 거리는 온통 축제 분위기였다. 대규모 흥년으로 인해 축제가 금지되었던 탓에 삼 년 만에 열리는 건국기념제이니만큼 모두 들뜰 만도 했다. 그래서인지, 어스름이 깔리기 시작하는 시각임에도 거리에는 수많은 인파가 몰려 있었다.

웅성거리는 소리와 음악 소리, 그리고 아이들의 즐거운 웃음소리. 마차 안에서 창문을 열고 그 소리에 취해 있는데, 문득 저 거리로 나가 보고 싶다는 생각이 들었다.

'언젠간 기회가 되겠지.'

나는 아쉬운 마음을 접으며 조용히 창문을 닫았다.

중앙궁에 도착해 나를 기다리고 있던 그와 함께 입장했다. 곧이어 등장하신 폐하께서 간단한 기념 축사를 하시는 것으로 건국기념제의 첫날 연회가 시작되었다. 축사를 마치고 단상 위 상석에 자리하신 폐하께서는 그 아랫단에 나란히 앉아 있는 그와 나를 흐뭇하게 바라보며 말씀하셨다.

"영애, 오늘도 눈부시게 아름답군."

"황공합니다, 폐하."

"평소에도 좀 그렇게 입고 다니게. 제복만 줄곧 고집하지 말고."

"……네, 폐하."

껄껄 웃으며 농담을 건네시는 폐하께 작게 대답하며 나는 입고 있는 드레스를 새삼 훑어보았다. 미리 골라 둔 옷은 모두 짙은 색 일색이었지만, 어두운색을 좋아하느냐는 그의 말이 왠지 걸려서 다른 것으로 바꾼 뒤였다.

물결처럼 부드럽게 출렁이는 물빛 드레스, 그리고 머리에 장식한 사파이어와 다이아몬드로 세공한 비녀. 목에는 은줄에 아쿠아마린으로 세공한 목걸이를, 귀에도 같은 세트의 귀걸이를 걸고 있는 내 모습은 확실히 평소와 조금 다르기는 했다.

그때, 다섯 명의 여자가 다가오는 것이 보였다. 그러고 보니 오늘이 바로 태자빈 후보들이 공식적으로 선을 보이는 자리였다. 루아 왕녀를 필두로 하여 마지막으로 이트 왕녀까지 고개를 숙여 예를 갖추고 나자, 폐하께서는 연회를 즐기란 말을 남기고 자리를 뜨셨다. 돌아가시는 폐하를 향해 예를 갖춘 뒤, 나는 황태자 전하가 내민 손을 잡고 단상에서 내려왔다.

"이미 만난 분도 있겠소만, 공식적으로는 처음 만나는 자리겠군. 인사들 나누시오."

왕녀들은 침묵했다. 각양각색의 눈동자에서 비치는 감정은 적의였다. 자국에서 왕족으로 군림하다가 누군가에게 고개를 숙여야 하는 상황이 오자 몹시 자존심이 상하는 모양이었다. 아니면 파혼한 것이나 다름없다는 소문이 돌고 있는 내게 먼저 고개를 숙이는 것이 기분이 나쁜 것이거나.

생긋 미소를 띤 루아 왕녀가 제일 먼저 내게 인사를 건넸다.

"안녕하세요, 모니크 영애. 또 뵙습니다. 공식적인 자리이니 다시 소개를 하겠습니다. 루아 왕국 제2왕녀 프린시아 데 루아입니다."

왕녀는 내게 살짝 눈짓을 하며 웃었다. 덩달아 나도 그녀를 향해 마주 미소를 지었다. 루아 왕녀가 한 걸음 뒤로 물러나자, 한 왕녀가 쭈뼛거리며 인사했다.

"바, 반갑습니다, 모니크 영애. 리사 왕국 제5왕녀 베아트리샤 데 리사입니다."

제법 호전적인 축에 속하는 리사 왕국의 왕녀였다. 전쟁 중이라고 들었는데, 왕녀를 보내서 제국의 지원을 얻으려고 하는 건가. 그런데 왜 저리 벌벌 떠는 거지? 아까 나를 노려보던 왕녀들 사이에서도 혼자 주눅이 들어 있더니.

"사푸 왕국 제8왕녀 베어리 데 사푸입니다."

"소노 왕국 제3왕녀 나이마 데 소노입니다."

화려하기 짝이 없는 드레스에 주렁주렁 보석을 걸친 사푸 왕녀, 눈부시게 아름다운 미인인 소노 왕녀에 이어 이트 왕녀가 앞으로 나섰다. 푸른 머리카락의 청년을 한번 바라본 그녀는 화사한 미소를 지으며 내게 고개를 숙였다.

"일전에 한 번 뵌 적이 있었지요, 모니크 영애. 모이라 데 이트라고 합니다. 이트 왕국의 제1왕녀입니다."

"안녕하세요, 이트 왕녀. 아리스티아 라 모니크입니다."

이트 왕녀까지 인사를 마치고 나자, 무심한 표정으로 여섯 여자가 인사하는 모습을 바라보던 그가 내게 손을 내밀었다. 건국기념제 연회의 스타트를 끊어야 할 시간이었다.

댄스플로어로 나가자 관례대로 느린 춤곡이 연주되기 시작했다. 덕분에 지난번과는 달리 무사히 춤을 마치고서 예를 올리는데, 갑자기 입꼬리를 끌어 올린 그가 내게 물었다.

"그대, 아직 체력은 남아 있나?"

"네? 네, 전하. 어찌 그러시는지요."

"그럼 됐군. 오늘은 꼬이지 말고 잘 따라오도록."

"네?"

웅성웅성. 춤이 끝났음에도 나올 생각 없이 마주 보고 서서 대화를 나누는 그와 나를 보며 귀족들이 무어라 수군대기 시작했다.

그 모습을 무심히 바라본 그가 손을 들었다.
 갑자기 악단이 새로운 곡을 연주하기 시작했다. 그것은 그의 탄신일 연회에서 함께 추었던 곡과 비슷한 빠르기의 춤곡이었다. 웅장한 듯하면서도 격렬한, 계속해서 뜀뛰듯 춰야 하기에 파트너와의 호흡이 꼭 필요한 곡.
 "저, 전하?"
 "집중하지 않으면 또 박자를 놓칠 텐데."
 당황해서 올려다보았지만, 그는 아무렇지도 않게 나를 끌어당기며 말했다.
 '연속으로 두 곡이라니.'
 아직 공식적으로는 약혼 관계였기에 망정이지, 아무 관계도 아닌 남녀가 연속으로 두 곡을 춘다는 것은 자칫 잘못할 경우 스캔들이 터질 수도 있는 파격적인 일이었다. 사실상 파혼이나 다름없다는 소문이 돌고 있는 이때에, 태자빈 후보로 온 왕녀들이 바라보고 있는 지금 그는 대체 무슨 생각으로 이러는 걸까? 의도를 알아내기 위해 깊은 바닷빛 눈동자를 올려다보았지만, 그곳에서는 아무것도 읽어 낼 수가 없었다.
 "그대, 일전엔 잘 들어갔는가?"
 "네, 전하."
 "그날 남겨 두고 간 차는 잘 마셨다."
 "네? 돌아가셨을 땐 이미 다 식었을 텐데……."
 "식은 차도 나름대로 괜찮더군."
 말없이 나를 리드하던 그가 말했다. 그렇다면 나를 데려다 주고 돌아가서 식은 차가 담긴 찻잔을 기울였단 애긴가. 그와는 너무도 어울리지 않는 모습이어서 그런지 상상이 되지가 않았다. 내가 알던 그라면 당장 새로운 것을 가져오라 했을 텐데, 어째서 그는 식은 차를 그대로 마신 것일까.

이번에는 발이 꼬이거나 하는 일 없이 무사히 춤을 마치고서 나는 그의 손을 잡고 댄스플로어 밖으로 나왔다. 왕녀들이 앉아 있는 곳으로 돌아가며 시종에게서 잔을 두 개 받아 내게 하나를 건넨 그가 입꼬리를 끌어 올리며 말했다.

"그대, 그새 많이 늘었더군. 오늘은 잘 따라오던데."

"황공합니다, 전하."

"두 분의 춤 잘 봤습니다. 그런데 오늘은 잘 따라왔단 말씀은, 예전에는……."

사푸 왕녀가 말끝을 흐리며 물었다. 고급스러우나 지나치게 많은 보석이 달린 티아라가 샹들리에의 불빛에 비쳐 번쩍번쩍 빛났다. 화려한 걸 좋아하는 왕녀님이네.

"모니크 영애께선 기사라고 들었습니다. 아무래도 춤 같은 것까지 신경 쓰기에는 조금 바쁘실 테지요. 일전에 한 번 제복을 입으신 모습을 뵈었는데, 참으로 기사다워 보이시더군요."

이트 왕녀가 만면 가득 화사한 미소를 지으며 말했다.

그녀들의 말에 담긴 속뜻에 기분이 썩 좋지는 않았지만, 나는 잠자코 잔을 들어 음료를 마셨다. 왕녀 중 한 사람이 태자빈이 되고 얼마 지나지 않아 지은이 와서 그의 정비가 된다면 나는 자유의 몸이 된다. 모니크가의 여식을 일개 후궁으로 맞이할 수는 없는 노릇이니, 황실에서는 내가 가문의 정식 후계자가 될 때까지 기다릴 수밖에 없을 것이었다. 그걸 생각하면 이 정도쯤이야 충분히 감내해 줄 수 있었다.

"음, 제복을 입은 모습이라. 그러고 보니 그때 왕녀를 봤던 기억이 나는군."

"어머, 기억하고 계셨군요, 황태자 전하."

"그렇소. 그때 본 왕녀의 모습이 몹시 인상 깊었지."

그의 말에 이트 왕녀는 더더욱 화사한 미소를 지었다. 워낙 눈에 번쩍 띄는 미인이라 그런가, 살짝 인상을 찌푸린 모습까지도 아름다워 보이는 소노 왕녀가 물었다.

"이트 왕녀의 어떤 점이 그토록 인상 깊으셨는지요?"

"아, 그토록 예법에 밝은 분인 줄은 미처 몰랐다오. 때와 장소에 맞춰 확실하게 지키려면 보통 신경 쓰이는 게 아닐 텐데, 참으로 대단하다는 생각이 들었소."

"네?"

소노 왕녀는 무슨 소린지 모르겠다는 듯한 눈으로 그를 바라보았다. 그건 나 역시 마찬가지였다. 갑자기 웬 예법 타령인지. 이트 왕녀가 나와 마주쳤을 때라. 혹시 라스 공작과 경비 점검을 돌던 때의 일을 얘기하는 건가? 공식적인 자리에서의 소개를 운운하며 아직은 자신이 윗사람임을 내세우던 그 일?

"감사합니다, 황태자 전하."

"아니오, 이트 왕녀. 음, 그렇지만 말이오."

"네, 전하?"

"지금 보니 예법에만 밝은 게 아니라 검소하기까지 하신 듯하군. 개인적으로는 흡족하오만, 이런 자리에서까지 검소한 것이 꼭 좋다고 볼 수는 없지 않겠소."

일동의 시선이 이트 왕녀의 드레스로 쏠렸다. 가슴이 깊게 파인 짙은 남색 드레스. 파니에로 잔뜩 부풀린 치마에는 일정 간격으로 분홍 리본이 달려 있었고, 최신 유행에 맞춘 앙가장뜨 역시 하늘하늘한 분홍색 프릴로 이루어져 있었다. 드레스의 가슴 부분은 보석 가루를 뿌려 장식한 듯 반짝반짝 빛났다. 예의상으로라도 결코 검소하다고 말할 수는 없는 복장이었다.

"그, 그런가요?"

조금 당황한 듯, 이트 왕녀의 화사한 미소가 흔들렸다. 소노 왕녀와 리사 왕녀는 의아하다는 듯한 눈초리였고, 사푸 왕녀는 동의한다는 듯 고개를 끄덕였다. 루아 왕녀는 아예 고개를 돌린 채 소리를 죽여 웃고 있었다.

"그래서 말인데, 왕녀가 괜찮다면 내 옷을 한 벌 드리리다. 제국의 손님으로 오셨는데, 그리 계시도록 두는 것도 예의가 아니지 않겠소."제국에서 이성에게 옷을 선물한다는 것은 상대방에게 호감이 있다는 표시임.

"제게 옷을 주신다고요?"

흔들리던 표정이 빠르게 사라지고 화사한 미소가 그 자리를 대체했다. 가슴을 편 이트 왕녀가 녹색 눈동자를 빛내며 그를 응시했다. 소노, 사푸 왕녀가 인상을 찌푸리고, 루아 왕녀는 의외라는 듯 눈을 크게 뜨고 그를 바라봤다.

나는 고개를 갸웃하며 그를 보았다. 드레스를 주겠다니. 혹시 그녀가 마음에 든 것일까.

"아, 그 전에 내 약혼녀에게 양해를 구해야겠군."

"네, 전하?"

"미안하오. 사실은 그대를 위해 준비해 둔 드레스가 있었소만,

보다시피 그대보다는 이트 왕녀께 시급히 필요할 듯하군. 해서 내일단 그걸 드릴까 하오. 괜찮겠소?"

"……네, 전하. 그리하시지요."

잠시 멈칫하다 천천히 고개를 끄덕였다. 지나가는 시종을 불러 뭐라 지시한 그가 묵묵히 들고 있던 잔을 기울였다.

나는 침묵하는 그를 보며 혼란스러워진 머릿속을 정리했다. 나를 위해 준비한 드레스를 왕녀에게 주겠다니, 이걸 무슨 의미로 해석해야 하는 걸까? 혹 이트 왕녀에게 태자빈, 혹은 황태자비의 지위를 부여하겠다는 것일까?

바닷빛 눈동자와 잠시 시선이 마주쳤지만, 그 안에서는 아무것도 읽어 낼 수가 없었다. 나는 그에게 잘 보이려 애쓰는 소노 왕녀와 사푸 왕녀의 모습을 잠시 바라보다 루아 왕녀를 돌아보았다. 생글 미소를 지은 그녀가 소곤소곤 말했다.

"모니크 영애, 물빛이 정말 잘 어울려요."

"감사합니다, 왕녀님. 보내 주신 차는 잘 마셨습니다."

"마음에 드셨다니 다행이네요. 워낙 약소한 것이라 혹 기분이 상하셨을까 걱정했답니다."

"아니에요. 정말 감사드리고 있습니다."

연보랏빛 드레스를 입은 루아 왕녀는 무척 아름다웠다. 첫눈에 확 띄는 화사한 아름다움을 가진 소노 왕녀와 비할 바는 아니었지만, 그녀에게는 차분하고 지적인 아름다움이 있었다. 연보라색 눈동자를 반짝이며 주위를 돌아본 그녀가 목소리를 낮춰 말했다.

"그나저나 저는 조금 놀랐지 뭐예요. 우리 처음 만났을 때 기억나요? 라스 경과 있을 때 말고, 그 전에 말이에요."

"네, 기억납니다."

"자세한 얘긴 나중에 둘이 있을 때 하기로 하고. 그때 봤던 황태자 전하의 모습이 지금과 너무 많이 달라서 말이에요."

"네?"

"냉기만 날리는 분인 줄 알았는데, 오늘 하시는 걸 보니……. 흠, 아니에요. 좀 더 지켜봐야 확실해질 듯하네요."

고개를 갸웃하는데, 때마침 상자 하나와 정교하게 세공된 함을 들고 온 시종이 깊숙이 허리를 숙이는 것이 눈에 들어왔다. 모두의 시선이 시종에게 쏠렸다. 아무래도 저 안에 든 것이 문제의 드레스인 모양이었다.

"드레스는 이트 왕녀께 드리고, 그건 여기에 두도록."

"네, 전하."

이트 왕녀의 앞에 다가간 시종이 상자를 열자 여기저기서 탄성이 쏟아져 나왔다. 파스텔 톤의 핑크빛 드레스. 하얀색 꽃 모양 장식으로 포인트를 준 드레스는 치마 부분을 일일이 하얀 레이스로 장식해 마치 꿈꾸는 소녀 같은 느낌을 연출하고 있었다. 얼굴 가득 화사한 미소를 건 이트 왕녀가 그를 향해 가볍게 고개를 숙였다. 흐뭇한 감정이 그녀의 온몸에서 묻어 나오고 있었다.

"이런 귀한 것을 제게 주시다니. 정말 감사드립니다, 전하."

"왕녀만 괜찮다면 지금 바로 보여 줄 수 있겠소?"

"물론입니다. 바로 다녀오겠습니다."

자리에서 일어난 그녀는 나를 향해 의기양양한 미소를 지어 보이고는 시종의 안내를 받아 재빠르게 연회장을 빠져나갔다. 분하다는 듯 그녀가 사라진 자리를 쏘아보는 소노 왕녀와 사푸 왕녀,

아무런 말도 하지 못한 채 가만히 앉아 있기만 하는 리사 왕녀의 모습이 눈에 들어왔다.

각양각색의 표정 사이, 나를 응시하고 있는 바닷빛 눈동자와 시선이 마주쳤다. 그것은 이상하게도 웃고 있는 것처럼 보였다.

"그대에겐 미안하게 생각하오."

"아닙니다, 전하."

"그래서 말인데, 우선 이것이라도 드리려고 하오. 원래 저 드레스와 세트로 만든 것이었소만, 보다시피 상황이 여의치가 않아서 말이오. 내 다음번에 그것과 맞는 다른 드레스를 드리다."

'이건 또 무슨 의미지?'

명목상으로는 아직 약혼녀이니 왕녀들 앞에서 체면을 세워 주려는 건가. 의아한 눈으로 바라보자, 엷게 미소를 지은 그가 시종이 가져온 함을 내 쪽으로 밀어 주었다.

잠시 망설이다 함을 여는 순간, 저절로 눈이 휘둥그레졌다. 내 옆에 앉아 있던 루아 왕녀가 감탄을 발했다.

"세상에!"

정교하게 세공된 보석 상자 안에는 목걸이와 귀걸이가 들어 있었다. 목걸이는 단아한 금줄로 되어 있었는데 손가락 두 마디 정도의 길이마다 하나씩 새끼손톱 절반 크기의 파스텔톤 핑크색 돌이 이어져 있었고, 귀걸이는 같은 핑크색 원석에 금줄을 내린 것으로 중간중간 작은 다이아몬드를 박아 반짝반짝 빛나고 있었다. 화려하지는 않지만 몹시 고급스러우면서도 세련된 디자인이었다.

놀란 눈으로 고개를 들자 담담하게 나를 응시하는 그의 얼굴이 보였다.

"마음에 드오?"

"……네. 감사합니다, 전하."

"다행이군."

그는 묵묵히 고개를 끄덕였다.

나는 왕녀들의 감탄과 부러움의 한숨을 들으면서 함을 들여다보았다. 비록 체면치레로 준 것이라고는 해도 난생처음 받는 선물에 무어라 형언할 수 없는 기분이 들었다. 껄끄러움과 이해할 수 없는 감정의 한 조각이 섞인 복잡한 심정이 머릿속을 어지럽게 했다.

하염없이 목걸이를 바라보고 있을 때, 드레스를 갈아입으러 갔던 이트 왕녀가 나타났다. 분명 미소를 담뿍 달고 들어올 것이라 생각했는데, 의외로 그녀는 안색이 썩 좋지 않았다. 어디 아프기라도 한 것일까? 하지만 방금 전까지는 멀쩡한 기색이었는데.

"고깝다 여기지 않고 흔쾌히 선물을 받아 주셨으니, 내 감사의 뜻으로 왕녀에게 춤을 청해도 되겠소."

"아……. 네, 영광입니다, 전하."

잠시 망설이던 이트 왕녀는 그의 춤 신청을 받아들였다. 멀어지는 두 사람의 뒷모습을 잠시 바라보다가, 나는 손을 잡아 오는 부드러운 손길에 옆을 돌아보았다. 애매한 미소를 머금은 채 나를 바라보던 루아 왕녀가 손등을 가볍게 몇 번 토닥였다.

"다행이네요."

"네? 무엇이 말씀이십니까?"

"영애가 아직 어리다는 게요."

갑자기 무슨 말이지? 의아하게 바라보자, 그녀는 살짝 고개를 저으며 말했다.

"아, 혹시 기분 나빴다면 미안해요. 나쁜 뜻은 아니었어요."

"아닙니다. 그런데 갑자기 왜……."

"아무것도 아니랍니다. 그나저나, 슬슬 일어나도 되려나요? 한 군데 오래 앉아 있었더니 좀이 쑤시는군요."

그녀는 자리에서 일어나며 말했다. 이제는 자리를 떠도 되겠다 싶어 나도 일어났다.

슬슬 귀부인들과 접촉을 해 볼까 하고 사람들이 몰려 있는 쪽으로 이동하고 있을 때, 갑자기 비명 소리와 함께 웅성거리는 소리가 들렸다. 댄스플로어 한가운데, 하얗게 질린 이트 왕녀가 정신을 잃은 채 그의 품에 안겨 있었다.

"근위 기사."

무심한 눈길로 왕녀를 내려다본 그가 말했다. 재빠르게 다가온 근위 기사가 그에게서 왕녀를 넘겨받았다.

"황궁의를 부르라. 일단 장소를 옮기지."

"명을 받듭니다."

"그대들은 연회를 계속 즐겨 주길 바라오. 그럼."

명을 받은 시종이 급한 걸음으로 연회장을 빠져나갔다. 주위를 물린 그가 휙 돌아서서 연회장 밖으로 나섰다. 이트 왕녀를 안아든 근위 기사가 뒤를 따르고, 나와 다른 왕녀들 역시 그 뒤를 따랐다.

별실에 왕녀를 눕힌 근위 기사가 정중히 예를 취하고 밖으로 나갔다. 새하얗게 질린 왕녀를 보자 조금 걱정스러워졌다.

'저러다가 무슨 일이라도 생기면 어떡하지.'

잠시 후 황급히 달려 들어온 황궁의는 왕녀의 얼굴을 보자마자 드레스를 묶은 끈을 풀기 시작했다. 어찌나 단단하게 조였는지 매듭이 잘 풀리지 않아서 애를 먹는 모습에 나는 재빠르게 밖으로 나가 근위 기사에게서 단검을 받아 왔다. 그러고는 꽁꽁 묶인 매듭을 단번에 잘라 냈다.

"코르셋 끈도 잘라 내십시오, 영애."

황궁의의 말대로 코르셋 끈도 잘라 내고 나자, 왕녀는 한결 편안해진 표정으로 깊은숨을 들이마셨다. 무슨 끈을 그리도 단단하게 조인 거지? 혹시 무리해서 허리를 줄이기라도 했나.

'잠깐. 무리해서 줄였다고? 설마?'

"어찌 된 일인가?"

"과도하게 허리를 조이셔서 일시적으로 호흡곤란이 오신 것입니다. 원인을 제거했으니, 잠시 후면 정신이 드실 것입니다."

황궁의는 들고 온 향주머니를 이트 왕녀에 코에 갖다 대며 답했다. 킥킥하는 웃음소리가 터져 나왔다. 조금 전까지만 해도 질시에 가득 찬 눈초리로 이트 왕녀를 쏘아보던 소노 왕녀와 사푸 왕녀가 진한 비웃음을 머금은 채 쓰러진 왕녀를 바라보고 있었다.

그때, 이트 왕녀가 정신을 차렸다. 잠시 멍한 눈으로 주위를 둘러보던 그녀는 자리에서 벌떡 일어나려다 말고 흘러내리는 드레스를 붙잡으며 비명을 질렀다. 드레스를 끌어모아 가슴을 가린 그녀가 더듬거리며 물었다.

"이, 이게……."

"정신이 들었군. 기억 안 나시오? 춤을 추다가 갑자기 쓰러지셨소."

"아!"

이트 왕녀의 얼굴이 빨갛게 달아올랐다. 리사 왕녀와 루아 왕녀, 진한 비웃음을 머금고 있는 두 왕녀를 거쳐 옮아온 시선이 한참 동안 내게 머물렀다. 녹색 눈동자가 짙은 분노를 뿜어내고 있었다.

"많이 피곤하신 듯하니 오늘은 이만 쉬시는 것이 좋겠소."

"아……. 네, 감사합니다, 전하."

"그럼, 편히 쉬시도록 모두 나가도록 합시다. 연회장을 너무 오래 비운 듯하군."

피식 웃어 보인 소노 왕녀와 사푸 왕녀가 나가고, 머뭇거리며 돌아본 리사 왕녀와 루아 왕녀가 그 뒤를 이었다.

나는 그가 내민 손을 잡고 연회장으로 돌아가며 생각에 잠겼다. 방문이 닫히기 전에 보았던 이트 왕녀의 표독스러운 눈빛이 마음에 걸렸다. 과도하게 조인 허리, 갑자기 드레스를 선물하겠다고 한 그, 그리고 알 듯 말 듯하던 루아 왕녀의 말. 혹시나 하던 예상이 점점 확신을 더해 갔다.

"이제 좀 기분이 풀렸소?"

"네?"

뜻을 이해하자 머리가 띵했다. 설마 했는데, 사실이었단 말인가. 드레스를 내린 이유가 왕녀를 경계하기 위함이었다고? 그녀에게 호감이 있어서가 아니라? 경악스러운 마음에, 나는 멍하니 그를 올려다보며 물었다.

"어찌하여 이런 일을 하셨습니까?"

"뭐, 겸사겸사라고 해 두지."

"……전하답지 않으십니다. 이런 국가의 중대사에 개인적인 감정을 섞으시다니요."

날 배려해 줬다는 점은 고마웠지만, 그래도 이건 좀 심했다 싶어 단호하게 말했다. 아무리 과거와는 다르다고 해도 그렇지. 지금 이 사람이 내가 알던 그가 맞단 말인가. 물론 귀족파에 대한 견제라던가 하는 목적도 있었겠지만, 항상 냉철하고 이성적으로 상황을 파악해서 처리하던 그가 사심을 섞어 이와 같은 일을 벌였다니.

"그대는 정말로 내가 태자빈을 맞이하기를 바라고 있나 보군. 그것이 설사 귀족파에서 밀고 있는 왕녀라 해도."

"……전하."

"알았소. 내 숙고하도록 하지."

서늘하게 답한 그는 연회장에 도착하자마자 내게서 휙 멀어졌다.

'그런 뜻은 아니었는데. 아니, 그런 뜻이었다고 봐야 하나?'

나는 분명 그가 왕녀 중 누군가를 태자빈으로 맞이한다면 자유의 몸이 될 수 있다고 생각하고 있었으니까.

멀어지는 그의 뒷모습을 멀거니 바라보다가, 나는 내게 다가오는 영애들을 보며 표정을 가다듬었다. 건국기념제 첫날 연회는 그렇게 지나갔다.

둘째 날.

근무를 서고 있는데, 오후 느지막이 전갈이 왔다. 오늘은 바빠서 연회에 참석하지 못한다는 황태자 전하의 전언이었다. 그의 파트너로 오 일 모두 출석해야 했던 바이므로, 그가 참석하지 않는다면 굳이 연회에 가야 할 필요는 없었다.

그냥 불참할까 고민하다 얼굴만 비추기로 결심했지만, 그래도 굳이 제시간에 갈 필요는 없을 것 같았다. 그래서 나는 늦게까지 수련을 하다가 느지막한 시간에 연회장에 도착했다.

"모니크 영애."

"엔테아, 그대도 와 있었군요."

"네, 영애께서 오시기만을 기다리고 있었습니다."

"저를요? 어째서요?"

엔테아는 자못 심각한 얼굴이었다. 지난여름부터 시판되기 시작한 비녀의 대대적인 성공으로 그녀는 샤리아 자작가의 후계자 자리를 노릴 수 있는 발판을 마련했다. 목표가 가까우니 다급해진 듯, 비녀의 판매가 개시되고 얼마 지나지 않아 우리 집을 찾아온 그녀는 거래를 제안했다. 자신을 샤리아 자작가의 후계자로 밀어준다면 모니크가에 충성을 다하겠노라고.

엔테아의 이야기를 들은 아버지께서는 처음에는 탐탁지 않아 하셨지만, 결국에는 그녀의 제안을 승낙하셨다.

나쁘지 않은 거래였다. 샤리아 상단은 모니크가의 후광을 얻고, 우리 가문은 재력과 강화된 정보력을 얻고. 단, 상호의 편의를 봐주는 것은 제국법이 정하는 합법적인 범위를 벗어나지 않는 선에서.

거래의 대가로 그녀는 내 심복이 되기를 자처했다. 비록 베리타 공작가처럼 고급 정보까지는 취급하지 못한다 하더라도 상단의 재력과 인맥 덕에 그녀의 정보력도 제법 탄탄했다. 덕분에 나는 사교계에서 활동하는 시간을 줄이고도 중요한 일들을 얼추 파악할 수 있었다. 그런 그녀가 급하게 나를 찾았다는 것은 뭔가 중요한 정보가 있다는 이야기였다.

"오늘따라 연회장의 분위기가 심상치 않습니다."

"왜죠? 무슨 일이라도 있나요?"

"어제 이트 왕녀가 쓰러진 이유에 대한 소문이 돌고 있습니다. 귀족파야 왕녀들을 지지하는 입장이라 침묵하고 있고 귀부인들은 그저 조용히 수군대는 정도입니다만, 제노아 영애를 주축으로 하는 영애들이 대놓고 비웃으며 다닌다고 합니다. 이트 왕녀는 일단 모르는 척하고 있긴 한데, 자칫 잘못하면 큰 소동이 일어날 것 같습니다."

'대체 누가 그런 소문을 낸 거지? 어제 그 자리에 있던 사람은 그와 나, 그리고 왕녀들뿐이었는데.'

하지만 깊게 고민할 필요도 없이 답이 나왔다. 이트 왕녀가 본인의 수치스러운 일을 입 밖에 낼 리는 없고, 루아 왕녀나 리사 왕녀는 소문을 내고 다닐 만한 사람이 아니었으니까. 아무래도 소노 왕녀와 사푸 왕녀겠지. 대놓고 서로를 견제하고 있는 세 사람이니 충분히 그럴 법했다.

문득 제노아 영애와 그녀를 따르는 무리에 짜증이 치밀었다. 지난번도 그렇고 이번에도 그렇고, 왜 그리 입을 가볍게 놀린단 말인가. 하물며 이번 상대는 일국의 왕녀인 것을.

"알겠습니다. 우선 입단속부터 해야겠군요."

"그러셔야 할 것 같습니다. 자칫 잘못하여 영애에게 불똥이 튈까 두렵습니다."

"고마워요, 엔테아. 그대는 정말 내게 많은 도움을 주는군요."

"영애께 입은 은혜에 비하면 아무것도 아니지요. 과찬이십니다."

최대한 빠르게 이 사태를 수습하고자 했지만, 제노아 영애와 그 무리를 찾았을 때 그들은 이미 이트 왕녀와 대치하고 있는 상태였다. 아니, 정확하게 이야기하면 그들은 이트 왕녀가 보여 주는 의외의 모습에 당황해서 어쩔 줄 몰라 하고 있었다.

"모두 제 탓입니다. 제가 부족한 탓이에요, 흑흑."

"왕녀님."

"자신을 관리하지 못해 지나치게 비대한 탓입니다……. 그렇지만 같은 여성이면서 어찌 이리도 제게 잔인하십니까."

이트 왕녀는 손수건을 꺼내 흐르는 눈물을 찍어 내며 말하고 있었다. 그 앞에는 굳은 표정의 제노아 영애와 안절부절못하고 있는 다른 영애들이 서 있었다.

새어 나오는 한숨을 억지로 삼켰다. 황태자 전하에게 보여 주는 모습과 나를 대하는 모습이 전혀 다른 점에서 대강 짐작은 하고 있었지만, 생각보다 더 상대하기 까다로운 타입이었다. 가장 하기 싫은 방법이었는데, 결국 정공법으로 나가는 수밖에 없을 것 같았다.

"이게 대체 무슨 일입니까. 어째서 이트 왕녀께서 눈물을 보이시는 것인가요?"

심호흡을 하고 한발 앞으로 나섰다. 서늘한 목소리로 묻자 제노아 영애의 뒤에 서 있던 휘르 영애가 움찔하는 것이 보였다.

'너였구나, 주범이.'

그때 왕녀가 나를 보며 말했다.

"죄송합니다, 모니크 영애."

"무슨 말씀이십니까?"

"제가 감히 주제도 모르고 영애의 것을 탐내어 이런 일이 벌어지게 되었습니다. 죄송합니다, 영애. 정말 죄송합니다, 흐흑."

거듭해서 고개를 숙이며 흐느끼던 왕녀가 휘청했다. 그러고는 쓰러지듯 내게 안겨 들릴락 말락 한 목소리로 속삭였다.

"발육 부진 꼬맹이 따위가 날 이토록 망신을 줬겠다. 너도 한번 당해 봐."

"……."

"아랫사람 관리가 엉망이군그래. 덕분에 일이 좀 쉽겠어."

훌쩍이는 모습과는 달리 차갑기 그지없는 목소리에 나는 저절로 찡그려지는 인상을 억지로 폈다. 그러고는 내게서 몸을 떼는 그녀를 향해 얼굴 가득 미안하다는 표정을 지었다.

이제 어쩔 거냐는 듯 빤히 응시하는 녹색 눈동자를 보자 속이 부글부글 끓었지만, 애써 마음을 다독였다.

'자존심 상하지 마. 어쩔 수 없는 일이야. 되도록 피하고 싶었지만, 지금과 같은 상황에선 이 방법밖에 없어.'

크게 심호흡한 뒤 왕녀를 향해 살짝 허리를 숙였다. 여기저기에서 놀란 숨을 들이켜는 소리가 들렸다. 그리 깊이 숙인 것은 아니라 해도 예비 황태자비인 내가 태자빈 후보에게 허리를 숙인 것이었으므로.

"참으로 죄송하게 됐습니다, 이트 왕녀."

"……모니크 영애."

"이들을 감독할 의무가 있음에도 제대로 관리하지 못한 제 불찰입니다."

"아, 아닙니다. 영애의 탓이 아니어요. 다 제가 부족한 탓입니다."

"아랫사람의 잘못은 윗사람의 책임인 법이지요. 정말 죄송합니다, 왕녀. 부디 너그럽게 용서해 주세요."

이트 왕녀의 표정이 흔들렸다.

'가련한 피해자 이미지를 유지하려면 이쯤에서 그만두지 않을 수가 없겠지.'

예상대로 그녀는 한발 앞으로 나와 내 손을 붙잡으며 떨리는 목소리로 이제는 괜찮다고 말했다. 다시 한 번 얼굴 가득 미안한 표정을 담으며 사과하자, 짜증이 가득 어린 눈으로 나를 노려보던 그녀는 고개를 숙여 보이고는 자리를 떴다.

웅성거리며 구경하던 사람들이 하나둘 사라졌다. 뻣뻣하게 굳어 있던 제노아 영애를 비롯한 무리가 그제야 내게로 쭈뼛쭈뼛 다가왔다.

"저, 모니크 영애."

"네."

"그렇게까지 하실 필요는 없었는데……. 정말 죄송합니다. 제 불찰입니다."

"괜찮습니다."

늘 차분하던 제노아 영애는 그녀답지 않게 몹시 당황한 모습이었다. 머뭇거리는 제노아 영애와 휘르 영애, 그리고 그들을 따르는 여자들을 보자 깊은 한숨이 새어 나왔다. 어찌 이리도 생각이 짧은 걸까.

"다른 사람의 뒷얘기를 하는 것까지 그만두라 하진 않겠습니다."

"……."

"그러나 이것 하나만 말씀드리지요. 우리는 폐하께 충성을 바친 사람들입니다. 작은 실수 하나가 곧바로 제국과 황실에 누를 끼칠 수 있음을 명심하시기 바랍니다."

"……명심하겠습니다. 정말 죄송합니다, 모니크 영애."

"이젠 됐습니다. 앞으로는 주의해 주세요, 그럼."

나는 차갑게 말을 끊으며 어쩔 줄 몰라 하는 무리에게서 벗어났다. 그리고 걱정 어린 기색으로 달라붙는 사람들에게 잠시 혼자 있고 싶다 말한 뒤 연회장을 빠져나왔다.

차가운 밤공기를 마시며 정원을 걸었다. 중앙궁에서 멀리 떨어진 곳에 있는 정원이라 그런지 온갖 소음으로 가득 차 있던 연회장과는 달리 아주 작은 소리 하나도 들리지 않는 적막이 무척 마음에 들었다. 한참 동안 밤하늘을 올려다보았다. 마치 이 세상에 나 홀로 남아 있는 듯한 느낌. 당장이라도 까만 하늘 속으로 빨려 들어갈 것만 같았다.

"여기서 뭐 해?"

"카르세인."

익숙한 목소리에 정신이 들었다. 시선을 내리자, 기념제 기간 중이라 약식 제복 대신 정복을 제대로 갖춰 입고 있는 카르세인의 모습이 보였다.

"근무 중이야?"

"아니. 지금은 잠시 휴식 중. 오늘까지는 밤 근무고, 내일은 비번이야."

"그렇구나. 바쁘네."

"너야 특별한 경우니까 그렇지, 요즘 같은 때엔 다들 바쁘지 않겠냐."

"아냐. 나도 기념제 기간 끝나면 일주일 연속 근무다, 뭐."

"그랬냐? 하긴 우리 아버지가 무작정 편의를 봐주실 분은 아니지."

안됐다는 듯 바라보던 카르세인이 고개를 갸웃하며 물었다.

"근데 왜 연회장이 아니라 여기 있어?"

"아, 그냥 좀 답답해서."

"그랬냐? 그래도 그렇지, 추운 데 이러고 있으면 감기 걸린다."

가볍게 혀를 찬 그가 정복 재킷을 벗어 내게 걸쳐 주었다. 방금 전까지 입고 있던 것이라 그럴까. 옷에 남아 있는 온기가 유독 따뜻하게 다가왔다. 평소답지 않은 세심한 모습으로 재킷을 여며 주는 카르세인을 바라보다가 나는 미안한 마음에 망설이며 입을 열었다.

"이럴 필요는 없는데……."

"내가 너보다 훨씬 튼튼하거든? 그렇게 걱정스러우면 조금만 걷다가 들어가던가."

"……응. 알았어. 고마워, 카르세인."

천천히 감사를 표한 뒤, 묵묵히 따라오는 그와 함께 고요하기 짝이 없는 정원을 걸었다. 한참을 걷다 보니 속상했던 마음도 복잡한 감정도 모두 칠흑 같은 어둠 속에 녹아 사라지고, 어느새 마음이 평안해졌다. 이제는 돌아가야겠다 싶어 입을 여는데, 어디선가 두런거리는 말소리가 들려왔다.

"이제 그만 돌아가시는 것이……."

"조금만 더 걷다 갈게요. 이런 때가 아니면 언제 또 이런 평화를 맛보겠어요?"

"하지만……. 후우, 알겠습니다."

목소리의 주인공은 라스 경과 루아 왕녀였다. 어둠 속에서도 유난히 반짝이는 백금발과 붉은 머리카락이 눈에 들어왔다.

'아는 척을 해야 하나, 말아야 하나.'

잠시 고민하다가 일단 조용히 지켜보기로 마음먹었다. 카르세인 역시 같은 생각인지 미동도 하지 않았다. 제법 오랜 시간 동안 말없이 정원을 산책하던 두 사람이 돌아서는 것을 보고서야 나는 허리를 펴고 자리에서 일어났다.

순간 바스락하는 소리가 들렸다. 깜짝 놀라 아래를 내려다보자, 가을이라 그런지 바닥에 군데군데 깔려 있는 낙엽이 보였다. 이런.

"누구냐!"

"……."

"당장 나오지 않으면 사람을 부르겠다."

경고의 뜻이 담긴 서늘한 음성에 어깨를 으쓱해 보인 카르세인이 그늘에서 벗어나며 말했다.

"형님, 접니다."

"……세인? 거기서 뭘 하고 있었던 게냐?"

"라스 경, 왕녀님, 안녕하세요."

라스 경의 물음에 나는 어색한 미소를 지으며 앞으로 나섰다. 잘못한 것도 없는데 공연히 멋쩍은 기분이 들었다. 내가 걸치고 있는 카르세인의 재킷을 알아본 루아 왕녀가 생긋 웃었다.

"카르세인 경, 모니크 영애, 두 분도 산책 중이었나 보군요."

"아, 네. 막 돌아가려던 길이었습니다."

"잘됐네요. 우리도 이제 돌아가려던 길이었거든요. 같이 가요, 모니크 영애."

마침 잘됐다 싶어서 고개를 끄덕였다. 카르세인에게 돌려주기 위해 재킷을 벗는 순간, 따뜻하던 공기를 밀어내며 파고드는 서늘한 기운에 갑자기 오한이 들었다.

"왜 그래? 괜찮아?"

"아, 응. 잠시 서늘해서. 자, 여기."

"얼른 들어가. 감기 걸릴라."

"응. 고마워, 카르세인."

"그래. 난 다시 복귀해야 해서 먼저 돌아갈게. 내일 보자, 아리스티아."

싱긋 미소를 지으며 재킷을 받아 든 카르세인이 어둠 속으로 사라졌다.

점점 멀어지는 붉은 머리카락을 바라보다가 나는 나를 기다리고 있는 루아 왕녀와 라스 경을 향해 다가갔다. 생각에 잠긴 표정으로 그가 사라진 쪽을 바라보던 루아 왕녀가 낮게 중얼거렸다.

"흐음, 검이라. 그런 의미였군요."

"네?"

"아, 아무것도 아니에요. 그럼 돌아갈까요. 가요, 라스 경."

"네? 아, 네."

허둥지둥 답한 라스 경이 뒤를 따랐다. 말없이 내 옆에서 걷던 왕녀가 불현듯 말했다.

"모니크 영애."

"네?"

"우리가 오늘 정원에서 마주쳤던 건 서로 비밀로 하기로 해요. 지켜 줄 거죠?"

"아, 네. 물론입니다."

고개를 끄덕이자 그녀는 의미심장한 미소를 지었다. 뭔가를 공유하는 사람들끼리만 알아볼 수 있는 웃음. 마주 미소를 짓고서 나는 그녀와 함께 연회장에서 뿜어져 나오는 밝은 빛 속으로 걸음을 옮겼다.

"안녕하세요, 모니크 영애."

"안녕하세요, 여러분."

건국기념제 셋째 날, 나는 변함없이 그와 함께 연회에 참석했다. 적당히 대화를 나누고서 양해를 구하고 빠져나오자마자 우르르 몰려든 여자들이 나를 빙 둘러쌌다.

주위에 몰려든 사람들은 귀부인부터 시작해서 영애들까지 참으로 다양하기도 했다. 그녀들의 주된 관심사는 며칠 전부터 꾸준하게 내가 장식하고 오는 비녀였다. 비녀를 선물 받은 라스 공작 부인과 베리타 공작 부인도 그것을 착용하고 다녔기에 아무래도 고위 귀족들 사이에서 유행하는 장신구라는 소문이 퍼진 모양이었다. 어떻게 하는 거냐는 둥 어디서 파는 거냐는 둥 질문이 계속해서 쏟아졌다. 조만간 대유행이 될 듯싶었다.

"여기 계셨군요, 아리스티아."

"안녕하세요, 카르세인."

"이런 모습은 처음 봅니다, 모니크 경. 가끔 제복 말고 드레스 차림으로도 출근하시는 게 어떻습니까?"

"동감입니다, 모니크 영애."

"농담으로 하신 말씀인 건 알지만, 기분은 좋은데요. 감사합니다, 딜론 경. 오랜만이에요, 리안 경. 세 분 모두 오늘 비번이신가 봐요."

여자들이 터 주는 길 사이로 들어온 세 남자가 고개를 숙이며 인사를 건넸다. 기사, 그중에서도 정식 기사의 등장에 영애들의 눈이 반짝 빛났다.

"카르세인 경과 딜론 경은 그렇다 쳐도 리안 경은 두 분과 어떻게 아는 사이세요? 소속도 다른데."

"딜론 경과 저는 어린 시절부터 친우 관계입니다. 카르세인 경은 딜론 경 덕분에 알게 된 것이고요."

"그렇군요. 쥬느 경과도 친분이 있으시다고 들었는데. 정말 발이 넓으시네요, 리안 경."

"칭찬 감사합니다."

리안 경은 들뜬 듯한 어조로 답했다.

세 사람과 주변에 있는 영애 중 친분이 있는 사람들을 서로 소개하자 영애들은 더더욱 기를 쓰고 그들에게 말을 붙였다. 카르세인에게 가장 많은 시선이 집중되기는 했지만, 리안 경과 딜론 경 역시 각각 자작가와 남작가의 후계자인데다 정식 기사였던 탓에 제법 인기가 많았다. 적당히 대화를 나누고 있는 카르세인과 달리 두 남자는 영애들에게 둘러싸여 정신이 없었다. 그 모습이 어쩐지 우스워 미소를 짓고 있는데, 무리를 뚫고 등장한 또 다른 청년이 인사를 건넸다.

"오랜만입니다, 아리스티아."

"정말 오랜만이에요, 알렌디스. 요새 계속 바쁜 것 같았는데, 오늘은 괜찮은가요?"

"오늘은 휴가입니다. 열심히 일했으니 가끔은 쉬어야죠."

알렌디스는 오늘따라 더욱 영롱해 보이는 에메랄드색 눈동자를 빛내며 미소를 지었다. 그 웃음에 몇몇 영애가 볼을 물들이는 것이 보였다.

'카르세인은 지난번에 익히 봐서 알고 있었지만, 알렌디스도 은근히 인기가 많았구나.'

하긴 제국에서 오로지 세 군데밖에 존재하지 않는 공작가의 자손들인데다 각자의 분야에서 천재라고 소문난 두 사람이었으니 단승 백작으로 끝나지 않고 새롭게 작위를 받을 가능성도 높은 터. 인기가 많은 것이 당연했다.

"알렌디스, 자네도 왔군."

"오랜만일세, 카르세인. 자네도 오늘 비번인가 보지?"

"그렇다네."

나는 두 남자가 평소에는 짓지 않는 웃음을 머금은 채 서로 인사를 나누는 모습을 바라보았다. 하얀 예복과 검은 제복. 싱그러운 연둣빛 머리카락과 타오르는 듯한 붉은 머리카락. 예쁘장한 귀공자처럼 생긴 알렌디스와 차가운 인상의 카르세인. 문관과 기사. 평소에도 많이 다르다 생각했지만, 오늘따라 참 대조적으로 보이는 두 사람이었다.

'그래서 서로 별로 좋아하지 않는 것일까?'

멍하니 생각에 잠겨 있는 나를 본 알렌디스가 싱긋 웃으며 말했다.

"이런, 카르세인, 오랜만에 만난 자네와 회포를 푸느라 숙녀분을 홀로 두지 않았나. 죄송합니다, 아리스티아. 본의 아니게 결례를 범했군요."

"결례라니요, 알렌디스. 저는 아무렇지도 않습니다."

"아닙니다. 숙녀를 외롭게 둔 죄를 청해야지요. 어떻습니까. 한 곡 추지 않으시겠습니까?"

문득 웃음이 나왔다. 약았어, 알렌디스. 그렇게 나오면 거절할 수가 없잖아.

"영광입니다."

나는 알렌디스가 내민 손 위에 살며시 내 손을 얹었다. 그러자 주위에 있던 영애들이 부러움의 한숨을 쉬며 길을 비켜 주었다.

연주되고 있던 곡이 끝나기를 기다렸다가 댄스플로어로 올라갔다. 새로운 곡이 시작되기 전 무의식중에 주위를 한번 둘러보자 영애들 사이에 파묻힌 카르세인과 삼삼오오 파벌에 따라 모여 있는 귀족들이 보였다. 세 왕녀와 함께 서 있는 황태자 전하의 모습도 보였다.

"오늘 정말 예쁘다, 티아."

"고마워, 알렌."

낮게 속삭이는 목소리에 나는 주위를 둘러보던 시선을 떼며 알렌디스를 돌아보았다.

'음?'

방금 바닷빛 눈동자가 이쪽을 바라보고 있는 것 같았는데. 긴가민가해서 다시 황태자 전하가 있는 쪽을 바라봤지만, 그는 왕녀들과 대화를 나누고 있었다.

'잘못 봤나?'

나는 고개를 갸웃하며 알렌디스에게로 재차 시선을 돌렸다. 그러고는 따스하게 빛나는 에메랄드색 눈동자를 향해 환하게 미소를 지었다.

"공식 석상에서는 처음으로 같이 춤춰 보는 것 같네."

"그러고 보니 정말 그렇네."

"그동안 잘 지냈어, 내 아가씨? 기념제 준비하느라고 바빠서 얼굴도 제대로 못 봤네."

"음. 뭐, 그럭저럭 지냈어."

이번 춤곡은 느린 축에 속하는 곡이었기에 나는 알렌디스와 편하게 대화를 나누면서 춤을 추었다. 맞잡았던 손을 놓고 오른쪽으로 가볍게 세 바퀴를 돈 다음 돌아가자 알렌디스는 부드러운 미소를 지으며 나를 끌어당겼다.

"티아."

"응?"

"건국기념제가 끝나고 마을에 한번 나가 보지 않을래?"

"마을에?"

"응. 황궁에 오는 길에 봤더니 재밌어 보여서. 거리의 축제는 연회가 끝나고도 사흘 정도는 더 한다고 하더라고."

그 말을 듣자 문득 첫날 황궁에 오다가 봤던 풍경이 생각났다. 사람들로 복작거리는 거리에 나가 보고 싶었지만, 언젠가 기회가 닿을 거라고만 생각하며 마음을 접었었지.

"그래. 안 그래도 궁금했는데 잘됐다."

"그럼 약속한 거다?"

"응."

얼마 대화를 나누지도 않은 것 같은데 벌써 춤곡의 마지막 마디였다. 나는 왼쪽으로 두 바퀴 턴을 한 다음 치맛자락을 잡고 가볍게 예를 취했다. 알렌디스 역시 예를 취했다.

댄스플로어 밖으로 나와 왕녀들이 있던 쪽을 흘깃 바라보았다. 하지만 그곳에는 하멜 영애를 위시한 귀족파 영애들에게 둘러싸인 이트 왕녀와 그녀에게서 멀찍이 떨어져서 서로 노려보고 있는 두 왕녀만이 있을 뿐, 푸른 머리카락의 청년은 보이지 않았다. 연회장 어디에서도 찾아볼 수 없는 것으로 보아 아무래도 자리를 비운 모양이었다.

"아까 그곳으로 돌아가실 겁니까, 아리스티아?"

"아뇨. 좀 걷다가 돌아올까 해요."

"같이 가 드릴까요?"

"음……."

나는 잠시 고민을 하다 고개를 저었다. 아무리 그래도 공식적으로 황태자 전하의 약혼녀인데, 알렌디스와 둘이서 연회장을 빠져나가는 모습을 보이는 것은 별로 좋지 않은 행동 같았다.

연회장 밖으로 나와 서늘한 밤공기를 들이마셨다. 군데군데 경비를 서고 있는 기사들에게 묵례를 하면서 중앙궁의 정원을 걸었다. 흐드러지게 핀 새하얀 가을꽃이 달빛에 비쳐 은은하게 빛났다. 그 모습을 보자 문득 베르 궁 정원에 있는 은빛 꽃나무가 생각났다.

'지난봄에 보고 못 봤던 것 같은데, 이제는 꽃이 피었을까?'

산책을 나온 김에 보고 가야겠다 싶어 나는 그곳을 향해 발걸음을 옮겼다.

베르 궁의 정원에 도착하자 입구를 지키고 서 있는 하얀 제복 차림의 기사들이 보였다. 멈칫 멈춰 서는데, 저 멀리 은빛 꽃나무에 기대서 흐트러진 자세로 앉아 있는 푸른 머리카락의 청년이 눈에 들어왔다. 나는 깜짝 놀라 껄끄러운 마음도 잠시 잊고 재빠르게 그의 곁으로 다가갔다. 늘 단정하던 그가 저런 모습이라니. 혹시 무슨 일이라도 있는 걸까.

그는 검은 예복의 목을 풀어 헤친 채 앉아 있었다. 흐트러진 차림새도 이상했지만, 어쩐지 안색도 좋지 않아 보였다.

'갑자기 왜 그럴까? 혹시 어디 아프기라도 한 건가?'

제국의 차기 주인을 계속해서 내려다보고 있을 수가 없어서, 나는 조심조심 치마를 갈무리하며 그의 앞에 쪼그리고 앉아 물었다.

"전하, 어디가 미령하십니까? 안색이 영 좋지 않으십니다."

"……괜찮다."

"황궁의를 부르겠습니다. 잠시만 기다려 주십시……. 전하?"

조금 가라앉은 듯한 목소리에 아무래도 안 되겠다 싶어 자리에서 일어났다. 황궁의를 부르기 위해 몸을 돌리려는데, 어느새 다가온 서늘한 손이 내 손목을 단단하게 붙들었다. 깜짝 놀라 뒤를 돌아보자 깊은 한숨을 내쉰 그가 말했다.

"괜찮다. 아픈 것이 아니니 굳이 황궁의를 부를 필요는 없다."

"하오나 전하."

"그냥 옆에 좀 앉아 주면 안 되겠나?"

"……네, 전하."

필요가 없다는 데 굳이 황궁의를 부르러 갈 수도 없는 노릇이어서, 나는 일단 그의 요청대로 옆에 조심스럽게 앉았다. 처음 봤을 때보다 안색이 조금 나아진 것도 같았지만, 지나칠 정도로 단정하던 그의 흐트러진 모습이 마음에 걸렸다.

'아무래도 황궁의를 부르는 것이 나을 것 같은데. 공연히 난리가 날까 봐 꺼리는 것일까.'

"그대, 어제 연회에는 참석했는가?"

"네, 전하."

"굳이 참석할 필요까진 없었을 텐데, 그냥 쉬지그랬나."

"원래는 그럴까 했습니다만, 그래도……."

"그래, 연회는 잘 즐겼나?"

"……네, 전하."

어제 있었던 일이 떠오르자 기분이 가라앉았다. 하지만 나는 곧바로 그런 나 자신을 타일렀다. 괜한 자존심이야. 꼭 이트 왕녀가 아니라고 하더라도 어차피 내가 가문의 후계자가 된다면 태자빈이 된 누군가에게는 허리를 숙이게 되어 있는 걸. 지은에게도 마찬가지고.

그러고 보니 지은이 올 날이 이제 얼마 남지 않았다는 생각이 들었다. 이 년이 채 안 되게 남았나.

"나더러 안색이 좋지 않다고 하더니, 지금 보니 그대의 낯빛도 썩 좋지 않군."

"……."

"어제 연회에서 무슨 일이라도 있었던 것인가?"

"아닙니다, 전하."

"흠."

애써 아무렇지도 않게 웃자 나를 빤히 바라보던 그가 말없이 고개를 끄덕였다. 잠시 정적이 흘렀다. 풀어 헤친 목 부분을 잡고 흔든 그가 깊은 한숨을 내쉬며 말했다.

"이제야 좀 숨통이 트이는군."

"네, 전하?"

"아무것도 아니다. 그보다 날씨가 참 좋군."

반사적으로 밤하늘을 올려다보았다. 어제는 별빛 하나 없어 칠흑같이 어두웠는데, 오늘의 밤하늘은 온통 별들로 수놓아져 있었다. 까만 비단에 박힌 보석처럼 새카만 하늘에는 반짝반짝 빛나는 별이 가득하고, 환한 달빛에 반사된 정원의 나무들이 은은하게 빛났다. 살랑살랑 불어오는 바람에 낙엽이 팔랑거리며 떨어졌다.

나는 고개를 젖혀 은빛 꽃나무를 올려다보았다. 그러자 달빛에 반사되어 은은하게 빛나는 은빛 꽃봉오리가 보였다. 아직도 피지 않았구나. 저 꽃은 대체 언제 피는 것일까?

"아직도……."

"음?"

"아직도 피지 않았네요, 저 꽃은."

"그렇군."

"대체 언제쯤 되어야 필까요?"

저도 모르게 움직인 입술이 의문 하나를 토해 냈다. 별다른 의미 없이 던진 질문이었는데, 그는 의외로 곰곰이 생각하다가 답을 꺼냈다.

"준비가 되었을 때 피지 않겠는가."

"네?"

"화재의 충격에서 아직 벗어나지 못한 것이겠지. 해서 아직 꽃을 피울 준비가 되지 않은 것이 아니겠는가."

"아……."

"봉오리가 맺힌 이상, 언젠가 준비가 되는 날 활짝 피어날 것이라고 생각하는데."

그럴 수도 있겠다 싶어서 고개를 끄덕였다. 여전히 아무것도 읽어 낼 수 없는 눈동자로 나를 바라보던 그가 입꼬리를 끌어 올리며 일어나 내게 손을 내밀었다. 나는 잠시 망설이다가 그 손을 잡고 자리에서 일어났다.

흐트러진 예복을 단정하게 가다듬은 그가 물었다.

"그대, 아직도 가문의 후계자가 되겠다는 생각에 변함은 없나?"

"……네, 전하."

"그런가."

"……."

"이만 돌아가도록 하지. 너무 오랜 시간 자리를 비운 것 같군."

"네, 전하."

그는 깊은 한숨을 내쉬며 몸을 돌렸다. 그의 뒤를 따라 나도 걸음을 옮겼다. 까만 하늘 아래 달빛에 비쳐 은은하게 빛나는 하얀 제복을 입은 근위 기사들의 호위를 받으며 그와 나는 중앙궁으로 향했다.

어제는 그토록 날씨가 좋더니 오늘은 아침부터 몹시 흐렸다. 어제부터 휴가이긴 했지만 나는 급하게 처리해야만 하는 일을 하기 위해 오후에 잠시 기사단에 나와 업무를 보았다.

검토를 끝낸 서류를 단장실에 가져다 놓고서 책상 위에 어지럽게 쌓여 있는 서류를 당장 처리해야 할 것과 그렇지 않은 것으로 분류했다. 그리고 마무리로 분류한 서류 더미 위에 요점을 정리한 쪽지를 올려 둔 뒤 단장실을 나왔다.

'일단 급한 불은 껐으니까 내일은 나오지 않아도 되겠지.'

보좌관실로 돌아와서 일을 하느라 벗어 두었던 제복 재킷을 집으려는데, 노크 소리가 들렸다. 누구지?

"들어오세요."

"제국에 영광을. 안녕하십니까, 모니크 경."

"사자에게 충성을. 근위 기사께서 이곳엔 어쩐 일이신지요?"

"혹시 바쁘십니까?"

"아뇨. 그렇지는 않습니다."

카르세인이나 제1기사단원 중 누군가일 거라고 생각했는데, 안으로 들어선 사람은 처음 보는 근위 기사였다. 고개를 갸웃했다. 근위 기사가 제1기사단을 찾을 일이 있던가? 근위기사단에서 특별한 협조 요청 같은 것을 보냈던 적은 없었던 것 같은데.

"잘됐군요. 황태자 전하께서 기사단을 시찰하던 중이신데, 경이 바쁘지 않다면 잠시 들르고자 한다 하셨습니다."

"전하께서요?"

"그렇습니다. 그럼 괜찮다고 전해 올리겠습니다."

"네. 아, 그러실 필요 없이 같이 가시죠. 전하께서 친히 발걸음을 하시도록 할 순 없지 않겠습니까."

서둘러 자리에서 일어났다. 근위 기사와 함께 복도를 걷는데, 문득 내가 셔츠 차림이라는 걸 깨달았다. 이런, 공작 전하께서 보시면 복장 불량이라고 감봉 처분하실 텐데. 하지만 그렇다고 해서 이제 와 재킷을 가지러 돌아갈 수도 없는 노릇이었다. 걸리지 않기만을 바라며 연무장에 거의 도착했을 때, 맞은편에서 걸어오는 푸른 머리카락의 청년이 보였다.

"제국의 작은 태양, 황태자 전하를 뵙습니다."

"그대, 어제는 잘 들어갔나?"

"네, 전하."

"음, 잠시 걷겠나."

"그리하겠습니다."

보좌관들에게 먼저 돌아가라 지시한 그는 한동안 말없이 내궁을 향해 걸었다. 내게 뭔가 할 말이 있는 게 아니었나? 잠시 들르겠다기에 급하게 전할 이야기라도 있나 했는데.

의아했지만, 일단 그를 따라 걸었다. 황태자궁에 딸린 정원에 들어설 때까지 침묵을 고수하는 모습에 뭐라도 말을 붙여야 하나 고민하는데, 문득 정원 구석에 서 있는 두 개의 인영이 보였다.

'대체 누구지?'

다른 곳도 아니고 황태자궁 정원에 그의 허락 없이 들어올 수 있는 간 큰 사람은 없을 텐데.

"전하, 혹 정원에 들어오도록 허락한 사람이 있으신지요?"

"아니, 없다. 누군지 간도 크군."

서늘하게 대답한 그가 멈춰 서자, 근위 기사 한 명이 소리 없이 다가가 침입자를 확인했다.

"리사 왕녀와 그 호위 기사입니다, 전하."

"그런가. 수고했군."

그는 살짝 인상을 찌푸렸다.

'리사 왕녀라고? 황태자궁을 수시로 드나드는 왕녀 중에 리사 왕녀가 있다는 이야기는 못 들었는데. 늘 주눅이 들어 나서지도 못하는 왕녀였는데, 건국기념제가 이틀밖에 남지 않자 다급해져서 과감한 행동을 하기로 한 것일까.'

호위 기사와 뭔가 대화를 나누고 있는 왕녀를 향해 절반쯤 다가갔을 때, 갑자기 옆에서 걷던 청년이 멈춰 섰다. 얼떨결에 나도 그를 따라 멈춰 섰다. 왜 그러나 싶어 고개를 갸웃하는데, 불현듯 왕녀와 호위 기사가 나누는 대화 소리가 들려왔다.

"이제 이틀 남았어요, 리언."

"정말 그렇군요, 베라. 그대가 고생이 많습니다."

리사 왕녀의 이름이 뭐였더라? 기억을 더듬어 봤지만 잘 생각나지 않았다. 친인이 아니면 이름을 부를 일이 없기에 대부분의 귀족은 서로의 성과 지위 정도만 기억할 뿐 상대의 이름은 잘 알지 못했으니까. 그래도 분명 저렇게 간단한 이름은 아닌 것으로 기억하는데. 아니, 지금 그게 문제가 아니잖아. 호위 기사가 감히 왕녀를 그대라고 칭하며 이름을 부르다니.

"지난 한 달간 정말 살얼음판을 걷는 기분이었어요. 왕국을 떠나기 전에 이 사실을 알았다면 아무리 국왕 전하의 엄명이 있었어도 결코 제국으로 오지 않았을 거예요."

"저도 마찬가지입니다, 베라. 미리 알았다면 그대를 이토록 힘들게 하지 않았을 겁니다."

"그동안 눈에 띄지 않도록 조용히 지냈으니 내일이면 모든 것이 끝나겠죠. 차라리 다행인지도 몰라요, 리언."

대체 리사 왕녀는 지금 무슨 이야기를 하고 있는 걸까. 소심하게 고개를 숙이고 누구와도 눈을 마주치지 못하던 그녀가 호위 기사를 다정하게 바라보며 이야기하는 모습이 몹시도 낯설었다. 수줍게 웃으며 배 위에 손을 얹고 소중하다는 듯 조심스럽게 쓰다듬는 모습에 나는 터져 나오는 비명을 누르려 양손으로 입을 막았다.

'설마, 설마?'

"국경을 벗어나는 즉시 같이 도망가요, 리언. 아무도 모르는 곳에서 둘이 숨어 살아요. 우리 아이를 위해서라도……."

"많이 고생스러울 텐데 괜찮겠습니까, 베라?"

"왕국에서의 삶은 지옥이었어요. 그 지옥에서 나를 구원해 준 것이 당신이었죠. 리언, 나는 당신만 있으면 그곳이 어디이건 행복해요. 허울뿐인 왕녀의 지위 같은 건 얼마든지 버릴 수 있어요."

"베라……."

서로를 부둥켜안는 두 사람을 보며 나는 두 눈을 질끈 감았다. 왕녀와 호위 기사의 사랑이라. 소설 속이었다면 꿈과 같은 이야기였겠지만 안타깝게도 이것은 현실이었다.

'리사 왕국은 대체 무슨 생각으로 저 왕녀를 보낸 것일까?'

아니, 알았다면 오지 않았을 것이라고 말하는 걸 보면 제국으로 출발하고 난 다음에야 알았겠지.

하긴 리사 왕국이 이런 사실을 알았건 몰랐건 무슨 소용이 있을까. 중요한 것은 결과인데. 의도하건 의도하지 않았건 그들은 태자빈 후보로 다른 남자의 아이를 가진 왕녀를 보냈다. 그리고 하필이면 다른 누구도 아닌 황태자 전하에게 발각되었다. 이것은 전쟁으로 번질 수도 있는 엄청난 일이었다. 당장 리사 왕국을 쓸어버려야 한다고 주장하는 귀족들의 목소리가 들려오는 듯했다.

나는 떨리는 눈으로 황태자 전하를 올려다보았다. 그는 무심한 표정으로 아직도 서로를 껴안고 있는 왕녀와 호위 기사를 응시하고 있었다. 불같은 분노를 내뿜는다거나 하지는 않더라도 일말의 불쾌감 정도는 보일 줄 알았는데, 의외로 그는 리사 왕녀와 호위 기사가 사라질 때까지 별다른 표정의 변화 없이 서 있었다. 바닷빛 눈동자가 생각에 잠긴 듯 깊게 가라앉아 있을 뿐.

왠지 그의 생각을 방해하면 안 될 것 같은 기분에 침묵했다. 말없이 옆에 서 있는데, 갑자기 얼굴에 차가운 것이 닿았다. 반사적으로 하늘을 올려다보자 또다시 얼굴에 무언가가 툭 떨어지는 것이 느껴졌다. 비?

"전하, 비가 오는 듯하니 일단 안으로 드시는 것이 어떠신……."

툭, 툭, 투두둑.

한두 방울씩 떨어져 내리던 빗방울이 금세 숨 가쁘게 쏟아져 내리기 시작했다. 나는 깜짝 놀라 말끝을 흐렸다. 어느새 겉옷을 벗어 든 그가 내 머리 위로 옷을 씌우는 것이 아닌가.

"저, 전하?"

"우선 들어가지."

그는 내 손목을 잡아끌며 말했다. 나는 빠른 속도로 걷는 그를 따라 종종걸음을 걸으며 머리에 씌워진 옷에서 벗어나려 애를 썼다. 그는 제국의 황태자고, 나는 일개 기사다. 감히 그의 옷으로 비를 피할 수도 없을 뿐더러 그에게 비를 맞게 해서도 안 되었다.

"저, 저는 기사입니다. 규정상 제복을 입고 있는 상태에서는 비를 피해서는 안 됩니다. 하물며 전하의……."

"그 차림으로 말인가."

"제 차림이 어때서……. 아."

그제야 재킷을 놓고 나왔던 것이 생각났다. 황급히 내려다보자 하얀 셔츠가 군데군데 비에 젖어 안이 비치는 것이 보였다. 갑자기 얼굴이 확 달아올랐다.

'이것 때문에 옷을 씌워 준 것이었구나.'

이유를 알고 나자 차마 더 이상 사양할 수가 없었다. 나는 민망함에 화끈거리는 얼굴을 푹 숙이며 작게 말했다.

"가, 감사합니다, 전하."

"거의 도착했군. 어서 들어가지."

"네, 전하."

황태자궁에 들어서자 시종과 시녀들이 황급히 달려왔다. 그의 옷을 덮어썼던 나는 그나마 나은 모습이었지만, 그는 이미 흠뻑 젖어 있었다. 잔뜩 젖은 푸른 머리카락과 착 달라붙은 셔츠에서 물이 뚝뚝 떨어지고 있었다. 뒤에 서 있는 근위 기사들도 그와 크게 다를 바 없어 보였다.

시종들이 가져온 마른 수건으로 물기를 털어 낸 그가 말했다.

"목욕 준비를 해야겠군. 영애를 위한 것도 준비하도록."

"분부 받듭니다, 전하."

"저는 괜찮습니다, 전하."

"그대로 있다가 감기라도 들 생각인가."

괜찮다는 내 말을 잘라 내며 서늘하게 말한 그는 시종을 불러 제1기사단에 가서 내 옷가지를 가져오라 시켰다. 그 모습을 보자 사양해도 소용없을 것 같아서 그냥 입을 다물었다. 거듭되는 그답지 않은 배려가 어쩐지 불편했다.

축축하게 젖은 몸에 서늘한 공기가 닿자 으슬으슬 추웠다. 바르르 몸을 떠는 내게 다가온 시녀들이 수건을 여러 겹 둘러 주었다. 생각에 잠긴 눈으로 내 몰골을 한 번 내려다본 그는 고개를 돌려 흠뻑 젖은 상태 그대로 서 있던 근위 기사들에게 말했다.

"경들도 이만 물러가서 몸을 녹이도록."

"그, 그런. 아닙니다, 전하. 저희는 괜찮습니다."

"기사들이란 어찌 이리 하는 짓이 똑같은지 모르겠군. 몸 관리를 제대로 하지 않아 임무를 제대로 수행하지 못하는 것도 제국과 황실에 대한 불충이라는 것을 모르는가."

"……황공합니다, 전하."

"되었다. 조금 전 있었던 일에 관해서는 모두 알아서 함구할 것이라 믿지."

"명을 받듭니다, 전하."

감격 어린 목소리로 그에게 예를 표한 근위 기사들이 물러났다.

얼마나 시간이 흘렀을까. 황급하게 달려온 시종이 준비가 끝났다고 고했다. 목욕을 마치고 나면 서재로 찾아오라는 말을 남기고서 성큼성큼 사라지는 그의 뒷모습을 바라보다가 나 역시 시녀가 안내하는 곳으로 향했다.

따뜻한 물에 몸을 담그자 그제야 차갑게 식었던 온몸이 노곤하게 풀렸다. 나는 나른해지는 정신을 추스르며 아까 있었던 일을 떠올렸다.

'전하께서는 이 일을 어찌 처리하실 작정일까?'

리사 왕국이면 제법 군사력이 강한 왕국인데. 십여 년 전에 있었던 기사단의 통폐합으로 인해 과거에 비해 기사의 숫자가 현저히 줄어든 지금, 만에 하나 전쟁을 벌였다가는 제국의 피해 역시 만만치 않을 것이 분명했다. 하지만 그렇다고 해서 조용히 처리하기에는 사안이 지나치게 중대했다.

"다 됐습니다, 영애."

어느새 나를 원래의 모습으로 돌려놓은 시녀가 말했다. 나는 그녀에게 고생했다고 얘기한 뒤 서재로 향했다.

육중한 문 앞에는 조금 전 그를 호위하던 기사들이 아닌 다른 기사들이 서 있었다. 안으로 들어서자, 평소와 다름없는 깔끔한 차림으로 앉아 보좌관과 대화를 나누고 있는 청년이 보였다. 마침 대화가 거의 끝난 참이었는지 나를 향해 가볍게 묵례한 보좌관이 자리에서 일어났다.

"아 참, 부황 폐하께 오늘 연회가 시작되기 전에 시간을 좀 내주셨으면 한다고 전하도록."

"명을 받듭니다, 전하."

"그럼 물러가 보게. 그대는 이리 와서 앉지."

"네, 전하."

나는 황가의 문장이 수놓인 카펫을 조심조심 지나 그와 마주 보고 앉았다. 여유로운 자세로 의자에 등을 기댄 그가 물었다.

"그래, 이제 몸은 좀 녹았나?"

"네, 전하. 배려해 주셔서 감사드립니다."

"음, 그럼 대가라고 하긴 뭐하지만, 오늘도 차 한 잔 부탁해도 되겠나?"

"물론입니다."

조금은 뿌듯한 마음으로 고개를 끄덕였다. 한 번도 아니고 여러 번 청하는 것을 보면 그는 내가 끓여 주는 차가 정말로 마음에 든 모양이었다.

차 상자로 가득한 테이블 위를 바라보았다. 이번에는 어떤 걸 만들어 볼까 고민하다가, 차가운 가을비를 맞은 것을 고려해서 감기 예방에 좋을 만한 차를 골랐다. 캐모마일, 로즈힙, 레몬밤. 세 가지 찻잎을 적정한 비율로 블랜딩한 다음 우려냈다. 그에게 찻잔을 건네고서 내 몫의 잔에도 차를 따라 한 모금 들이마셨다.

'음, 역시 황궁의 차는 질이 좋단 말이야.'

슬쩍 바라본 그 역시 만족한 모습이었다.

"저, 전하."

"음."

"리사 왕녀의 일은 어찌하실 생각이신지요?"

"생각해 둔 바는 있지만, 일단 부황 폐하와 상의해 봐야 할 듯하다. 그러니 그대도 내일까지만 비밀을 유지해 줬으면 하는데."

"네. 물론입니다, 전하."

내심 놀랐다. 그런 건 왜 묻느냐고 반문하거나 쓸데없는 참견이라고 한마디 할 줄 알았는데, 의외로 순순히 답을 해 주는 그 때문에.

어쩐지 기분이 이상했다. 과거였다면 분명 네가 참견할 일이 아니라고 면박을 줬을 텐데. 하긴 과거의 그라면 내가 홀딱 젖어 곤란한 상황에 처하거나 말거나 신경조차 쓰지 않았을 테지.

"그대, 오늘은 연회에 참석하지 말고 집에서 쉬는 것이 어떤가."

오묘한 감정에 잠겨 있을 때, 묵묵히 차를 마시던 그가 말했다. 평소보다 조금 짙어 보이는 바닷빛 눈동자가 나를 응시하고 있었다.

"하오나 전하."

"가을비라 제법 차가웠을 텐데 공연히 무리하지 말지."

"……"

"그러다가 또 쓰러지기라도 하면 후작의 걱정이 이만저만이 아닐 거라 생각하는데."

"……네, 전하. 그리하겠습니다."

방금 그건 나를 걱정해서 한 이야기였을까. 슬쩍 창밖으로 시선을 돌리면서 하는 말에 왠지 기분이 이상해졌다. 어색한 공기가 감돌았다. 앞에 놓인 찻잔만 만지작거리다가, 나는 말없이 창밖을 응시하는 그의 시선을 따라 밖을 바라보았다.

통유리창 너머로 보이는 세상이 온통 회색으로 물들어 있었다. 쥐 죽은 듯 고요한 정적 속에서 들려오는 빗소리. 거세게 흔들리는 나무와 붉고 노랗게 물든 낙엽이 비에 젖어 우수수 떨어지는 소리. 조금 전 정신없이 황태자궁을 향해 걸을 때는 미처 느끼지 못한 비 오는 어느 가을날의 한가로운 풍경. 한참 동안 그와 나는 그렇게 침묵을 공유하며 가을비가 주는 평화로움에 잠겨 있었다.

연회 마지막 날.

나는 오랜만에 아버지와 함께 평화로운 시간을 보냈다. 잠시 눈을 감고 따뜻한 기분에 잔뜩 취해 있을 때, 노크를 하고 들어온 집사가 테이블 위에 웬 상자와 함께 서찰을 하나 내려놓았다. 나는 아버지의 어깨에서 머리를 떼고 자세를 바로 하며 집사를 바라보았다. 조금이라도 아랫사람에게 책잡힐 만한 일은 금물이었다.

"황궁에서 온 것입니다. 서찰은 폐하께서 각하에게 보내신 것이고, 상자는 황태자 전하께서 아가씨에게 보내신 것입니다."

"알았네. 수고했군."

나는 아버지께서 서찰의 봉인을 뜯는 모습을 잠시 지켜보다가 상자를 끌어당겼다. 그가 내게 보냈다는 것이 대체 뭘까? 어제 봤을 때까지만 해도 별말 없었는데.

상자의 뚜껑을 열자 하얀 종이에 꼼꼼히 싸여 있는 뭔가와 그 위에 놓여 있는 편지 봉투 하나가 있었다. 일전에 한 번 본 적 있는 그것. 푸른 바탕에 금빛 펄이 촘촘하게 뿌려진 화려한 봉투에는 은은하게 빛나는 하얀 잉크로 그의 서명이 적혀 있었다.

그가 내게 보내는 두 번째 편지. 봉인을 뜯자 봉투와 마찬가지로 푸른 바탕에 금빛 펄이 있는 화려한 편지지에 하얀 잉크로 몇 줄이 적혀 있는 것이 보였다.

며칠 전에 그대에게 약속한 다른 드레스가 마침 완성되었더군. 그럼 저녁에 보도록 하지.
루블리스 카말루딘 샤나 카스티나.

겨우 사흘밖에 시간이 없었을 텐데, 그새 새로운 드레스를 만들었단 말인가. 다음에 다른 것으로 주겠다던 말은 그저 예의상 한 이야기일 뿐이라고 생각했는데.

하얀 종이를 걷어 내자 드러나는 드레스의 모습에 저절로 탄성이 나왔다. 그가 보낸 것은 크림색 드레스였다. 지난번에 내게 준 목걸이와 귀걸이에 장식한 것과 같은 파스텔톤 핑크색 스톤과 작은 다이아몬드가 크림색 치마에 촘촘하게 꿰어져 은은한 분홍빛으로 반짝반짝 빛났으며, 분홍빛 프릴 앙가장뜨에는 같은 핑크톤의 리본으로 포인트를 주었다. 지난번 드레스가 마치 꿈꾸는 것과 같은 느낌이었다면 이번 것은 행복감에 가득 차 반짝반짝 빛나는 소녀와 같은 느낌이라고나 할까. 옷에 그렇게까지 많은 관심을 쏟지 않는 내가 보기에도 정말 예쁜 드레스였다.

"전하께서 보내신 것이냐?"

"네."

천천히 고개를 끄덕이자, 아버지께서는 한참 동안 드레스를 바라보다 말씀하셨다.

"흠. 어쨌든 저녁에 뵙거든 감사하다고 말씀드려야겠구나."

"응? 연회에 가시는 거예요?"

"그래. 폐하께서 오늘 연회에는 꼭 참석하라는 서찰을 보내셨단다. 아마 태자빈 후보와 관련된 일이 아닐까 싶구나."

덤덤하게 서찰을 접으시는 아버지를 보자 문득 리사 왕녀의 일이 떠올랐다. 말씀드려야 하나 잠시 고민했지만, 오늘까지는 비밀을 유지해 달라던 전하의 말씀이 떠올라 그냥 입을 다물었다. 어차피 연회에 참석하면 어떤 식으로든 나올 이야기였다.

오후 느지막한 시간. 오늘 입을 드레스를 바꿔야겠다고 말하고 상자를 보여 주자, 안을 들여다보고 한동안 말을 잇지 못하던 리나는 정신을 차리자마자 너무 예쁘다며 호들갑을 떨기 시작했다. 잔뜩 들뜬 리나의 손에 한참 시달리고서야 간신히 해방된 나는 오랜만에 틀어 올리지 않고 치렁치렁하게 늘어뜨린 은빛 머리카락의 무게감을 느끼며 아래층으로 내려갔다. 소녀다운 콘셉트를 유지하려면 틀어 올려서는 안 된다는 리나의 강력한 주장 때문이었다.

아래층에 도착하자, 미리 준비를 마치고 기다리고 계시던 아버지께서 한참 동안 나를 빤히 바라보셨다.

"아빠?"

"······아, 그래. 다 되었느냐?"

"네, 많이 기다리셨어요?"

"아니다. 그보다······."

"네?"

"원래 예쁜 줄은 알고 있었지만 오늘따라 정말 눈부시게 아름답구나, 티아. 잠시 넋을 잃었지 뭐냐."

얼굴을 붉히는 나를 보며 희미하게 미소를 지은 아버지께서 내게 손을 내미셨다.

나는 든든한 아버지의 손을 잡고 마차에 올라 황궁으로 출발했다. 나와 같은 은빛 머리카락, 따스하게 나를 바라보는 군청색 눈동자를 보자 가슴 깊이 포근한 느낌이 차올랐다. 어리광 피우듯 품에 기대서 종알종알 떠드는 내가 싫지는 않으셨는지, 아버지께서는 보기 드물게 환한 미소를 지으며 내 머리카락을 연신 쓰다듬으셨다. 여러 가지로 피곤했던 마음이 탁 풀리는 기분이었다.

전하께서는 처리해야 할 일이 남아서 황제 폐하와 함께 느지막한 시간에나 참가한다고 하셨기에 나는 아버지와 함께 연회장에 먼저 입장했다.

아버지의 모습을 보자마자 반색하는 라스 공작 전하와 베리타 공작 전하에게 인사를 드렸다. 두 공작도 연회를 그리 즐기는 성격은 아니었지만, 거의 두문불출하다시피 하는 아버지에 비할 바는 못 되었다. 게다가 요즘은 줄곧 바빠서 절친한 벗임에도 거의 보지 못했을 터. 두 사람이 아버지의 모습에 반색하는 것도 이해가 됐다. 그동안 잘 지냈느냐고 내게 다정하게 묻는 베리타 공작을 보자 알렌디스가 생각나서 마음이 조금 불편해졌지만, 나는 그저 미소를 지으며 신경 써 주셔서 감사하다고 인사를 드렸다.

어느 정도 시간이 흘렀을 때, 나는 세 분에게 양해를 구하고 자리를 빠져나왔다. 몇 발자국 떼지도 않았는데 금세 몇몇 영애들이 주위를 둘러쌌다. 그들과의 대화 속에서 내게 필요한 정보와 그렇지 않은 것을 걸러 내고 있을 때, 제노아 영애와 그녀를 따르는 무리가 내게 다가왔다. 바짝 긴장하며 노려보는 주위 영애들의 시선에 어색한 미소를 지은 제노아 영애가 내게 인사했다.

"안녕하세요, 모니크 영애."

"아, 네. 안녕하세요, 제노아 영애."

"저……."

"음? 내게 따로 할 얘기라도 있나요?"

아니라고 답할 줄 알았는데, 조금 망설이는 기색이던 제노아 영애는 고개를 끄덕였다. 내게 할 말이 뭐지? 같은 파벌에 속해 있으면서도 늘 대립각을 세우던 그녀가 아니던가. 설마 내가 없었던 하루 사이에 귀족파와 뭔가 큰 충돌이라도 있었나? 하지만 그럴 리는 없었다. 만일 그랬다면 제노아 영애를 경계하는 저 영애들이 분명 이야기했을 테니까.

나는 반발하는 여자들을 조용히 시킨 뒤 제노아 영애와 함께 무리에서 벗어나 사람들의 눈에 잘 띄지 않는 구석으로 향했다.

"이쯤이면 눈에 잘 띄지 않겠죠. 내게 할 얘기란 게 뭔가요?"

"……왕녀들을 어찌하실 생각이십니까?"

"그게 무슨 얘기입니까?"

"영애께서는 폐하께서 가장 신뢰하는 분을 아버지로 두셨고, 신탁의 아이라는 든든한 뒷배경이 있지 않으십니까. 영애께서 애초에 강력하게 거부 의사를 보이셨다면 왕녀들이 제국에 올 일조차 없었을 것입니다. 헌데 어째서 이를 묵인하고 계십니까? 세간에 도는 소문대로 정말 파혼이라도 하시려는 겁니까?"

단도직입적으로 묻는 모습에 나는 일단 계속해서 얘기해 보라고 눈짓을 보냈다. 아랫사람을 제대로 단속하지 못하는 것을 보며 생각보다 자질이 떨어진다고 평가했는데, 나름대로 돌아가는 상황을 잘 판단하고 있는 것을 보아하니 그저 묵인하고 있었던 것뿐인 듯했다.

"말씀드리기도 죄송스러운 얘기지만, 일전의 그 일로 인해 왕녀들이 영애를 낮춰 보기 시작했다는 것은 알고 계십니까? 영애께선 황태자비가 되실 분이 아닙니까. 어째서 한낱 태자빈 후보들의 무례를 봐주고 계시는 것인지요?"

뭐라 대답해 줄 말이 없어 잠시 침묵했다. 황실에서 먼저 혼약 파기를 선언하지 않는 한 내가 나서서 파혼할 사이라고 떠벌리고 다니는 것은 불충이었으니까. 뭐라고 돌려서 말해야 하나 고민하고 있을 때, 때마침 누군가가 무척 오만한 목소리로 내게 말을 걸었다.

"어머, 여기 계셨군. 이런 데 계실 줄은 몰라서 한참 찾아다녔습니다?"

"소노 왕녀."

몸매를 드러내는 화려한 붉은 드레스를 입고 짙은 화장을 한 소노 왕녀는 나를 보며 한쪽 입꼬리를 끌어 올렸다. 이트 왕녀에게 허리를 숙이는 모습을 본 이후 왕녀들이 나를 깔보기 시작했다는 것은 알고 있었지만, 대놓고 무시하는 모습에 기가 찼다. 하지만 나는 나 자신을 타이르며 고개를 들려 하는 반감을 겨우 내리눌렀다. 참자. 내 목표를 생각해.

"하긴 워낙 작으셔서 이런 데 계시지 않았더라도 찾기가 힘들었을 것 같네요."

"……."

"전하께서도 참 심려가 크시겠습니다. 반려가 되실 분이 이렇게 어려서야. 나이를 감안한다고 해도 조금 심하긴 하네요. 하긴 그러니 이트 왕녀가 그 망신을 당했겠죠. 뭐라도 많이 드셔야 할 듯합니다?"

자랑스럽다는 듯 가슴을 앞으로 쭉 내민 소노 왕녀가 나를 노골적으로 훑어보며 말했다. 옆에 서 있는 제노아 영애가 움찔하는 것이 느껴졌다. 왕녀라고는 하나 결국 타국 사람이다. 아무리 평소에 나를 싫어했다고 하더라도 나와 같은 제국민인 제노아 영애로서는 타국의 왕녀에게 무시당하는 모습을 보고서 화가 나지 않을 리가 만무했다.

"이런 구석에서 뭣들 하신답니까?"

"안녕하세요, 사푸 왕녀."

"글쎄요. 안녕한지는 잘 모르겠군요, 흠."

오늘도 여전히 화려하기 짝이 없게 치장한 사푸 왕녀는 소노 왕녀가 방금 그랬던 것처럼 노골적으로 내 모습을 위아래로 훑어보았다. 그러고는 경멸 어린 눈으로 나를 바라보며 말했다.

"영애의 목걸이와 귀걸이, 일전에 황태자 전하께서 주신 것이로군요? 모양새를 보아하니 드레스도 새로 주신 것 같고요."

"네, 그렇습니다."

"훗, 체면치레로 안겨 주신 것을, 그것도 다른 여자에게 본래의 것을 넘겨주고 그 대용품으로 안겨 준 것을 받고도 좋아하다니. 그렇게 자존심이 없어서야 어디 황제의 반려라고 하겠습니까."

그녀는 한심하다는 듯 혀를 차며 말했다.

'둘이 짜기라도 했나. 어쩜 그리도 하는 행동이 똑같은지.'

헛웃음이 나왔다. 제노아 영애는 하얗게 질린 얼굴로 드레스 자락을 꽉 움켜쥐고 있었다. 화를 내고 싶지만 윗사람인 내가 가만히 있으니 참고 있는 듯 보였다.

이 모욕을 어찌해야 하지? 지금이라도 받아쳐 줘야 할까? 아니면 기왕 참은 것 끝까지 참아야 하나? 잠시 갈등했지만, 아무리 화가 나도 기왕 참은 것 끝까지 버티자 싶어 나는 욱하는 마음을 꾹꾹 눌러 담았다. 순간의 감정을 못 참고 분노했다가 공연히 황태자비로서의 입지를 강화하기라도 한다면, 지난 세월 동안 노력해 온 것이 모두 물거품이 될 수도 있었기에.

그때, 옆에서 익숙한 목소리가 들려왔다. 몹시 싸늘한 음성이었다.

"그대, 여기 있었군."

"제국의 작은 태양, 황태자 전하를 뵙습니다."

"음, 부황 폐하께서 그대를 찾고 계시오. 함께 갑시다."

"아, 네. 전하."

오늘따라 유독 서늘한 기세에 절로 몸이 굳어서 나는 조금은 두려운 마음으로 냉기를 풀풀 날리고 있는 그와 함께 연회장 밖으로 나왔다. 복도를 따라 몇 발자국 걸었을 때, 나지막한 목소리가 들렸다.

"천박하기 짝이 없는 여자들이로군."

"네, 전하?"

성큼성큼 걸어가던 그가 갑자기 멈춰 섰다. 그러고는 매서운 기세로 휙 돌아섰다. 깊게 가라앉은 바닷빛 눈동자가 나를 똑바로 응시하고 있었다.

"그대, 대체 왜 거기서 가만히 있었던 거지?"

"네?"

"그런 모욕을 참을 정도로."

"……."

"저런 천박한 여인들에게 그런 하찮은 소리를 들으면서도 반박 하나 하지 않을 만큼……. 그렇게 싫은 건가, 그대는?"

화난 듯한 음성에 고개를 갸웃했다. 어째서 화를 내고 있는 거지? 내가 모욕당한 것 때문일 리는 없을 텐데. 혹시 아직은 황실의 일원으로 예정되어 있는 내가 그녀들의 무례를 참고 넘기는 바람에 황실의 명예에 금이 갔다고 생각하는 걸까?

"송구합니다, 전하."

"음?"

"황실의 명예에 누를 끼치고자 한 것은 아니었습니다. 송구합니다."

"그게 아니라!"

그는 신경질적으로 머리를 쓸어 올리며 버럭 소리를 질렀다. 나는 순간적으로 움찔하며 한 걸음 뒤로 물러섰다. 찰나의 순간, 바닷빛 눈동자가 흔들리는 것처럼 보였다. 잘못 보았나 싶어 눈을 깜빡이자, 어딘가 가라앉은 표정으로 묵묵히 나를 바라보던 그가 깊은 한숨을 내쉬며 말했다.

"부황 폐하께서 기다리실 테니 조금만 서두르지."

"……네, 전하."

서두르자고 말하면서도 이상하게도 조금 전보다 느린 속도로 걸어가는 그의 뒤를 따라서 나는 길고 긴 중앙궁의 복도를 걸었다.

"제국의 태양, 황제 폐하를 뵙습니다."

"오, 영애, 왔는가. 거기 앉게."

"네, 폐하."

나는 어딘가 불편한 표정을 짓고 계신 아버지의 옆자리에 자리하며 슬쩍 눈치를 살폈다. 왜 저런 표정이실까? 연회장에서 헤어지기 전까지만 해도 괜찮으셨는데.

"갑작스럽게 영애를 부른 이유가 궁금한가?"

"네, 폐하."

"음, 조금 있으면 누가 태자빈이 될 것인지 발표할 예정이라는 것은 알고 있겠지. 그 전에 영애의 생각을 듣고 싶어서 불렀네."

"제 생각…… 말씀이십니까, 폐하."

"그래. 영애는 누가 태자빈에 가장 적합하다고 보는가?"

"저는……."

갑작스러운 물음에 심장이 점점 빠르게 뛰는 것이 느껴졌다. 막연히 다섯 왕녀 중 하나가 될 것이라고만 생각하고 있었는데, 내 의견을 적극 반영하겠다는 듯한 눈길로 바라보시는 모습에 복잡한 기분이 들었다. 자유에 한 발자국 다가갈 수 있을 것이라는 기대감, 그리고 묘한 답답함. 하지만 나는 숨을 크게 내쉬어 혼란스러운 심정을 떨쳐 내며 단호하게 말했다.

"……저는 루아 왕녀가 태자빈에 적합하다고 생각합니다."

"그런가. 어찌해서?"

"루아 왕국은 제법 강한 축에 속하는 왕국이니, 이번 기회에 제국과 동맹 관계를 맺도록 하는 것도 좋을 것이라는 생각이 들었습니다. 이트 왕국도 있지만 귀족파에서 밀고 있다고 하고, 리사 왕국은……."

"흠, 루아 왕국과의 동맹 관계라. 영애의 생각은 잘 알았네. 내 고려해 보도록 하지."

나는 고개를 끄덕이는 폐하의 모습을 보며 참았던 숨을 토해 냈다. 왕녀에게는 미안한 마음이 들었지만 이것이 제국을 위한 최선의 결정이라 생각했다.

'잘했어, 아리스티아. 폐하께서 고려해 보겠다고 답하셨으니 아마도 그렇게 결정이 날 터. 이제 다 끝난 거야. 지은이 올 때까지 조금만 더 버티면 자유의 몸이 될 수 있어.'

말없이 나를 바라보고 있던 폐하께서 갑자기 슬쩍 미소를 지으며 말씀하셨다.

"그리고 보니 영애의 모습이 평소에 보던 것과는 많이 다르군. 태자가 갑자기 옷과 장신구를 주문했단 얘기는 들었는데, 혹시 그것인가?"

"아, 네. 그렇습니다, 폐하."

"흠, 제법 센스 있게 고른 것 같다만, 한 가지가 부족한 듯하군. 아니 그러한가."

"네, 폐하? 무엇이 부족하다는 말씀이신지요?"

"드레스에 목걸이, 귀걸이까지 잘 갖추었다만 머리가 허전하지 않은가. 뭔가 아쉽구먼. 아, 그래. 이것은 어떠한가. 짐이 영애에게 내리는 선물일세."

불충스러운 표현이지만, 폐하께서는 어쩐지 꿍꿍이가 있는 듯한 표정으로 미소를 지으셨다. 나는 왠지 찜찜한 마음으로 폐하께서 내주시는 작은 함을 받았다. 머뭇머뭇 뚜껑을 열자, 전혀 생각지도 못한 물건이 눈에 들어왔다. 절로 몸이 굳었.

내용물을 확인한 아버지께서 한숨을 내쉬며 말씀하셨다.

"폐하."

"왜 그러는가, 후작?"

"이것은 티아라가 아닙니까. 이것을 제 여식에게 내리시는 연유가 무엇입니까?"

"내 말하지 않았는가. 영애의 머리 장식이 허전한 듯하여 주는 것뿐이라네."

"폐하."

폐하께서 주신 함 안에 든 것은 티아라였다. 금으로 된 바탕에 파스텔톤 핑크색 원석과 다이아몬드로 장식해서 눈부시게 반짝이는 티아라. 여성의 권위를 상징하는 물건이었기에 제국에서는 오로지 황족, 왕국에서는 왕족 여성들만 사용할 수 있는 머리 장식. 이것은 일개 후작 영애에 불과한 내가 쓸 수 있는 물건이 아니었다. 아버지께서도 그 의미를 알고 계시기에 폐하께 지금 저렇게 말씀드리고 있는 것이리라.

"알았네. 내 말할 테니 그리 살벌한 기세를 풍기지는 말게나."

"……."

"영애가 기사단에 들어간 이후로 이 혼약이 파기된 것이 아니냐는 소문이 돌고 있다는 것은 후작도 알 걸세. 그렇지 않은가?"

"네, 폐하. 신도 알고 있습니다."

"일전에 약조하지 않았는가. 영애가 성년이 될 때까진 유예 기간을 두자고. 그러니 아직 영애는 예비 황태자비란 말일세. 아니 그러한가."

"……그렇습니다."

한 박자 늦은 아버지의 대답에 폐하께서는 미안하다는 듯한 표정으로 말씀하셨다.

"그것도 그렇고, 후작도 알고 있지 않은가. 요즘 들어 귀족파의 공세가 만만치 않다는 것을. 방금 전까지 상의한 내용은 두 공작과 자네 모두 동의한 것이 아닌가. 그걸 발표하고 나면 제나 공작이 어찌 나올 것 같은가. 한동안 뜸했던 일들이 다시 벌어지겠지. 그렇다면 우선은 단단하게 지위라도 굳혀 둬야 지키기가 더 수월하지 않겠느냔 말일세."

"……."

"후작."

"알겠습니다, 폐하."

"고맙네."

깊은 한숨을 내쉬는 아버지를 본 폐하께서는 한층 더 미안한 표정으로 말씀하셨다.

'나와 관련된 얘기가 오고 간 것 같기는 한데, 대체 무엇을 상의했다는 걸까? 발표한다는 내용은 또 뭐고?'

알고 있는 것이 없으니 대체 무슨 내용인지 파악할 수가 없었다. 어리둥절한 눈으로 아버지를 바라보자, 다시 한 번 한숨을 내쉰 아버지께서는 내 어깨에 가볍게 손을 얹으며 말씀하셨다.

"폐하께서 친히 내리신 것이 아니냐. 어서 감사하다고 말씀드리거라, 티아."

"아, 아버지, 하지만……."

"네가 지금 아비의 말을 거역할 참이더냐."

"아, 아니에요, 아버지. 황공합니다, 폐하. 이런 귀한 것을 주시니, 그저 황은에 감읍할 따름입니다."

평소의 부드러운 말투와는 달리 단호하기 그지없는 아버지의 목소리는 내게 거역하면 안 될 것 같은 느낌을 들게 했다. 순순히 감사 인사를 올리자, 폐하께서는 빙그레 웃으며 말씀하셨다.

"영애, 그걸 가지고 잠시 이리 와 보겠나?"

"네, 폐하."

조심스럽게 옆으로 다가가자, 폐하께서는 티아라를 꺼내 내 머리 위에 올려 주셨다. 그러고는 움찔하는 내게는 아랑곳하지 않은 채 이리저리 티아라를 움직이며 균형을 맞추고는 만족스러운 표정으로 말씀하셨다.

"잘 어울리는군."

"화, 황공합니다, 폐하."

"완벽하게 어울리는 것을 보니 제 주인을 찾은 게지. 흡족하군. 흠, 태자는 영애와 함께 먼저 연회장으로 돌아가거라. 짐은 후작과 몇 마디 더 나누고 곧 가도록 하겠다."

"알겠습니다, 부황 폐하."

그와 함께 별실을 나와 말없이 복도를 걸었다. 연회장이 가까워졌을 때, 저 멀리서 누군가가 급하게 그를 부르며 달려왔다. 서류 뭉치를 한가득 끼고 달려온 그의 보좌관으로 보이는 남자가 가쁜 숨을 몰아쉬며 말했다.

"전하, 분부하신 것들입니다. 리사 왕녀와 이트 왕녀, 그리고……."

"잠깐."

빠른 어조로 말을 쏟아 내는 보좌관을 제지한 그가 나를 돌아보며 말했다.

"그대, 먼저 들어가 있지 않겠는가? 금방 따라가도록 하지."

"네, 전하."

들어서는 안 되는 이야기인가 보다 싶어서, 나는 순순히 고개를 끄덕이고 먼저 연회장으로 들어섰다. 리사 왕녀라는 말이 들어간 것으로 보아 아마도 어제 들었던 사실에 관한 이야기인 모양이었다.

'응? 만일 그렇다면 이트 왕녀 이야기는 왜 나온 거지. 그녀 역시 뭔가 숨기고 있는 비밀이라도 있는 걸까?'

생각에 잠겨서 몇 발자국 떼었을 때, 자못 사나운 기세로 나를 막아서는 사람들이 있었다. 제나 공작과 귀족파의 몇몇 귀족들. 단체로 겁박이라도 하려는 걸까. 나는 허리를 꼿꼿하게 편 채 그들을 응시했다. 이렇게 많은 사람이 보고 있는 앞에서 멍청한 모습을 보일 수는 없었다.

"무슨 일이십니까? 제게 무슨 볼일이라도 있으신지요?"

"무슨 일? 정말 몰라서 묻는 것인가, 모니크 영애."

"그렇습니다만."

"모른다고? 감히 일개 후작 영애 따위가 머리에 티아라를 얹고도 모른다고?"

제나 공작이 소리를 버럭 지르자, 급하게 달려온 제노아 영애를 비롯한 황제파 귀족들이 나를 보호하듯 감싸며 앞을 막아섰다. 하지만 제나 공작은 나를 막아서는 사람들은 전혀 아랑곳하지 않은 채 보랏빛 눈동자 가득 분노를 뿜어내며 말했다.

"역시 천……. 흠흠, 아무리 어리다고 해도 그렇지. 철이 없어도 이렇게 없을 수가!"

"무슨 일로 이렇게 모여 계시나요?"

하멜 영애를 비롯한 귀족파 영애들을 데리고 등장한 이트 왕녀가 얼굴 한가득 화사한 미소를 지었다.

"어머, 예쁜 티아라군요, 모니크 영애."

"……"

"티아라는 황족에게만 허용되는 걸로 알고 있는데, 제가 잘못 알았나 보군요. 저희 왕국에선 왕족이 아닌 자가 티아라를 쓴다는 것은 감히 생각조차 못 하는 일인데. 제국은 생각보다 이런 일에 너그러운가 봅니다."

나긋나긋한 어조로 말하고 있었지만 왕녀의 녹색 눈동자는 차갑게 가라앉아 있었다. 나는 주위를 둘러싸고 있는 귀족파 사람들을 보았다. 어쩐지 한숨이 나왔다.

'이래서 받지 않으려고 했는데.'

아무리 폐하와 전하께서 착용을 윤허했다며 확인해 주신다 한들, 오직 '황족'만이 티아라를 착용할 수 있다는 규정을 엄격하게 해석하고자 할 경우 명분에서 밀릴 수도 있었다. 그리고 명분에서 밀릴 경우 지루하면서도 불리한 싸움을 해 나가야 할 것이 분명했다.

그때, 귀족파 영애들의 동조를 얻으며 나를 깎아내리고 있는 이트 왕녀 앞을 막아서는 사람이 있었다. 옅은 갈색 머리, 제노아 영애였다.

"첫날부터 보자 보자 하니 무례하기 짝이 없으시군요."

"……뭐라고요?"

"먼저 이것은 제 독자적인 행동임을 말씀드리죠. 그러니 지난번처럼 괜히 저를 꼬투리 삼아 모니크 영애에게 모욕을 주실 생각이라면 이쯤에서 접으시길 바랍니다."

분노에 찬 제노아 영애를 어이가 없다는 듯한 눈으로 바라본 이트 왕녀가 계속해 보라는 듯 고개를 까딱했다.

"왕녀께서는 태자빈 후보로 오셨음에도 장차 황태자비가 되실 모니크 영애께는 아무런 인사나 양해를 구함도 없이 황태자궁을 들락날락하셨습니다. 아닙니까?"

"그래서요?"

"정비이건 후비이건 간에 전하의 행보에 걸림돌이 되어서는 안 되는 것이 당연한 일인데, 왕녀께서는 자신의 지위를 이용하여 시도 때도 없이 황태자궁을 방문하면서 전하의 시간을 빼앗으려 들었습니다. 그것만 해도 충분한 결격 사유인데, 연회 첫날에는 어떠셨습니까? 감히 황태자비가 되실 영애의 것을 탐내다가 크나큰 망신을 겪지 않으셨는지요."

이트 왕녀의 얼굴이 새빨갛게 달아올랐다. 그럼에도 제노아 영애는 말을 멈추지 않았다.

"그뿐입니까. 모니크 영애는 아무런 관련이 없는 줄 알면서도 왕녀께서는 영애께 모욕을 주셨습니다. 게다가 사과를 받은 후에도 무례하기 짝이 없었죠. 어디서 감히 윗사람이 사과하는 데 그냥 자리를 뜬단 말입니까. 오히려 윗사람이 그렇게까지 행동을 하게 한 것에 대해 잘못했다고 용서를 구해도 모자랄 판에 말입니다. 예의가 없는 것도 정도껏입니다. 그러고도 태자빈이 되길 바라십니까?"

"뭐라고!"

이트 왕녀가 오른손을 높이 치켜들었다. 나는 재빨리 두 사람 사이에 끼어들며 제노아 영애를 내리치려는 그녀의 손목을 잡아챘다. 붉은 머리카락만큼이나 달아오른 얼굴, 분노 어린 녹색 눈동자가 나를 응시했다.

"이거 안 놔?"

"……보자 보자 하니 갈수록 가관이군."

냉랭한 목소리가 들려왔다. 어느새 다가온 것인지 서류 뭉치를 가득 안고 있는 보좌관을 뒤에 달고 나타난 푸른 머리카락의 청년이 싸늘하게 얼어붙은 눈으로 좌중을 바라보고 있었다.

"전하."

"미안하오. 이런 사태가 생길 거라고 짐작했어야 했는데, 내 생각이 짧았소."

나를 향해 부드럽게 말한 그가 자연스럽게 길을 터 주는 사람들 사이로 걸어왔다. 아직 내게 잡혀 있는 이트 왕녀의 손목을 사뭇 정중한 태도로 빼낸 그가 말했다.

"이트 왕녀."

"네? 네, 전하."

"미안하오만, 분란을 조장하는 태자빈은 사양하겠소. 그러니 왕녀는 그대의 왕국으로 돌아가도록."

"전하!"

이트 왕녀가 억울하다는 듯 외쳤지만, 그는 그런 그녀를 싸늘하게 바라보다가 좌중을 향해 말했다.

"이미 왕녀가 등장할 때부터 보고 있었거늘, 어디서 변명을 하려 드는 것인가. 황실과 언약으로 묶여 있는 모니크가의 영애가 아무런 이유 없이 티아라를 쓰고 나타났다 생각하나. 이것은 극구 사양하는 영애에게 부황 폐하께서 내리신 것이다."

"하오나 전하!"

무어라 반박하려는 제나 공작을 무시하며 주위를 한번 둘러본 그가 한쪽 입꼬리를 끌어 올리며 말했다.

"마침 대부분 모인 듯하니 여기서 말해도 되겠군. 나는 다섯 왕녀 중 어느 누구도 태자빈으로 맞이하지 않겠다."

"그, 그런!"

"전하!"

"이러실 수는 없습니다, 황태자 전하!"

이를 부득 간 제나 공작이 강한 어조로 말했다. 제법 큰 그 목소리에 모두의 시선이 집중되었다. 하지만 나는 그곳을 바라볼 수가 없었다. 사람들의 시선은 아랑곳하지 않은 채 오로지 나만을 똑바로 내려다보고 있는 그 때문이었다. 대체 무슨 생각을 하고 있는 것일까? 왕녀들을 다 불러 모은 상황에서 이게 무슨 말도 안 되는 소리인지.

　한참 동안 깊이를 알 수 없는 눈으로 나를 바라보던 그는 제나 공작이 세 번째로 불렀을 때에야 비로소 고개를 돌렸다.

　"이러실 수는 없습니다, 전하. 이미 태자빈을 들이기로 결정하신 것이 아니었습니까. 이제 와서 말을 바꾸시다니요."

　"한심하군. 이런 것들이 제국의 귀족이라니."

　제나 공작의 말을 자른 그가 오른손을 들어 올렸다. 뒤에 서 있던 보좌관이 가득 안고 있던 서류 뭉치를 들고 그의 옆에 섰다. 맨 위에 있는 서류를 집은 그가 그것을 활짝 펼쳐 들었다. 숨소리가 들릴 정도로 고요한 가운데, 모두의 시선을 받으며 그가 서서히 입을 열었다.

　"베어리 데 사푸. 사푸 왕국 제8왕녀. 열여덟. 현 국왕이 가장 사랑하는 왕녀이자 최고의 골칫덩이. 어릴 때부터 오냐오냐 키워 사치와 향락에 빠짐. 왕녀 혼자서 한 달 동안 쓰는 금액은 보통 왕국의 한 달 치 예산과 맞먹음. 막강한 재력을 자랑하는 사푸 왕국에서도 이대로는 두고 볼 수 없다는 여론이 팽배. 때마침 제국에서 태자빈을 들인다는 소리에 국무 회의에서 만장일치로 보내기로 함."

　"……."

　말문이 막힌 듯 입만 벙긋거리는 제나 공작 앞에 들고 있던 서류를 휙 던진 그는 다음 서류를 집어 들며 말했다.

　"나이마 데 소노. 소노 왕국 제3왕녀. 열일곱. 어릴 때부터 눈에 띄는 미모로 소노 국왕의 총애를 등에 업음. 성년을 갓 넘긴 나이임에도 은밀한 만남을 가진 사내가 알려진 것만 다섯. 비공식적으로는 셀 수 없음. 미모에 비해 학문에는 관심이 없기로 소문이 자자함. 유명한 일화, 자신의 드레스에 먼지를 묻혔다는 이유로 자국의 국보 『소노 왕국 연대기』를 불사른 전적이 있음."

팔랑. 또다시 서류가 날아갔다.

그다음 서류를 집어 든 그가 말했다.

"프린시아 데 루아. 루아 왕국 제2왕녀. 열여덟."

"아, 저도 언급하시는 건가요, 황태자 전하. 저는 됐습니다. 태자빈 자리는 깔끔하게 포기하도록 하죠."

어느새 와 있었는지 생긋 웃음을 지은 그녀가 이야기했다. 묵묵히 고개를 끄덕인 그는 보좌관이 들고 있던 다른 서류를 집어 들며 말했다.

"베아트리샤 데 리사. 리사 왕국 제5왕녀. 열여섯."

"포, 포, 포기하겠습니다, 전하. 제발, 모두의 앞에서 그 일에 대한 언급만은······."

"알겠소, 리사 왕녀. 여기서는 언급하지 않으리다. 하지만 언젠간 알려질 일이니, 마음의 준비는 해 두는 것이 좋을 거요."

벌벌 떨며 말하는 리사 왕녀를 향해 감정 없는 목소리로 답한 그가 나머지 서류 뭉치를 집어 들며 말했다.

"모이라 데 이트. 이트 왕국 제1왕녀. 열여덟. 왕족의 권위에 도전한다는 이유로 자국의 몇몇 귀족 영애를 사교계에서 영구 퇴출시킨 전적이 있다는 것을 제외한다면 별다른 특이 사항은 없음. 야심 찬 성격. 제국으로 떠나오며 황태자비가 되겠노라 공언한 바 있음. 그 후로도 제나 공작을 비롯한 제국의 귀족들과 접촉을 하며 끊임없이 정비의 자리를 노리고 있음을 밝힘. 그리고······."

차갑게 제나 공작을 노려본 그가 들고 있던 서류 뭉치를 공작에게 집어 던지듯 건넸다. 무심결에 서류를 받아 펼쳐 보던 제나 공작이 눈을 부릅떴다.

"내용을 봤으니 알겠지, 공작. 왜 이트 왕녀가 안 되는지도."

"이, 이, 이걸 어떻게……."

"재상의 능력을 너무 우습게 보는 것 아닌가, 공작. 짐은 이미 그대가 태자빈 얘기를 꺼냈을 때부터 조사를 시작했다네."

어느새 오신 것인지, 폐하께서 흥미롭다는 눈으로 전하와 제나 공작을 지켜보고 계셨다. 그리고 그 뒤에는 언제나 그랬듯이 라스 공작과 베리타 공작, 그리고 아버지가 시립해 있었다. 어딘가 위험해 보이는 미소를 지은 폐하께서 말씀하셨다.

"제나 공작가에서 상당한 양의 재화가 이트 왕국으로 넘어갔던데. 무슨 거래를 했는지 궁금하군."

"폐, 폐하, 그것은……."

"제국법에 재산을 타국으로 유출하는 것을 금하는 조항이 있는 것을 알겠지. 조금 전 그대가 티아라와 관련된 조항을 해석했던 방식대로 본다면, 이는 분명 제국법 위반일세. 반역에 준하는 중죄지. 아니 그러한가."

나를 힐끔 돌아본 제나 공작은 침묵했다.

"허나 법의 해석 역시 사람이 하는 일이거늘, 팍팍하게 굴어서야 되겠는가. 짐이 그저 미래의 며느리를 아끼는 마음에 모니크 영애에게 티아라를 하사한 것처럼, 그대도 그저 제국의 앞날을 위해 이트 왕국과 친선을 도모하려고 한 것이겠지. 걱정 말게. 짐은 공작이 리사 왕국과 힘을 합쳐 곧 제국의 동맹국이 될 루아 왕국을 도모하려던 이트 왕국을 몰래 지원하려고 했다거나, 이트 왕녀를 태자빈으로 올려 황실의 정보를 입수하려고 했다거나, 한낱 여자를 앞세워 황태자를 좌지우지할 작정이었다고는 생각하지 않네. 설마하니 그럴 리가 있겠는가?"

제나 공작은 애써 아무렇지도 않다는 듯 무표정한 얼굴을 유지했지만, 하얗게 변한 그의 손은 옷자락을 꽉 움켜쥐고 있었다.

"카이실, 하이델, 라우렐."

"폐, 폐하."

"누구보다 더 그 이름을 잘 기억하고 있을 제나 공작이 설마 그럴 리가. 그저 제국과 이트 왕국의 친선을 도모하기 위한 마음이 다소간 지나쳤던 것일뿐이겠지. 아니 그러한가?"

"그, 그렇습니다, 폐하."

"짐의 생각이 맞다니 다행이군. 혹시라도 틀렸으면 어쩌나 하고 걱정이 이만저만이 아니었네."

슬쩍 웃는 폐하의 모습 가득 살벌한 기운이 넘쳐흘렀다.

'저것이 바로 지배하는 자의 모습이구나.'

항상 내 앞에서는 허허 웃는 모습만 보이시기에 미처 실감하지 못했던 폐하의 본모습. 위험한 느낌이 물씬 풍겨 나오는 폐하의 미소를 보다가 나는 문득 깨달았다. 만약 내가 모니크가의 여식이 아니었다면 폐하께서는 내게 계속해서 유예 기간을 주지도 않으셨을 것이라는 점과, 감히 황실을 거부하는 나를 지금처럼 곱게 놔두지는 않으셨을 것이라는 사실을. 그리고 내가 아무리 모니크가의 여식이라 하더라도 당신께서 진정으로 원하셨다면 당장 나를 황실에 들이셨을 것이라는 사실도. 그렇다면 폐하께서 내게 바라시는 것은 뭘까. 내가 그의 반려가 되는 것? 아니면 가문의 후계자가 되는 것?

"왕녀들은 앞으로 나와 주지 않겠나."

제나 공작을 뒤로한 폐하께서 좌중을 돌아보며 말씀하셨다. 내 앞에 서 있던 이트 왕녀가 제일 먼저 앞으로 나서고, 곧이어 소노 왕녀와 사푸 왕녀, 루아 왕녀, 마지막으로 새하얗게 질려 부들부들 떠는 리사 왕녀가 나왔다. 다섯 왕녀를 한 번씩 훑어본 폐하께서 말씀하셨다.

"루아 왕녀."

"네, 폐하. 하문하십시오."

"애초에 왕녀는 제국과의 동맹 협정을 위해 온 것이었지. 지난 한 달간의 비밀 교섭을 통해 만족스러운 결과가 나왔다고 생각하네. 양국 간의 좋은 관계를 기대해도 되겠는가?"

"물론입니다, 폐하. 저희 국왕 전하께서도 분명 흡족해 하실 것입니다."

"고맙네. 조만간 제국에서도 사절단을 보내도록 하지."

폐하께 살짝 고개를 숙여 인사한 왕녀가 뒤로 물러났다.

'그랬구나.'

그녀가 전하께 관심이 없었던 이유도, 다른 왕녀들과는 달리 내게 살갑게 굴었던 이유도 이제야 알 것 같았다. 그녀는 비밀리에 동맹 협정을 체결하기 위해서 제국에 온 것이었구나. 태자빈 후보라는 것은 눈속임을 위한 방편일뿐이었고.

"사푸 왕녀, 소노 왕녀, 미안한 얘기네만, 태자가 말한 것과 같은 이유로 짐 역시 그대들을 황실의 일원으로 들일 생각은 없네.

부디 평안히 본국으로 돌아가도록."

"……네, 폐하."

"네, 폐하."

하얗게 질린 두 왕녀가 물러나자 폐하께서는 이트 왕녀를 바라보셨다. 앞선 두 왕녀를 볼 때는 무덤덤하던 폐하의 푸른 눈동자가 예리한 빛을 머금고 번뜩였다.

"이트 왕녀 역시 마찬가지이네. 짐의 결정에 불만이 있는가?"

"……없습니다."

"노파심에서 한 가지만 얘기하도록 하지. 루아 왕국은 이제 제국의 동맹국이고, 리사 왕국에는 조만간 제국의 사절단이 파견될 예정일세. 무슨 얘기인지 알아들었을 것이라고 믿네."

"알고 있습니다, 폐하."

"다행이군."

녹색 눈동자 가득 분한 기운이 차올랐지만, 이트 왕녀는 입술을 꾹 깨물며 뒤로 물러났다. 이제 폐하 앞에는 벌벌 떨고 있는 리사 왕녀만이 남아 있었다.

"리사 왕녀."

"포, 포, 포기하겠습니다, 폐하. 언감생심 그런 것은 꿈도 꾸지 않았습니다."

"리사 왕국의 뜻도 왕녀의 뜻과 같은가?"

"그, 그건……."

더듬거리면서도 선뜻 말을 잇지 못하는 왕녀를 바라보던 폐하께서 슬쩍 입꼬리를 들어 올리셨다. 황태자 전하와 너무도 닮은 모습. 역시 부자지간이라는 것일까.

"감히 반발할 생각 같은 건 하지 않겠지. 제국에서 쓸어버리지 않는 것에 감사해야 할 판이거늘."

"폐, 폐, 폐하."

"아니 그러한가, 왕녀?"

"그, 그럴 것입니다. 아니, 그렇습니다."

"그런가. 그럼 됐군. 조만간 리사 왕국에 정식으로 사신을 보내도록 하지. 왕녀는 그때까지 제국에 머물러 주길 바라네."

"네, 네, 폐하."

리사 왕녀가 부들부들 떨며 뒤로 물러나자 폐하께서는 좌중을 한번 쭉 훑어보셨다. 차갑게 번뜩이는 푸른 눈동자가 닿은 곳에는 제나 공작을 비롯한 귀족파의 구성원들이 서 있었다. 그들은 폐하의 눈길이 닿을 때마다 흠칫하며 고개를 숙였다. 하긴 십여 년 전 폐하께서 멸문시킨 이후로 공식 석상에서 단 한 번도 언급되지 않았던 카이실, 하이델, 라우렐 공작가의 이름이 나온 이상, 이 자리에 있는 이들은 계파를 막론하고 모두 움츠러들지 않을 수가 없었다. 몇 백 년간 이어져 내려오던 명문가조차 일말의 망설임도 없이 쓸어버린 폐하께서 직접 그 이름을 언급하신 것은, 마침 명분도 확보했으니 너희도 여차 하면 그와 같은 꼴이 될 수 있다 선언하신 것과 다름이 없었으므로.

"그럼 다섯 후보가 모두 포기하거나 결격 사유가 있으므로 짐과 황태자의 뜻에 따라 태자빈은 뽑지 않는 것으로 하겠다. 이의 있는 자는 지금 발언하도록."

차가운 침묵이 흘렀다. 누가 감히 이 상황에서 이의가 있다고 말할 수 있을까. 조용한 연회장을 한번 둘러본 폐하께서는 만족스러운 미소를 지으며 말씀하셨다.

"다행히 아무도 없는 모양이군. 짐은 제국을 생각하는 그대들의 충정을 잊지 않겠네."

"황공합니다, 폐하."

모두가 허리를 숙이며 예를 표한 이후에도 무거운 침묵은 계속되었다. 아무런 일도 없었다는 듯 태연한 표정으로 주위를 돌아본 폐하께서는 혀를 차며 말씀하셨다.

"음? 왜들 그러고 있는가. 건국기념제의 마지막 날인데 연회를 즐겨야지."

물론 시발점은 나와 제나 공작의 대치였지만, 즐거운 연회 분위기를 서늘하게 얼어붙게 만든 장본인께서 그런 말씀을 하시다니. 불충스럽지만 조금 어이없다는 눈길로 폐하를 바라보고 있을 때, 마침 나를 돌아본 폐하께서 미소를 지으며 말씀하셨다.

"모니크 영애."

"네, 폐하."

"내 미래의 며느리에게 춤 한 곡을 청해도 되겠는가?"

"……영광입니다, 폐하."

나는 애써 환하게 웃으며 폐하께서 내미신 손을 잡았다. 폐하의 진면목을 조금이나마 엿보고 나니 어쩐지 그분을 평소처럼 대할 수가 없었다. 가장 자신 있는 느린 박자의 춤곡이 흘러나오고 있음에도 조금씩 부자연스러운 동작을 취하는 나를 본 폐하께서는 빙그레 웃으며 말씀하셨다.

"이런, 영애를 놀라게 할 생각은 없었는데."

"아, 송구합니다, 폐하."

"어렸을 땐 짐에게도 곧잘 애교를 부리더니 어째 커 가면서 점점 후작을 닮는 듯하구먼. 조금 섭섭하군."

내가 폐하께 애교를 부리기도 했다고? 처음 듣는 이야기에 눈을 동그랗게 뜨자 폐하께서는 너털웃음을 지으며 말씀하셨다.

"왜, 놀라운가?"

"……네, 폐하."

"제레미아, 그러니까 후작 부인이 살아 있을 적에는 종종 영애를 안고 황궁에 오곤 했었지. 짐이 찾아갈 때면 발음도 잘되지 않는 혀 짧은 소리로 짐을 부르며 아장아장 걸어오곤 했다네. 안아 달라는 듯 양팔을 내밀며 걸어오는 모습이 참으로 귀여웠어."

"……"

"그 모습이 사랑스러워 안아 올리면 까르르 웃으며 짐의 머리카락을 갖고 놀기도 했지. 그런 시절도 있었다네."

폐하께서는 추억에 잠긴 듯한 표정으로 말씀하셨다.

'뭐라고 답해야 하나?'

이러지도 저러지도 못하고 고민에 잠겨 있는데, 때마침 파트너에게서 떨어져야 하는 순간이 왔다. 나는 폐하의 손을 놓고 왼쪽으로 두 바퀴 돌았다.

그 순간, 황태자 전하의 모습이 들어왔다. 폐하를 응시하고 있는 바닷빛 눈동자에서 익숙한 감정이 스치고 지나갔다. 그것은 과거의 내가 그를 바라볼 때마다 느꼈던 짙은 갈망이었다.

한 바퀴 턴을 한 뒤 폐하를 향해 다가가면서 나는 다시 한 번 그를 돌아보았다. 그는 어느새 나를 응시하고 있었지만, 나는 더 이상 그의 눈에서 아무런 감정도 읽어 낼 수가 없었다. 깊고 깊은 바닷빛 눈동자는 잔잔하기만 했다.

문득 잊고 있었던 의문이 떠올랐다. 나는 폐하의 손을 다시 맞잡으며 잠시 고민했다. 이런 걸 여쭈어도 괜찮은 걸까? 망설이는 것을 알아차리신 것인지, 폐하께서는 웃음기 어린 목소리로 말씀하셨다.

"망설이는 모습도 어쩜 그리 후작을 닮았누. 그래, 영애가 내게 묻고 싶은 것이 뭔가?"

"저, 폐하."

"편히 묻게."

"저, 별실에서 말씀하신 발표할 내용이라는 것이 태자빈에 관한 것이 맞습니까?"

"그렇다네."

순순히 답해 주시는 폐하의 모습에 용기가 생겨서, 나는 계속해서 질문을 이어 나갔다.

"아무도 들이지 않을 생각이셨다면, 애초에 왜 왕녀들이 오는 것을 묵인하신 것인지 여쭈어도 되겠습니까?"

"일전에도 얘기하지 않았는가. 짐은 다만 루브의 결정을 존중했을 뿐이라네."

"네?"

"뭐, 제나 공작을 위시한 귀족파도 경계한데다가 겸사겸사 이트 왕국과 리사 왕국이 맺으려는 동맹도 깨 놨지. 그 덕에 루아 왕국도 동맹국으로 얻게 되었고 말일세. 그뿐인가. 리사 왕녀가 예기치 못한 사고를 쳐 주는 바람에 덤도 얻었네. 허, 따지고 보니 한 번 묵인하여 정말 많은 걸 얻었군그래."

"……."

"어쨌든 내 뭐라 그랬나. 영애와 같은 보석을 쉽게 놔줄 아이는 아니라고 하지 않았는가. 영애가 루아 왕녀를 추천한다 하였을 때, 그 아이의 표정을 보았는가. 루아 왕녀는 보기 드물게 괜찮은 인재고, 동맹을 굳건히 하려면 혼인으로 맺어지는 게 좋긴 하겠지. 해서 루브의 의견 역시 물었지만……. 결과는 지금과 같다네."

누구도 들이지 않겠다고 한 것이 황태자 전하의 결정이었다고? 어째서? 갑자기 머릿속이 복잡해졌다. 멍하니 눈을 깜빡이는 나를 바라보던 폐하께서 흐뭇한 미소를 지으며 말씀하셨다.

"혼란스러운가 보군. 아직 시간은 많이 남았으니 좀 더 고민해 보도록 하게."

폐하께서 말씀을 마치심과 동시에 음악이 끝났다. 치맛자락을 살짝 들어 예를 표하고서 나는 폐하께 양해를 구한 뒤 휴게실로 향했다.

푹신한 의자에 앉아 상념에 잠겼다. 태자빈을 들이지 않겠다는 것이 전하의 결정이라는 말씀이 머릿속에서 뱅뱅 맴돌았다. 어째서일까. 그가 들고 있던 서류의 내용에 따르면 소노 왕녀와 사푸 왕녀에게 결격 사유가 있다는 것은 확실했다. 리사 왕녀는 말할 필요도 없었고, 이트 왕녀는 모종의 밀약을 통해 제나 공작가와 귀족파의 전격적인 지원을 받고 있었으므로 껄끄러웠을 것이다. 하지만 루아 왕녀는?

그는 언제나 냉철하게 상황을 분석해서 가장 합리적인 쪽을 선택하는 사람이었다. 감정이 없는 게 아니냐는 평가를 받을 정도로 이성적인 사람이었다. 그런 그가 그녀의 가치를 못 알아봤을 리

없다. 비밀리에 동맹 협정을 진행 중임을 몰랐던 나조차도 루아 왕국과의 친선을 위해 왕녀를 태자빈으로 들이는 것이 가장 적합하다 의견을 낼 정도였는데, 하물며 교섭이 진행되고 있는 걸 알았을 그로서는 말할 나위도 없었을 터. 뭐니 뭐니 해도 동맹을 굳건히 하는 가장 좋은 방법은 혼인으로 인한 인척 관계를 맺는 것이 아닌가.

한숨을 내쉬는데, 문득 거울에 비친 내 모습이 눈에 들어왔다. 구불구불한 은빛 머리카락 위에 놓여 있는 머리 장식. 금으로 된 바탕에 파스텔톤 핑크색 원석과 다이아몬드로 장식해서 눈부시게 반짝이고 있는 보석 티아라.

'잠깐, 핑크색 원석이라고?'

나는 서둘러 티아라를 벗어 들었다. 금으로 된 티아라. 금줄로 이루어진 목걸이와 귀걸이. 핑크색 원석과 다이아몬드로 장식된 티아라, 핑크색 원석으로 장식된 목걸이와 귀걸이, 그리고 핑크색 스톤을 꿰맨 드레스. 아무리 봐도 모두가 한 세트로 보였다.

어떻게 이럴 수가 있지? 목걸이와 귀걸이는 며칠 전에 그가 내게 준 것이었고 드레스는 그것에 맞춰 새로 만든 것이니 그럴 수 있었지만, 이 티아라는 오늘 폐하께서 내게 주신 것이 아닌가. 폐하께서 미리 목걸이와 귀걸이를 보셨을 리도 없는데, 어떻게 다른 장신구와 세트로 만드실 수가 있지? 다른 것들의 콘셉트를 미리 알고 있었을 황태자 전하라면 몰라도……. 전하? 설마?

"마음에 드는가?"

스스로 한 말도 안 되는 생각에 소스라치게 놀랐을 때, 귓가에 서늘한 목소리가 들려왔다. 나는 서둘러 자리에서 일어나 그에게 예를 표했다. 자리에 앉은 그가 내게 앉으라고 손짓하며 말했다.

"어떤가. 마음에 드는가?"

"전하께서 준비하신 것이었습니까?"

"음."

"어째서, 어째서 이것을 제게 주시는 것인지요?"

떨리는 목소리로 그에게 물었다. 황족의 상징, 티아라. 폐하께서 주신 것이라면 그런가 보다 할 수 있다. 폐하께서는 내가 그의 반려가 되길 바란다고 항상 말씀하셨으니까. 하지만 이건 폐하가 아니라 그가 내게 주는 것이었다. 그가 나를 명목상 약혼녀일뿐이라고 생각한다면 지금까지 다정한 모습을 연출한 것만으로도 충분했다. 굳이 이런 것까지 줄 필요는 없었다.

"그대는 내 약혼녀가 아닌가."

"전하."

"미리 만들어 놓긴 했지만 그대의 의향을 먼저 물어보고 싶었다."

"……."

"며칠 전 그대에게 물었을 때, 그대는 여전히 가문의 후계자가 되길 원한다고 했지."

거기까지 이야기한 그는 말을 멈췄다.

나는 침묵을 지키는 그를 의아하게 바라보다 말고 깜짝 놀랐다. 다른 누구도 아니고 바로 그가 머뭇거리고 있는 것이 아닌가.

"그 티아라는……, 음."

"……."

"내 성인식 날 그대와 약조한 것이 있었지. 아직 일 년 반이라는 시간이 남았으니, 그동안…… 그대의 결심에 대해 재고해 줬으면 좋겠군."

"저, 전하?"

온몸의 피가 빠르게 돌았다. 내가 제대로 들은 것일까? 가문의 후계자가 되겠다는 결심을 재고해 달란 이야기는 결국 그의 비가 되어 달란 말이 아닌가.

파르르 떨리는 눈을 들어 그를 바라보았다. 진지하게 나를 응시하고 있는 바닷빛 눈동자가 보였다. 과거에 늘 보여 주던 냉랭한 눈빛도, 건조한 감정도, 그렇다고 해서 비웃는 것도 아닌 진심을 담은 눈이.

지은이 나타나면 당연히 그녀에게 갈 것이라고 생각했다. 그러니 이번에 누군가가 태자빈이 된다면 더 이상 그와 얽힐 일이 없을 것이라 생각했다. 하지만 지금, 곁에 있어 달라 말하는 그의 모습에 작은 희망의 불씨가 피어났다. 어쩌면 지은이 와도 그가 나를 봐주지 않을까 하는.

입술을 꽉 깨물었다.

'어쩌면 난 미친 것이 아닐까.'

그토록 당하고서도 겨우 이런 것에 잠시나마 희망을 품다니. 황실에 언약으로 매여 있는 모니크가의 여식으로서 그토록 당했어도 지울 수 없는, 이 몸속에 흐르는 피에 새겨진 제국에 대한 사랑 때문에 그를 어찌해 보겠다는 생각 없이 그저 정해진 운명에서 피하겠다고만 했는데, 그에게서 벗어나겠다며 지난 사 년 동안 죽어라 노력해 왔는데.

'나는 겨우 내게 보여 주는 따스한 손짓 하나, 눈길 하나에 무너질 정도로 나약한 여자였던가. 그렇게 당하고도 그의 말 한마디에 희망을 가질 만큼?

"그대는."

"……네, 전하?"

그는 잔뜩 가라앉은 목소리로 말했다.

"그대는 언제나 나를 볼 때 누군가와 비교를 하고 있는 것 같아."

화들짝 놀랐다. 그의 말대로 나는 그를 볼 때마다 언제나 과거의 그와 비교하면서 생각하고 있었으니까. 이런 점은 같구나. 이런 점은 다르구나. 항상 이런 식으로 과거와 현재를 비교하곤 했다. 그는 어느새 그런 것까지 눈치채고 있었던 걸까.

"나 자신을 있는 그대로 봐 주면 안 되겠나?"

"……."

"그 비교 대상이 그들인지, 아니면 다른 누구인지는 모르겠지만."

"……전하."

"그대가 지금까지 봐 온 것이 진짜 내 모습이라는 것을 알아줬으면 하오."

입술이 파르르 떨렸다. 무어라 말을 하려고 했지만, 자리에서 일어난 그는 내게 시선 한 번 주지 않고 몸을 돌렸다.

점점 멀어지던 그의 모습이 마침내 시야에서 사라지자 속에서 울컥하고 무언가가 치밀어 올랐다. 눈시울이 뜨거워졌다. 아무도 없는 텅 빈 휴게실에 홀로 앉아 있었지만, 누가 들을세라 이를 앙다물었다. 덜덜 떨리는 손을 들어 얼굴을 감쌌다.

그가 내게 던지고 간 말은, 외면하려고 했지만 틀림없는 사실이었다. 앞으로 조금씩 나아가고 있다고 하면서도 나는 과거의 그를 지금의 그에게 비추어 보고 있었다. 나는 그에게서 벗어나겠다고 말하면서도 정작 그를 대할 때에는 끊임없이 과거와 비교했다. 분명 지금의 그가 내게 보여 주는 모습은 과거의 그와는 전혀 달랐음에도, 지금의 그와 함께하면서도 계속해서 과거의 기억을 반추해 보았다. 급기야는 그 일이 즐거워지기까지 했다. 이제 그를 대할 때 거부감이 들지 않는 것도, 이전의 그와 지금의 그를 담담하게 비교할 수 있는 것도 그 모든 것이 내가 과거를 딛고 일어선 때문인 줄로 알았는데.

단순한 착각이었던 것일까? 숨이 차올랐다. 가쁜 숨을 내쉬던 내 머릿속에 문득 떠오른 의문이 있었다.

그렇다면 잠시나마 피어올랐던 이 희망은 누구를 향한 것일까. 지금의 그? 아니면 과거의 그? 과거의 그라면, 나는 그렇게나 끊으려고 했던 과거를, 아니, 이미 끊어 냈다고 생각했던 과거와의 끈을 아직까지도 붙잡고 있었던 것일까?

그가 자리를 뜨며 했던 말이 귓가에 반복해서 들렸다. 과거의 그, 지금의 그, 그리고 나. 머리가 윙윙 울렸다.

5. 빛과 그림자

"아가씨, 일어나셔야죠."

"……리나."

"아가씨?"

오늘부터 기사단에 다시 출근해야 하는데, 눈이 잘 떠지지가 않았다. 꽉 잠긴 목소리가 흘러나왔다. 서둘러서 침대 가까이 다가온 리나가 내 이마를 짚어 보고는 놀란 목소리로 말했다.

"아가씨, 열이 많이 나요! 편찮으시다고 말씀을 하시지그랬어요."

"그러니? 어제까진 괜찮았는데."

"잠시만 계세요. 각하께 말씀드리고 올게요."

'그럴 필요까진 없는데.'

나는 잘 돌아가지 않는 머리로 생각했다. 아무래도 어제 그와 있었던 일로 늦게까지 고민을 한 탓인 듯했다. 몸을 일으키려 했지만 팔에 힘이 들어가지 않아 끙끙거리고 있을 때, 아버지께서 놀란 얼굴로 들어오셨다.

"티아, 아프다고 들었다. 어제까지만 해도 괜찮아 보이더니, 요즘 너무 무리한 모양이구나."

"아빠."

"열이 많이 나는구나. 오늘은 푹 쉬거라."

"하지만 오늘부터 근무를 서야 하는데……."

"아르킨트에게는 아비가 얘기하마."

침대 옆으로 다가온 아버지께서는 일어나려고 애쓰는 나를 부드럽게 안아 올려 당신의 품에 기대게 한 뒤 이마를 짚어 보며 말씀하셨다.

"의원을 불러야겠다."

"아, 아니에요, 아빠. 푹 쉬면 괜찮을 거예요."

"그래, 그럼 일단 쉬거라. 오후가 되어도 열이 내리지 않으면 그때 의원을 부르마."

아버지께서는 내게 이불을 끌어다 덮어 주시며 말씀하셨다. 나는 돌아서는 아버지의 뒷모습을 잠시 바라보다가 스르르 눈을 감았다.

얼마나 시간이 흘렀을까. 다시 눈을 뜨자, 곤란한 표정으로 서 있는 리나가 보였다.

"리나, 나 물."

"아, 여기 있어요, 아가씨."

미지근한 물에 목을 적시자 그제야 조금 나아진 것 같은 기분이 들었다. 빈 컵을 받아 든 리나가 말했다.

"저, 아가씨, 황궁에서 온 것이 있는데……."
"응? 뭔데?"
"여기요."

리나가 내민 것은 작은 상자 하나와 편지 한 장이었다. 편지 봉투를 보는 순간 숨이 턱 막혔다. 푸른 바탕에 금빛 펄이 뿌려진 봉투. 그의 편지. 나는 가빠 오는 숨을 몰아쉬며 상자를 열었다. 안에는 최상급 라벤더 잎이 들어 있었다. 라벤더 특유의 향이 코끝을 맴돌았다. 신경 안정 효과가 있다는 라벤더 향을 맡아서일까. 조금씩 호흡이 편안해졌다. 나는 크게 숨을 들이마신 뒤 봉투의 봉인을 뜯었다.

병가를 냈다는 이야기를 들었다.

깊은숨을 토해 냈다. 그답지 않게 조금 늘어져 있는 마지막 부분의 글씨를 보자 또다시 가슴이 답답해졌다.
"저기, 아가씨?"
"응?"
머뭇거리며 부르는 목소리에 정신이 들었다. 평소답지 않게 우물쭈물하는 리나의 모습이 눈에 들어왔다.
"저기, 그러니까……. 베리타 공자께서 와 계세요."
"알렌디스가?"
"네. 한참 전에 오셨는데 아가씨 얼굴이라도 보고 가신다고……."
"그걸 왜 이제 말해."

깜짝 놀라 몸을 일으켰다. 방문자가 있으면 진작 나를 깨웠어야지 어째서 그대로 기다리게 했단 말인가.

나는 서둘러 평상복으로 갈아입고 응접실로 향했다.

"안녕, 알렌."

"오랜만이야, 티아."

"응? 겨우 사흘만인걸."

"그랬나? 그것보다 아프다며. 많이 안 좋아? 좀 더 쉬어야 하는 것 아냐?"

"이젠 괜찮아. 쉬었더니 좀 나아졌어."

문득 그와의 첫 만남이 생각났다. 내가 막 과거에서 돌아왔던 때, 벌써 사 년 전이 되어 버린 어느 날. 지금과 같은 자리에 앉아 있다가 나를 보고 자리에서 일어났던 연둣빛 머리카락의 소년이 떠올랐다.

'그때 나는 리나를 불러 차를 권했더랬지.'

추억에 잠겨서 나는 리나에게 그때와 같은 주문을 했다.

"리나, 차 한 잔 부탁해. 로즈마리로."

"네, 아가씨."

내 말을 들은 알렌디스가 빙그레 웃었다. 열세 살 소년이었던 그는 어느새 열일곱 살의 청년이 되어 있었다. 싱그러운 연둣빛 머리카락과 에메랄드색 눈동자는 여전했지만, 짧았던 머리는 어느새 길어 가슴께까지 내려왔다. 새하얀 얼굴은 소년이 아닌 남자다운 선을 그려 내고 있었다.

'어느새 세월이 이렇게 흘렀구나.'

내가 열 살 소녀로 돌아온 날, 새로운 삶을 살기 시작한 그날로부터 벌써 이렇게나 많은 시간이 흘러 있었다.

"티아, 그거 우리가 처음 만났을 때 했던 얘기 같은데?"

"응, 맞아. 기억하고 있었네."

"물론이지. 나는 한 번 보거나 들은 건 뭐든지 생생하게 기억하는걸."

"……힘들겠다."

"응?"

나는 의아하다는 듯 바라보는 알렌디스를 향해 씁쓸하게 웃었다. 생생하게 떠오르는 과거의 잔상이라. 새로운 현실을 받아들이기 전까지 나를 시시때때로 괴롭히던 그것이 평생 지속된다면? 차라리 미치는 것이 나았다. 생각하기도 싫었다.

"뭐든지 생생하게 기억한다는 건, 안 좋은 기억이나 잊고 싶은 것들도 계속해서 방금 겪은 것처럼 떠오른다는 거잖아. 힘들지 않아?"

"음, 확실히 그렇긴 하지. 그렇지만 그건 생각하기 나름이지 않을까."

"어떻게?"

"잊고 싶은 것이나 안 좋은 기억이 잘 떠오르지 않을 만큼 좋은 추억을 자꾸 만들면 되지 않겠어?"

그런가. 확실히 그럴지도.

과거에서 막 돌아왔을 무렵에는 툭하면 떠오르는 과거의 기억 때문에 괴로웠지만, 새로운 만남과 관계를 만들어 나가면서 예전에 비해 과거를 회상하는 일이 줄어들기는 했으니까. 하지만 그렇다고 해서 완전히 그 기억에서 자유로워질 수는 없는 것 아닐까.

꿈속 거울의 방에서의 일과 과거에 있었던 일들을 미친 듯이 적어 내려갔던 날 이후 생생했던 기억은 조금씩 빛바래 가고 있었지만, 그렇다고 해서 과거의 아픔을 아예 떠올리지 않을 수는 없었는데.

"차를 가져왔습니다, 아가씨."

"……아, 응. 여기 두고 가."

리나가 들어오는 바람에 나는 상념에서 깨어났다. 찻잔을 들어 올리는데, 문득 알렌디스의 옆에 놓여 있는 작은 바구니가 보였다. 저건 뭐지? 그가 평소에 저런 걸 가지고 다니는 것은 본 적이 없는데. 시선을 알아차렸는지, 알렌디스는 찻잔을 내려놓으며 말했다.

"원래 이걸 전해 주려고 했었는데, 잠시 옛날 생각하다가 깜빡했네."

"응?"

"마을에 갔다가 네 생각이 나서. 자, 받아."

나는 엉겁결에 일어나 알렌디스가 넘겨주는 바구니를 받았다. 이게 뭐지? 웬 털 뭉치? 안에 든 것의 정체를 물어보려 했을 때, 동그란 털 뭉치가 움찔거리는 것이 보였다. 응?

"……고양이?"

"응. 이제 태어난 지 두세 달 정도 됐다고 하던걸. 그냥 지나치려다가 너랑 많이 닮은 것 같아서. 보는 순간 네 생각이 나더라고."

바구니 안에 들어 있는 것은 새끼 고양이었다. 부드럽고 긴 은빛 털을 가진 고양이는 아주 작았다. 신기한 마음에 톡톡 건드려 보자 웅크리고 있던 고양이가 고개를 들었다. 오른발을 들어 황금빛 눈동자를 비비며 낮게 우는 모습이 너무 귀여웠다.

"예쁘다……."

"어때, 마음에 들어?"

"응. 정말 고마워, 알렌."

작게 하품을 한 고양이가 다시 몸을 웅크리고는 새근새근 잠이 들었다. 잠이 깰세라 조심조심 바구니를 옆에 내려놓고서야 나는 고개를 들었다. 따뜻하게 나를 응시하고 있는 에메랄드색 눈동자가 보였다.

"알렌, 얘, 이름이 뭐야?"

"응? 그건 네가 지어야지, 티아."

"정말? 음, 뭐가 좋을까."

"열심히 고민해서 예쁜 이름으로 지어 봐. 나중에 알려 주기다?"

"응. 물론이지."

나는 환하게 웃으며 고개를 끄덕였다. 어떤 게 좋을까. 정말 예쁜 이름을 지어 줘야 할 텐데. 이것저것 머릿속에서 떠올려 봤지만 딱 이거다 싶은 것이 없었다.

한참 동안 고민에 고민을 거듭하는데, 문득 나를 물끄러미 바라보고 있는 알렌디스에게 신경이 미쳤다.

이런, 고양이에게 정신이 팔리는 바람에 기껏 찾아온 알렌디스를 나 몰라라 한 셈이 됐잖아. 그러고 보니 마을에 같이 나가기로 했는데. 조금 나아지긴 했지만 오늘은 마을에 나가기는 좀 그렇고, 뭘 하면 좋을까. 아, 그게 있었지. 추억이 떠오른 김에 오랜만에 해 보는 것도 좋을지도.

"알렌, 오랜만에 체스 한판 어때?"

"응? 나야 좋지. 그새 실력이 늘었나 볼까, 내 아가씨?"

알렌디스는 싱긋 웃으며 답했다. 함께 검술 수련을 하던 시절, 비가 오거나 해서 수련을 제대로 할 수 없는 날이면 나와 알렌디스는 종종 응접실에서 함께 체스를 두곤 했다. 평균 이상의 실력은 된다고 생각했지만 세기의 천재라 불리는 그를 이기기엔 요원했기에 나는 체스를 두는 족족 알렌디스에게 참패를 당하곤 했다. 그것이 못내 억울해서 아무리 열심히 연습을 해도 알렌디스는 온갖 기상천외한 방법을 써서 결국엔 나를 이기곤 했다. 그랬던 날들이 있었다.

"체크 메이트."

"……."

"이로써 칠십팔전 칠십팔 승인가."

"……그런 것까지 기억하지 마."

퉁명스럽게 말하자 알렌디스는 싱긋 웃었다. 억울해. 어떻게 폰을 대량으로 희생시키고, 나이트를 미끼로 던지면서도 비숍 하나만으로 저렇게 다 잡아낼 수가 있는 거야. 상식적으로 이게 말이 되는 건가. 어떻게 한 번을 못 이기지.

"조언 하나 해 줄까?"

"응. 뭔데?"

"티아, 너는 룩하고 나이트에 너무 집착하는 경향이 있어. 다른 것을 좀 더 활용해 보는 게 어때? 비숍이라던가, 아니면 퀸 같은 것 말이야."

"음, 그렇구나. 고마워, 알렌. 한 번만 더 하자, 응?"

"그래. 그러지 뭐."

알렌디스는 소리를 죽여 웃으면서 말들을 다시 세웠다. 음, 비숍과 퀸을 활용하란 말이지. 룩과 나이트를 조금 내려놓고.

"어, 비겼다."

"정말 그러네."

"칠십구 판 만에 처음으로 비기다니······."

"나더러는 숫자 세지 말라더니. 은근히 신경 쓰고 있었구나, 티아."

웃음기 어린 알렌디스의 말에도 불구하고 내심 기뻤다. 그의 조언대로 말을 움직인 결과 처음으로 무승부를 기록했으니까. 이기지는 못했지만 이게 어디야. 좋아하는 나를 바라보던 알렌디스가 싱긋 웃으며 자리에서 일어났다. 덩달아 일어나는 내 머리카락을 조심스럽게 쓰다듬은 그가 말했다.

"그만 가 봐야겠다. 너도 이제 쉬어야지."

"응, 알았어. 참, 알렌."

"응? 왜, 티아?"

"마을 같이 가기로 한 것 말이야. 내일 하고 모레, 이틀 남지 않았어? 언제가 괜찮아?"

"잊어버린 줄 알았는데 아니었구나? 기왕이면 마지막 날 가는 게 낫지 않을까."

"그래, 그럼 그때 보자."

돌아가는 알렌디스를 배웅하고 방에 돌아와서 나는 리나와 함께 잠든 고양이를 하염없이 내려다보았다. 그리고 결국 온 저녁 내내 세상모르고 잠든 고양이를 바라보다가 스르르 잠이 들었다.

다음 날.

가뿐해진 몸으로 출근을 하려는데 낮은 울음소리가 들려왔다. 나는 황금색 눈동자를 빛내며 나를 향해 울고 있는 작은 고양이를 안아 올렸다.

"안녕, 루나. 잘 잤어?"

저녁 내내 고민해서 지은 고양이의 이름은 루나Luna였다. 은빛 털이 반짝반짝하는 것이 마치 달빛을 머금은 것 같아서 붙인 이름이었다. 말똥말똥 올려다보는 황금색 눈동자를 보자 도저히 발걸음이 떨어지지가 않았다.

'어차피 오늘은 하루 종일 내근인데 데려갈까? 아냐, 그래도 공무를 보러 가는 길인데 그러면 안 되지.'

잠시 갈등하다 루나를 내려놓았다. 야옹야옹 조그맣게 울면서 매달리는 모습이 마음에 걸렸지만, 퇴근하고 돌아와서 많이 놀아 줘야겠다고 생각하며 마차에 올랐다.

황궁에 도착해서 마차에서 내리려는데, 발 디딤대에 웅크리고 있는 은빛 털 뭉치가 보였다. 머리를 앞발에 묻고 바들바들 떨고 있는 새끼 고양이. 몹시 애처로운 그 모습에 어떻게 따라왔느냐는 생각이나 당혹스러움보다는 안쓰러운 마음이 먼저 들었다.

'수도 안이라 느린 속도로 달렸다고는 해도, 조그만 아이가 저기에서 얼마나 무서웠을까.'

떨고 있는 모습을 보자 차마 도로 돌려보낼 수가 없어서 나는 결국 루나를 안아 들고 제1기사단으로 향했다.

폭신한 의자 위에 내려놓고 여러 번 쓰다듬어 주자 황금색 눈동자가 스르르 감겼다. 나는 루나가 잠든 것을 확인한 뒤 밀린 업무를 시작했다. 정신없이 일을 처리하고 나니 어느덧 저녁 시간이 가까워 오고 있었다. 찌뿌둥한 허리를 펴고 잠시 기지개를 켜는데, 노크 소리가 들려왔다.

"들어오세요."

"안녕. 퇴근 안 하냐?"

"안녕, 카르세인. 이제 거의 다 했어."

"그래? 그럼 기다릴게. 같이 가자."

"응. 그럼 조금만 기다려 줄래? 금방 끝나."

"알았어."

고개를 끄덕인 카르세인은 테이블 앞 의자에 앉으려다가 화들짝 놀라며 물었다. 잠에서 깬 루나가 카르세인을 경계하며 낮게 울었다.

"어, 깜짝이야. 이건 뭐야?"

"응? 내 고양이. 루나라고 해."

"루나? 달인가. 잘 지었네. 근데 이거 어째 너 닮았다? 어디서 났어?"

"어제 알렌디스가 선물해 줬어. 이제 두세 달 됐대."

"풀떼기가 준 거라고?"

시큰둥한 목소리로 반문한 카르세인은 루나를 덥석 집어 들려다 말고 황급히 손을 감쌌다. 날카롭게 발톱을 세워 카르세인을 할퀸 새끼 고양이가 책상 밑에 숨어들었다. 어둠 속에서 황금색 눈동자가 경계심을 가득 품고 빛났다.

"아, 이게!"

"다쳤어, 카르세인? 어디 봐."

"조금 할퀸 것뿐이야. 저거 은근히 성깔 있다? 선물한 놈이랑 똑 닮았네."

"미안. 괜찮아?"

"됐어, 괜찮아. 너, 업무 마저 안 보냐?"

"봐야지."

새끼 고양이라 해도 발톱은 제법 날카로울 텐데. 내게는 얌전하게 굴기에 순한 아이인 줄 알았더니, 낯선 곳에 와서 무서웠나?

카르세인에게 미안하기도 하고 책상 밑에서 잔뜩 경계하며 낮게 울고 있는 루나도 마음에 걸렸지만, 나는 일단 서류로 눈을 돌렸다. 열심히 매달린 끝에 마지막 남은 것까지 마저 끝마친 뒤, 차곡차곡 정리한 서류를 한 아름 안아 들었다.

"나 이거 단장실에 가져다 놓고 올게."

"어, 다 했냐? 갔다 와."

"응."

공작 전하께서는 오늘도 자리에 계시지 않았다. 워낙 바쁘신 분이니 어디 계신지 알 수가 없었다. 잠시 기다려 보았지만 금세 오실 것 같지가 않아서 언제나 그랬듯이 정리한 서류 위에 대강의 내용을 요약한 쪽지를 올려 두고 보좌관실로 돌아왔다.

문을 여는데, 갑자기 은빛 털 뭉치가 획하고 뛰쳐나왔다. 루나? 서둘러서 팔을 뻗어 보았지만, 어느새 새끼 고양이는 작은 점이 되어 사라지고 말았다.

"아오, 저게 진짜!"

"카르세인?"

"……애먹이는 것도 똑같네. 뭐해. 찾으러 가야지."

"아, 응."

당혹스러운 마음에 루나가 사라진 곳만 멍하니 바라보다가 카르세인의 말에 정신을 차렸다. 성문 쪽으로 가 보겠다는 카르세인에게 잘 부탁한다고 말하고서 나는 반대쪽인 내궁으로 향했다.

'루나는 어디에 있을까. 아직 어리니까 멀리는 못 갔을 텐데.'

조금 전 모습을 생각해 보면 어디 어두운 데 숨어 있을 것 같아서 정원수 그늘, 수풀 속 등을 집중적으로 찾았다. 하지만 아무리 찾아도 작은 고양이는 그림자조차 보이지 않았다. 루나야, 대체 어딜 간 거야. 아무리 안쓰러워 보여도 그냥 집에 보냈어야 했는데.

"그대, 여기서 뭘 하고 있는 거지?"

땅만 보면서 은빛 고양이를 찾아다니다가 갑자기 들려오는 목소리에 뻣뻣하게 굳었다. 귀에 익은 목소리, 익숙한 말투. 찻잎을 보내 준 것에 대해 감사 인사를 해야 한다는 것은 알고 있었지만 차마 그와 마주할 용기가 나지 않아서 나는 어제 몇 번이고 은빛 편지를 펼친 상태로 펜에 잉크를 적셨다가 내려놓기를 반복했다. 그리고 결국은 답장을 보내지 못했다. 그런데 이렇게 빨리 그와 마주치게 될 줄이야.

정말이지 확인하고 싶지 않았지만, 애써 고개를 들어 나를 부른 상대를 확인했다. 그리고 혹시나 했지만 역시나 나를 바라보고 있는 바닷빛 눈동자와 마주쳤다. 그런데…….

"루나?"

"루나라. 이 고양이의 주인이 그대였나?"

"아, 제국의 작은 태양, 황태자 전하를 뵙습니다. 네, 그렇습니다."

아무리 찾아도 보이지 않던 작은 은빛 고양이가 그의 품에 안겨 고롱고롱 소리를 내며 잠들어 있었다. 이게 어떻게 된 일이지? 영문을 묻고 싶었지만 입이 떨어지지 않았다. 머뭇거리며 그의 품에 안겨 있는 루나를 바라보자, 나를 빤히 응시하던 그가 입을 열었다.

"갑자기 튀어나와 매달리는 것이 주인을 잃은 고양이 같아 보여 일단 데리고 있었다."

"……감사합니다, 전하."

깔깔한 입을 축이며 고개를 숙였다. 몹시 어색했다. 바닷빛 눈동자에 담긴 내 모습을 보는 것이, 친절하게 상황을 설명해 주는 그의 모습을 보는 것이.

"그대가 고양이를 좋아하는 줄은 몰랐는데."

"그게…….'

"흠, 그대를 아끼는 누군가로부터의 선물인가 보군."

뭐라고 답을 해야 할지 몰라 머뭇거렸다. 그것만으로도 해석이 됐는지, 잠들어 있는 루나를 사뭇 정중한 태도로 내게 돌려준 그가 몸을 돌렸다.

'후우.'

안도의 한숨을 내쉬는데, 갑자기 몇 발자국 걷던 그가 다시 돌아섰다. 내게 가까이 다가와서 멈춰 선 그의 얼굴은 평소와 다름없이 담담했다. 다행이라는 생각이 들면서도 한편으로는 뭔가 조금 억울했다.

'그는 아무렇지도 않은 것일까? 나는 이렇게 머리가 복잡한데.'

자꾸만 현재의 그에게서 과거의 그를 떠올리는 나를 보며 비교하지 말아 달라고 한 것이 바로 그제의 일이었는데.

"아무리 찾아다니느라 정신이 없었다고 해도 그렇지, 이게 뭔가."

반사적으로 움찔하며 몸을 굳혔다. 내게 다가온 손이 검은 제복 곳곳에 묻은 은빛 털과 풀잎을 부드럽게 털어 냈다. 내게 고정되어 있는 푸른 속눈썹, 스치듯 가벼운 손길. 갑자기 다가오는 손길에 두려웠지만 그것은 잠시뿐, 세심하게 옷을 정돈해 주는 모습에 또다시 복잡한 심정이 되었다. 의미를 알 수 없는 말이 혀끝에서 뱅뱅 맴돌았다.

심란한 마음에 힘이 들어간 모양이었다. 두 팔 가득 안긴 새끼 고양이가 움찔거리며 낮게 울었다. 위로하려는 것처럼 나를 빤히 바라보는 황금색 눈동자, 내 품으로 파고들며 안겨 오는 루나의 따뜻한 온기에 혼란스럽던 마음이 조금이나마 가라앉았다.

묵묵히 나를 바라보던 그가 깊은 한숨을 내쉬며 내게서 손을 뗐다. 나는 말없이 돌아서서 멀어지고 있는 그의 뒷모습을 하염없이 바라보았다.

"어떡하냐, 아무리 찾아봐도 없······. 어, 찾았네?"

"······응."

얼마나 시간이 지났을까. 귓가에 들려오는 카르세인의 목소리에 정신이 들었다. 다행이라는 듯, 내 품에 안겨 있는 루나를 본 카르세인이 안도의 한숨을 내쉬며 말했다.

"찾았으면 찾았다고 말을 해야지. 걱정했잖냐?"

"아. 미안, 카르세인."

"괜찮아? 어째 좀 멍해 보인다? 그거 잃어버릴 뻔한 충격이 그렇게 컸냐?"

"이제 괜찮아."

"그래? 그럼 됐고. 나온 김에 이대로 퇴궁하면 되겠네. 가자."

"응."

어서 가자며 재촉하는 말에 나는 그제야 그가 사라진 쪽에서 시선을 뗐다. 그리고 작은 은빛 고양이를 안은 채, 카르세인과 함께 집을 향해 걸음을 옮겼다.

건국기념제 연회가 끝난 다음 날 바로 이트 왕녀가, 어제는 소노 왕녀와 사푸 왕녀가 떠났다. 그리고 오늘은 루아 왕녀가 자국으로 돌아가는 날이었다.

성문 앞에는 그녀를 배웅하기 위해 많은 사람이 나와 있었다. 황태자 전하와 기사단의 일부, 그리고 행정부의 몇몇 요인들. 배웅을 하기 위한 인원 구성치고는 너무 과한 것이 아닌가 하는 생각이 잠시 들었지만, 그녀는 이제 제국의 동맹국인 루아 왕국의 왕녀이니 외부에 보여 주기 위해서라도 이 정도의 성의 표시는 하는 편이 좋을 것 같았다. 황태자 전하와 가볍게 작별 인사를 나누고 그간 수고했다며 행정부 요인들 한 명 한 명에게 인사를 한 왕녀가 마침내 내 앞에 멈춰 섰다.

"떠나기 전에 마지막으로 한번 보고 싶었는데 다행이에요, 모니크 영애."

"감사합니다, 왕녀님."

어느새 정이 든 것일까. 생긋 웃으며 말하는 왕녀를 보자 어쩐지 섭섭한 기분이 들었다. 애매하게 웃는 나를 본 왕녀는 두 손을 꼭 잡아 오며 말했다.

"모니크 영애, 이상하게 생각할지 모르겠지만, 저는 처음 봤을 때부터 당신이 마음에 쏙 들었어요."

"왕녀님."

"이성적이면서도 정작 감정에 관해서는 어수룩한 모습이 참으로 모순적이어서 신기하게도 눈을 뗄 수가 없었어요. 이제 제국을 떠나고 나면 당신을 다시 볼 날이 있을지는 모르겠지만, 묻고 싶네요. 부디 내 친구가 되어 주지 않겠어요?"

"……물론이에요."

진심 어린 눈빛을 보자 가슴 가득 따뜻한 느낌이 번졌다. 니아브나 엔테아처럼 상하 관계로 이루어진 사이가 아닌, 처음으로 사귀어 보는 동급의 동성 친구. 비록 많은 것을 함께 공유하지는 못했지만, 그녀가 나와 같은 느낌을 가지고 있었다는 것이 기뻤다. 동시에 이제 떠나고 나면 그녀와 직접 만나는 일은 두 번 다시 없을지도 모른다는 사실에 섭섭했다.

"우리 다시 만나지는 못한다고 해도 자주 편지해요. 약속하는 거예요?"

"네, 약속할게요."

생긋 웃은 루아 왕녀는 마주 잡은 손에 힘을 한번 꽉 주고는 내 손을 풀어 주었다. 그러고는 기사단 일원을 향해 묵례하고 돌아서다 말고 나와 가까운 곳에 서 있던 카르세인을 향해 머뭇머뭇 물었다.

"저, 카르세인 경, 혹시 라스 경은 오지 않으셨나요? 아무리 찾아도 보이질 않네요."

"아, 형님 말씀이십니까. 요 며칠 방에 틀어박혀 있습니다. 몸이 안 좋은 건 아닌 것 같은데, 무슨 일이냐고 물어봐도 대답을 안 하네요."

"그런가요? 떠나기 전에 인사라도 드리려고 했는데."

그녀는 아쉽다는 듯 말하며 돌아섰다. 모두를 향해 다시 한 번 가볍게 묵례를 해 보인 그녀가 마차의 발 디딤대에 한 발을 올려놨을 때, 요란한 말발굽 소리와 함께 다급한 목소리가 들려왔다.

"잠깐만 기다리십시오, 왕녀님!"

말을 멈춰 세운 남자가 훌쩍 뛰어내렸다. 붉은 머리카락을 휘날리며 왕녀를 향해 다가간 남자가 그녀 앞에 우뚝 멈춰 섰다. 그러고는 놀란 눈으로 자신을 바라보는 왕녀를 뚫어져라 바라보다 갑자기 한쪽 무릎을 꿇었다.

전혀 생각지도 못한 광경에 깜짝 놀라 숨을 멈췄다. 여기저기에서 웅성거리는 소리가 들렸다. 연보랏빛 눈동자를 동그랗게 뜬 왕녀가 당혹스러운 표정으로 말했다.

"라스 경?"

"왕녀님. 아니, 프린시아."

"무, 무슨……."

"저와 결혼해 주십시오."

"……네?"

라스 경이 무릎을 꿇을 때부터 시작된 소란이 절정에 달했다. 일제히 헛바람을 들이켜는 소리, 웅성거리는 소리, 급히 숨을 들이켜다가 사레가 들려 콜록거리거나 딸꾹질을 하는 소리까지. 소란은 제국 측에서뿐만 아니라 루아 왕국의 사절단에서도 마찬가지로 일어나고 있었다. 경악한 것은 모두가 동일한 듯, 당사자인 루아 왕녀조차 멍한 표정으로 라스 경을 바라보고 있었다. 오로지 라스 경만이 진지한 표정으로 말을 이어 나갈 뿐이었다.

"처음 뵈었을 때의 아름다운 모습에 놀랐고, 누구에게나 상냥하고 친절한 모습에 호감을 가졌습니다. 다른 왕녀와 마찰이 있었을 때의 그 당당하고 기품 있던 모습에 그만 마음을 빼앗겼습니다."

"……."

"인연이 아니라는 생각에 마음을 접으려고 했습니다. 하지만 도저히 안 되더군요. 짧은 시간의 만남이었다 하여 마음의 깊이까지 얕다 하지 말아 주십시오. 진심을 다해 당신을 사모하고 있습니다."

"……라스 경."

"그러니 프린시아, 이런 제 마음을 받아 주시겠습니까?"

주위가 조용해졌다. 어이없어 하거나 놀란 반응이던 사람들은 어느새 라스 경의 진지한 모습에 하나둘 입을 다물었다. 그리고 라스 경의 마지막 말이 떨어진 지금, 모두의 시선은 왕녀에게로 쏠렸다. 그것은 나 역시 마찬가지였다. 왕녀를 대하던 라스 경의 태도가 어쩐지 이상하다는 생각은 했지만 그녀에게 마음이 있을 것이라고는, 그리고 이토록 화끈하게 모두가 보는 앞에서 청혼을 할 것이라고는 전혀 생각조차 하지 못했는데. 과연 그녀는 뭐라고 대답을 할 것인가. 기대감에 가슴이 두근거렸다.

"저는……."

"……."

"이 청혼을 받아들일 수 없습니다."

아. 탄식이 절로 흘러나왔다. 라스 경과 루아 왕녀, 잘 어울릴 것 같았는데. 라스 경은 공작가의 후계자다. 제국의 차기 공작이라면 신분에서도 꿀릴 것이 없는데다가 그녀가 청혼을 받아들인다면 자동적으로 제국과 루아 왕국 사이에는 혼인으로 인한 더욱 굳건한 동맹 관계가 생긴다. 그렇기에 더 안타까웠다. 그녀의 성품으로 보았을 때 제국 제1가문의 안주인이 되어도 잘해 나갈 것 같았는데.

고개를 떨구는 라스 경을 말없이 바라보던 왕녀가 생긋 미소를 지었다.

"제대로 된 연애 한 번 못 해 보고 바로 결혼이라니요. 절대로 인정 못합니다. 약혼이라면 모를까."

"……왕녀님?"

"박력 있게 청혼하며 당당히 이름을 부르실 때는 언제고, 왜 다시 왕녀님이랍니까. 린이라고 불러 주세요. 라스 경, 아니, 카이시안."

"제, 제 청혼을 받아들이시는 겁니까?"

"일단 연애부터 해 보고요."

"린!"

벌떡 일어난 라스 경이 수줍게 미소 짓는 왕녀를 덥석 끌어안았다. 과감한 그의 행동에 잠시 놀라는 기색이던 그녀는 금세 눈을 스르르 감으며 라스 경의 품에 머리를 기댔다.

행복해 보이는 두 사람의 모습에 가슴이 두근거렸다. 몹시 부러웠다. 동시에 서러웠다. 저렇게 티 없이 깨끗한 사랑을 할 수 없을 나 자신을 떠올리자 서글펐던 것이다. 간절히 바라고 바랐어도 돌려받지 못한 사랑에 지쳐 버린 나로서는 두 번 다시 저런 순수한 사랑을 하지 못할 테니까. 사랑을 받으면서도 돌려주지 못하고, 과거와 현재를 비교하며 혼란스러워 할 테지. 그리고 아마도 끊임없이 의심하고 불안에 떨 것이다. 또다시 버림받을까 봐 항상 두려워하면서.

"이거 어째 남 좋은 일만 시킨 것 같군."

"제국의 작은 태양, 황태자 전하를 뵙습니다. 부디 전하께 먼저 예를 갖추지 못한 무례를 용서하여 주십시오."

"괜찮소. 축하하오, 라스 경, 루아 왕녀. 아직 양국 간의 의견 조율이 필요할 듯하나 아무래도 좋은 소식을 들을 수 있을 것 같군. 아니 그렇소?"

"감사합니다, 전하."

미미한 웃음기를 머금은 황태자 전하의 목소리가 들리고, 그에게 예를 취하는 라스 경과 가볍게 묵례하는 그녀의 모습이 보였다. 두 사람에게 축하한다 말한 그는 루아 왕국의 사절단을 향해 다가가며 입꼬리를 끌어 올렸다. 내가 그랬던 것처럼 그 역시 이 상황에 대한 계산을 이미 마쳤을 테지. 그리고 제국으로서는 이득이면 이득이었지 결코 손해 보는 일이 아니라는 결론을 내렸을 것이었다.

"조만간 루아 왕국으로 사절단을 보내야 할 듯하니, 국왕 전하께 잘 전해 주시오."

"물론입니다, 황태자 전하."

"그럼 평안 무탈하게 귀환하시길 바라오."

"감사합니다."

사절단장과 우호적인 대화를 마친 그는 라스 경을 향해 말했다.

"경은 앞으로 일주일간 휴가를 줄 테니 왕녀를 중간까지 바래다 드리고 오도록."

"저, 전하."

"부족하다 생각되어도 일단 그것으로 만족하시오. 내 루아 왕국으로 가는 사절단에 경을 반드시 포함시켜 줄 테니."

"감사합니다, 전하."

"그럼 무탈하게 다녀오시오."

그를 향해 다시 한 번 묵례한 왕녀가 마차에 오르자, 라스 경을 포함한 루아 왕국의 사절단 역시 일제히 각자의 마차나 말에 올랐다. 출발 신호가 떨어지자 마차가 서서히 움직이기 시작했다.

'축하해요, 라스 경. 잘됐네요, 왕녀님. 이제는 못 볼 줄 알았는데, 조만간 다시 만날 수 있겠네요. 부디 우리가 재회하는 그날까지 평안하기를.'

마차를 향해 무언의 작별 인사를 마치고 나서 고개를 돌리자 대부분의 사람은 이미 떠나고 없었다. 그 썰렁한 공간 속에 초점 없는 눈동자로 멍하니 서 있는 카르세인의 모습이 보였다. 늘 말이 없고 무뚝뚝한 편이던 라스 경의 의외의 면모를 본 탓에 많이 놀란 모양이었다. 설마 라스 경, 카르세인에게도 아무 말도 안 한 건가?

"카르세인."

"……."

"카르세인?"

"……엉? 아, 불렀냐."

"응. 사람들 거의 다 갔는걸. 우리도 이제 돌아가야지."

멍한 표정으로 나를 돌아본 카르세인이 고개를 거칠게 흔들었다. 그 기세에 이제는 어깨까지 내려오는 붉은 머리카락이 불꽃처럼 흐트러졌다가 원래대로 돌아왔다.

상념을 털어 버린 듯 평소의 표정으로 돌아온 카르세인이 갑자기 나를 뚫어져라 바라봤다. 엉겁결에 한 걸음 뒤로 물러나자, 의미심장한 미소를 지은 그가 성큼성큼 다가왔다.

"왜, 왜 그래, 카르세인?"

당혹스러운 마음에 말까지 살짝 더듬었지만, 카르세인은 들은 척 만 척하며 내 손을 잡아 올렸다. 숙여진 고개를 따라 흘러내린 붉은 머리카락이 손등을 간지럽혔다.

"아름다우신 레이디, 제게 레이디를 모실 기회를 주시겠습니까?"

"카, 카르세인?"

굽혔던 허리를 세운 카르세인이 미소를 지었다. 푸른 눈동자에

웃음기가 가득 어려 있었다.
"뭐야. 놀랬냐?"
"……."
"설레었구나, 우리 꼬맹이가. 하긴 이 몸이 좀 멋있긴 하지."
"……뭐야, 카르세인. 놀랐잖아."
놀림당한 것 같은 기분에 볼멘소리로 답하자, 카르세인은 손을 뻗어 내 머리카락을 흐트러뜨리며 말했다.
"아니, 난 또 네가 부러운 눈초리로 왕녀님을 쳐다보고 있길래. 이런 걸 바라나 했지."
"너어……."
"알았어, 알았어. 우리 꼬맹이 화났어요?"
"꼬맹이 아니라니까!"
"꼬맹이란 말에 발끈한다는 거 자체가 꼬맹이란 소리거든?"
쿡쿡 소리를 내어 웃은 그가 내 머리카락을 다시 한 번 흐트러뜨렸다. 으씨, 단정하게 묶어 뒀는데, 머리 모양 다 망가지게스리. 눈을 부릅뜨며 째려보자 다시 한 번 웃음을 터뜨린 카르세인이 내게 손을 내밀었다.
"이제 진짜 가자. 늦겠다."
"……알았어."
카르세인을 따라서 기사단 건물이 있는 곳을 향해 몸을 돌리는데, 저만치 앞에서 걷고 있는 푸른 머리카락의 청년이 보였다. 왕녀 일행이 떠난 것도 한참 전이라 그 역시 이미 오래전에 자리를 떴을 줄 알았는데, 대체 뭘 하다가 이제야 내궁으로 향하고 있는 거지?

'뭔가 볼일이 있었던 모양이지, 뭐.'

그보다 오늘 해야 될 건 뭐가 있더라. 서류 작업은 어제 다 했으니 오늘은 하루 종일 수련을 해도 되려나. 새로운 검술을 가르쳐 달라고 해야겠다고 생각하며 나는 카르세인과 함께 기사단 건물로 향했다.

"안녕, 티아. 오늘 약속 잊은 거 아니지?"
"안녕, 알렌. 잊지 않았어. 마침 찾아가려던 참이었는걸."
"그래? 잘됐다. 그럼 바로 나가면 되겠네."

수련을 마치고 평소보다 일찍 퇴궁 준비를 하는데, 때마침 알렌디스가 찾아왔다. 카르세인은 급하게 호출한 공작 전하께 불려 갔다가 먼저 집으로 돌아갔기 때문에 자리에 없었다.

'라스 경 때문이겠지, 아마도.'

그렇게 대소동을 일으켰으니 그 자리에 있었던 카르세인에게 정확한 사정 설명을 듣고 싶으실 터였다.

"무슨 생각을 그렇게 해, 티아?"
"아, 라스 경 하고 루아 왕녀님 생각. 알렌도 얘기 들었어?"
"응. 들었어. 행정부도 그것 때문에 난리도 아니었거든."
"그랬구나. 굉장하지 않아? 그렇게 공개된 자리에서 청혼이라니."

나는 알렌디스와 함께 외궁 밖으로 걸음을 옮기며 이런저런 이야기를 했다.

황궁에서 빠져나오면 귀족의 거주 구역 및 상업 구역이 나오는데, 공식적인 건국기념제가 끝난 지 사흘째인 지금 이곳은 이미 한산했다. 알렌디스의 말에 따르면 좀 더 나가서 평민들이 거주하는 구역에 가야 마지막 날 축제를 볼 수 있다고 했다. 황궁에서 그곳까지의 거리는 제법 멀었기에 알렌디스와 나는 한참을 걸어야 했다. 마차를 타고 지나간 적은 있지만 직접 가서 어울려 본 적은 없었기 때문에 평민들이 생활하는 곳은 어떨지 몹시 기대가 됐다.

갑작스럽게 정적이 찾아들었다. 어쩐지 그 침묵을 깨기가 어려워서 잠시 말없이 걷다가 나는 잘 닦인 길바닥에 늘어져 있는 회색 그림자를 보았다.

한 걸음 한 걸음 옮길 때마다 같이 움직이는 그림자를 바라보다가 오른손을 들어 보았다. 그림자도 따라서 오른손을 들었다. 고개를 갸웃하자, 그림자도 같이 고개를 갸웃했다. 이리저리 움직여 봐도 나를 끝까지 따라오는 그림자의 모습에서 문득 과거의 기억이 떠올랐다. 그토록 지워 보려 애를 써도, 더 좋은 기억으로 덮으려고 노력해 봐도 끝까지 따라붙는 과거의 기억. 잊고 싶은 과거의 그림자가.

"뭐해, 티아?"

"알렌."

옆에서 나란히 걷고 있던 알렌디스가 의아한 표정으로 나를 바라보고 있었다. 말을 할까 말까 망설이다가 질문을 던졌다. 한 번 보고 들은 것은 뭐든지 생생하게 기억한다는 그는 이런 때 어떻게 행동할까? 그가 만약 나와 같은 상황에 처했다면 어떻게 헤쳐 나갔을까?

"알렌, 그림자를 가진 사람은 그림자에서 벗어나고 싶을 때 어떻게 해야 할까?"

"음, 이렇게?"

잠시 고민하던 알렌디스는 나를 그늘로 잡아끌었다. 그늘에 완전히 잠겨 들자, 알렌디스의 말대로 그림자는 더 이상 보이지 않았다. 하지만 이건 근본적인 해결책은 아닌 것 같은데. 나는 작게 한숨을 내쉬며 말했다.

"그렇지만 일시적인 거잖아, 이건. 언제까지나 빛을 피할 수는 없으니까."

"그렇겠지. 하지만 티아."

"응?"

"만일 그림자가 생각을 할 수 있다면, 그건 슬픈 일이 아닐까. 그림자를 부정한다는 건, 그림자 입장에선 자기의 존재 자체가 부정당하는 것이나 마찬가지니까."

그런가. 주인인 내가 과거의 기억을 부정한다는 건 과거의 나 자신조차 송두리째 부정하는 것이었을까. 과거의 기억을 안고 살아가는 것이 힘들어서, 그 시절의 나를 계속해서 끌어안고 가기가 힘들어서 나는 과거를 의식적으로 무시하고 앞으로 나아가겠다고 결심했다. 하지만 무시하자고 마음먹었어도 과거의 기억은 시시때때로 떠올라 나를 괴롭혔다. 과거를 극복하기 위해서는, 내게 계속해서 따라다니는 그림자와 맞닥뜨리기 위해서는 힘들었던 기억마저도 모두 끌어안아야 하는 것일까.

지난 사 년간 너무나도 힘들었는데. 그 모든 기억을 전부 떠안고 걸어간다면 너무 아플 텐데. 결국에는 그 방법밖에는 없는 것일까. 나는 내 존재를 부정하지 않기 위해서라도 잊고 싶은 과거의 기억, 과거의 그림자까지 모두 끌어안고 나아가야 하는 것인가.

"······나는 그림자가 부러운걸."

"응? 왜 그렇게 생각하는데, 알렌?"

"그림자는 참 편하지 않아? 표정도 없고, 말을 하지 않아도 되니까."

"음."

"그림자는 아무 생각 없이 가만히 있으면 되잖아. 아무도 그림자에게 자신을 나타내라고 얘기하지도 않지."

"하지만 그러면 너무 답답하지 않을까?"

아무런 생각 없이 있어도 되고, 자신을 나타내라는 자가 없어 부럽다고? 고개를 갸웃하며 답하자 알렌디스는 씁쓸하게 웃었다. 나도 조금은 서글픈 미소를 지었다.

떨어지지 않는 그림자, 그리고 그것에 대한 서로 다른 해석.

'알렌디스에게도 그림자가 있는 것일까? 내게 그림자가 벗어나고 싶은 과거의 기억이라면, 알렌디스에게 그림자란 어떤 의미일까?'

"후우, 이러다 늦겠다, 티아. 마지막 날인데 이것저것 봐야지."

"아, 응. 그래, 어서 가자."

한숨을 내쉰 알렌디스가 말했다. 나는 그의 말에 동의하며 발걸음을 뗐다. 가을의 태양 아래 늘어진 길고 짧은 두 개의 그림자가 마을을 향해 걷는 우리를 따라 함께 걷고 있었다.

축제의 마지막 날이라서 조금은 한산할 줄 알았는데, 거리는 온통 사람으로 가득 차 있었다. 예쁘게 차려입고 데이트를 즐기는 선남선녀와 사람들 사이를 비집고 다니며 까르르 웃는 아이들, 소리 높여 뭔가를 사라고 외치는 상인들, 공연을 하고 있는 거리의 악사와 무희들, 그리고 구경꾼들.

그 수많은 사람들의 틈바구니에 나와 알렌디스도 있었다. 나는 정신없이 이곳저곳을 둘러보았다. 구경거리가 너무 많아서 뭐부터 봐야 할지 갈피를 잡을 수가 없었다. 연신 주위를 두리번거리는 나를 본 알렌디스가 싱긋 미소를 지었다.

"어때? 황궁의 연회와는 많이 다르지?"

"응. 신기하다. 볼거리도 많고."

정말이지 신기했다. 과거에는 황후 수업을 받느라, 회귀 후에는 황비가 될 운명을 피하기 위해 노력하느라 이런 것은 한 번도 경험해 보지 못했는데. 차분한 분위기 속에서 음악이 흐르고 춤추고 대화를 나누는 황궁의 연회와는 달리 평민들의 축제는 음악도 춤도 없었지만 대신 시끌벅적한 가운데 넘쳐흐르는 생동감이 있었다. 나는 이곳저곳을 신 나게 돌아다니며 구경했다. 거리의 악사가 부르는 노래도 들어 보고, 알 수 없는 재료로 만든 음식들도 살펴보고, 좌판에 늘어놓고 파는 투박하기 그지없는 상품들도 돌아보면서.

"재밌어, 티아?"

"응. 진작 나와 볼걸."

"그래, 그럼 다행이네."

미소를 짓는 알렌디스를 향해 마주 웃어 주고서 나는 뭔가 또 볼

만한 것이 없을까 하고 주위를 둘러보았다. 그때, 사람들이 유독 몰려 있는 곳이 내 눈에 들어왔다. 곧 시작한다며 어서 오라고 외치는 소리도 들렸다.

뭘 시작한다는 걸까. 자세히 살펴보니, 차례차례 줄을 선 사람들이 임시로 쳐 놓은 커다란 천막 안으로 들어가는 것이 보였다.

"알렌, 저기도 한번 가 보지 않을래?"

"그러자."

많은 사람들이 기다리고 있었지만 줄이 빠른 속도로 줄어든 덕분에 알렌디스와 나는 그리 오래지 않아 천막 안으로 들어설 수 있었다. 주위를 둘러보기도 전에 내 눈에 제일 먼저 들어온 것은 하얀 천이었다.

'뭘 하려고 저렇게 한쪽 면을 다 막아 놓은 거지? 공연을 하려면 무대가 있어야 하는 것 아닌가?'

의아했지만, 일단 자리를 찾았다. 삼삼오오 모인 사람들이 천막 꼭대기부터 바닥까지 드리워진 하얀 천을 마주 보고 앉아 있었다. 적당한 곳에 자리를 잡고 앉자마자 이제 시작한다는 외침이 들렸다. 각자 무리를 지어 대화를 나누던 사람들이 하얀 천 쪽으로 시선을 집중했다. 천막 입구를 닫자 내부는 금세 어둠에 잠겼다.

잠시 후 어둠 속에서 하얀 천 부분에만 환하게 빛이 들어왔다. 아마도 그 뒤에서 촛불을 켠 모양이었다.

"건국기념축제 마지막 날의 그림자 공연에 와 주신 여러분께 감사드립니다. 이제 시작합니다."

말이 끝남과 동시에 하얀 천 위에는 여자 인형의 그림자가 떠올랐다.

'이것이 말로만 듣던 그림자 연극이구나.'

무슨 내용일까 궁금해서 나는 눈을 빛내며 여자의 그림자에 집중했다.

"글쎄, 저는 아직 결혼하고 싶지 않다니까요."

한 마을에 아름다운 처녀가 살았다. 숱한 동네 청년들이 처녀에게 구애를 했지만 처녀는 잘생긴 청년도, 부잣집 청년도, 귀족 청년도 모두 거절했다. 어떤 이들은 처녀가 지나치게 눈이 높아 남자들을 거절하는 것이라 했고, 어떤 이들은 처녀에겐 이미 숨겨둔 애인이 있다고 했다. 처녀의 부모는 이유를 물었지만 처녀는 항상 고개를 저으며 대답을 거부했다. 부모에게조차 털어놓지 못하는 처녀의 속내는 무엇이었을까.

사실 처녀에게는 이미 마음을 줘 버린 남자가 있었다. 하지만 부모에게 그 남자에 대해 말을 할 수가 없었다. 처녀는 남자의 이름도, 생김새도, 사는 곳도, 나이도, 남자에 대한 그 어떤 것도 알지 못했으므로.

처녀가 남자에 대해 아는 것은 오로지 일주일에 두세 번씩 오는 남자의 편지에 적힌 내용뿐이었다. 어디에 사는 사람인지, 어떻게 생겼는지, 이름은 무엇인지, 처녀는 남자에 대해 몹시 궁금했지만 남자는 결코 모습을 드러내지 않았다.

"아아, 이 피, 저주받을 피여."

처녀의 그림자가 사라지고, 한 청년의 그림자가 등장했다. 저 그림자가 편지를 보내는 그 남자일까? 나는 흥미진진한 눈으로 그림자에 집중했다.

처녀가 사는 마을의 바로 옆 마을에 한 청년이 살고 있었다. 청년은 잘생긴 외모에 뛰어난 머리로 뭇 처녀들의 사랑을 받았다. 여러모로 우수한 인재에 명문가의 자식이었지만, 청년은 가문을 이을 수가 없었다. 청년은 첩의 아들이었다.

"이 피만 아니었다면……."

청년에게는 형이 있었다. 그는 청년에 비해서 평범한 외모와 재능을 가진 데다 결정적으로 몸이 약했다. 그럼에도 가문을 이을 사람은 청년의 형이었다. 그는 정실부인이 낳은 아들이었기 때문에. 청년은 좌절하고 분노했지만 어찌할 방도가 없었다.

어느 날, 옆 마을에 다녀온 청년의 형이 시름시름 앓기 시작했다. 의사에게 물어도 마음의 병이란 소리만 들었을 뿐, 백방으로 약을 구해 봐도 소용이 없었다. 보다 못한 청년의 아버지가 청년의 형을 다그쳐 간신히 이유를 알아냈다.

형의 병명은 바로 상사병이었다. 청년의 형은 처녀를 보고 한눈에 반했지만, 차마 고백할 용기가 없어 시름시름 앓았던 것이었다.

청년의 아버지는 청년의 형에게 약속했다. 반드시 그 처녀와 혼인을 할 수 있도록 도와주겠다고.

형의 사랑이 이뤄지는 것이 꼴 보기 싫었던 청년은 어떻게든 꼬투리를 잡아내어 아버지의 약속을 무효로 돌리겠다고 생각했다. 옆 마을로 나간 청년은 처녀의 주위를 맴돌며 관찰했다. 그러나 꼬투리를 잡기는커녕 청년 역시 어느새 처녀를 향한 사랑에 빠져 버렸다.

친애하는 리리아.

이름도 밝히지 않은 채 이렇게 편지를 보내는 무례를 용서하십시오. 저는 그대를 마음에 담고 있는 보잘것없는 사람입니다. 끝까지 드러내지 않으려고 했지만, 제가 당신을 향해 간직하고 있는 마음만이라도 전하고 싶어 이렇게 펜을 듭니다. 부디 자비를 베풀어 제가 그대에게 편지를 보내는 것을 허락해 주시지 않겠습니까? 내일 마을을 산책하실 때 머리를 하나로 묶고 계신다면 허락하신 것으로 알겠습니다.

무명인으로부터.

형의 신부로 집안에서 낙점한 처녀 앞에 차마 모습을 드러낼 수 없었던 청년은 마음을 접으려 했지만 쉽지 않았다. 몇 번이고 망설이다가 편지를 보낸 다음 날, 한숨도 못 잔 청년은 설레는 마음으로 아침부터 처녀가 사는 마을을 서성였다.

하지만 한참을 기다려도, 어스름이 질 때까지도 처녀는 나타나지 않았다. 실망한 청년이 어깨를 축 늘어뜨리며 집으로 돌아가려고 할 때, 마을 저편에서 타박타박 걸어오는 처녀의 모습이 보였다.

처녀는 머리를 하나로 묶고 있었다.

친애하는 리리아.

허락해 주셔서 감사합니다. 아무리 기다려도 나타나지 않아 실망하던 순간에 보이던 그대의 모습은 어찌나 아름답던지요. 주제도 모른 채 감히 그대의 앞에 나설 뻔하다 간신히 돌아섰답니다.

무명인으로부터.

그 계절 내내 청년은 처녀에게 편지를 보냈다. 처녀에게 편지를 보내면 보낼수록 청년의 마음은 깊어만 갔다. 내심 편지가 언제 오나 기대하는 눈치인 처녀를 볼수록, 편지를 받을 때마다 발그레하게 볼에 홍조를 띄우는 처녀를 볼수록 그의 고뇌도 점점 더해만 갔다.

청년은 급기야 처녀와 자신의 사이를 가로막는 형에 대한 증오심을 불태웠다. 그리고 고뇌했다.

'죽여 버릴까? 형님만 없으면 내가 모든 것을 차지할 수 있어. 가문도, 부와 명예도, 그리고 그녀도.'

'아니야. 내가 미친 것이 아닌가. 아무리 그래도 어떻게 형님을 죽이려 한단 말인가. 어렸을 때부터 날 아껴 주었던 형님인데!'

고뇌하던 청년의 그림자가 비틀거리며 사라지고, 일 막이 막을 내렸다. 휴식 시간 동안 사람들의 통행을 편하게 하기 위해 닫아 두었던 천막 입구를 열어젖히자 안이 조금 밝아졌다.

'재밌는 연극이네. 그림자를 이용해서 만든 연극이라는 점도 그렇고, 내용도 그렇고. 과연 이 막에선 어떻게 전개가 될까?'

몹시 기대가 됐다.

"알렌."

"……."

"알렌?"

"아, 응. 티아, 불렀어?"

막이 내렸음에도 앞만 뚫어져라 바라보고 있던 알렌디스는 여러 차례 반복해서 부른 다음에야 겨우 나를 돌아보았다. 무슨 생각을 그렇게 열심히 하고 있는 걸까. 나는 고개를 갸웃하며 물었다.

"무슨 생각을 그렇게 해?"

"아, 아무것도 아냐, 티아."

"음, 바쁜데 내가 괜히 나오자고 한 건가?"

"아니야. 그냥 잠시 뭐 좀 생각할 게 떠올라서 그랬어."

알렌디스는 아무렇지도 않다는 듯 웃어 보였지만, 에메랄드색 눈동자에는 어쩐지 그늘이 져 있었다. 무슨 일인지 묻고 싶었지만 저렇게 말을 하는 것을 보면 내겐 말하고 싶지 않은 일인 것 같아 모른 척 넘겼다.

뭔가 다른 화제를 꺼내려는데, 이 막을 시작한다는 소리가 들렸다. 촛불이 너울너울 춤을 추고, 검은 그림자가 다시 하얀 천 위로 떠올랐다.

"내게 편지를 보내시는 그분은 대체 누굴까. 다정하고도 친절하신 분. 대체 어떤 사정이 있기에 내 앞에 나타나지 못한다고 하시는 건지. 나는 부도, 명예도, 권력도 다 필요 없는데. 아아, 제발 제 앞에 나타나 주세요. 저는 당신이 어떤 사람이건 사랑할 자신이 있답니다. 보고 싶습니다. 무명인이라 칭하는 당신을."

이제는 매일같이 편지를 보내오는 청년에게 처녀는 조금씩 빠져들었다. 언젠가는 청년이 자신의 앞에 나타나 줄 것이라 생각한 처녀는 자신에게 들어온 모든 청혼을 거부하며 청년을 기다렸다. 하지만 청년은 여전히 처녀의 앞에 나설 수가 없었다.

한편, 가문에서 처녀에게 넣은 청혼이 거절당했다는 것을 알게 된 청년의 형은 다시 시름시름 앓다가 겨우 용기를 내어 처녀의 집 근처까지 찾아갔다. 편지를 기다리며 창가에 서 있던 처녀는 몇 번이고 망설이던 끝에 돌아서는 청년의 형을 보고 그가 편지를 보내는 남자라 확신했다. 그를 놓치지 않겠다고 생각한 처녀는 빠르게 달려 나가 청년의 형을 붙잡았다.

"당신을 기다리고 있었어요. 왜 이제야 제 앞에 나타나신 건가요."

"리, 리리아. 저를 기다리셨다고요?"

오해에서 비롯된 시작. 청년의 형이 처녀의 앞에 나타난 이후 매일같이 날아오던 편지는 더 이상 오지 않았다.

처녀는 곧 청년의 형이 편지를 보낸 사람이 아니라는 것을 알게 되었지만, 수줍고 상냥한 청년의 형에게 호감을 느끼기 시작했다. 하지만 처녀는 청년의 형에게 느끼는 호감을 애써 무시한 채 자신에게 편지를 보내던 남자를 기다렸다.

형과 처녀가 다정하게 지내는 모습에 위기감을 느낀 청년은 고뇌에 고뇌를 거듭한 끝에 자신이 무명인이었음을 고백하기로 결심했다.

고백하기로 결심한 당일, 청년은 몇 시간이고 신경을 써서 최대한 멋지게 차려입은 채로 집을 나섰다.

"리리아, 당신에게 편지를 보내던 무명인을 기억하시는지요. 아냐, 이게 아냐. 리리아, 이제야 당신의 앞에 나타난 저를 용서하십시오. 이것도 아냐. 아, 어떡하지?"

멋들어진 고백의 말을 계속해서 고민하던 청년은 어느새 처녀의 집 앞에 도착했다. 산책을 마치고 오는 처녀를 기다리며 청년은 설레는 마음으로 그녀의 집 근처를 서성거렸다. 저 멀리서 보이는 처녀의 그림자에 헛기침을 삼킨 청년이 옷을 정돈하려는 순간, 청년의 머리 위로 구정물이 쏟아졌다.

"어, 어머, 이를 어째. 사람이 서 있는지도 모르고 그만……."

2층에서 청소를 하고 난 더러운 물을 창밖으로 쏟아 버린 처녀의 어머니가 뒤늦게 청년을 발견하고 새된 비명을 질렀다.

"아하하하."

주위에서 웃음소리가 쏟아져 나왔다. 청년이 안쓰럽긴 했지만, 너무나 절묘한 상황에 새어 나오는 웃음을 어쩔 수 없어 나 역시 작게 웃으며 옆에 앉아 있는 알렌디스를 힐끗 쳐다보았다. 모두가 웃고 있음에도 그는 혼자 말없이 앉아 있었다. 일렁이는 촛불 때문에 얼굴에 그늘이 진 탓일까, 그의 얼굴이 묘하게 굳어 있는 것처럼 보였다.

"어머니, 대체 이게 무슨 일이에요? 어머, 괜찮으신가요? 온통 젖으신 것 같은데."

알렌디스의 모습에 조금 의아했지만, 계속해서 진행되고 있는 극 때문에 뭐라 물을 수도 없어 나는 일단 처녀의 그림자를 향해 시선을 돌렸다.

청년의 몰골을 본 마을 사람들이 손가락질하며 웃었다. 산책을 마치고 돌아온 처녀는 그 모습을 보고 화들짝 놀라 손수건을 꺼내 청년의 몸에서 뚝뚝 떨어지고 있는 물을 닦았다.

"그러고 보니 이 근처에서 자주 뵈었던 분 같은데. 맞나요?"

"……."

"죄송해요. 어머니께서 미처 아래를 못 보셔서 그만. 우선 저희 집에 들어가셔서 옷이라도 갈아입으시는 게……."

"괜찮습니다."

"그래도……."

"정말 괜찮습니다."

주먹을 꽉 움켜쥔 청년은 처녀에게 딱딱하게 답하고 돌아섰다. 그리고 그는 다시는 처녀의 집 근처에 찾아오지도, 편지를 보내지도 않았다.

모습을 드러내지 않는 남자, 오지 않는 편지를 기다리며 처녀는 조금씩 지쳐 갔다. 결국 처녀는 마음을 주었던 남자를 포기하고 형의 청혼을 받아들였다. 그리고 마침내 그들의 결혼식 날이 왔다.

"미리 말씀 못 드리고 떠나서 죄송합니다, 형수님."

"결혼식까지 보고 가시면 좋을 텐데. 일이 바쁘시다니 어쩔 수 없지요. 조심해서 다녀오세요, 도련님."

둘의 결혼식을 축복하기 위해 온 마을 사람이 신전으로 향하고 있을 때, 순결한 하얀 드레스를 입은 처녀에게 떨리는 목소리로 축하 인사를 남긴 청년은 사람들과는 반대로 신전이 내려다보이는 가파른 언덕에 올랐다.

뎅그렁, 뎅그렁.

언덕 꼭대기에 오른 청년의 귀에 결혼 미사의 시작을 알리는 종소리가 울렸다. 작게 보이는 신전을 내려다보며 청년은 미처 보내지 못했던 색색의 편지를 꺼냈다.

"사랑은 어찌 이리도 가혹한가. 나를 생각하며 미소 짓는 그대를 보았을 때 내 가슴은 꿀을 바른 듯 달콤하였거늘. 다른 이를 위한 순결한 드레스 차림의 그대를 본 내 가슴은 독을 마신 듯 타들어 가는구나. 이제 내게 남은 것은 이미 하얗게 타서 재가 되어 버린 마음뿐. 사랑하는 이들이여, 행복하라. 내 그대들을 위해 축복의 꽃을 뿌릴지니."

색색의 편지를 한 움큼 움켜쥔 청년은 언덕 아래로 하나씩 편지를 뿌렸다. 마지막 남은 편지마저 날려 보낸 청년은 그대로 언덕 아래를 향해 몸을 날렸다.

여기저기에서 사람들의 낮은 비명 소리가 들렸다. 나 역시 절로 터져 나오는 비명을 막을 길이 없었다.

청년의 그림자가 몸을 날린 것을 마지막으로 너울거리던 촛불이 모두 꺼졌다. 어느새 청년의 그림자도, 행복한 결혼식을 올리는 연인의 그림자도 모두 사라지고, 천막 안은 온통 어둠으로 둘러싸여 있었다.

일 막과 이 막의 시작을 알리던 목소리가 주위에 울려 퍼졌다.

"청년의 형과 처녀의 결혼식이 있던 날, 사람들은 저 멀리에 있는 언덕에서 무언가 색색의 꽃잎 같은 것이 뿌려졌다고 했다. 금방 사라지는 바람에 그것을 본 자는 얼마 없었지만, 사람들은 그것이 이 결혼을 축복하는 꽃이 아니었을까 하고 이야기했다. 그들의 결혼식 이후 청년은 영원히 마을에 돌아오지 않았지만, 그 형과 처녀는 오래도록 행복하게 잘 살았다고 한다."

마지막 말을 듣고 나자 코끝이 찡했다. 물기 어린 눈을 깜빡이고 있는 사이, 촛불이 다시 켜졌다. 하얀 천 뒤로 그림자들이 하나씩 나타나 인사를 했다. 처녀와 청년의 형이 손을 맞잡고 나와 절을 했다. 청년의 부모님도, 처녀의 부모님도, 동네 사람들도 인사를 했다. 하지만 아무리 기다려도 청년의 그림자는 등장하지 않았다. 대신 하얀 천 뒤에서 이 인형극을 만든 원작자라 자신을 소개한 사람이 나와 허리를 숙여 절을 했다.

"여러분, 모두 즐겁게 보셨습니까?"

"……."

"이런, 분위기가 너무 처져 있군요. 즐거운 축제인데 이래서야 되겠습니까."

그의 말이 떨어지기가 무섭게 여러 명의 광대가 나와 갖가지 재주를 보여 주기 시작했다. 기묘한 재주를 넘는 광대, 단검을 던졌다 받았다 하는 광대, 익살스럽게 행동하며 사람들을 웃기는 광대. 우스꽝스러운 광대들의 모습에 입을 가리며 소리 죽여 웃고 있다가 나는 갑자기 내 앞에 나타난 그림자에 흠칫 놀라 몸을 뒤로 뺐다.

"이런, 아름다운 숙녀를 놀라게 했군요. 사죄의 의미로 이걸 드리겠습니다."

익살스럽게 웃은 광대가 빈손을 휘젓자, 어느새 그의 손에는 빨간 꽃이 한 송이 들려 있었다. 저절로 눈이 휘둥그레졌다. 소리를 내어 웃은 광대는 내게 꽃을 건네주고는 다른 쪽을 향해 걸어갔다.

나는 잠시 손에 들려 있는 빨간 꽃을 내려다보았다. 여태껏 내가 이런 것을 받아 본 적이 있었던가. 아무리 기억을 더듬어 봐도 누군가에게서 꽃을 받아 본 적은 없는 것 같았다.

"왜 그래, 티아?"

광대들이 나서서 사람들을 웃길 때까지도 계속 생각에 잠긴 표정으로 뻣뻣하게 앉아 있던 알렌디스가 어느새 의아하다는 듯 나를 바라보고 있었다.

"아, 아무것도 아냐."

"응? 뭔데, 꽃에 무슨 문제라도 있어?"

"아, 아니. 음, 그냥 지금까지 누군가에게서 꽃을 받아 본 적이 없는 것 같아서."

잠시 멈칫하던 알렌디스는 곧 아무렇지도 않은 어조로 내게 말을 걸었다.

"시장하지 않아, 티아? 벌써 저녁 시간을 훌쩍 넘겼는걸."

"그런가? 조금 그런 것 같기도 하고."

"지난번에 갔던 곳 어때? 음식도 그럭저럭 괜찮은 편이고."

"응. 좋아."

여전히 줄어들 기미가 없는 사람들 사이를 지나 평민 거주 구역을 벗어났다.

오늘 봤던 것들이 신기하기도 하고, 손에 들린 빨간 꽃 때문에 기분이 좋아서, 나는 알렌디스에게 재잘재잘 말을 걸었다. 하지만 오늘따라 어딘가에 정신이 팔린 듯, 알렌디스는 계속해서 반 박자 늦게 답을 했다.

'정말 이상하네. 그림자 연극을 보기 전까지는 괜찮았던 것 같은데.'

하지만 아까의 태도를 생각해 봤을 때 까닭을 물어도 대답해 줄 것 같지는 않았다. 그래서 나는 의아해 하면서도 이유는 묻지 않은 채 그와 함께 예전에 갔던 식당으로 향했다.

한참을 걸어 도착한 레스토랑은 오늘따라 한산했다. 덕분에 그와 나는 전망이 좋은 데다 바깥과는 격리되어 있는 자리를 얻을 수 있었다. 잠시 실례하겠다며 자리를 비운 알렌디스가 돌아오고 나서 우리는 곧이어 나오기 시작한 요리들을 즐겼다. 오늘도 제법 괜찮은 요리들이었다.

　기분 좋은 포만감에 만족스러운 미소를 지으며 디저트로 나온 케이크를 한 조각 잘라 입에 넣으려는 순간, 종업원이 웬 꽃을 한 아름 안고 나타나 내게 건네주었다.

　갑자기 웬 꽃이람. 의아한 눈길로 바라보자 싱긋 웃은 알렌디스가 말했다.

　"받아, 티아."

　"응?"

　"여태까지 꽃을 받아 본 적이 없다며. 그래서 준비했어."

　"아. 고마워, 알렌. 정말 예쁘다."

　설마 이걸 생각하느라고 아까 그런 이상한 태도를 보인 것이었나. 나는 가슴에 한 아름 안긴 꽃을 보며 활짝 미소를 지었다. 얼굴을 가까이 하고 꽃의 향을 맡아 보고 있는데, 뭔가 한참을 망설이던 알렌디스가 입을 열었다.

　"티아."

　"응?"

　"티아, 내 아가씨."

　"왜, 알렌?"

　"네게 하고 싶은 말이 있어."

　"응? 그게 뭔데?"

　평소답지 않게 강렬한 빛을 머금은 에메랄드색 눈동자가 나를 응시했다. 크게 심호흡을 한 그가 내게 말했다.

　"널 좋아해, 티아."

　나는 숨을 훅 들이켰다. 떨리는 목소리가 입술을 비집고 흘러나왔다.

"……아, 알렌."

"처음 만났을 때부터 너에게 사로잡혀서 도저히 눈을 뗄 수가 없었어."

"아……."

"아직 시기가 이르다는 것은 알아. 네가 아직 황태자 전하의 약혼녀라는 것도. 하지만 티아, 네가 가문의 후계자가 되는 날, 그땐 나를 받아들여 주지 않을래?"

"……."

"그게 언제가 됐건 상관없어. 네가 나만의 아가씨가 되어 준다면…… 난 언제까지라도 기다릴 수 있어."

나는 떨리는 눈으로 나만을 가득 담고 있는 에메랄드색 눈동자를 바라보았다. 그는 늘 여유롭던 평소와는 달리 잔뜩 긴장한 표정으로 대답을 기다리고 있었다.

어찌할 바를 몰라 품에 안긴 꽃을 향해 시선을 내렸다. 수많은 생각이 머리를 스치고 지나갔다.

'참 아름다운 꽃이네.'

핏빛을 머금은 붉은 꽃잎은 자르르 윤이 흐르고 녹색 잎사귀는 여름 햇살에 빛나는 푸르른 녹음처럼 선명했다. 화려한 생김새와 선명한 색을 보면 향도 강해야 할 것 같지만, 의외로 강렬하지 않고 은은하게 퍼지는 향기가 코끝을 자극했다. 품에 한가득 안아도 넘칠 정도로 커다란 꽃다발은 수십 송이의 붉은 꽃을 둘러싸고 있는 작은 하얀 꽃 때문에 눈부신 색채의 대비를 더욱 과시하고 있었다. 마치 새하얀 눈밭에 떨어진 핏방울 같은 느낌이야.

'현실 도피는 적당히 해, 아리스티아.'

나는 아무런 준비도 없이 갑작스럽게 맞닥뜨린 현실을 차마 직시할 용기가 나지 않아 애먼 꽃다발만 바라보며 쓸데없는 생각을 하고 있던 나 자신을 꾸짖었다. 지금은 꽃다발 따위를 감상할 것이 아니라 알렌디스에 대한 나의 마음에 솔직해져야 할 시간이었다.

열 살로 돌아왔을 때, 갑작스럽게 주어진 아버지의 사랑에 흠뻑 취해 껍질 속으로 꽁꽁 숨어들었던 내 앞에 갑자기 나타난 한 소년이 있었다.

봄철 하나둘 싹트는 새순처럼 생기 있어 보이던 연둣빛 머리카락의 소년, 알렌디스.

생명의 아버지, 주신 비타의 교리에서도 어린 생명과 새로운 출발을 상징하는 연두색을 품은 소년은 나를 현실로 한 발자국 끌어들였다. 나는 그로 인해 겉돌던 생활에서 벗어나 가문의 후계자가 되는 첫걸음인 검술의 세계에 입문하게 되었다.

소년은 길고 험난한 여정이 될 검의 세계에 나를 홀로 보내는 대신 내 곁에서 함께 울고 웃었다.

여름의 푸르른 녹음, 성장해 나가는 젊은 생명을 나타내는 녹색의 눈동자를 가진 소년은 내가 과거에서 벗어나 앞으로 나아가게끔 나를 이끌었다. 아버지와 리나를 제외한 모든 사람과의 접촉을 거부하던 내게 소년은 사람의 온기를 느끼게 해 주었다. 작은 접촉에도 흠칫흠칫 놀라던 내게 그는 온몸으로 부딪혀 왔다. 누군가와 닿을 때마다 내면에서 차오르던 공포와 거부감이 소년으로 인해 차츰 사라지기 시작했다. 어느새 나는 타인의 체온에서 포근함을 찾게 되었다.

그와 아버지는 내 모든 것이었다. 처음엔 경계하며 마음을 내주지 않았지만, 함께하는 세월이 늘어나면서 나는 어느새 알렌디스가 주는 따뜻함에 빠져들었다.

그는 내게 오빠와도 같은 가족이자 유일한 친구였다. 때로는 오빠처럼 어른스럽게 굴며 나를 이끌어 주고, 때로는 친구처럼 티격태격하며 함께 뛰어놀고, 때로는 가족처럼 따뜻하게 보듬어 주는 그를 나는 맹목적으로 따랐다. 조심스럽게 머리를 쓰다듬는 손길에서 따스함을 느끼고, 부드럽게 끌어안는 품에서 안온함을 맛보았다.

오직 나만의 기사가 되어 주겠다는 그, '내 아가씨'라는 나만의 호칭을 불러 주는 그를 보며 행복했다. 때로는 질투했지만, 찬란하게 빛나는 재능을 가진 그를 동경했다. 황비가 될 운명에서 벗어나도록 도와주겠다는 말을 신뢰했다.

'그는 내 모든 것이었으니까.'

어쩌면 시작이 그랬기에 알렌디스와 나의 관계는 파탄이 나지 않을 수가 없었을 것이다. 나는 과거에 황태자 전하에게 그랬던 것처럼 알렌디스를 맹목적으로 바라보고 있었으니까. 그것은 정상적이지 못한 관계였으니까.

가랑비처럼 조금씩 스며들어 어느새 내 믿음을 가져간 그에게 아버지에게조차 말하지 않았던 꽁꽁 숨겨 둔 마음 한 자락을 보였던 날, 불신을 담은 눈동자를 보았던 그때 내 가슴은 서늘하게 가라앉았다. 맹목적인 신뢰가 산산이 부서지는 느낌이었다. 그 언젠가 아버지께서 내게 보여 주셨던 것과 같은 무한한 신뢰를 담은 물음이 아닌 불신을 담은 반문에, 그는 나의 모든 것이었지만 나는 그의 모든 것이 아니었다는 깨달음을 얻었다. 서럽고도 서러웠다. 유리로 만들어진 심장에 금이 가 금방이라도 깨질 것만 같은 기분이었다.

 끊어 낼 수 있을 줄 알았는데 어느새 다시 이어져 버린 황실과의 인연과 금이 가 버린 알렌디스와의 관계 때문에 몹시 괴로워 내려간 영지에서 나는 비로소 내가 살아가고 있는 세상을 직시할 수 있었다. 조금씩 과거와 현재는 다르다는 것을 깨달아 가고는 있었지만, '거울의 방'을 통해 나는 비로소 내가 서 있는, 그리고 앞으로 살아가야 할 곳이 어디인지 알아차리고 받아들이게 되었다. 누군가에게 맹목적으로 매달리지 않고, 스스로 발걸음을 떼어 놓을 수 있게 되었다.

 그때부터였을 것이리라. 알렌디스와의 관계가 달라지기 시작한 것은.

 더 이상 나는 그에게 맹목적일 수가 없었다. 그는 여전히 내 가족이자 소중한 친구였지만, 두 번 다시 내 모든 것이 되지는 못했다. 아니, 될 수가 없었다. 나는 내 삶을 찾기 시작했으니까.

 미처 자각하지 못했지만 징조는 수도에 돌아왔음에도 그를 찾아볼 생각을 하지 못했던 것에서부터 나타나고 있었다. 후계자 수업을 받느라 정신이 없었다는 것은 핑계에 불과했다. 예전이었다면 아무리 바빴어도 알렌디스부터 찾았을 테니까.

 그리고 그것을 확실하게 깨달은 것은 수도로 돌아온 후 알렌디스를 처음으로 방문했을 때였다. 나도 모르게 내게 뻗은 그의 손길을 피했을 때, 나를 끌어안은 그의 품에서 더 이상 세상 모든 시름을 내려놓은 것만 같은 무조건적인 안온함을 느끼지 못하게 되었던 그때, 나는 비로소 두 번 다시 내 세상은 그를 중심으로 돌아가지 않을 것이라는 사실을 알게 되었다.

홀로 걷기 시작하면서 필연적으로 알렌디스가 내 마음에서 차지하는 비중은 상대적으로 조금씩 줄어 갔다. 오로지 그와 아버지만이 들어와 있던 내 세상은 다양한 의미를 가진 사람들로 가득 차기 시작했다. 가문의 기사들, 제1기사단의 동료들, 간혹 아버지를 찾아갈 때마다 반갑게 맞이해 주는 제2기사단의 기사들, 사교계에서 만난 영애들과 부인들, 그리고 어느새 알렌디스와 마찬가지로 절친한 벗의 위치를 차지한 카르세인과 그저 명목상 약혼자일 뿐이라고 보기에는 많은 자리를 차지하기 시작한 황태자 전하까지.

언제까지고 아이로 남아 있을 수는 없었기에 한 해, 두 해가 지나가고 조금씩 각자의 길을 개척해 나가기 시작하면서 내가 알렌디스와 함께하는 시간도 줄어들었다. 여전히 그는 내게 좋은 벗이요, 소중한 사람이었지만 더 이상 어린 시절과 같이 내게 절대적 의미이지는 못했다.

'그렇다면 처음 만났던 날로부터 사 년이라는 세월이 지난 지금, 알렌디스가 내게 갖는 의미는 무엇일까?'

시간이 흘러 다양한 인간관계를 맺으면서 내 마음속에서 그가 차지하는 비중이 줄어들었다 한들 그는 내게 있어 몹시 소중한 사람이었다. 그는 내가 처음으로 사귄 친구이자 최초로 의지하고 싶다 느낀 타인이었다. 세상에서 단둘밖에 존재하지 않는 애칭을 허락한 사람이자 지친 내 마음의 안식처였다.

"······."

하지만 알렌디스가 내게 바라는 것은 그것이 아니었다. 그는 내게 옆자리를 내어 달라 말하고 있었다. 오로지 하나뿐인 연인이 되고 싶다 요청하고 있었다.

'나는 그에게 어떤 감정을 갖고 있는 것일까?'

그동안 혼란스러운 기분에, 두려운 마음에 꽁꽁 봉인해 놨던 느낌을 하나둘 풀어내서 유일하게 내가 알고 있는 사랑이라는 것에 대비해 보기로 했다.

얽히고설킨 감정의 실타래를 풀어 자세히 들여다보고서야 비로소 나는 깨달았다. 그가 주는 따뜻하고 포근한 느낌에 취해 행복했지만 그로 인해 설레지는 않았다는 것을. 자주 만나지 못할 때면 그가 보고 싶었지만 그것은 가슴 아플 정도로 절절한 그리움은 아니었다. 그와 함께하는 시간이 즐거웠지만 그렇다고 해서 그 시간이 오기만을 간절히 바라지는 않았다.

'아아, 그랬다.'

내가 알렌디스에 대해 갖고 있는 감정은 분명 그가 내게 갖고 있는 마음과는 다른 색깔의 것이었다.

그랬기에 그의 품에 안겼을 때도 봄철 햇살을 받은 것처럼 가슴 구석구석까지 따뜻했을지언정 심장이 뛰는 속도가 빨라지지는 않았나 보다. 그래서 그가 내 머리를 쓰다듬어도 그저 기분이 좋기만 했을 뿐 설레지는 않았나 보다. 그랬기 때문에 나를 향한 그의 감정을 깨달았을 때 미안하고 안타까운 마음이 들었나 보다. 나는 그에게 한 사람으로서, 내게 소중한 존재로서 애정을 품고 있었지만 그것은 이성에 대한 사랑은 아니었다. 무의식중에 이를 인식하고 있었기에, 서로가 품은 마음의 이름이 다르다는 것을 깨달았어도 나는 그토록 내 감정을 직시하는 것을 두려워했나 보다. 그것이 더 큰 상처를 주는 일이라는 것을 알고 있었으면서도.

"……알렌."

긴장을 해서일까. 입이 바싹 말라 오는 것 같아 나도 모르게 침을 삼켰다. 평소와는 다르게 초조한 표정으로 머리끈을 만지작거리며 답을 기다리는 그를 보자 가슴 한쪽이 시려 왔다.

'그거 아니?'

비록 네 마음과 내 감정의 빛깔이 다르다고 해도 너는 아직도 내게 아버지 다음으로 귀한 사람이라는 것을. 너는 내가 가장 아끼는 벗이고, 세파에 지친 나를 쉬게 해 주는 나무 그늘이며, 꽁꽁 얼어붙은 마음에서 최초로 틔워 낸 새싹이야.

'난 아직 너를 잃고 싶지 않아, 알렌디스. 하지만 그렇다고 해서 네게 거짓을 말하고 싶진 않아.'

내가 네게 저질렀던 잔인한 짓을 깨달은 지금, 더 이상 파렴치한 내 이기심으로 소중한 너에게 허황된 희망을 심어 줄 수는 없어.

"알렌."

"응."

"정말……."

"……티아."

"알렌, 내가 정말……. 하, 정말로……."

운을 떼려고 하자마자 울컥하고 가슴 깊은 곳에서 무언가가 복받쳐 올랐다. 목구멍을 타고 뜨거운 기운이 흘렀다. 코끝이 찡해지면서 순식간에 눈에 눈물이 차올랐다.

나는 죄어 오는 목소리를 가다듬으며 어느새 덜덜 떨려 오는 입술을 간신히 뗐다. 차마 바라볼 수가 없어 고개를 숙이자 눈물로 뒤덮인 시선에 꽃다발이 들어왔다.

'내가 선물 받은, 내 소중한 사람에게 받은 첫 번째 꽃다발.'

연두색과 붉은색, 하얀색이 하나로 섞여 얼룩졌다. 위태위태하게 매달려 있던 미안함과 슬픔, 그리고 죄책감이 모여 방울방울 떨어졌다. 붉은 꽃다발에 이슬이 자꾸만 맺혔다.

"내가 정말……."

"……됐어, 티아. 그만 얘기하자. 대답은 다음에 해 줘도 괜찮아."

"알렌."

"이제 일어나야겠다. 시간이 많이 늦었는걸."

"알렌……."

"각하께서 나 또 미워하시겠다. 어서 일어나, 티아. 나 혼나는 꼴이 그렇게 보고 싶어?"

"그만해, 알렌. 그만해……."

후두둑.

방울방울 떨어지던 눈물이 비가 되어 쏟아졌다. 이미 쉬어 버린 목소리로 애써 아무렇지 않은 듯 이 상황을 외면하고 회피하려는 알렌디스의 모습에 가슴이 칼로 도려낸 듯 아파 왔다.

'내 탓이야. 내가 이기적으로 굴었기 때문에, 그의 마음을 알고 있음에도 떠날까 무서워서 딱 부러지게 답하지 못했기 때문에 결국 그에게 이토록 크나큰 상처를 준 거야.'

그토록 사랑의 아픔을 겪었음에도, 마음 한 자락이라도 주기만을 가난하게 바라는 자에게 작은 희망을 주는 것이 얼마나 큰 고문인지 누구보다 잘 알고 있으면서도 나는 알렌디스에게 이토록 잔인했던 거다.

"미안해, 알렌. 흡, 내가 정말 미안해."

"……."

"너를 받아들일 수가 없어서 미안해. 네게 상처를 줄 수밖에 없어서 미안해. 내가 정말, 정말……."

아무런 말도 하지 못하는 입술, 텅 비어 버린 녹안을 보자 계속해서 아픔을 호소하던 가슴에서 피가 흘렀다. 눈물이 폭포수처럼 떨어지고 흐느낌이 저절로 새어 나왔지만 나는 끅끅 소리를 내며 두 손으로 입을 틀어막았다. 내 마음 하나 지키자고 가장 소중한 사람에게 무자비한 짓을 해 왔던 나는, 어렵사리 자신의 감정을 드러낸 알렌디스에게 돌려줄 심장이 없는 얼음 같은 나는 그 앞에서 소리 내어 울 자격이 없었다.

입술을 있는 힘껏 깨물었다. 따끔한 감각과 함께 뜨거운 무언가가 흐르는 것이 느껴지고 혀끝에서는 쇠 비린내가 맴돌았지만 나는 개의치 않았다. 그가 지금 느끼고 있을 고통은 겨우 이 정도 아픔에 비할 바가 되지 않을 것이기에. 내가 그에게 준 상처에서 흐를 피에 비하면 입술에 겨우 몇 방울 맺힌 이것은 아무것도 아니었기에.

"……하지 마, 티아."

"뭐가?"

잔뜩 갈라진 목소리로 말을 거는 알렌디스를 차마 바라볼 수가 없어 나는 품에 한 아름 안긴 꽃다발에 시선을 고정한 채 물었다. 불안정하게 흔들리는 물기 어린 목소리가 공기를 가르며 가냘프게 흩어졌다.

"입술, 깨물지 마. 피가 맺혔잖아."

"……."

"왜 이렇게 세게 깨물었어. 아프겠다."

"……알렌."

휘청, 자리에서 일어나던 그가 비틀거렸다. 이마에 한쪽 손을 올리고 잠시 눈을 감았다가 뜬 알렌디스는 금세 아무렇지도 않다는 듯 내 앞으로 다가와 서서히 몸을 숙였다.

한쪽 무릎을 세우고 반대쪽은 꿇고 앉은 그가 나를 바라보았다. 나는 여전히 따스하게 빛나는 녹안을 차마 마주할 수가 없어 눈을 내리깔았다. 꽃다발을 안고 있는 손이 바르르 떨렸다. 안절부절못하는 모습을 본 알렌디스가 양손으로 내 손을 감싸 왔다. 이런 상황에서도 여전히 다정한 그의 행동과 겹쳐진 손을 타고 전해 오는 따뜻한 온기에 또다시 시야가 희뿌옇게 흐려졌다. 떨리고 있는 손을 모아 무릎 위에 가지런히 모아 준 그는 한 손을 내 손등 위에 가볍게 덮으며 토닥였다.

후두둑.

붉은 꽃과 하얀 꽃들이 바닥에 점점이 흩어졌다.

품에서 잘 접힌 손수건을 꺼낸 알렌디스가 그것을 내 입술에 가져다 댔다. 아프지 않을 정도로만 힘을 주어 꾹꾹 누르면서 입술에 맺힌 피를 닦아 주는 모습에 가슴이 찌르르 아파 왔다. 하얗고 긴 손가락이 내 눈가를 스치며 지나갔다. 그렁그렁 맺혀 있던 눈물을 닦아 주면서 그는 낮게 잠겨 버린 목소리로 말했다.

"울지 마, 티아."

"……."

"너는 우는 것보다 웃는 모습이 훨씬 예뻐. 그러니 울지 말고 웃어 봐, 내 아가씨."

내 아가씨. 언제부턴가 여상스럽게 넘기기 시작한 그 호칭에 몸이 움찔했다.

함께 검술을 배우며 울고 웃던 어느 날, 아무리 검술을 배운다고 하더라도 그가 기사가 되지는 않을 거라는 리그 경의 말이 진실인지 그에게 물어본 적이 있었다. 베리타 공작가의 차남인만큼 문관의 길을 택하는 것이 더 자연스럽다는 것은 알고 있었지만 나와 같은 길을 택하지 않을 거라는 생각에 섭섭했던 어린 마음.

그때 알렌디스는 내게 이렇게 답했다. 비록 기사의 길을 걷지는 않을지언정 그의 마음속 레이디는 언제나 나일 것이라고. 그런 의미를 담아 나를 '내 아가씨'라고 부르겠다고. 그랬던 적이 있었다.

"티아, 네가 내 마음을 받아 주지 않는다고 하더라도……."

"……."

"어린 날의 약속처럼 내 마음속의 레이디는 언제나 너야."

"알렌……."

"그러니 이 호칭만은 내가 자유롭게 부를 수 있도록 허락해 주지 않겠어?"

툭.

잠시 멎었던 눈물이 다시 방울져 흐르기 시작했다.

알렌, 내게 기대하지 마. 희망을 품지 마. 나를 사랑하지 마. 차라리 미워해. 딱 부러지지 못한 태도로 네게 헛된 희망을 안겨 주었던 나를. 차라리 원망해. 내 마음이 아픈 것만 생각해서 이토록 이기적으로 굴었던 나를. 차라리 증오해. 끝까지 잔인하게 상처를 줄 수밖에 없는 나를.

  한 번도 받아 보지 못한 사랑에 취해 과거의 내가 당했던 것과 똑같은 짓을 네게 저질러 버린 나는, 너를 잃기 싫다는 이유로 애써 외면해 네게 이토록 깊게 상처를 줘 버린 나는, 변함없는 네 마음에 보답할 수 없는 얼어붙은 심장을 가진 나는 너의 사랑을 받을 자격이 없어.

  "울지 마. 너를 울리려고 한 얘기는 아니었어."

  "……."

  "나는 괜찮아. 네게 부담을 줘서 미안해."

  "알렌."

  "……가자, 티아. 이젠 정말로 돌아갈 시간이야."

  슬쩍 고개를 돌리며 말하는 알렌디스의 목소리는 젖어 있었다. 같이 일어나도 되는 걸까. 괜히 똑 부러지게 행동하지 못해서 또 다른 상처를 안겨 주는 것이 아닐까. 괜찮다고 말하려 했지만, 이미 꽉 잠겨 버린 목에서는 세 음절 이상의 단어가 나오지 않았다.

  거절의 의미로 고개를 젓는 나를 바라본 알렌디스는 입을 꾹 다물며 굽혔던 무릎을 펴고 일어섰다. 가지런히 모여 있던 두 손을 잡아 나를 일으켜 세운 그가 흔들리는 목소리로 말했다.

  "아예 보지 않을 생각인 거야?"

  "나는……."

  "벌써 많이 어두워졌는걸. 이런 시간에 널 혼자 보낼 순 없어. 네가 정 싫다고 한다면, 오늘만이라도 데려다 주게 해 줘."

  "……응."

  알렌디스의 마지막 말은 점점 잦아드는 목소리 때문에 듣기가 힘들 정도였다.

초록빛 카펫 위에 흐트러진 붉은 꽃과 하얀 꽃을 보자 미안함과 안타까움, 죄스러움이 버무려져 쓰라린 가슴이 호독호독 아려 왔다. 목에서 울컥 뜨거운 기운이 다시 치밀어 오르는 것이 느껴졌다.

흩어진 꽃들을 애써 외면하며 걸음을 뗐다.

터벅터벅, 힘겨운 내 걸음 뒤로 역시 무겁게 발을 떼는 소리가 들려왔다. 또르륵, 얼어붙은 심장 때문에 흐르지 못하는 피 맺힌 가슴을 대신해서 짓이겨진 입술에 맺힌 붉은 물방울이 흘러내렸다.

한창 무르익은 가을에 접어든 탓일까. 해가 점점 짧아지고 있었다.

귀족을 위한 상업 지구답게 마차 여러 대가 한꺼번에 지나갈 수 있을 정도로 넓게 펼쳐진 길이 보였다. 어스름이 깔리기 시작한 시각이라 그런지 귀가를 서두르는 영애들과 귀부인들의 알록달록한 드레스 자락이 바삐 움직였다. 잘 닦인 길 위로 각종 문장이 새겨진 화려한 마차들이 끊임없이 달리고, 이랴, 이랴 말을 모는 마부들의 호령 소리와 채찍이 공기를 가르는 소리가 들려왔다.

회색으로 물들기 시작한 하늘, 땅거미가 내리는 시각. 그 어수선한 분위기 속에서 나는 멍하니 걷고 있었다.

지나치게 심력을 소모한 탓일까. 꿈속을 노니는 것처럼 몽롱하고, 따뜻한 물속에 둥둥 떠 있는 것처럼 나른한 감각이 온몸을 감싸고 있었다. 머릿속은 한 꺼풀의 막이 낀 것처럼 흐리멍덩했다. 나는 그저 말없이 내 옆에서 걷고 있는 알렌디스를 따라 기계적으로 발을 놀렸다. 얼마나 걸은 것인지, 어디로 가는 것인지 알 수도 없었다. 아무런 생각도 들지 않았다. 마치 누군가가 조종하는 대로 그냥 움직이고 있는 느낌이었다.

얼마나 그렇게 걸었을까. 인형처럼 걸음을 옮기고 있던 내 발에 갑자기 뭔가가 부딪혔다. 나는 우두커니 서서 아래를 내려다보았다. 동그란 무언가가 발치에 멈춰 서 있었다. 허리를 굽혀 둥근 물체를 주워 들었다.

'이걸 뭐라고 부르더라?'

분명 이름을 알고 있었는데, 멍한 머리는 그것을 떠올리지 못했다. 나는 손에 들린 물건을 빙글빙글 돌리며 고민했다.

"아이 씨, 그러게 똑바로 좀 차라니까. 이런 일은 맨날 나한테만 시키고 있어."

저만치에서 작은 아이가 투덜거리며 달려왔다. 이리저리 두리번거리던 아이는 마침내 내 손에 들린 것을 발견했다. 망설이는 얼굴로 다가온 아이가 나와 알렌디스를 한 번씩 쳐다보고는 머뭇머뭇 입을 열었다.

"저, 아가씨."

"……"

"그거 제 공인데……."

'맞다. 공이었지.'

아무리 생각해도 떠오르지 않던 동그란 물체의 이름이 아이의 입에서 튀어나오자 무척 기뻤다. 나는 빙글빙글 돌리며 살펴보고 있던 공을 바로 세웠다. 이런 간단한 이름이 왜 생각나지 않았을까.

"아가씨?"

"……."

"저, 저기……."

앞에서 아이가 뭐라 뭐라 말하는 것이 들렸지만, 안타깝게도 그 내용은 내 머리까지 전달되지 못했다. 나는 여전히 꿈속을 노니는 듯 나른한 상태였다.

"잘못했어요, 귀족 아가씨."

"……."

"다시는 그러지 않을게요. 그러니 돌려주세요. 그거 안 가져가면 저 형한테 혼나요."

안개가 낀 것처럼 흐릿했던 머리로 아이의 말을 이해하는 데는 시간이 걸렸다. 눈치를 살피던 아이가 결국 울음을 터트렸다. 시끄러운 울음소리가 귓가를 웡웡 울렸다. 그제야 겨우 꿈에서 깨어나듯, 몽롱했던 정신이 서서히 맑아지기 시작했다.

울고 있는 아이를 내려다보았다. 제법 깔끔한 옷을 입고 있었지만 평민으로 보이는 작은 꼬마. 나는 반사적으로 화사한 미소를 지으며 들고 있는 공을 아이에게 내밀었다.

"네 것이었구나. 가져가거라."

"아……."

"자, 여기 있단다. 형한테 혼난다고 하지 않았니."

멍하니 나를 올려다보는 아이에게 다시 한 번 미소를 지으며 공을 내밀자, 눈을 쓱쓱 비빈 아이가 밝게 웃으며 공을 건네받았다.

"상냥하신 귀족 아가씨, 감사합니다!"

"그래, 조심해서 돌아가렴."

나는 상기된 표정으로 뛰어가는 아이의 뒷모습을 지그시 바라보며 생각했다.

'상냥하신 귀족 아가씨라. 상냥? 글쎄, 그렇게 보일 수도 있겠지.'

제국민을 아끼고 사랑하라. 최후의 순간 몸을 던질지언정, 차가운 이성을 유지한 상태에서 계산하고 작은 베풂을 통해 그들의 마음을 얻어 내라. 아랫사람의 사정을 돌봐 주고, 따뜻하고 인자하게 행동하라. 우리는 그들을 지배하는 자. 그들 위에 군림하는 귀족이니까. 귀에 못이 박히도록 들어온 이야기였다. 그러니 아무것도 모르는 저 아이의 눈에는 의례적인 미소를 짓는 내 모습도 그저 상냥한 아가씨로 보였을 수도 있겠지.

그런데 왜 평민 아이가 여기 있는 거지? 귀족 상업 지구에 있는 식당, 귀족 거주 구역에 있는 우리 집. 그 어느 곳에도 평민이 존재할 구석 따윈 없어 보이는데.

이상한 기분이 들어 주위를 둘러보았다. 낯선 길, 처음 보는 건물들.

'여기가 어디지?'

수도를 돌아다닐 때는 대부분 마차를 이용한 탓에 길을 잘 아는 편은 아니었지만, 아무리 봐도 이곳은 귀족 거주 구역이 아니었다. 길을 잘못 들었나? 반쯤 넋을 잃은 상태로 멍하니 걸음을 놀렸기에 내가 어디로 가고 있는지도 제대로 알아차리지 못한 모양이었다.

그럼 알렌디스는? 그도 길을 잘못 들었다는 사실을 몰랐던 걸까.

"알렌."

"……응?"

"여기, 집에 돌아가는 길이 아닌 것 같은데."

"아."

아이가 사라지자 다시 걸음을 떼려던 알렌디스는 내 말에 멈칫 멈춰 섰다. 그제야 뭔가 이상하다는 것을 알아차린 듯 주변을 살핀 그가 나를 돌아보았다. 에메랄드색 눈동자가 복잡한 빛을 띠고 있었다. 한참 동안 나를 바라보던 그가 어색한 미소를 지었다.

"……미안, 티아."

"응?"

"좀 정신이 없어서. 길을 잘못 들었나 보다. 반대쪽으로 온 것 같아."

"그렇구나. 어쩐지."

가슴이 아팠지만, 나는 애써 내색하지 않은 채 그저 고개만 끄덕였다. 한 번 보거나 들은 것은 결코 잊지 않는다는 그가 이미 여러 번 다녔던 길을 잘못 들었을 정도면 대체 얼마나 정신이 없었다는 것일까. 나는 다시금 밀려오는 죄책감에 입술을 깨물며 반대 방향으로 돌아섰다.

부지런히 발끝을 놀렸지만, 한 번 길을 잘못 든 탓에 주위가 완전히 깜깜해진 후에야 간신히 집에 도착할 수가 있었다.

"조심해서 들어가."

"응. 너도."

"……티아."

"응."

"후우."

한참을 머뭇거리던 알렌디스가 한숨을 쉬었다. 답답한 마음이 그대로 묻어 나오는 것 같은 한숨 소리. 그늘진 녹안을 차마 바라볼 수가 없어서 나는 아래만 내려다보면서 발로 땅을 팠다. 가슴이 꽉 막혀 왔다.

"아무것도 아냐. 어서 들어가 봐."

"……그래. 너도 조심해서 가, 알렌."

끝까지 그와 시선을 마주하지 못한 채, 나는 문을 지키고 있던 기사의 인사를 받으며 저택으로 들어섰다. 자꾸만 뒤가 당기는 느낌에 몇 걸음을 떼다 말고 슬쩍 돌아보았다. 조금 전 그 자리에 그대로 서서 하염없이 이쪽을 바라보고 있는 알렌디스가 눈에 들어왔다.

저택 입구를 밝혀 둔 횃불 아래 짙게 드리워진 그늘, 새까만 그림자 속에 잠긴 그의 모습을 보자 눈물이 핑 돌았다. 나는 한 손으로 입을 틀어막으며 재빠르게 몸을 돌렸다. 그리고 저택 안으로 들어설 때까지 두 번 다시 뒤를 돌아보지 않았다.

"아가씨, 표정이 왜 그리 안 좋으세요? 축제를 보러 간다고 하시더니, 마을에서 무슨 일이라도 있으셨어요?"

"리나."

"무슨 일이에요, 아가씨. 베리타 공자랑 싸우기라도 하셨어요?"

"……미안. 혼자 있고 싶어."

"대체……. 후우, 알겠습니다. 대기하고 있을 테니, 필요한 일이 있으시거든 언제든지 불러 주세요."

"그럴게. 고마워."

나는 리나가 나가자마자 곧장 침대에 몸을 날렸다. 눈물이 방울방울 흐르다가 이내 비 오듯 쏟아지기 시작했다. 알렌디스 앞에서 차마 소리를 내어 울 수가 없어서 누르고 눌렀던 것들이 홀로 남게 된 다음에서야 비로소 터져 나오기 시작했다.

베개를 끌어안고 얼굴을 묻었다. 방 밖까지 소리가 들리지 않도록 베갯잇을 입안 가득 물고서 나는 목 놓아 울었다. 세상에 단둘밖에 없는 소중한 사람의 마음을 외면해 버린 나에 대한 미움과 바보 같은 나 자신에 대한 자책감이 뒤섞여서 쏟아져 나왔다. 그래서 나는 한참 동안 그렇게 울고 또 울었다.

퉁퉁 부은 눈에서 화끈거리는 느낌이 들고, 목이 잠겨 목소리가 나오지 않게 되었을 때에야 나는 흠뻑 젖어 버린 베개를 품에서 떼어 냈다. 온몸이 축 늘어지는 기분이었다.

흐느적거리는 다리에 힘을 주어 촛불을 끄기 위해 일어서려는데, 가냘픈 울음소리와 함께 부드럽고 몽글몽글한 것이 내게 매달렸다. 잘 떠지지 않는 눈에 힘을 주어 아래를 내려다보자, 작은 은빛 고양이가 보였다.

'너를 잊고 있었구나, 루나야.'

나는 힘이 들어가지 않아 부들부들 떨리는 팔로 간신히 루나를 안아 들었다. 아무런 근심도 걱정도 없는 눈으로 나를 말똥말똥 올려다보는 아기 고양이를 보자 가슴이 미어졌다.

'너를 내게 데려다 준 사람도 알렌디스였는데.'

잠시 다른 생각에 잠긴 탓인지, 아차 하는 순간 축 처진 팔에서 힘이 빠졌다.

'안 돼, 루나야!'

꽉 잠겨 버린 목에서 소리 없는 비명이 터져 나왔다. 천만다행으로 은빛 고양이는 바닥에 무사히 착지했다. 안도의 한숨을 내쉬는 나를 향해 앙칼지게 운 아기 고양이가 구석진 곳으로 달려갔다. 탁자 밑에서 나올 생각을 하지 않는 루나를 보자 걱정이 되었다.

'혹시 다치기라도 했으면 어떡하지.'

떨리는 다리에 힘을 주어 일어났다. 자신을 향해 다가오는 나를 본 새끼 고양이가 몸을 휙 돌리다가 그만 탁자 다리에 부딪혔다.

와르르.

알렌디스와의 대결을 복기해 보기 위해 탁자 위에 올려 두었던 체스판과 말들이 우르르 쏟아져 내렸다. 요란한 소리에 깜짝 놀란 루나가 언제 외면했냐는 듯 내게 달려와 매달렸다. 나는 온통 어질러진 바닥에 주저앉아 바들바들 떠는 아기 고양이를 안아 들었다.

"괜찮아. 아무 일도 아니란다. 진정해."

잘 나오지 않는 목소리로 속삭이며 거듭 쓰다듬자, 조금씩 루나의 떨림이 잦아들었다. 어느새 황금색 눈동자가 스르르 감겼다.

잠든 루나를 안고 일어서려는데, 너울너울 흔들리는 촛불에 의해 벽에 크게 드리워진 체스 말들의 그림자가 보였다. 그 모습에 문득 마을에서 보았던 그림자 연극이 생각났다. 하얀 천 뒤에 몸을 숨긴 채 그림자로만 움직이던 인형들도 떠올랐다.

조심스럽게 은빛 고양이를 내려놓고서 발치에 쓰러져 있는 비숍을 집어 들었다. 벽에 커다랗게 내 손과 함께 비숍의 그림자가 드리워졌다. 손을 이리저리 움직이자 그림자도 따라서 움직였다.

동그란 모자를 쓴 비숍을 보고 있자니 알렌디스가 생각났다. 언제나 비숍을 기가 막히게 활용하던 그가.
 알렌디스를 생각하자 다시 가슴이 욱신욱신 쑤셨다. 만일 내가 그에게 다른 대답을 했다면 어땠을까? 내가 그에 대해 가진 감정은 정말로 그게 다였을까? 조금만 더 시간이 지났더라면 나는 그와 같은 색깔의 마음을 가질 수도 있지 않았을까?
 벽에 드리워진 비숍과 다른 말들의 그림자를 멍하니 바라보다가 나는 떨어져 있는 체스판을 펼쳐 들었다.
 딸깍.
 비숍을 흑색 칸 위에 내려놓았다. 흐트러져 있는 말들을 모으던 손가락이 그중 하나를 집어 들었다. 백색 퀸.
 '아냐, 이거 말고.'
 나는 퀸을 내려놓고 대신 룩을 체스판에 올려놓았다. 그가 내게 집착하는 경향이 있다고 했던, 마치 성벽과도 같은 모양의 장식을 두르고 있는 말, 룩을.

"이제 정말로 나만의 아가씨가 되어 주지 않을래?"

 "⋯⋯좋아."
 벽에 드리워진 비숍의 그림자가 묻자, 망설이던 룩의 그림자가 대답했다. 뛸 듯이 기뻐한 비숍의 그림자가 룩을 향해 다가갔다.
 움찔. 룩의 그림자가 한 칸 뒤로 물러났다. 비숍이 다가갈수록 룩은 뒤로 물러섰다. 나는 한숨을 내쉬며 비숍을 제자리에 멈춰 세웠다.
 슬픔에 찬 에메랄드색 눈동자가 떠올랐다. 다정한 알렌디스. 따뜻한 알렌디스. 상냥한 알렌디스. 언제나 나를 아끼고 사랑해 주던 알렌디스.

'너는 왜 그를 사랑하지 못하는 거야, 아리스티아.'

잘 생각해 봐. 그만한 남자가 어디 있어. 세상 어느 남자가 그보다 더 너를 아껴 줄 수 있을 거라 생각해? 마음을 돌려 봐. 네겐 너만 바라보고 있는 그가 보이지 않는 거야? 당장 마음이 가지 않는다면, 그를 사랑하려 노력하면 되잖아. 거리를 좁혀 봐. 그렇게 물러서지만 말고.

제자리에 멈춰 선 비숍을 대신해 룩을 움직였다. 한 칸, 두 칸. 벽에 비친 룩의 그림자가 한 자리에 서서 자신을 바라보고 있는 비숍을 향해 조금씩 다가갔다. 멀기만 했던 거리가 서서히 좁혀졌다. 하지만 세 칸이 남았을 때, 룩은 그 자리에 못 박힌 것처럼 움직이지 않았다. 축 늘어진 팔에 억지로 힘을 주어 움직이려 해 봐도 룩의 그림자는 요지부동이었다. 마치 비숍과의 거리는 여기가 한계라는 것처럼.

줄어들지 않는 거리, 움직이지 않는 룩의 그림자.

쓴웃음이 나왔다. 그보다 더 좋은 사람은 없을 것임을 알고 있으면서도 다가가지 못하는 이 저주받은 심장. 세상에 둘도 없는 소중한 사람에게 상처를 줘 버리고 만 나라는 여자. 이 얼마나 차가운가. 이 얼마나 잔인한가. 이 얼마나…… 무정한가.

답답해져 오는 가슴을 주먹으로 쿵쿵 두들겼다. 하지만 아무리 거세게 두드리고 깊은 한숨을 내쉬어도 갑갑한 속은 결코 시원해지지 않았다. 지금 알렌디스의 기분도 이럴까.

답을 기다리며 잔뜩 긴장하고 있던 녹안을 떠올리자, 그와 비슷한 빛을 품고 있던 바닷빛 눈동자가 생각났다. 장난기 어린 푸른 눈동자도. 그들에 대한 내 마음은 어떤 것일까? 나는 혹시 알렌디스에게 그랬던 것처럼 그들에게도 상처를 안겨 주고 있었던 것은 아닐까.

반사적으로 눈이 바닥으로 향했다. 나는 흩어진 말 속에서 찾아낸 흑색 나이트를 체스판 위에 올려놓았다.

'카르세인.'

간혹 흠칫 놀랄 정도로 과하다 싶은 접촉을 해 오는, 강렬한 눈빛을 보내다가도 유치하게 장난을 걸어오며 웃는 그. 첫 만남은 썩 유쾌하지 않았지만, 어느새 조금씩 다가와 마음속 한자리를 차지한 붉은 머리카락의 청년.

"어쭈, 이 선배님을 놓고 불경한 생각을 하고 있다 이거지."

나이트의 그림자가 펄쩍 뛰었다. 그는 당장에라도 알밤을 먹이겠다며 부르르 떨었다. 입가에 절로 미소가 그려졌다.

'카르세인을 향한 내 감정은 무엇일까?'

알렌디스와 같은 포근함은 없지만 또 다른 의미에서의 안락함을 주는, 늘 어른스러워야 한다고 강요받던 나를 비로소 내 나이처럼 느끼게 해 주는, 함께 있으면 즐거움에 항상 웃게 만드는 그를 향한 이 느낌은 무엇일까.

룩을 향해 다가오던 나이트의 그림자가 어느 순간 우뚝 멈춰 섰다. 앞으로 나설 듯 말 듯 움직이지 않는 나이트를 향해 룩이 한 칸 움직였다. 세 칸을 남기고 멈춰 선 룩의 그림자가 머뭇거렸다.

한참을 망설인 끝에 앞으로 나서려다 말고 룩의 그림자는 다시 주춤했다. 다가오지 않고 그 자리에 가만히 서 있는 나이트의 그림자가 눈에 들어왔다.

알 수 없는 나이트의 속내, 무작정 좁히기에는 두려운 거리.

우물쭈물하던 룩은 결국 그 자리에 멈춰 섰다. 세 칸을 남기고서. 망설이는 룩을 본 나이트의 그림자가 장난스럽게 웃었다. 잠시 그 모습을 바라보다가 나는 한숨을 쉬며 체스판 위에 있던 비숍과 나이트를 치웠다.

'이게 무슨 짓인가. 체스 말이나 치우자.'

바닥에 여기저기 쓰러져 있는 체스 말을 하나씩 줍는데, 문득 그늘진 곳에 떨어져 있던 킹이 눈에 들어왔다. 나는 머뭇머뭇 킹을 주웠다.

딸깍. 체스판 위에 킹이 놓였다.

벽에 비친 킹의 그림자. 그리고 반대편에 서 있던 룩의 그림자. 킹을 본 룩이 화들짝 놀라 체스판 끄트머리, 그늘에 가려 잘 보이지 않는 어둠 속으로 숨어들었다. 그런 룩의 행동을 보지 못한 것인지, 킹의 그림자는 룩의 태도 같은 건 전혀 신경 쓰지 않는다는 태도로 꼿꼿하게 서 있었다. 한동안 고고하게 서 있던 킹은 어느 순간 어둠 속에 숨어든 룩을 향해 점점 다가왔다. 쭈뼛대던 룩이 조심조심 어둠 속에서 걸어 나왔다.

"이제는 내가 무섭지 않은가."

어둠 속에 반쯤 가려진 룩을 향해 킹의 그림자가 물었다. 주위의 그 어떤 것도 개의치 않는다는 태도로 킹의 그림자가 룩을 향해 성큼성큼 다가왔다. 룩의 그림자가 바르르 떨며 뒤로 물러났다. 킹의 그림자가 서슴없이 다가갈 때마다 룩은 조금씩 뒤로 물러났다. 한 걸음, 또 한 걸음씩.

그때, 촛불이 크게 일렁였다. 벽에 비친 킹의 그림자가 두 개로 분리되었다. 흠칫 놀란 룩이 어둠 속으로 숨어들었다. 또 다른 자신을 본 킹의 그림자가 씁쓸한 어조로 말했다.

"나 자신을 있는 그대로 봐 주면 안 되겠나?"

두 개의 그림자를 보자 잠시 잊고 있던 고민이 떠올랐다. 과거의 그와 지금의 그. 킹이 자신에게 다가오는 것을 지켜보던 룩은 킹의 어느 그림자를 기다리고 있던 것인가. 룩이 바라보는 것은 두 개의 그림자 중 어떤 것인가. 나를 혼란스럽게 하는 것은, 얼어붙은 이 심장이 한 번 더 살아날 수 있을 거라 희망을 품게 하는 사람은 과거의 그인가, 아니면 지금의 그인가.

두 개의 그림자, 두 명의 황태자 전하.

짙고 옅은 두 킹의 그림자, 같으면서도 다른 두 사람.

두 개의 킹 사이에서 룩의 그림자가 갈팡질팡했다. 그 모습을 바라보는 내 시선도 이리저리 흔들렸다. 과거의 기억을 없애지 않는 한 계속될 혼란스러운 머리, 복잡한 심정. 이러지도 저러지도 못하는 룩을 보며 한숨을 쉬었다.

룩의 그림자를 반쯤 잠식하고 있는 탁자 그늘, 그 새까만 어둠을 보자 문득 저 어두운 그늘처럼 검은 머리카락을 갖고 있던 그녀가 생각났다.

'내겐 모든 것이었던 그를 앗아 갔던 그녀, 지은.'

혼란스럽던 마음이 서늘하게 가라앉았다. 모두가 부질없다는 생각이 들었다. 킹의 그림자가 하나건 둘이건 간에 저 짙은 그늘에 들어가면 보이지 않는 것은 매한가지 아닌가. 지금의 그가 아무리 내게 관심을 보인다 한들, 곧 있으면 나타날 그녀에게 또다시 마음을 빼앗긴다면 끝인 것처럼. 그 이전에 현재의 그에게 사랑받는다 하여 내 심장이 다시 뛰리라는 보장도 없지 않은가.

휘청이는 다리에 힘을 주어 간신히 일어났다.

딸깍.

탁자 위에 킹과 룩을 내려놓고서 잠든 루나를 조심스럽게 안아 들었다. 침대 근처에 마련해 둔 폭신한 쿠션 위에 루나를 내려놓은 뒤 다시 한 번 탁자 위를 돌아보았다.

일렁이는 촛불 때문에 여전히 두 개로 보이는 킹의 그림자.

그늘에 반쯤 가려져 잘 보이지 않는 룩의 그림자.

길게 한숨을 내쉬고서 촛불을 훅 불어서 껐다. 어둠에 잠긴 방 안에서는 더 이상 비숍도, 나이트도, 그리고 킹의 그림자도 보이지 않았다.

'곧 지은이 올 거야. 그때까지 전하에 대해 판단하는 건 미뤄 둬야지.'

복잡한 심정으로 나는 시트를 머리 위로 끌어 올렸다.

몹시 피곤한 하루였다.

외전

달을 쫓는 그림자

외전. 달을 쫓는 그림자

난 특별한 아이였다. 세간에서는 흔히 나를 천재라 불렀다. 보통 천재도 아니고, 희대의 천재라고. 늘 칭송을 받았지만 정작 나는 무덤덤했다. 내겐 그게 당연한 거였으니까.

내가 태어나던 순간을 기억한다. 그 당시 어머니를 돕던 하녀들의 대화도, 나를 처음 본 아버지가 했던 말도, 엉덩이를 맞았을 때의 아픔도.

어떤 책이건 말이건 행동이건 간에 한 번 경험한 것은 굳이 애를 쓰지 않아도 방금 있었던 일처럼 생생하게 떠올랐다. 몇 년, 몇 월, 며칠, 몇 시에 어느 장소에 있었는지, 그때 있었던 사람은 누군지, 그 장소에 있던 물건과 사람들이 입었던 옷은 무엇이고, 형태는 어떻고, 색깔은 뭐였는지. 내가 기억하지 못하는 것은 없었다. 아무리 어렵다는 책을 가져와도, 남들은 몇 년씩 걸려 배운다는 것도 나는 단 한 번 보는 것으로 모두 습득해 버렸다.

사람들은 나를 동경했지만, 정작 가족들은 기뻐하면서도 두려워했다. 평범한 머리를 가진 어머니도, 제법 똑똑한 축에 속하는 병약한 형도, 심지어는 머리 좋은 집안이라 소문난 우리 가문에서조차 손꼽히는 수재인 아버지까지도. 한 번 보기만 하면 무엇이든 외우는 덕분에 사람들의 표정이나 말투를 통해 감정을 파악하는 데도 능숙했던 내가 그런 눈치를 채지 못할 리가 없었다.

천재적인 면모를 보이지 않으려 애를 썼지만, 애초에 평범하지 못한 내가 평범한 아이처럼 구는 것에도 한계가 있었다. 나는 점점 고립되어 갔다.

머리가 좋은 사람일수록 자신을 뛰어넘는 천재를 두려워한다고 하던가. 고작 다섯 살짜리였던 내가 대단한 수재라 불리던 자신조차 한참 동안 들여다봐야 해결할 수 있는 계산식을 단숨에 풀어내는 것을 보았을 때 아버지의 표정을 아직도 잊을 수가 없다.

아니, '아직도'라는 표현은 잘못된 건가. 처음부터 내게는 망각이라는 것이 존재하지 않았으니.

아버지는 자신이 납득할 수 있을 정도로만 뛰어난 내 형, 알렉시스를 나보다 훨씬 예뻐했다. 이해할 수 있었다. 그도 사람이니까. 책에서 본 바에 따르면 인간이란 원래 그런 생물이니까.

하지만 마음은 늘 공허했다. 아버지와 어머니를 향해 환하게 웃는 형을 보면 심장 한쪽이 쿡쿡 쑤시는 듯했다.

'빌어먹을, 같은 배에서 나온 자식인데.'

처음에는 그저 가슴이 아픈 정도였지만, 자꾸만 원망이 쌓였다. 나보다 훨씬 머리도 달리고 능력도 떨어지는 놈만 예뻐하는 부모라는 자들이 밉고, 별 볼 일 없는 형이라는 작자가 증오스러웠다.

방계 친척들의 수많은 반대에도 불구하고 아버지가 형을 가문의 정식 후계자로 정했을 땐 살인 충동이 들었다.

'저놈만 없으면 되는데. 덜떨어진 형이란 작자만 없으면 이 집안의 모든 것이 내 것인데.'

물론 이 머리를 가지고 행정부에 나간다면 작위를 얻는 것 정도야 간단했지만, 공작가에 딸려 오는 재력과 권력에 비할 바는 못 됐다. 울컥하는 마음을 누르며 후일을 기약했다. 아직은 나이가 어려 아버지의 결정에 반발할 힘이 없으니, 성인이 된 이후를 기다리기로.

그러던 어느 날.

우연히 복도를 지나던 나는 아버지의 방에서 흘러나오는 대화를 듣게 되었다. 내 인생을 바꿔 놓은 그녀에 대한 이야기를.

"모니크 영애 말이오. 알렉시스의 짝으로 어떨 것 같소?"

"네? 어찌 그런 무서운 말씀을 하십니까. 모니크 영애라면 황태자비가 되실 분이거늘, 누가 듣고 오해라도 할까 저어됩니다."

"그건 그렇군. 미안하오, 부인. 내 공연한 이야기를 한 듯하오."

실소가 터져 나왔다. 모니크가의 여식은 신탁의 아이라 불리는 여자가 아니던가.

'차기 황후로 낙점되어 있는 영애를 겨우 그 멍청이의 아내로 삼겠다고? 꿈도 야무지시군.'

혀를 차며 돌아서다 멈칫했다. 반역을 꿈꾸는 게 아닌 이상, 냉철하다 소문난 아버지가 생각 없이 그런 말을 내뱉지는 않았을 터. 설마 모니크가와 황실 사이의 혼약이 어그러질 징조라도 있는 건가.

폐하께서 모니크가를 버리지는 않으실 테니, 그렇다면 후작이나 영애 쪽에서 황실과의 혼약에서 벗어나고자 하고 있는 모양인데.

'설마 모니크 가문에서만 쓸 수 있는 그것, 맹세를 활용할 생각인가?'

그런데 그 가문도 참 웃기는군. 무엇 때문에 제 복을 발로 찬단 말인가. 더욱이 신탁 때문에 감히 그 자리에 도전할 다른 가문도 없는 상황에서.

호기심이 생겼다. 더불어 잘됐다는 생각도 들었다. 황태자를 걷어차겠다는 여자가 어떻게 생겼을지 궁금하기도 했고, 대체 무슨 짓을 했기에 저 아버지의 눈에 들었는지도 알고 싶었다. 게다가 그 여자, 모니크가의 유일한 직계가 아닌가.

'한번 꼬셔 봐?'

빌어먹을 알렉시스의 여자로 점찍어 둔 걸 낚아챈다면 아버지도 속이 좀 쓰릴 테지. 그뿐인가? 모니크가라면 공작가에 준하는 대우를 받는 개국공신에 대대로 명문가가 아닌가. 만일 하나밖에 없는 적녀인 그녀와 결혼이라도 하게 되면 작위가 내게 넘어올지도 모르는 일. 이거야말로 일석이조가 아닌가.

"베리타 공작가의 차남, 알렌디스 데 베리타라고 한다. 후작 영애를 좀 뵙고 싶은데."

방문 요청부터 넣는 것이 예의라는 것은 알고 있지만, 빌어먹을 아버지와 멍청한 알렉시스에게 한 방 먹이려면 몰래 일을 추진해야 했다. 해서 다짜고짜 찾아갔지만, 뜬금없는 방문객임에도 침착한 고용인들의 모습에 내심 흡족했다. 안내를 받아 도착한 응접실 역시 마음에 들기는 매한가지였다. 아늑하고 포근한 분위기, 화려하지 않으면서도 세련된 실내 장식.

'역시 명문가는 다르다 이건가.'

잠시 기다리자, 자그마한 소녀가 전속 시녀로 보이는 여자와 함께 들어섰다. 올여름에 열 살이 되었다고 했던가. 제 나이 또래보다도 훨씬 작아 보이는 여자아이의 모습은 귀여움과는 거리가 멀었다. 갸름한 얼굴과 마른 몸매, 차분한 느낌의 밋밋한 푸른 드레스는 귀엽다기보다는 신비롭고 우아했다.

내심 놀랐다. 집에 이따금 찾아오는 시끄럽고 무식한 여자아이들과 비슷한 나이일 것임에도 소녀에게는 아이 특유의 분위기가 없었다. 은은하게 빛나며 구불구불 물결치는 은빛 머리카락 때문인지, 소녀에게는 아이들 특유의 활달하고 밝은 분위기 대신 현실과 격리된 듯한 몽환적인 느낌이 있었다.

"처음 뵙겠습니다, 베리타 공자. 아리스티아 라 모니크입니다."

소녀의 인사에 다시 한 번 놀랐다. 차분하기 그지없는 목소리는 열 살짜리 아이라고 보기에는 무리가 있었다. 맞은편에 자리 잡은 여자아이가 나를 응시했을 때, 직감적으로 느꼈다. 이 아이는 나와 동류라고. 얌전한 척 숨기고 있지만, 나는 황금색 눈동자에서 소용돌이치는 광기와 깊은 어둠을 보았다.

두근.

태어난 이래 단 한 번도 동요해 본 적이 없는 심장이 조금씩 빠르게 뛰었다.

"영애께서 이번에 새로 도입된 사치세를 제안하신 분이 맞습니까?"

"……네."

내게 필적할 바는 아니었지만, 소녀는 내 주위를 둘러싸고 있는 각종 골 빈 것들이나 멍청한 알렉시스보다는 훨씬 머리가 좋고 이해도 빨랐다.

반쯤은 오기로 온 것이었는데, 진심으로 흥미가 생겼다. 갑작스럽게 말을 놓으며 들이대는 나 때문에 잔뜩 당황한 모습이 제법 귀여웠다. 현실에서 동떨어진 듯 몽롱한 분위기도, 다른 사람과는 달리 제법 대화가 통하는 점도 모두 마음에 들었다.

하지만 무엇보다 흥미가 생겼던 것은 다짜고짜 청혼을 하는 나를 막아선 자신의 아버지, 후작을 바라보는 소녀의 눈빛을 보았을 때였다.

황금색 눈동자에서 휘몰아치던 짙은 어둠과 광기를 보았을 때, 나처럼 사랑받지 못한 자 특유의 눈빛이라 생각했다. 손을 쥐었을 때 흠칫 놀라며 뿌리치던 행동, 하얗게 질린 얼굴로 덜덜 떨고 있는 모습에 어쩌면 학대받고 있는 것이 아닌가 생각했다. 그런데 그것은 아닌 것 같았다. 사랑스럽다는 듯 자신의 딸을 바라보고 있는 후작을 향한 소녀의 눈빛은 정말로 황홀했다. 몽환적인 분위기를 삽시간에 날려 버린 소녀의 눈에서 뿜어져 나오는 깊은 어둠, 필사적으로 자신의 아버지에게 매달리고 있는 집착과 맹목적인 광기에 나는 넋을 잃었다.

미치도록 아름다웠다. 갖고 싶었다.

'저 광기가, 맹목적인 집착이 나를 향한다면 어떨까?'

생각만 했을 뿐인데도 심장이 미친 듯이 뛰기 시작했다. 멍청한 알렉시스에게 엿을 먹이겠다는 애초의 생각 따위는 저 멀리 날아가 버렸다. 무슨 수를 써서든 저 눈빛이 나를 향하게 하겠다고 결심했다.

하지만 나는 처음으로 느껴 본 황홀한 감각에 빠져 중대한 실수를 해 버렸다. 잠깐 표정 관리를 하지 못한 사이, 소녀의 아버지가 나를 봐 버린 것. 잔뜩 경계하는 그를 보며 속으로 코웃음을 쳤다.

'흥, 그래 봤자야. 딸에게 약한 것은 이미 파악했으니, 저 아이만 나에게 넘어오면 돼. 그럼 대놓고 반대는 못할 테지. 뭐, 기다리는 데는 이골이 났으니 괜찮아. 조금씩 천천히, 내게 빠지도록 해 주겠어.'

"아리스티아."

"……응?"

정상적이지 않은 아이라고는 생각했지만, 소녀는 정말 이상했다. 그녀는 마치 다른 세계에서 온 사람처럼 현실과 동떨어진 느낌을 뿜어냈다. 웃지 않았다. 그렇다고 울지도 않았다. 화를 내는 모습도 본 적이 없었다. 신체적 접촉을 눈에 띄게 싫어하는 것이나 제 아버지를 바라볼 때를 제외하면 소녀는 감정이라는 것이 없는 인형과도 같았다.

오기가 생겼다. 네 아버지를 향한 그 황홀한 모습을 내게도 보여 줘. 갖고 싶어. 보고 싶어. 그 맹목적인 집착, 어두운 광기를 내게도 보여 줘. 응? 미칠 듯 아름다운 그 모습을 내게 보여 줘. 제발, 사랑스러운 내 인형 아가씨.

몽환적인 눈에서 감정이 새어 나오도록 하는 데 꼬박 이 년이라는 세월이 걸렸다. 무수히 많이 시도한 끝에 신체적 접촉에도 어느 정도 익숙해지도록 만들었다. '부드럽게, 따뜻하게, 조금씩, 천천히'를 되뇌며 상냥한 친구, 다정한 연인을 연기했다. 내 안에 숨어 있는 어두운 광기를 들킨다면 맹목적인 믿음을 얻을 일은 평생 없을지도 모르니까. 이제는 끌어당기면 반항 없이 다가오는 따뜻한 온기를 안으면서, 구불구불 물결치는 보드라운 머리카락을 쓸어 넘기면서 나는 소녀를 조금씩 내게 길들여 갔다.

"알렌디스."

"불렀어, 내 아가씨?"

숱한 노력에 대한 보상일까. 나를 향한 황금색 눈동자에 그토록 바라 마지않던 빛이 어리기 시작했다.

집착, 광기, 어둠, 맹목적인 믿음.

황홀했다. 아름다웠다. 당장에라도 가둬 놓고 나만 바라보게 하고 싶었다. 그 눈빛을 떠올릴 때마다 미친 듯이 가슴이 뛰었다. 그래서 매일같이 소녀를 찾았다. 빌어먹을 황실과의 혼약만 아니었다면, 데려갈 수 있는 여건만 되었다면 분명 아무도 모르는 곳에 꽁꽁 숨겨 놓고 누구에게도 보여 주지 않았을 것이다. 나는 나를 향한 집착과 맹목적인 믿음을 보이는 작은 은발 아가씨에게 그렇게 조금씩 빠져들었다.

"오늘도 황궁에 가?"

"응."

젠장할.

벗어나기 위해 안간힘 쓰고 있다고 할지라도 소녀는 어쨌든 황태자의 약혼녀였다. 그녀는 황제의 명 때문에 가끔씩 황태자와 시간을 보내야 했다.

보내고 싶지 않았다. 보여 주고 싶지 않았다. 그 찬란한 아름다움을 혹시라도 황태자가 알아차릴까 봐 두려웠다. 소녀가 입궁하는 날마다 지옥 같은 시간을 보냈다. 겉으로는 아무렇지도 않은 척 웃었지만, 치밀한 정보 수집을 통해 황태자는 내 아가씨에게 관심이 없다는 사실도 잘 알고 있었지만, 그럼에도 이런 일이 있을 때마다 매번 불안에 떨었다. 혹시라도 빼앗길까 무서웠다.

"다시."

주르륵. 뜨거운 찻물을 바닥에 부었다.

가문의 문장, 동그랗게 말린 월계수 잎 사이로 교차된 두 개의 열쇠가 수놓여 있는 카펫 위로 투명한 찻물이 방울방울 흐르다가 스며들었다. 곧이어 시녀가 덜덜 떨리는 손으로 다시 차를 대령했다. 한 모금 마신 뒤 다시 찻잔을 기울였다.

'더럽게 맛없군.'

주르륵. 물기를 흠뻑 머금은 카펫 위에 또다시 찻물이 흘렀다.

"다시."

빌어먹을, 차 하나 제대로 못 타나. 내 아가씨가 타 주는 차의 백분의 일만큼이라도 만들어 내야 할 것 아냐.

욱신거리는 가슴을 꽉 움켜쥐었다. 지금쯤이면 황태자와 함께 차를 마시고 있겠지? 나와 후작에게만 향하는 아름다운 그 눈빛을 보여 주진 않는다 해도 차분하게 조용조용 대화를 나누고 있을 거야. 보일 듯 말 듯 미묘하게 입꼬리를 끌어 올리는 특유의 잔잔한 미소를 지으면서.

질투심이 활활 타올랐다. 당장에라도 황궁에 가서 끌고 나오고 싶었다. 끓어오르는 가슴을 쥐어뜯으며 나는 시녀가 내미는 새로운 차를 그대로 카펫 위로 부어 버렸다.

"다시!"

"죄, 죄, 죄송합니다, 도련님."

챙그랑.

그렁그렁 눈물을 머금은 시녀가 빈 찻잔을 받아 들다 말고 그만 떨어뜨렸다. 물기를 머금은 카펫 위로 사기 조각이 흩어졌다. 가뜩이나 날카로운 신경이 뚝 끊어졌다.

'멍청한 것, 무엇 하나 제대로 하는 게 없군. 하긴 원래 이 집안엔 멍청한 것들투성이였지. 나를 제대로 볼 생각조차 안 하는 아버지에, 눈치만 살피는 어머니에다가 말할 필요도 없이 형편없는 그 자식까지.'

"꺼져."

소리 없이 굵은 눈물방울만 뚝뚝 떨어뜨리던 시녀가 허둥지둥 밖으로 나갔다.

나는 산산이 부서진 찻잔을 한 번 바라본 뒤 신경질적으로 책을 집어 들었다. 얼마 전 소녀가 즐겁게 읽었다고 한 『대륙전기』. 오래전에 읽어 토씨 하나 틀리지 않고 외우고 있는 책이지만, 소녀가 읽었다기에 다시 한 번 펼쳐 보고 있었다. 작은 은발 아가씨의 성격을 고려해 어느 부분을 흥미롭게 읽었을지, 어느 부분을 이야기하면 좋아할지 분석하면서.

"알렌디스."

"뭡니까. 하찮은 제게 무슨 볼일이라도?"

"기분이 몹시 좋지 않아 보이는구나. 대체 무슨 일이니?"

"무슨 상관이십니까?"

"오늘따라 일찍 돌아왔구나. 혹 모니크 영애와 무슨 일이라도……."

"나가십시오. 하찮은 제게는 관심 끄고, 가서 잘난 형이나 보살피란 말입니다."

물기 어린 초콜릿 색깔의 눈동자를 외면했다.

'그딴 눈으로 바라보지 마. 나만을 사랑해 줄 것이 아니라면, 나만 봐 줄 것이 아니라면 그딴 눈으로 바라보지 마. 이제 와서 신경 쓰는 척하지 마. 가서 당신이 그토록 예뻐하는 자랑스러운 큰아들이나 끼고 살아. 내겐 당신 따윈 필요 없어. 내 아가씨처럼 나만 바라볼 것이 아니라면 꺼져 버려!'

어머니라는 사람이 눈물을 흘리며 돌아서건 말건 나와는 관계없는 일이었다.

'빌어먹을, 별 쓸데없는 것 때문에 시간을 낭비했잖아.'

나는 다시 책에 온 정신을 집중했다. 내일 소녀를 만나면 해 줄 이야기를 정리해야 했다.

"알렌디스, 폐하께서 너를 이번 구휼 작업에 데려가라고 하시는

구나."

　자제했어야 했는데, 미치도록 아름다운 그 눈빛을 하루라도 보지 않으면 참을 수가 없었다. 때문에 매일같이 모니크 후작가를 찾은 것이 결국 동티가 난 모양이었다. 명분은 병약한 형을 대신하여 차남인 내가 아버지를 수행해야 한다는 것이었지만, 누가 봐도 겨우 열다섯에 불과한 나를 구휼 작업에 보내는 것은 무리가 있었다.

　'보나 마나 황제가 시킨 일일 테지. 소녀의 주위를 맴도는 내가 맘에 들지 않을 테니.'

　어쩔 수 없이 아버지를 따라 수도를 떠났다. 내게는 거부할 수 있는 힘이 아직 없었으니까. 어쩐지 몹시 뒤가 당겼지만, 기왕 떠나게 된 것, 가서 명성이나 확실히 만들고 오자고 생각했다. 나중을 대비해서. 내 아가씨를 옆에 데려올 날을 위해서.

　하지만 이듬해 봄 수도로 돌아왔을 때, 소녀는 이미 혼자가 아니었다. 내 아가씨의 곁에는 그녀의 가치를 알아챈 듯 주위를 빙빙 맴돌고 있는 놈이 있었다. 능글맞은 황제가 보낸 듯한 근위 기사도.

　솟구쳐 오르는 짜증을 누르며 과시하듯 소녀를 끌어안았다. 활짝 미소를 지으며 매달리는 여아를 보자 늘 공허했던 마음이 가슴 깊은 곳까지 꽉 차오르는 기분이었다.

　처음이었다, 그런 느낌은.

　처음 만났을 때의 덜덜 떨던 모습은 어디로 갔는지 자청해서 품 안에 파고드는 작은 은발 아가씨가, 손에 감기는 보드라운 머리카락의 감촉이 너무도 사랑스러웠다.

"알렌."

젠장. 처음엔 그저 알렉시스의 여자를 뺏어 보겠다는 생각으로 접근했을 뿐이었는데, 모니크가를 한번 삼켜 볼까 하는 심산이었을 뿐이었는데, 내게 집착하는 눈길을 받는 게 좋았을 뿐이었는데, 어느새 소중해져 버렸다. 아무에게도 허락하지 않던 애칭을 부르며 수줍게 웃는 소녀를 보자 텅 빈 가슴이 차올랐다. 애정이 가득한 눈으로 눈물을 보이는 내 아가씨를 보자 심장이 뻐근했다.

제기랄. 이제는 그 눈빛만이 아니라 소녀 자체를 갖고 싶었다. 내게 보이는 맹목적인 믿음은 여전히 황홀했다. 하지만 다른 것도 그 믿음 못지않게 소중해졌다. 희미하게 짓는 미소가, 알렌이라 부르는 차분한 음성이, 강물처럼 반짝이는 은빛 머리카락이, 나를 가득 담고 있는 황금색 눈동자가.

'망했군.'

내 그물에 소녀를 가둔 줄 알았는데, 어느새 내가 그물에 갇혀 버렸잖아. 허탈한 웃음이 나왔지만, 이것도 나쁘지 않다고 생각했다. 나를 바라봐 주기만 한다면, 하찮은 이 몸과 마음 따위는 전부 다 바칠 수 있었다.

"자리를 옮길까요, 라스 공자?"

"뭐, 좋습니다."

우선 이놈부터 처리해야겠지. 카르세인 데 라스.

이름은 익히 들어 알고 있었다. 나와 같은 해에 태어난 데다 똑같이 천재라고 불리고, 둘 다 공작가의 아들이었으니까. 검술에 있어서는 타의 추종을 불허한다고 했지만 겨우 한 가지에서 두각을 보이는 저런 놈과 내가 동급이라니, 내심 어이가 없었다.

"라스 공자, 제가 없는 사이에 티아를 잘 지켜 주셔서 고맙군요."

"……."

"한 번쯤 뵙고 싶었답니다. 앞으로 자주 뵐 일이 있을지는 모르겠지만, 이렇게라도 한 번 만나 뵙게 되니 다행입니다."

"뭐라고?"

아주 돌머리는 아닌가 보군. 내가 돌아왔으니 꺼지라는 말을 알아들은 것을 보면. 겉으로는 온화한 미소를 유지하면서 비웃는 눈초리로 놈을 바라보았다. 다른 곳이었다면 미소 따위 절대 지어 주지 않았겠지만, 여긴 내 아가씨의 집이니 표정 관리 정도는 해줘야 했다.

"하, 이게 진짜. 야, 너, 네놈 성격 대충 파악한 거 같으니 본색을 드러내 보시지?"

"무슨 말씀이십니까?"

"쟤 앞에서만 온화한 척하는 거 다 파악했으니까, 한번 성격 드러내 보라고, 풀떼기 새꺄."

이것 봐라? 제법 귀엽게 놀 줄도 아네. 큭, 괜히 공작가의 아들이 아니라는 건가. 나는 입꼬리를 끌어 올리며 웃었다.

"제법 눈치는 있나 보군, 당근 같은 자식."

"뭐라고? 당근?"

"풀떼기라며? 네놈 수준을 보아하니 머리색에 비유한 게 뻔하고. 좋겠다? 당근도 풀떼기에 속하니, 내 밑이군그래."

"이 자식이 진짜!"

"겨우 그 정도 도발밖에 못하다니, 유치하기 짝이 없군. 백날 덤

벼 봐라. 네놈 머리로 날 이길 날이 오나."

어이없어 하는 당근놈의 붉으락푸르락하는 얼굴을 보며 짙게 미소를 지었다. 내가 없는 사이 내 아가씨의 주위를 맴돌았을 놈을 보자 자꾸만 속이 뒤틀렸다.

"내가 없는 사이 티아에게 관심을 가진 모양인데."

"그렇다면 어쩔 건데?"

"꺼져라, 좋게 말할 때. 내 거야. 아무한테도 주지 않아."

"걔가 왜 니 건데?"

"큭, 네놈, 티아에 대해 뭘 알지?"

굳이 눈을 감지 않아도 생생하게 떠오르는 추억을 하나씩 곱씹었다. 새삼스럽게 작은 은발 아가씨에 대한 그리움이 솟구쳤다. 빨리 보러 가야겠어. 이놈에게 할 경고만 대충 끝내고. 잠깐 떨어졌을 뿐인데, 왜 이렇게 보고 싶을까, 내 아가씨. 너도 그렇겠지? 조금만 기다려. 금방 찾아갈게.

"우리가 처음 만난 날은 제국력 958년 아홉 번째 달 세 번째 날, 오후 두 시 사십삼 분이었지. 그날 티아는 심플한 푸른 드레스를 입었어. 무릎까지 오는 길이의 드레스였지."

"……"

"그 이후로 지금까지 우리는 총 561번 만났지. 오늘이 562번째 군. 함께 보낸 시간으로 따지자면 3,226시간이고."

"……뭐라고?"

"함께 마신 차가 1,358잔. 그중에서 가장 많이 마신 게 레몬밤이지. 373잔이었으니까. 그다음이 히비스커스, 294잔. 포옹한 횟수는 901번. 머리를 쓰다듬은 횟수는 1,384번."

당근놈의 표정이 일그러졌다. 멀끔하게 생긴 얼굴이 허옇게 질려 가는 모습이 제법 볼만했다. 뒤틀리기만 하던 속이 조금은 풀리는 듯했다.

"네놈은 티아와 함께 보낸 시간이 얼마나 되지? 기억하고는 있나?"

"이거 완전 미친놈 아냐?"

"그럴지도."

"야, 풀떼기, 네놈이 이렇게 미친 거 쟤도 알고 있냐?"

"네 눈엔 어떻게 보였지? 아는 것처럼 보이디?"

"이런 또라이 새끼!"

질렸다는 표정으로 홱 돌아선 놈이 달려가는 모습이 보였다. 아마도 내 실체를 알려 준답시고 티아를 붙잡고 난리를 칠 테지. 멍청한 놈. 날 맹목적으로 믿고 따르는 애가 네놈 말을 들어주기나 할까. 험담하는 건 나쁜 버릇이라며 오히려 네놈을 좋지 않게 볼 것이 뻔하잖아. 뭐 그걸 노리기도 했으니까, 어디 한번 가서 실컷 얘기해 봐.

"타인의 험담을 늘어놓는 것은 올바른 일이 아니니까요. 듣지 않겠습니다, 카르세인."

'역시.'

한 치의 의심도 없이 놈의 말을 잘라 버리는 소녀를 보자 심장이 간질거렸다.

아아, 정말이지 사랑스러웠다. 내 여자, 내 것, 내 사랑, 내 아가씨. 낚으려고 했지만 어느새 나를 낚아 버린, 집착하게 하려 했으나 어느새 내가 집착하게 만들어 버린, 어둠 속에 침잠해 있어 더욱 눈부시게 아름다운 내 아가씨.

계속 그렇게 나만 바라봐. 나도 너만 바라볼 테니.

내게 집착해. 내가 네게 집착하는 것처럼. 나만 갈망해. 내가 너를 갖지 못해 안달하는 것처럼.

아름다워, 티아. 갖고 싶어, 내 아가씨. 앞으로도 계속 이렇게 지내는 거야. 알았지? 사랑스럽고도 사랑스러운, 소중한 내 인형 아가씨.

소녀의 눈에 어린 신뢰와 집착은 쉽사리 사라질 성격의 것이 아니었다. 그럼에도 불안했다. 맹목적인 믿음이 사라질까 봐, 지금은 나를 향하고 있는 황금색 눈동자가 다른 누군가를 담을까 봐.

완벽하게 이겼다고 생각한 당근놈이 그렇게 잘 알면서 왜 그녀가 지나친 수련으로 아팠던 사실조차 몰랐느냐고 했을 때, 공포심이 들었다.

왜 얘기해 주지 않은 거야, 티아. 왜?

설마 이제 나를 믿지 못하는 거야? 아니면 내가 없는 동안 그놈이 네 마음을 앗아 간 거야? 그것도 아니면 혹시 황태자가 네게 관심을 보이기라도 했어? 왜 내게 말해 주지 않았어? 왜?

미칠 것만 같았다. 그녀의 눈에는 여전히 나만 존재하고 있었음에도, 당근놈을 바라보던 티아의 눈길은 낯선 타인을 바라보는 그것이었음에도, 치를 떨 정도로 황태자를 두려워하는 것을 알고 있었음에도 무서웠다. 가슴이 바짝바짝 타들어 갔다. 만에 하나 잘못 본 것이라면 어떡한단 말인가. 나는 이미 티아 없이는 살 수 없게 되었는데. 가슴이 꽉 차오르는 기분과 황홀한 느낌의 맛을 알아 버렸는데.

극도의 불안감 때문인지, 나는 평소에 그렇게 자랑하던 이성적인 사고를 놓쳐 버렸다. 그리하여 두 번 다시 돌이킬 수 없는 끔찍한 실수를 저지르고 말았다.

"날 믿어 주지 않을래, 내 아가씨? 내가 네 짐을 조금이나마 덜어 갈 수 있도록."

소녀는 내게 무한한 신뢰를 보였지만, 유일하게 꽁꽁 싸매고 얘기해 주지 않는 것이 있었다. 어째서 자신이 그토록 짙은 어둠과 광기를 가지게 되었는지에 대한 것.

알고 있었다, 그런 이야기는 믿는 상대라고 해도 털어놓는 것이 쉽지 않다는 것을. 나 역시 그랬으니까.

일부러 묻지 않았다. 처음 은발 소녀에게 빠지게 된 계기가 그것이었으므로. 짙은 어둠이 깔린 황금색 눈동자, 광기 어린 눈빛에 빠져 버린 나였으니까. 치유하지 않는 것이 더 낫다고 생각했다. 내면의 어둠을 극복하고 나면, 티아는 제 상처 때문에 보지 못했던 나의 광기를 발견하게 될지도 모르니까. 밝아진 내 아가씨를 보고 그 가치를 알아보는 다른 놈팡이들이 생긴다면 그녀가 나를 떠나게 될지도 모르는 일이니까.

무엇보다도 내 작은 소녀는 망가진 모습이 정말이지 아름다웠다. 한 가지를 향한 티아의 맹목적인 집착은 나를 미치도록 설레게 했다. 아버지에 대한 집착, 나에 대한 집착, 그리고 검술에 대한 집착. 모든 것을 무시한 채 앞만 보고 달리는 그 모습은 항상 나를 두근거리게 했다.

이대로가 좋다고 생각했는데, 천천히 가자고 생각했는데, 황태자의 성인식이 다가오면서 더욱 마음이 급해졌다. 황태자와 함께 시간을 보낼 소녀를 떠올리기만 해도 속이 부글부글 끓었다. 이제 사교계에 나가게 되면 내 아가씨의 주위를 둘러싸는 것들이 점점 늘어날 거라는 사실이 마음에 들지 않았다.

내 건데, 내 아가씬데.

자꾸만 티아의 주위에 뭔가 하나씩 생긴다는 사실이 몹시 짜증스러웠다. 불안했다. 나를 향한 시선을 다른 것들에게도 줄까 봐서. 다른 곳은 보지 마. 나만 봐. 이렇게 널 원하는 나를. 응? 제발. 나만의 아가씨로 있어 줘, 지금처럼.

조급한 마음에 나는 아직 준비가 되지 않은 소녀에게 속내를 털어놓으라고 재촉했다. 온갖 감언이설을 늘어놓으며 꼬드겼다. 내면의 어둠까지 털어놓게 만든다면, 티아는 나를 더욱 의지할 테지. 그렇다면 나를 떠나기는 점점 더 힘들어질 거야. 주위를 둘러싸는 것들이 아무리 늘어나도, 만에 하나 황태자의 눈에 띄는 한이 있어도 절대로 내 곁에서 벗어나지 못하도록 해야 해.

너의 짐을 함께 짊어질 테니 내게 얘기해 달라고, 결코 너를 버리지도 떠나지도 않을 것이라고 다짐해 보였다. 나를 향한 내 아가씨의 강한 집착을 이용했다. 어차피 치유해 줄 생각 따윈 없었다. 잔뜩 망가진 채로 내게 더욱 매달리기를 바랐을 뿐.

"어떻게든 그 꿈에서 벗어나고 싶었어. 그 아픔을 되풀이하고 싶지는 않았어. 그랬는데……."

"……."

"이제는 나도 모르겠어. 뭘 해야 하는지, 어떻게 해야 벗어날 수 있는지 도무지 모르겠어."

왜 꿈 이야기를 꺼내는지 모르겠다고 생각했다. 나를 신뢰한다고 믿었던 티아가 내게 거짓말을 하고 있다는 생각에 배신감이 확 밀려왔다. 그 바람에 천천히 다정하게 다가가 조금씩 길들이자던 처음의 결심을 잊고 말았다.

아아, 그때 티아의 이야기를 좀 더 귀담아들었어야 했다.

단 한 번도 허튼소리를 한 적 없던 그녀가 뜬금없이 왜 꿈 이야기를 꺼냈는지 조금만 더 깊게 생각해 봤더라면, 무슨 이야기를 하는지 모르겠다고 답할 것이 아니라 조금 더 자세하게 이야기해 달라고 했더라면 얼마나 좋았을까. 믿지는 못하더라도 평소에 그랬던 것처럼 그 자리에서는 일단 그랬냐고, 힘들었겠다며 다독이고서 집에 돌아가 내용을 곱씹었더라면, 그래서 그것이 티아로서는 최선을 다한 설명이었다는 사실을 알아챘더라면 얼마나 좋았을까.

몇 번, 몇 십 번을 후회했다.

황홀하도록 아름답던 눈빛, 황금색 눈동자에 어린 맹목적인 신뢰가 산산이 부서지던 그 모습을 잊어버릴 수가 없었다. 자꾸만 떠올랐다. 나를 향한 광기와 집착, 그리고 믿음이 한순간에 달아나 버린…….

그리하여 마치 타인을 바라보는 듯한 눈빛으로 바뀌어 버렸던 소녀의 얼굴, 온몸으로 거부하던 그 태도를 나는 잊어버릴 수가 없었다.

"그대에게 내 성년의 첫 춤을 신청해도 되겠소?"
"영광입니다, 전하."

 황태자의 성인식에서 본 내 아가씨는 눈부시도록 아름다웠다. 처음 만났을 때 티아가 뿜어내던 분위기가 현실과 동떨어진 듯한 몽환적인 것이었다면, 지금 그녀가 가득 두르고 있는 것은 허무함이었다. 그 모습이 너무 사랑스러워 가슴이 아렸다.
 내가 아닌 다른 남자와 맞춘 옷을 입고, 다른 남자의 손을 잡고, 다른 남자를 바라보며 춤추고 있는 티아. 그런 그녀를 보는 것이 몹시 괴로웠다. 황태자와 다정하게 대화를 나누는 모습을 보면서도, 시선이 마주치자마자 고개를 돌리는 걸 보았음에도 도저히 눈을 뗄 수가 없었다. 나는 이미 그녀에게 온통 사로잡혀 있었으므로.
 그를 보지 마. 그에게 웃지도 마. 그와 대화하지 마. 나를 봐, 티아. 너만 바라보고 있는 나를. 나만 봐, 이렇게 널 바라고 있는 나를.
 한 번만 더 기회를 줘. 한 번만 더 나를 믿어 줘.
 제발, 날 버리지 마. 날 떠나지 마. 너 없이는 살 수 없게 해 놓고서, 네 황홀한 아름다움에 반하게 해 놓고서 이러지 마. 제발 부탁이야. 이렇게 애원할게. 응? 내 아가씨.
 완전히 버림받을까 두려워 망설인 사이, 내 작은 아가씨는 모니크 영지로 내려가 버렸다. 정말이지 미쳐 버릴 것 같았다. 하루에도 몇 번씩 불이 치밀어 오르는 가슴을 쥐어뜯었다.
 당장에라도 내려가서 데리고 올까? 아무도 알지 못하는 곳에 가둬 버리는 거야. 그 누구의 눈에도 띄지 않도록, 나만 바라볼 수 있도록.
 매일같이 짐을 쌌다 풀었다. 빌어먹을. 당장 끌고 와서 숨겨 버리고 싶었지만, 티아의 곁에는 모니크 후작이 있었다.

그러고 보니 매번 데려온다고 해 놓고 정작 티아를 위한 집조차 마련해 놓지 않았잖아, 이런 멍청이. 천재란 소리를 아무리 들으면 뭐해. 이런 곳에서 머리가 돌아가지 않는데.

열과 성을 다해 적당한 장소를 물색했다. 돈은 문제가 아니었다. 나는 이미 상당한 재산을 가지고 있었으니까. 덜떨어진 알렉시스와 대결할 때를 대비해서 은닉해 놓은 자금이 지금도 눈 더미처럼 불어나고 있었다.

아무도 모르는 작은 시골 영지에 집을 하나 마련하는 거다. 사랑스러운 내 아가씨가 살 곳이니만큼 뭐든지 최고급으로, 그녀가 좋아하는 것으로 가득 채우는 거야. 티아도 분명 좋아할 거야. 나를 다시 사랑스러운 눈빛으로 바라봐 줄 거야.

그러니 조금만 기다려. 너를 위해 완벽하게 준비해 둘게, 내 작은 은발 아가씨.

모든 준비가 끝났을 때, 나는 티아에게 편지를 썼다. 광폭해지려는 가슴을 억누르며 최대한 부드럽게, 언제나 보이던 다정한 이미지를 유지하도록 애쓰면서. 그간 보아 왔던 작은 소녀라면 반드시 답장을 보낼 거라 생각했다.

그러나 아무리 기다려도 소녀는 감감무소식이었다.

조금씩 초조해졌다. 남몰래 티아를 위한 집을 꾸미면서 잠시 내려놓았던 불안한 마음이 또다시 뇌리를 지배했다. 다시 편지를 썼다. 답장은 오지 않았다. 또 편지를 썼다. 여전히 답장은 오지 않았다.

만일 그때 당근 자식이 모니크 영지로 내려간다는 소식을 듣지 않았으면 나는 아마 그녀를 끌고 왔을지도 모른다. 내 아가씨의 곁에 그 자식이 붙어 있을 거란 생각을 하자 열불이 치밀어 올랐지만, 당장은 티아를 설득하고 지키는 것이 우선이었다. 아무래도 성인식 때 봤던 황태자의 태도가 마음에 걸렸다. 당근 자식 따위야 언제든 치워 버릴 수 있지만, 황태자는 아직 티아의 약혼자가 아닌가. 어쩐지 위험했다. 희대의 천재라고 불리는 날카로운 두뇌에서 계속해서 경고를 보냈다. 황태자를 조심해야 한다고, 내 아가씨를 그의 눈에서 떨어뜨려 놔야 한다고.

"니가 여긴 웬일이냐?"

"야, 당근."

"표정은 왜 그따윈데? 갑자기 찾아와서는 웬 청승질이야, 풀떼기 새꺄."

"너도 성인식 때 티아와 황태자 전하의 모습을 봤지?"

"……그래서?"

"일단 힘을 합치자. 빌어먹을, 티아가 전하의 눈에 띄면 너나 나나 끝인 거 몰라?"

잠시 고민하던 빨강 머리 자식은 이내 알았다고 대답했다. 젠장! 제기랄! 정말 마음에 들지 않았지만, 나는 이것이 최선이라고 되뇌며 치솟는 화를 애써 눌렀다.

"이거 티아한테 좀 전해 줘."

"왜 네놈이 직접 안 내려가고? 그 집착 쩌는 미친 성격으로 봐서는 진작 찾아가고도 남았을 텐데."

"난 아직 찾아갈 자격이 안 돼. 젠장, 네놈한테 이런 말 쓰기 진짜 싫었는데. 부탁한다. 잘 지켜 줘."

이번만이야. 내 아가씨를 다른 놈 손에 맡기는 건. 두 번 다시 이런 거지 같은 부탁 따윈 하지 않겠어.

놈의 손에 편지를 들려서 보낸 후에야 나는 티아의 답장을 받을 수 있었다. 곱게 접힌 은빛 편지지에는 아무것도 쓰여 있지 않았지만, 일단은 그것으로 만족했다. 내용이야 어쨌든 그것은 티아가 다시 마음을 열기 시작했다는 증거였으므로.

'이번에는 실수하지 않을 거야. 다시 시작하는 거야, 티아. 예전보다 더 조심스레, 더 천천히, 더 따뜻하게 네게 다가갈게.'

소녀에게서 오는 편지가 조금씩 길어지기 시작했다. 그날 이후 멈춰 버린 심장은 이것만으로는 부족하다며 끊임없이 비명을 지르고 있었지만, 이미 한 번 깨진 신뢰를 다시 이어 붙이려면 최대한 몸을 낮춰야 했다.

무려 두 계절 동안 돌아오지 않는 은발 소녀가 빨강 머리 자식과 함께 시간을 보내고 있을 거라는 생각이 들 때마다 차라리 가서 다 없애 버릴까, 당장에라도 끌고 와서 그녀를 위해 마련한 집에 가둬 버릴까 별생각이 다 들었다. 가슴이 부글부글 끓어올랐지만, 나는 타오르는 가슴을 애써 잡아 눌렀다. 대신 미칠 것 같을 때마다 펜을 놀렸다.

"싫습니다."

"잘 생각해 보십시오, 공자. 평생 형의 그림자로 살고 싶습니까? 당신이 훨씬 뛰어난데도?"

"……."

"우리 파벌에 합류만 한다면 공작 위를 보장해 드리겠습니다. 합리적인 거래 아닙니까? 당신은 작위를, 우리는 정보를."

"……생각해 보죠."

가문의 후계자를 결정하던 당시 내가 몹시 반발했다는 사실을 안 귀족파는 매번 물밑으로 교섭을 시도해 왔다. 나쁘지 않은 거래이긴 했다. 고위 귀족이 부족한 귀족파에선 공작가 하나를 영입하는 동시에 사실이 드러나기 전까지 황제파의 정보를 빼돌릴 수 있고, 나는 작위를 얻을 수 있으니까.

하지만 그것은 몹시 위험한 거래이기도 했다. 현 황제는 그렇게 만만한 사람이 아닐뿐더러 나에 비해 모자란다 뿐이지 내 아버지란 사람도 당대에서 손꼽히는 수재에 속했으니까. 그렇기에 나는 귀족파와 손잡는 것은 보류해 둔 채 아슬아슬한 줄타기를 하고 있었다.

"티아."

황태자가 모니크 영지에 내려간다는 소식을 접한 이후로 내 아가씨에게서 연락이 끊겼다. 불길한 예감이 온몸을 강타했지만, 어찌할 방도가 없었다. 어머니와 형은 모니크 영지로 내려가려는 나를 필사적으로 저지했다. 진심으로 베어 버리고 싶었다. 네가 가서 뭘 할 수 있느냐는 아버지의 말만 아니었다면 아마 그대로 둘을 베어 버리고 달려갔을지도 모른다.

이러지도 저러지도 못한 채 안절부절못하던 어느 날, 티아가 수도로 올라왔다는 소식을 들었다. 당연히 며칠 안에 나를 찾아올 것이라 생각했다.

  그런데 하루가 지나고 이틀이 흘러 일주일이 되도록 내 아가씨는 얼굴을 비추기는커녕 편지 한 장도 보내오지 않았다. 어디 아픈 것은 아닌가 했지만, 화재를 진화하는 데 앞장섰다는 소문으로 보아 그건 아니었다. 참다못해 편지를 보내 보았지만, 답장은 오지 않았다. 조심스럽게 많이 바쁘냐는 물음을 적어 보내도 여전히 답은 없었다.

  두근두근.

  심장이 불안하게 뛰었다.

  '어떻게 된 거야, 내 아가씨. 왜 나를 보러 오지 않아? 항상 내가 우선이었잖아. 나를 필요로 했잖아. 내가 네 모든 것이었잖아. 그런데 왜 답장조차 보내지 않아? 설마 나를 버린 거야? 이젠 내가 필요 없는 거야? 날 떠나려는 거야? 그런 거야, 티아?'

  베리타 공자.

  길게 말하지 않겠네. 내 딸과 교류하는 것을 자제해 줬으면 하는군. 그 아이가 황태자 전하의 약혼녀라는 걸 잊지는 않았겠지. 이제 사교계에도 데뷔한 아이인데, 괜한 구설수에 오를까 두렵군. 현명하다 소문이 자자한 공자이니, 이만하면 알아들었을 거라 믿네. 그럼.

  케이르안 라 모니크.

  그 무렵 날아온 소녀의 아버지, 모니크 후작의 편지는 아슬아슬하던 내 신경을 뚝 끊어 놓았다. 교류를 자제해 달라고? 황태자의 약혼녀라고? 이미 티아는 내 모든 것이었다. 내 생명과도 같은 여자였다.

'흥, 엿 먹으라 그래.'

내 아가씨의 아버지라 최대한 대접해 주려고 했는데, 모니크가의 여식인 이상 황제에게 절대적으로 충성해야 하는 내 아가씨를 위해 마음에 차지 않아도 조용히 황제파의 그늘에 있으려고 했는데. 생각이 바뀌었다.

'모니크가 따위, 부숴 주겠어.'

홀로 남게 된다면 내 곁으로 데려오기도 더 쉽겠지. 안 그래도 내 작은 소녀의 맹목적인 집착을 나눠 갖는 것이 마음에 들지 않던 차였다.

"합류하겠습니다."

"잘 생각했소, 공자. 후회하지 않을 거요."

귀족파에 합류했다. 환영하는 자들의 모습을 보며 환하게 웃었다.

'기다려, 내 아가씨. 조금씩 너를 데려올 준비를 하고 있으니까.'

아버지의 서류를 조금씩 빼돌려 황제파의 정보를 모으기 시작하던 어느 날, 기다리고 기다리던 내 아가씨가 나를 방문했다. 처음에는 그저 환상인 줄 알았다. 나는 마음만 먹으면, 아니, 마음먹지 않아도 언제나 생동감 있게 기억을 떠올리는 저주받은 머리의 소유자였으니까. 나를 부르는 차분한 음성을 들었을 때에도 혹시나

하는 마음이 앞섰다.

마침내 진짜 내 아가씨라는 것을 깨닫고 떨리는 손을 뻗었을 때, 흠칫하며 한 걸음 뒤로 물러나는 소녀를 보자 가슴이 철렁 내려앉았다. 스스로 팔을 뻗은 티아가 굳어 버린 손을 잡아 오는 순간, 나는 깨달았다. 지금 내 앞에 서 있는 건 내 아가씨이지만 동시에 내 아가씨가 아니라고.

항상 나를 황홀하게 했던 황금색 눈동자 속 짙은 어둠이, 무거운 광기가, 맹목적인 집착이 사라져 버렸다. 아주 없어진 것은 아니었으나 늘 보아 왔던 그 농도가 아니었다. 그것은 훨씬 옅어져 있었다. 예전엔 누가 봐도 이상하다고 생각할 정도였다면, 지금은 얼핏 봐서는 알아차리지 못할 것 같았다. 대체 무슨 일이 있었던 거지? 어떻게 이리 변한 거지? 넌 누구야? 내가 알던 그녀가 아니잖아.

"티아, 정말 너야? 응? 내 아가씨가 맞아?"
"응."
"티아."
"응, 알렌."
"티아, 티아, 티아……."

익숙하면서도 낯설기 짝이 없는 얼굴을 보기가 무서워 바짝 끌어안았다. 거듭해서 불렀다. 나만 맹목적으로 바라보던 그 소녀를. 집착 어린 황금색 눈동자를 가진, 눈부신 어둠을 갖고 있던 내 아가씨를. 하지만 서늘해진 가슴과 내려앉은 심장은 이미 깨닫고 있었다. 내가 사랑했던 소녀는, 나만 바라보던 그녀는 사라지고 없다는 것을. 이제는 두 번 다시 보지 못한다는 사실을.

갑자기 외로움이 밀려왔다. 사무치도록 그리웠던 소녀였는데, 그런 그녀를 꽉 옥죄어 안고 있음에도 서글펐다. 한 번도 젖어 본 적이 없던 눈에서 눈물이 흘렀다.

"미안, 티아. 많이 놀랐어?"

사랑하던 그녀가 사라졌다고는 하지만, 눈앞의 소녀 역시 내 아가씨였다. 나를 황홀하게 만들던 눈빛은 옅어졌다고 해도 그녀는 여전히 내가 소중하게 아끼는 모든 것을 갖고 있으니까. 보일 듯 말 듯 살포시 웃는 모습, 차분하고 조용조용한 목소리, 이제는 등까지 내려오는 보드랍고 긴 은빛 머리카락, 그리고 맹목적이지는 않아도 여전히 따뜻한 황금색 눈동자까지 모두.

티아의 집 앞에서 그녀의 아버지와 마주쳤을 때, 일부러 대놓고 애칭을 불렀다. 그 순간 후작의 표정이 딱딱하게 굳었다. 경고에 개의치 않겠다는 뜻을 똑똑하게 알아들었을 테니, 어떻게든 우리를 갈라놓으려 하겠지.

하지만 나는 티아를 결코 놓아줄 수 없었다. 세상에서 찾은 단 하나의 동류, 그리고 또다시 빠져들어 버린 작은 은빛 소녀를.

어떡하지, 내 아가씨? 네가 너무 사랑스러워졌는데. 어떻게 해야 할까, 티아. 이제는 망가지지 않은 네 모습도 나를 설레게 하는데. 너를 망가뜨려야 할까, 아니면 지켜 줘야 할까.

망가뜨리기엔 아까 본 그 미소가 나를 너무 설레게 했는데.

지켜 주기에는 이미 너무 많이 와 버렸는데.

이제 어떡하지, 티아. 어떻게 해야 해? 내 아가씨.

"안녕, 알렌디스. 행정부에 들어갔단 얘기는 들었어. 정말 축하해."

열일곱 번째 생일이 석 달 앞으로 다가온 어느 겨울날, 나는 행정부에 들어갔다. 그리 어려운 일은 아니었다. 황제파는 당연히 적극 찬성했고, 귀족파도 형식적으로 반대했을 뿐 속으로는 환영했기에.

아직 어찌할지 마음을 정하지 못한 탓에 나는 기사단에 입단한 내 아가씨의 주위를 뱅뱅 맴돌기만 했다. 같은 기사랍시고 빨강 머리 놈과 함께 다니는 모습을 볼 때마다 속이 끓어올랐지만, 다행히 놈에 대한 티아의 감정은 호감 이상은 아니었다. 물론 내 아가씨가 그딴 놈에게 호감을 가지고 있다는 것 자체도 몹시 마음에 들지 않았지만.

하루에도 몇 번이나 고민했다. 모두 다 때려치우고 그냥 가둬 버릴까, 하고.

은빛 머리카락을 쓰다듬는 놈을 볼 때마다 그 손을 잘라 내 버리고 싶었다. 감히 어디다가 손을 댄단 말인가. 내 것인데, 나만의 아가씨인데. 내 눈에서 뿜어져 나오는 어두운 감정을 보았을 것임에도 동요하는 기색 하나 없이 피식 웃는 놈을 베어 버리고 싶었다. 당장에라도 없애 버리고 싶었지만, 내 아가씨 앞에서 티를 낼 수는 없었다. 폭발하려는 심기를 꾹꾹 눌렀다.

아직은 놈이 필요했다. 약혼자라는 명목으로 내 아가씨를 붙들어 두고 있는 황태자를 혼자서 견제하기에는 역부족이었으므로. 통탄할 일이었으나 뒤틀린 심기를 가라앉히며 놈을 가끔 약 올리는 것 말고는 당장 할 수 있는 일이 없었다.

"자네, 혹시 소문 들었나? 라스 공작가의 차남과 신탁의 아이라는 모니크가의 영애가 연인 사이라는 소문 말일세. 황태자 전하의 약혼녀라는 영애가 몸가짐이 그래서야……."

"뭐라고 했습니까, 지금?"

"몰랐나? 소문이 자자하던데."

이런 빌어먹을.

아마도 함께 영지에 있었던 일이 문제가 된 모양이었다. 신 나게 소문을 퍼뜨리기 시작한 귀족파 때문에 처음에는 그저 가십 정도로 치부되던 스캔들이 점점 번져 가고 있었다.

"도움이 필요합니다, 어머니."

생전 찾지 않던 어머니라는 여자를 찾아갔다. 사교계에서 도는 소문은 사교계에서 해결해야 하는 법. 황제파의 핵심 세력이면서도 제삼자의 입장에서 이를 해결할 만한 가문은 우리 가문밖에 없었고, 귀족파에서 의심하지 않도록 덮어 버리려면 어쩔 수 없이 어머니의 조력이 필요했다.

감격한 듯한 초콜릿 색깔의 눈동자를 외면했다.

'겨우 한 번 도움을 요청했다고 해서 용서했다고 착각하지 마. 단지 필요하기 때문에 이용하는 것뿐이야.'

제기랄, 기분이 몹시 더러웠다.

놈을 세심하게 배려하는 내 아가씨를 보며 이를 악물었다. 어쩔 수 없이 그녀의 섬세함을 타인 앞에서 드러내 보이며 부글부글 끓어오르는 가슴을 꾹꾹 눌렀다. 친구 따위로 나를 정의해야 한다는 사실에 몹시 거지 같은 기분이 들었지만, 어쨌든 고르고 골라 초대한 영애와 영식들에게 그것은 역시 헛소문이었을 뿐이라고 인식케 했다.

내 아가씨는 알지 못하도록 잘 처리했으니 됐다고 생각했다. 아니, 그렇게 생각할 뻔했다. 멍청한 그 여자만 아니었다면.

"모니크 영애와 라스 공자께서 연인 사이라는 소문……."

죽여 버릴 테다. 가뜩이나 짜증이 솟구치고 있었는데.

나는 눈치 없게도 멍청하기 짝이 없는 말을 지껄이는 여자를 살기를 담아 노려보았다. 새하얗게 질리는 모습을 보았지만 개의치 않았다. 어차피 내 아가씨의 눈엔 지금 내 표정이 보이지 않으니까. 당근놈과 티아를 제외한 모든 사람이 흠칫 놀라며 뻣뻣하게 굳었다.

'오냐오냐하고 봐주니까 하늘 높은 줄 모르고 기어오르는군.'

새파랗게 질린 얼굴들을 하나하나 바라보며 속으로 그들이 속한 가문의 정보를 곱씹었다. 그냥 죄다 박살을 내 버릴까. 안 그래도 내 아가씨의 따스한 모습을 보여 준 것 때문에 기분이 더러웠는데.

"괘, 괜찮습니다, 공자. 이런 몰골로 계속 있을 수는 없으니, 저는 먼저 돌아가겠습니다."

네가 오늘 하루 종일 저지른 일 중에서 가장 현명한 판단이군. 짜증나는 그 모습이 조금만 더 보였다면 내가 무슨 짓을 했을지 모르겠거든.

누가 누구와 연인 사이라고? 어디서 감히 그딴 말을 입에 올리는 거지? 티아는 내 것이야. 내 여자라고. 내 아가씨, 나만의 것. 누구에게도 주지 않아. 누구에게도 뺏기지 않아. 처음 발견한 것도 나, 제일 먼저 반한 것도 나. 그러니 저 아이는 내 것이야. 다른 누구도 아닌 바로 내 것. 오직 나만의 아가씨라고. 감히 누구랑 엮는 거야.

"누앤 영애, 보석 광산이란 말입니다. 참 위험한 곳이지요. 언제 사고가 일어날지 모르지 않습니까. 탐내는 사람도 많고 말이죠."

"베, 베리타 공자."

"요즘 누앤 영지의 광산을 노리고 있는 자가 많다는 소문을 들었습니다. 조심하시는 것이 좋을 듯합니다."

"가, 가, 감사합니다."

덜덜 떨리는 목소리로 답하는 멍청한 여자를 지그시 노려보며 미소를 지었다. 네 가문부터 통째로 무너뜨리기 전에 입조심하는 게 좋을 거야. 꼴도 보기 싫으니, 알아들었으면 이제 꺼져. 골 빈 여자 때문에 그렇잖아도 불편했던 심기가 잔뜩 뒤틀렸다.

하지만 펄펄 끓어오르던 분노는 돌아오는 나를 향해 환하게 미소를 짓는 소녀를 보자마자 눈 녹듯 사라졌다.

'아아, 티아, 내 아가씨, 나의 천사, 내 모든 것. 역시 너밖에 없어.'

모두가 날 꺼리고 무서워해도 너만은 항상 나를 향해 미소를 짓지. 그것이 비록 네가 내 어둠을 보지 못했기 때문이라 해도 나는 괜찮아. 너는 텅 빈 나를 채우니까. 나를 설레게 만드니까.

'사랑해, 티아. 지금처럼 계속 내게 미소를 지어 줘. 눈부시도록

아름다운 내 은빛 아가씨.'

"반갑습니다, 베리타 대공자."
"이제야 뵙게 되는 군요, 모니크 영애."
신년 하례를 드리러 가서 만난 내 아가씨는 여전히 아름다웠다. 나는 알렉시스와 인사를 나누는 티아를 자세히 살폈다. 어둠이 많이 걷혔다고는 하나 여전히 타인을 경계하는 내 아가씨가 알렉시스를 어떻게 받아들일지 몹시 궁금했다. 예의를 차려 인사를 나누고는 있지만, 낯선 타인을 바라보는 것 이상도 이하도 아닌 눈빛에 내심 흡족했다.

'역시 내 아가씨야.'

나는 멍청한 알렉시스가 내 아가씨에게 더 관심을 보이기 전에 시선을 차단했다. 보지 마. 그녀는 너 따위가 노릴 수 있는 여자가 아니라고.

알현을 하며 황제의 눈치를 슬쩍 살폈다. 다행히도 내가 귀족파에 한 다리를 걸치고 있다는 사실은 모르는 모양이었다. 물론 장담할 수는 없었다. 실없이 허허 웃는 것처럼 보여도 현 황제는 제국 귀족의 절반을 도륙 낸 적이 있는 자니까. 그는 황태자였던 자신에게 도전하려 했다는 이유를 들어 라스 공작 부인을 제외한 모든 형제자매를 숙청한 자가 아니던가.

최대한 조심해야 했다. 나 자신을 위해서, 그리고 나중에 내 곁으로 데려올 티아를 위해서.

"사자에게 충성을, 제국에 영광을."
"제국에 영광을, 그대에게 영예를."
신년이 되고 얼마 지나지 않아 꼴 보기 싫은 빨강 머리가 정식 기사로 서임을 받았다.
기분은 더럽지만 인정하지 않을 수가 없었다. 티아가 모니크가의 후계자가 될 때까지 기다리는 것보다는 내가 직접 정식 기사가 되어 결혼하는 편이 훨씬 간단한 방법이었음에도 택하지 않은 이유가 바로 그것이었다. 인정하기 싫지만 놈은 검술의 천재였다. 최소한 검술에서만큼은 놈의 재능이 나보다 한 수 위인데다가 그것에 들이는 시간과 노력도 나를 훨씬 상회했다. 만일 기사의 길을 걷는다면 놈에게 밀려 항상 이인자에 그칠 것이 뻔했다. 그렇게 되면 공을 세워 작위를 얻기도 힘들었다. 뿐만 아니라, 놈의 밑으로 들어가는 것은 죽기보다 싫었다.
'뭐, 어차피 엎어 버리면 그만이야.'
티아가 후계자가 되어 나를 선택해 주면 좋고, 그렇지 않더라도 작위 따위는 포기하면 그만이었다. 나는 티아만 있으면 되니까. 여차 하면 아무도 보지 못하는 곳에 숨겨 놓고 둘이서만 살아가면 될 일이었다.
"풀떼기, 네놈이 올 줄은 몰랐는데? 웬일이냐?"
"글쎄."
몇 번 가져다준 정보로 나를 제법 신뢰하기 시작한 귀족파에서는 놈의 축하 파티에 참석하라고 내게 부탁해 왔다. 하긴 황제파 밖에 초대받지 못한 파티였으니 쉽게 접근할 수 없는 고급 정보가 오고 갈 것이 뻔했다. 덕분에 나는 축하 따위를 할 마음은 눈곱만큼도 없음에도 어쩔 수 없이 라스 공작가를 찾았다.

어처구니가 없다는 표정을 짓는 당근 자식을 바라보며 입꼬리를 살짝 비틀어 주었다.

'마음대로 생각해라.'

어차피 내 아가씨가 여기에 올 리는 없으니, 구태여 표정 관리를 할 필요도 없었다. 당근 자식과 헤어진 뒤 적당히 정보를 수집하며 이곳저곳을 돌아다니고 있을 때, 갑자기 문가에서 가슴이 철렁 내려앉는 소리가 들려왔다.

"제국의 작은 태양, 루블리스 카말루딘 샤나 카스티나 황태자 전하와 아리스티아 라 모니크 영애 드십니다."

'누가 왔다고? 내 아가씨가 누구와 함께 와?'

황족에 대한 예를 갖추기 위해 허리를 깊숙이 숙였다가 폈을 때, 하얀 예복을 입은 황태자에게 맞춘 듯 하얀 리본이 달린 청보라색 드레스 차림의 소녀가 보였다. 심장이 철렁 내려앉았다.

'어째서 황태자가 이 자리에 나타난 거야?'

티아에겐 관심조차 없던 그가 공식적인 자리도 아니고 이런 곳에, 그것도 옷까지 맞춰 입고서. 설마 그도 알아차린 건가, 은빛 소녀의 매력을? 짙은 어둠에 싸여 있을 때엔 보이지 않던 내 아가씨의 눈부신 아름다움을 그도 발견한 걸까? 정신을 차리고 보니 어느새 빠져 버렸던 나처럼, 어느새 티아의 주위를 빙빙 맴돌고 있던 빨강 머리 자식처럼 그도 내 아가씨에게 빠져들고 있는 걸까?

황태자가 빨강 머리 놈과 나를 불러 티아의 벗일뿐이라 못을 박았을 때, 가슴 한편이 서늘해졌다. 모두의 앞에서 보란 듯이 내 아가씨에게 춤을 신청하는 그를 보자 질투심이 활활 불타올랐다.

저주스러웠다. 고작해야 공작가의 차남밖에 되지 못하는 내 위치가. 당당하게 내 여자라고 말할 수 없는 현실이. 바짝 붙어서 춤추고 있는 두 사람을 바라보며 나는 나락으로 떨어지는 듯한 기분을 맛보았다.

불길했다. 딛고 있는 땅이 쩌적 소리를 내며 갈라지는 기분이었다. 제대로 보지는 못했지만, 황태자를 바라보는 내 아가씨의 눈동자에서 불안한 기운이 느껴졌다. 그토록 두려워하던 예전의 모습과는 달리 담담한 눈빛, 어쩐지 조심스러운 태도. 특별한 감정이 담기거나 한 것은 아니었지만, 황실에 충성을 다하는 모니크가의 여식답게 황족 중의 황족인 황태자를 받들어 모시느라 그런 것일 수도 있지만, 어쩐지 느낌이 좋지 않았다. 등골이 서늘해지는 기분이었다.

잠시 당근놈과 춤을 추러 나갔던 내 아가씨가 보이지 않았다.

'어딜 간 거지?'

정보를 수집하러 왔던 처음의 목적도 잊고 열심히 돌아다닌 끝에야 간신히 찾아낸 소녀는 어딘가 조금 이상했다. 심상치 않아 보이는 표정, 단단히 굳어 있는 황금색 눈동자, 그리고 비틀린 웃음. 그 웃음은 여태껏 내가 보아 왔던 것이 아니었다. 그것은 은은한 것도, 나를 설레게 하는 환한 미소도 아닌, 뭐랄까.

그래, 사교용 미소였다. 진심이라고는 조금도 묻어 나오지 않는, 화사하지만 껍데기뿐인 사교용 미소.

가슴이 아팠다. 망가진 모습에 반했는데, 짙은 어둠을 뿜어내더라도 나를 바라보기만 하면 그만이라고 생각했는데. 이미 한 번 치유된 모습을 봐서 그런지 어딘가 비틀린 모습을 보자 속이 쓰렸다.

'그렇게 웃지 마, 티아. 슬퍼하지 마, 내 아가씨. 대체 무슨 일이야? 누가 널 이렇게 만든 거야, 응? 대체 누가 소중한 내 아가씨를 이리 아프게 한 거야.'

상처 입은 작은 소녀를 집으로 데려다 주는 길, 몇 번이고 자초지종을 물어도 답해 주지 않는 모습에 섭섭했다. 손바닥에 남은 손톱자국을 보자 분노가 치솟는 동시에 가슴이 시렸다. 부드럽게 손을 끌어당겨 깊이 파인 부분에 입을 맞췄다.

아프지 마. 상처 입지 마. 소중하고도 소중한 내 아가씨.

"요즘 들어 점점 널 알 수 없어지는 것 같아, 티아. 내가 잡을 수 없는 곳으로 점점 날아가려는 것 같은 기분이 들어."

시린 가슴을 부여잡고 간신히 말을 꺼냈다. 변함없는 내 아가씨라고 생각했지만, 영지에서 돌아온 이후로 소녀는 어딘가 조금 낯설었다. 나는 아직 변한 것이 없는데, 훌쩍 성장해 버린 티아가 휙 떠나 버릴까 항상 두려웠다. 불안한 마음에 밤잠을 이루기가 힘들었지만, 만일의 경우 나만 알 수 있는 곳에 가둬 버리면 그만이라고 생각하며 자신을 위안했다.

그런데 젠장. 이제는 망가진 모습을 바라보기가 힘들었다. 그늘 진 모습에 반했는데, 어느새 빛이 되어 버린 소녀와 그 빛에 눈이 멀어 버린 나. 무서웠다. 갈수록 자신이 없어졌다. 나는 아직 어둠 속에서 벗어나지 못했는데, 스스로 빛을 발하기 시작한 티아를 과연 붙잡고 있을 수 있을까.

　어느새 어깨에 기대어 잠이 든 은발 소녀를 내려다보았다.

　'내가 널 어떻게 해야 할까, 내 아가씨.'

　그저 내 옆에 있기만 하면 된다고 생각했을 땐 망설임이 없었는데, 이젠 네 마음이 갖고 싶어졌어. 어린 시절 보여 줬던 맹목적인 믿음이 아닌, 그저 따뜻한 눈빛을 보여 주는 네가 아닌, 나를 사랑한다 말하는 네 모습이 보고 싶어졌어. 이를 어쩌지? 정말로 빠져 버린 것 같은데. 어쩌면 좋지? 이젠 네게서 벗어날 수 없을 것 같아.

　"티아."

　이대로 시간이 멈춰 버렸으면 했는데, 어느새 마차의 진동이 멎어 있었다. 반쯤 열려 있는 창문을 통해 밖을 내다보자 마차를 향해 다가오는 불빛이 보였다. 귀가가 늦는 딸을 기다리고 있었나, 후작.

　'정말로 사랑받고 있구나, 내 아가씨.'

　나는 새근새근 편안한 숨을 내쉬며 잠든 티아의 모습을 내려다보았다. 티아, 다 왔어. 이제 일어나야지. 귓가에 속삭이며 어깨를 부드럽게 흔들었다. 하지만 많이 피곤했던 듯, 작은 소녀는 깨어나지 않았다.

　다시 한 번 깨우려는데, 문득 가지런한 은빛 속눈썹과 오뚝한 코 밑으로 살짝 벌어져 있는 분홍빛 입술이 들어왔다. 불현듯 가슴이 뛰었다. 어쩐지 그 입술에서 시선을 뗄 수가 없었다. 입안에 마른 침이 고였다.

　잠시 망설이다 천천히 팔을 뻗었다. 머뭇머뭇 다가간 손가락이 분홍빛 입술에 닿았다.

"후우."

긴장된 한숨을 삼키며 보드랍고 말캉말캉한 그 피부를 조심스레 쓸어 보았다. 손끝에 와 닿는 따뜻한 숨결에 심장이 쿵 내려앉았다. 간질간질한 무언가가 가슴을 쓸어내리는 느낌.

창문 밖을 흘낏 보았다. 흔들리는 불빛이 제법 가까워지고 있었다. 나는 반사적으로 창문을 닫으며 흘러내리는 머리카락을 한 손에 모아 쥐었다. 떨리는 마음으로 사랑하는 아가씨를 향해 얼굴을 내렸다. 조금씩 거리가 가까워질수록 온몸의 피가 빠르게 돌았다. 가슴을 뚫고 나올 것처럼 심장이 뛰어 댔다. 이 소리 때문에 티아가 깨어나기라도 하면 어떡하지?

숨결이 느껴질 정도의 거리가 되었을 때, 살며시 눈을 감았다. 그리고……

마침내 입술과 입술이 맞닿았다.

심장이 멎는 것 같았다. 여태까지 소녀에게서 받았던 모든 걸 합친 것보다 더한 충족감이 차올랐다. 따뜻한 숨결이 와 닿자 솜털이 오스스 솟았다. 나는 깃털보다 부드럽고 아기 피부보다 말캉말캉한 입술을 조심스럽게 들이마셨다. 늘 외롭다 외치던 가슴이, 항상 날카롭게 벼려져 있던 머리가 모두 침묵했다. 작은 접촉을 통해 전해 오는 티아의 온기가 너무도 절실하게 다가왔다.

"으음."

소녀의 입술이 부드러운 곡선을 그리며 휘어졌다.

"따뜻해."

말랑말랑한 입술에서 새어 나오는 작은 속삭임은 어딘가 늘 비어 있는 것 같았던 나를 단숨에 채워 버렸다. 할 수만 있다면 영원히 이대로 있고 싶었다.

아쉬운 마음을 삼키며 몸을 떼는 순간, 마차의 문이 벌컥 열렸다. 잠든 소녀를 발견한 후작의 눈썹이 꼿꼿하게 섰다. 싸늘한 태도로 내 품에서 소녀를 빼앗는 후작과 무의식중에도 아버지를 부르며 그 품으로 파고드는 소녀를 보자 문득 작은 망설임이 생겼다.

'내가 과연 잘하고 있는 걸까.'

돌아가는 마차 안, 소녀에게 닿았던 입술을 살며시 쓸어 보았다. 그 감촉을 떠올리자 갑자기 깊은 갈증이 일었다. 조금 전까지만 해도 세상을 다 가진 것 같은 기분이었는데, 욕심 많은 머리는 어느새 그보다 더한 것을 바라고 있었다.

갖고 싶어, 내 아가씨. 내게로 와 주면 안 될까, 티아?

내가 그러는 것처럼 나만 바라보고 생각하며 내 곁에만 있으면 안 될까? 응?

내 아가씨, 제발 부탁이야.

"알렌?"

열일곱 번째 생일을 맞이한 지 한 달. 나는 행정부에 들어온 후 처음으로 맞이하는 황태자의 생일 연회 때문에 정신없이 바빴다.

한동안 내 아가씨도 보러 가지 못할 만큼.

그날도 마찬가지였다. 시간에 쫓겨 가며 일하다 잠시 눈을 붙였는데, 잠결에 누군가가 내게 손을 뻗는 것이 느껴졌다. 삽시간에 잠이 확 달아났다. 누구지? 혹 이중생활을 하고 있는 것이 걸린 건가?

번쩍 눈을 뜨며 상대의 손목을 잡아챘다. 소파 위로 잡아 누르며 목을 조르는 순간, 눈앞에 펼쳐진 익숙한 색채에 깜짝 놀랐다. 상대는 암살자 따위가 아니었다. 바로 내 아가씨였다.

흐트러진 은색 머리카락과 흔들리는 황금색 눈동자가 눈에 들어왔다. 무척 보고 싶었던 얼굴. 정신없이 바쁜 와중에도 몇 번이고 떠올린 사랑스러운 나의 소녀, 내 아가씨. 그렇잖아도 커다란 눈을 동그랗게 뜬 채 나를 올려다보는 모습에 짙은 갈증이 일었다. 언젠가 조금 맛본 기억이 있는 분홍빛 입술이 나를 끌어당겼다. 갖고 싶어. 닿고 싶어. 한 번만 더 맛보면 안 될까, 티아? 응?

조금씩 불안하던 참이었다. 몇 년 전 나를 반하게 만들었던 어두운 눈빛이 간혹 내 아가씨의 눈동자를 스쳐 지나가는 것이 보였다.

안 돼. 그러지 마. 나를 봐. 아니면 차라리 아무도 보지 마. 나를 네 마음에 담을 것이 아니라면 누구도 가슴속에 품지 마.

내게 잡힌 손목을 빼려는 모습에 화가 났다. 이러지 않았잖아? 왜 이제 와서 나를 피하려는 거야? 그러지 마, 티아. 날 버리지 마. 날 밀어내지 마. 나는 계속 이 자리에 있는데, 너는 왜 자꾸 멀어지려 하는 거지? 어둠 속에 나만 남겨 두고 혼자 떠나가지 마.

강제로 가져 버린다면 나를 바라봐 줄까. 망가뜨려 버린다면 내 곁에 남아 있을까. 온전한 마음을 갖지 못하는 건 가슴 아프겠지만, 다른 사람 옆에 있는 너를 보는 것보단 나아. 나와 같이 있자. 이 깊은 어둠 속에. 나와 함께 있어, 이 짙은 그림자 속에. 빛의 세상으로 나가 봤자 힘들기만 할 뿐이야.

황금색 눈동자 가득 담겨 있는 내 모습이 몹시 마음에 들었다. 점점 얼굴을 내릴수록 내 아가씨의 눈에 비치던 다른 것들이 조금씩 사라졌다. 바로 그거야, 내 아가씨. 그렇게 나만 바라보는 거야. 아름다운 두 눈 가득 내 모습만 담으면서.

"이, 이러지……."

오들오들 떨면서 나를 부르는 목소리에 정신이 번쩍 들었다. 두려움에 가득 찬 눈빛, 핏기가 가신 얼굴. 공포에 가득 차서 나를 부르는 작은 소녀를 보자 심장이 덜컥 내려앉았다.

잡고 있는 손목을 통해 떨림이 전해져 왔다.

나는 방금 무슨 짓을 하려고 했던 걸까. 어둠 속에 너무 오래 침잠했던 탓에 이제는 정말로 미쳐 가고 있는 걸까. 미안해, 티아. 아직 준비가 되지 않았다는 건 누구보다 잘 알고 있는데, 너무 오랫동안 갈망해 온 나머지 나는 자꾸만 그걸 망각해. 자꾸만 조급해져.

날개를 단 네가 날아가 버릴까 봐, 이 어둠 속에 나만 남겨 두고 밝은 빛 속으로 걸어가 버릴까 봐 두려워.

"그냥, 나는 퇴궁하는 길이니까 필요 없어서. 이러고 있으면 불편할 거잖아."

그토록 공포에 차 있었음에도 단지 내가 불편해 보인다는 이유만으로 돌아와서 머리끈을 쥐어 주는 작은 소녀.

문득 가슴이 아려 왔다. 분명 나와 같은 깊은 어둠 속에 잠겨 있었는데, 휘몰아치는 광기 속에서 살아가고 있었는데, 너는 언제 이렇게 도약해서 눈부시게 빛이 나게 된 거니?

내게도 방법을 가르쳐 줘. 내게도 손을 내밀어 줘.

함께하는 즐거움을 알아 버린 지금, 나는 더 이상 혼자만의 그림자 속에서 살아가고 싶지 않아. 제발 나를 버리지 마, 티아. 날 떠나지 마.

"공작 각하께서 찾으십니다."

"알았다. 금방 가지."

황태자의 생일 연회. 정말로 가기가 싫어서 최대한 미적거리다가 뒤늦게 도착한 연회장에서 나는 황태자 앞에서 소리를 내어 웃고 있는 티아를 보았다.

"하······."

허탈한 웃음이 나왔다. 서늘하게 가라앉은 가슴을 안고 회합이 있는 장소로 향했다. 넋이 나간 채로 대화를 듣다 모니크가의 여식이라는 말에 정신이 번쩍 들었다.

'내 아가씨를 죽이려고 했다고? 그것도 여러 차례? 우선은 보류해 두겠지만 기회를 노리겠다고?'

순간 그것도 괜찮겠다는 생각이 들었다. 다른 남자에게 가는 것을 보느니 차라리 이 세상에 없는 편이 나을지도 모르겠다고. 어차피 티아는 내 기억 속에 생생하게 살아 있으니까. 내 머릿속에 남아 있는 작은 아가씨는 나를 향해 맹목적인 믿음을 보이며 환하게 미소를 짓고 있으니까. 잠시만 눈 감고 귀 막으면 내 기억 속에 남아 있는 사랑스러운 아가씨와 함께 영원히 둘만의 삶을 살아갈 수 있을 거라 생각했다. 나를 부르는 차분한 음성을 직접 귀를 통해 듣지는 못하겠지만, 내게 지어 주는 찬란한 미소를 직접 눈을 통해 보지는 못하겠지만, 그 정도쯤은 충분히 감수할 수 있다고 생각했다. 이대로 잃어버리는 것보단 낫다고 생각했다.

하지만 집에 돌아와서 책상 서랍 속에 소중히 놓아둔 검은 머리끈과 그 끄트머리에 수놓인 내 아가씨의 이니셜을 보았을 때, 맹목적인 신뢰가 깨진 후에도 전혀 의심하는 기색 없이 조금씩 제 상처를 적어 보냈던 작은 소녀의 은빛 편지지를 보았을 때, 갑자기 눈물이 왈칵 쏟아져 나왔다.

'아, 티아.'

나를 향한 마음이 떠나고 없는 것을 알고 있음에도, 뭔가 조치를 취하지 않는 이상 더는 내 곁에 머무르지 않을 것이라는 사실을 알아차렸음에도 나는 티아를 해칠 수가 없었다. 기억 속에 있는 그녀도 소중하지만, 같은 하늘 아래 살아 숨 쉬는 내 아가씨가 더욱 소중했다.

젠장, 나는 도저히 내 아가씨를 놓아 버릴 수가 없었다.

"분부하신 것입니다, 도련님."

지푸라기라도 잡는 심정으로 만들게 한 색색의 머리끈을 한 번 쓸어 보았다. 겉으로는 보이지 않지만, 두 겹으로 만든 끈 안쪽에는 사랑이 이루어지도록 축복해 준다는 델라꽃이 수놓여 있었다. 근무 중에는 언제나 머리를 묶고 다니는 내 아가씨에 대한 사랑을 담아 만든 것이었다. 혹시라도 이걸 하고 다니다 보면 나를 바라봐 줄까 싶어서. 부질없는 짓이라는 것은 잘 알고 있지만, 이렇게라도 하지 않으면 갈수록 아려 오는 심장이 남아나지 않을 것 같았다.

"와, 예쁘다."

색색의 머리끈을 본 티아가 미소를 지었다. 너무 바빠 잠도 제대로 못 잔 듯, 붉은 기가 도는 황금빛 눈동자와 핏기 없는 입술을 보자 속이 상했다. 늘 단정하던 은빛 머리카락이 조금씩 삐져나와 있는 모습에 마침 잘됐다 생각하며 머리끈을 하나 꺼냈다.

내가 묶고 있는 것과 같은 녹색으로.

폭포수처럼 쏟아져 내리는 은빛 머리카락을 보며 욱신거리는 가슴을 움켜쥐었다.

'왜 이렇게 된 걸까.'

소녀를 볼 때면 항상 행복했는데. 언제부턴가 그녀와 마주할 때면 마음 한구석에서 통증이 느껴졌다.

무방비한 상태로 등을 보이고 선 티아와 손에 들려 있는 끈을 한 번씩 바라보았다. 아픔을 호소하는 가슴을 향해 차가운 목소리가 속삭였다.

'그녀는 너를 사랑하지 않아. 너를 바라보지 않아. 너를 버리고 달아날 거야. 너는 또다시 혼자가 될 거야. 외로움에 몸부림치면서 어둠 속에 갇혀 버릴 거야.'

'아냐, 그렇지 않아. 그녀는 그렇게 잔인한 여자가 아니야.'

또 다른 내가 항변했다.

'웃기지 마.'

처음 나를 놀리던 차가운 목소리가 말했다.

'너도 알고 있잖아. 그녀가 너를 사랑하지 않는다는 것을. 이대로 다른 남자에게 가는 것을 보고만 있을 거야? 차라리 죽여 버려. 네가 가질 수 없다면 다른 놈도 가질 수 없도록. 시간이 흐를수록 그녀는 점점 더 멀어질걸. 차라리 지금 감당할 수 있을 정도로만 슬플 때 그냥 없애 버려. 누구도 갖지 못하도록. 어차피 네 기억 속에서 그녀는 살아 있잖아. 너를 향해 웃어 주면서.'

덜덜 떨리는 손으로 머리끈을 꽉 움켜쥐었다. 은빛 머리카락을 하나로 모으자 뽀얀 목덜미가 드러났다.

한 손으로 힘을 주고 움켜잡기만 해도 부러질 것만 같은 가느다란 목. 이대로 이 끈을 목에 휘감기만 한다면 오래 걸리지 않아 그녀는 누구도 잡을 수 없는 세상으로 떠날 테지. 그리고 오로지 내 기억 속에서만 살아 숨 쉬게 될 거야.

세월이 흘러 다른 이들의 뇌리에서 조금씩 사라진다 하더라도 나만은 생생하게 그녀를 떠올릴 수 있으니까. 그토록 바라 마지않던 소원. 나만을 바라보고 사랑하는 소녀, 오직 나만 볼 수 있고 그 누구도 탐낼 수 없는 그녀를 갖게 되는 거다.

가느다란 목에 머리끈을 휙 돌려 감으려는 순간, 유리창에 비친 티아의 얼굴이 보였다. 느릿하게 눈을 깜빡이다 결국 졸음을 참지 못하고 스르르 감아 버리는 소녀가. 내 안에서 소용돌이치는 광기의 일부를 보았던 날 그토록 두려움에 떨었음에도 내 아가씨는 나를 맹목적으로 신뢰하던 어린 시절처럼 한 치의 두려움도 불안함도 없는 평온한 얼굴로 그렇게 창가에 기대어 서 있었다.

"하."

허탈한 웃음이 나왔다.

'어떻게 그리도 날 믿을 수가 있는 거야, 티아.'

아무리 네 앞에서 연기를 했어도 그렇지. 이렇게까지 믿으면 안 되는 거잖아. 네 아버지나 시녀는 본능적으로 알아차리고 날 꺼리던데, 너는 어떻게 그렇게까지 안심하고 나를 믿는 거야. 내가 무엇이기에.

네게는 내 안에서 휘몰아치는 어둠이 보이지 않는 거니? 아니면 이미 사라진 줄 알았던 맹목적 신뢰의 잔재가 네게 뿌리 깊게 박혀 있는 거니? 나조차도 내가 의심스러운데, 너는 어떻게 그렇게 일말의 불안도 없이 내 앞에서 마음을 놓고 있는 거야.

어쩌면 나는 이미 미쳐 버린 것이 아닐까. 이토록 나를 믿고 있는, 나조차도 꺼리는 나를 유일하게 신뢰하는 그녀를 망쳐 버릴 생각을 하다니. 감히 해칠 수 없다 생각했던 게 불과 얼마 전인데, 결국은 이렇게 사랑하는 은발 소녀를 죽이려고 하다니.

어느새 나는 내 안에 있던 끝을 알 수 없는 어둠에 붙들려 버린 것은 아닐까. 머리끈을 붙잡고 있던 손이 덜덜 떨렸다.

'미안해, 미안해, 미안해.'

나는 죄스러운 마음을 담아 사랑하는 소녀의 은빛 머리카락에 입을 맞추었다.

"내게 비밀스럽게 알현을 요청한 이유가 뭔가, 베리타 공자."

며칠 밤낮을 고민한 끝에 나는 폐하께 비밀 알현을 요청했다. 난생처음으로 아버지에게 도움을 청했다. 귀족파가 알아차리지 못하게 하기 위해서는 비밀 엄수가 필요했으므로.

날카롭게 번뜩이는 푸른 눈동자를 마주하고서 그동안 있었던 일을 털어놓았다. 황제파에서 빼돌린 정보의 종류, 루아 왕국을 제외한 네 개의 왕국과 있었던 물밑 교섭. 그리고 며칠 전에야 간신히 알게 된, 왕녀들 때문에 혼잡한 틈을 타서 티아를 암살하고자 한 계획과 그 세부적인 내용까지.

그토록 노력해 왔음에도 내게는 아직 내 아가씨를 지킬 힘이 없었다. 감히 황제를 지지하는 세력을 배신하고 정보를 빼돌렸다는 이유로 처벌받는다 해도 상관없었다. 내게는 사랑하는 아가씨를 지키는 일이 훨씬 중요했으므로.

별다른 동요 없이 내가 털어놓는 이야기를 들은 폐하께서는 내게 한 가지 거래를 제안했다. 폐하께서 귀족파의 음모를 차단하고 내 아가씨를 지켜 주는 대신, 나는 귀족파로부터 고급 정보를 빼돌려서 왕녀들의 뒷조사를 하고 있는 부서에 제공하기로. 불공평한 거래라는 것은 알고 있었다. 굳이 거래를 하지 않아도 사실을 알게 된 이상 황제는 내 아가씨를 지키지 않을 수 없었으니까. 하지만 거래의 공정성 따위는 중요하지 않았다. 내게는 티아를 지키는 것이 더 중요했다. 귀족파의 음모로부터, 그리고 언제 어둠 속으로 빨려 들어갈지 모르는 나로부터.

"이런 정보를 제공한다고 해도 공자의 죄가 없어지지는 않을 텐데, 짐에게 털어놓은 이유가 뭔가? 죄를 가볍게 하기 위해서라고 할 수는 없고. 역시 그 아이 때문인가?"

"……."

"맞나 보군. 쯧, 보석 같은 아이인지라 그 빛에 반하는 자가 자꾸만 느는 게지. 그래, 짐이 미래의 며느리에게 관심을 보이는 공자를 어찌해야 하겠나. 공자가 지은 죄는 어느 것 하나 무겁지 않은 것이 없는데."

"처형하신다 해도 받아들이겠습니다."

"허, 짐은 그렇게 호락호락한 사람이 아니라네. 희대의 천재라 하였거늘, 공자와 같은 인재를 어찌 그리 쉽게 처형한단 말인가. 이렇게 하지. 짐이 공자에게 내리는 벌은 이것일세."

나는 폐하께서 내리는 '벌'이라는 것을 받은 뒤에야 알현실을 빠져나왔다.

문득 내 아가씨가 몹시 보고 싶었다. 앞으로 두 달, 얼마 남지 않은 그 시간 동안만이라도.

하지만 그럴 수는 없었다. 지금의 나는 내가 생각해도 위험했으니까. 언제 미쳐 버릴지 모르는 나에게서 티아를 보호하기 위해서는 둘이서 만나는 시간을 최대한 줄여야 했다. 내 아가씨가 있는 제1기사단 쪽을 바라보다가 나는 이를 악물며 걸음을 돌렸다. 서서히 비어 가는 가슴을 움켜쥐고서.

"이런 곳에 안가安家라. 놀랍군요."

별 볼 일 없다고 생각했는데, 생각보다 귀족파의 세력은 뿌리가 깊었다. 하긴, 그러니 날고 기는 현 황제도 다 없애지 못한 것이겠지.

평민 거주 구역에 있는 허름한 한 집. 귀족파의 회합에서 나는 왕녀들의 정보와 티아 암살 계획의 구체적인 내용을 빼내기 위해 고군분투하고 있었다. 최근 비녀라는 것을 유행시킨 티아와 샤리아 자작가로 인해 제나 공작가에 충성을 바치고 있는 상단들이 조금씩 밀리고 있었다. 때문에 나는 내 아가씨를 향해 이를 갈고 있는 제나 공작을 속이기 위해 더더욱 신중을 기해야 했다.

권력 다툼에서 자금줄만큼 중요한 것이 어디 있을까. 티아는 어느새 샤리아 상단, 보석 광산을 보유하고 있는 누앤과 나이라 자작가, 보석 세공의 센크 자작가라는 제법 큰 자금줄을 손에 넣고 있었다. 그녀는 황제파에 속한 가문이긴 했으나 크게 주목받지 못하던 곳을 묶어 큰 파급 효과를 만들어 냈다. 누구의 도움도 받지 않은 채, 오직 자신의 힘으로.

어둠 속에 침잠해 있던 내 작은 은빛 소녀는 어느새 이만큼이나 성장해 빛을 뿜어내고 있었다. 차곡차곡, 한 걸음씩 앞으로 나아가면서.

사랑하는 소녀의 성취에 흐뭇하면서도 서글픈 마음으로 거리를 걸었다.

'오늘따라 더욱 보고 싶다, 티아. 잘 지내고 있니, 내 아가씨?'

구불구불 물결치는 은빛 머리카락이, 따뜻하게 빛나는 황금색 눈동자가 사무치도록 그리웠다. 이 품 가득 끌어안고서 나 지금 너무 힘들다고 말한다면 티아는 어떤 행동을 보일까. 상냥한 은빛 아가씨는 분명 자기 일처럼 슬퍼하며 날 위로하겠지.

하지만 그것은 친구로서의 위로일 뿐, 결코 상심한 연인을 위한 것은 아닐 게다.

점점 아려 오는 가슴을 끌어안고 걸음을 옮기는데, 문득 무언가

반짝이는 것이 눈에 들어왔다. 가게 한구석에서 오들오들 떨고 있는 은빛 털 뭉치. 달빛처럼 은은하게 빛나는 은빛 터럭이 떨고 있는 모습이 어쩐지 어린 날의 내 아가씨를 연상시켜 그냥 지나칠 수가 없었다. 나도 모르게 발이 가게로 향했다. 반색하는 주인을 무시하며 작은 생명체를 안아 들었다. 몸부림칠 생각도 못한 채 그저 웅크리고 있는 새끼 고양이를 보자 자꾸만 사랑하는 은빛 소녀가 생각났다. 그래서 나답지 않게 조심스레 털을 쓰다듬으며 달래 주었다. 한참 후에서야 서서히 고개를 드는 고양이의 황금색 눈동자에 나는 그만 넋을 잃었다.

"……티아."

얼마인지도 모를 돈을 지불하고 아기 고양이를 데려왔다. 내 아가씨를 꼭 닮은 작은 생명을 도저히 그냥 두고 올 수가 없었다.

사랑하는 소녀의 이름을 따서 '티아'라고 이름 붙였다. 제 어미로 생각하는지 맹목적으로 따르면서 나를 필요로 하는 아기 고양이를 보자 자꾸만 처음 만났을 때의 은빛 소녀가 생각났다.

한동안 나는 그렇게 사랑하는 소녀 대신 그녀를 쏙 빼닮은 고양이를 향해 사랑을 쏟아부으며 시간을 보냈다.

"안녕, 알렌디스."

폐하를 알현하고 일주일 만에 나는 우연히 외궁에서 빨강 머리 자식과 함께 걷던 내 아가씨와 마주쳤다.

나란히 있는 두 사람을 보자 마음이 아팠지만, 그보다는 사무치게 그리웠던 티아를 만난 기쁨이 더 컸다. 생기발랄하게 눈을 빛내며 반가워하는 내 작은 소녀, 티아. 굽이치는 은빛 머리카락을 하나로 묶고 있는 녹색 머리끈을 보자 잠시나마 행복했다.

 너는 알고 있니? 내가 준 색색의 머리끈 안쪽에는 연인을 위한 델라꽃이 수놓여 있다는 것을.

 하지만 기쁨도 잠시, 어서 이 자리를 벗어나야겠다는 생각이 들었다. 암살 계획이 진행되고 있는 지금, 혹시라도 귀족파에서 내가 티아와 함께 있는 모습을 본다면 어찌 나올지 몰랐기에. 의심받는 것은 상관없지만, 만에 하나라도 나 모르게 암살 계획을 수정하는 일이 생겨서는 곤란했다.

 사랑하는 아가씨에게 간신히 작별 인사를 하고 돌아섰다. 솟구치는 그리움에 목이 메었지만, 떨어지지 않는 발을 간신히 놀렸다.

 '안 돼. 절대로 돌아보지 마. 티아를 지키겠다던 결심을 결코 잊지 마.'

"오랜만입니다, 아리스티아."

 건국 기념제가 시작되었으니, 이제 약속한 날짜는 한 달 남짓. 아름답게 차려입었을 은빛 소녀가 보고 싶으면서도 황태자와 함께 있을 것을 생각하면 가슴이 아파서 차마 연회에 참여할 수가 없었다. 하지만 그럴수록 그리움은 점점 더 커져만 갔다.

 보고 싶어, 내 아가씨. 정말로 보고 싶다, 티아. 한 번만 너를 보러 가면 안 될까. 너를 지키기 위해 네게 다가서면 안 된다는 것은 알고 있지만, 위험할지도 모른다는 것을 알고 있지만, 딱 한 번만, 정말 딱 한 번만 너를 보러 가면 안 될까.

망설이던 끝에 결국 셋째 날 연회에 참석했다. 연회장에 들어서자마자 바로 눈에 띄는 은발 아가씨의 모습에 심장이 빠르게 뛰었다. 언제 그렇게 많은 사람을 사귀었는지 내 아가씨는 그녀를 추종하는 영애들의 무리에 둘러싸여 있었다. 당근 녀석과 이름 모를 두 기사도 있었다. 미소를 지으며 주위 사람과 대화하는 티아를 보자 이제는 익숙해진 통증이 밀려왔다.

'너는 점점 더 눈부시게 빛이 나는구나, 티아. 점점 더 나와는 다른 세상으로 도약하고 있구나, 내 아가씨.'

"한 곡 추지 않으시겠습니까?"

그저 얼굴만 보고 돌아가려고 했는데, 눈부시게 아름다운 모습에 나도 모르게 춤 신청이 튀어 나갔다. 강물처럼 굽이쳐 흐르는 머리카락을 하나로 틀어 올린 내 아가씨는 평소와는 다르게 밝은 연녹색 드레스 차림이었다. 작은 은빛 소녀에게서는 싱그럽고 화사한 분위기가 뿜어져 나왔다. 마치 봄철 솟아나는 새싹처럼, 어둠을 밝히는 빛처럼.

황홀한 미소를 지은 티아가 내 손을 잡았다. 맞잡은 손을 타고 전해져 오는 따뜻한 온기가 텅 비어 버린 가슴을 적셨다. 켜켜이 쌓인 감정 중 일부만을 끄집어내어 혀끝에 올렸다. 오늘 정말 예쁘다고.

시간아, 이대로 멈춰라. 만인의 앞에서도 당당하게 내 아가씨를 품에 안을 수 있는 지금 이 순간이 영원하도록.

음악이 흐를수록, 춤이 끝나갈수록 서글퍼지는 마음을 다스릴 길이 없었다. 연회에 참석할 때는 분명 얼굴만 한 번 보자 했는데, 욕심 많은 머리는 자꾸만 더한 것을 요구했다. 이제 시간도 얼마 남지 않았는데, 내 아가씨와 해 보지 못한 것이 너무도 많은데.

 약 올리듯 찾아와 함께 마을에 다녀왔다고 자랑하던 당근 녀석의 말이 떠오르자 속에서 욱하고 무언가가 치밀어 올랐다. 안 된다 만류하는 이성을 뚫고 함께 마을에 가지 않겠냐고 묻는 입을 저주했지만, 의외로 선선히 승낙하는 모습에 금세 날아갈 것만 같은 기분이 들었다.

 이게 마지막이라고 생각했는데, 내 아가씨를 한 번 더 볼 수 있다니. 공중에 붕 떠오르는 느낌에 자꾸만 웃음이 나왔다.

"영애를 뵈러 왔다."
"죄송합니다, 베리타 공자님. 아가씨께서는 지금 손님을 받으실 수 없습니다."
"이유가 뭐지?"
"아가씨께서는 몸이 좋지 않아 주무시고 계십니다."

 몸이 좋지 않다고? 명문가의 집사치고는 젊은 남자, 내게는 늘 딱딱하게 굴던 그의 말에 절로 인상이 찌푸려졌다. 어디가 아픈 거지? 연회에서 봤을 때만 해도 괜찮아 보였는데. 설마 저자, 후작의 명으로 나를 티아와 못 만나게 하려는 건가.

"어디가 좋지 않은 거냐?"
"열이 좀 있으신 터라, 각하께서 쉬게 하라 하셨습니다."
"기다리겠다."

"언제 깨어나실지 모릅니다."

젊은 집사의 말에 화가 났다. 후작이 막아 세운 거라면 오기로라도 버텨서 만날 것이고, 정말로 티아가 아픈 것이라면 더더욱 보고 가야만 했다. 그래야 안심이 될 것 같았다.

"한낱 집사 주제에 건방지군. 언제부터 집사 따위가 대귀족에게 꼬박꼬박 말대답을 하게 된 거지?"

"……죄송합니다."

"됐다. 영애께서 일어나시거든 내가 기다리고 있노라고 전해 드리도록."

싸늘하게 집사를 일별하고 한참을 기다리며 아기 고양이가 들어 있는 바구니를 물끄러미 내려다보았다.

폐하와 약속한 시간. 루아 왕국으로 떠나는 사절단에 합류해야 하는 그 시간이 하루하루 다가올수록 불안했다. 내가 없으면 살아갈 힘을 잃을까 봐 두려워서. 그렇다고 해서 변화하는 환경에 민감하다는 고양이를 데려갈 수도 없었다. 결국 내 아가씨에게 맡기면 어떨까 싶어 데려온 길이었다. 겉으로 보기엔 감정이 거의 없는 것 같지만 속마음은 따뜻하기 그지없는 내 작은 은발 소녀, 그녀라면 자신의 이름을 딴 고양이 티아를 잘 돌봐 주지 않을까 하고. 그리고 어쩌면 고양이를 볼 때마다 나를 떠올려 주지 않을까 하는 생각에.

"오랜만이야, 티아."

"응? 겨우 사흘만인걸."

전속 시녀와 함께 들어서는 은발 소녀는 조금 창백해 보였다.

'이젠 견습 기사도 되었다면서 그리 허약하면 어떡해, 티아. 하

긴 예전에 비하면 무척 건강해지긴 했구나.'

처음 검술을 시작했을 때에는 연약하기 그지없던 내 아가씨. 조금만 뛰어도 숨을 몰아쉬곤 했지. 계절이 바뀔 때마다 잔병치레도 잦았고, 몰래 알아본 바에 따르면 자주 쓰러지기도 했다. 그런 것에 비하면 최근에는 그래도 크게 아팠던 적은 없으니 많이 나아진 것일지도.

수척해 보이는 모습에 속상하고, 겨우 사흘만이라는 말에 가슴이 시렸다.

'내겐 길고도 길었던 사흘이 너에겐 '겨우 사흘'이었던 거구나.'

사흘. 연인 사이에서는 길고도 긴 시간, 그러나 친구 사이에서는 그리 오래되지는 않은 시간. 어쩐지 서로에게 갖고 있는 마음의 거리를 단적으로 보여 주는 기간인 것만 같아 씁쓸함을 감출 길이 없었다. 시작할 때엔 분명 우리 둘 다 서로에게 서로밖에 없었는데, 어쩌다가 이렇게 된 걸까. 어쩌면 다행일지도 몰라. 내가 떠나더라도 너는 많이 힘들지 않을 것 같으니까.

"힘들겠다."

서글픈 마음도 잠시, 텅 빈 가슴에 벅찬 감동이 잔뜩 차올랐다. 가족들조차 두려워했던 이 능력, 한 번 보거나 들은 것은 잊지 못하고 언제 어디서건 생생하게 떠올리는 저주받을 기억력에 대해 힘들겠다고 평하는 은빛 아가씨. 가슴이 벅차 말이 나오지 않았다.

'너는 이런 내가 끔찍하지 않은 거니, 네 모든 것을 잊지 않고 속속들이 기억한다는 것이. 두렵지 않은 거니, 의도하지 않아도

여태껏 너를 겪으면서 얻었던 모든 정보를 취합한 머리가 네 감정과 생각을 다 유추해 낸다는 것이.'

 사랑스러운 내 아가씨여, 자꾸만 바라게 된다. 모두가 몸서리치던 저주받을 능력을 안타까워하며 보듬어 주는 너를. 곧 떠나야 하는 데도 이렇게 나를 거듭 빠져들게 하는 너는 참으로 잔인하다. 의도적인 것이 아니라는 걸 잘 알기에, 순수한 네 마음을 잘 알기에 나는 세상에서 유일하게 나를 이해해 주는 네가 진실로 사랑스럽다. 다른 사람을 바라보고 있으면서도 자꾸만 갈망하게 만드는 너는 참으로 무자비하다.

 '내가 너를 어떻게 하면 좋을까, 아름답고도 잔혹한 티아.'

 고양이 티아를 보고 좋아서 어쩔 줄 몰라 하는 작은 소녀를 한참 동안 바라보았다. 오래도록 기억하기 위해서. 등까지 물결치는 머리카락, 가지런한 은빛 눈썹과 길고 풍성한 속눈썹, 오똑한 콧날, 달콤했던 분홍빛 입술, 갸름한 얼굴과 도저히 기사처럼 보이지 않는 가냘프고 작은 몸, 그리고 고양이를 연신 쓰다듬고 있는 하얀 손가락까지. 시선을 알아차렸는지 민망해 하며 수줍게 웃는 모습도 뇌리에 새겨 두었다.

 "알렌, 오랜만에 체스 한판 어때?"

 여전히 퀸을 피하는구나, 너는.

 그것은 어릴 적 티아와 함께 체스를 두다가 알게 된 사실이었다. 마치 황후가 될 자신의 운명을 거부하는 것처럼 소녀는 퀸에는 거의 손을 대지 않았다. 잘만 사용하면 충분히 이길 수 있을 때조차. 대신 그녀는 나이트와 룩에 집착했다. 기사가 되어 가문을 잇겠다는 생각을 반영하는 것처럼, 성벽처럼 꽁꽁 닫아 걸은 마음을 보여 주는 것처럼.

"조언 하나 해 줄까?"

절대 알려 주지 않겠다고 생각했던 사실을 내 입으로 말하게 될 줄은 몰랐다. 여전히 내 곁에 두고 싶었지만, 퀸 따위에 관심을 가지게 하고 싶지는 않았지만.

나와 함께 있는 것은 위험하니 어쩔 수 없다고 생각했다. 나는 괜찮다고 거듭 속으로 되뇌었다. 물론 하나도 괜찮지 않았지만.

고작 무의식의 제약 하나가 풀렸을 뿐인데, 천재라고 불리는 나와 비길 정도로 달라진 내 아가씨. 답답해져 오는 가슴을 안고서 자리에서 일어났다. 하지만 그것도 잠시, 마을엔 언제 가느냐고 묻는 말에 아려 오던 마음이 금세 사르르 풀렸다.

문득 허탈해졌다. 내가 과연 널 떠나서 살아갈 수 있을까, 이렇게 네 말 하나하나에 일희일비하는 내가?

"알렌, 그림자를 가진 사람은 그림자에서 벗어나고 싶을 때 어떻게 해야 할까?"

그림자라.

이제는 눈부시게 빛나는 너지만, 나는 간혹 가다 네 눈을 스쳐 지나가는 어둠을 보곤 했어. 이제야 그걸 깨달았나 보구나. 그것이 네겐 그림자로 느껴지는 모양이구나. 이젠 어둠에서 완전히 벗어나 빛의 세계로 나아가고 싶은 거야, 내 아가씨?

하지만 티아, 묻는 상대가 잘못되었잖아. 어둠 속에 묻혀 있는 나는, 늘 그림자 속에 잠겨 있는 나는 네게 이런 방법밖에 가르쳐 줄 수가 없어. 빛을 피해서 그림자 속에 숨으라는 방법밖에. 나는 빛의 세계로 나가 본 적이 없어서 근본적인 해결책 같은 것은 몰라. 그림자를 떨치는 방법 같은 건 난 몰라. 언젠가 네가 알아낸다면 내게 가르쳐 줄 수 있겠니? 이 어둠 속에서 벗어나는 방법을, 이 지긋지긋한 그늘 속에서 빠져나가는 방법을.

그렇구나. 눈부시게 빛나는 너, 더욱 빛나고자 하는 너. 그런 너를 쫓기에 나는 항상 그림자밖에 될 수 없는 거였다.

나는 네 그림자였던 거였어.

차라리 내가 저 그림자라면 좋겠다. 아무 생각 없이 네게 매달려 있을 수 있게. 차라리 내가 저 그림자였다면 좋겠다. 아무도 내게 나 자신을 드러내라 하지 않을 테니.

그러니 티아, 그림자를 너무 미워하지 마.

그러니 그림자를 너무 부정하지 마, 내 아가씨.

너를 쫓는 그림자가 그런 네 생각을 알면 몹시 슬플 테니까. 너마저 부정한다면 나는 그림자처럼 이대로 그늘 속에 숨어 조용히 사라져야만 하니까.

나의 달빛, 나의 사랑, 내 아가씨, 너를 바라보는 나는 정말 이대로 그림자처럼 조용히 사라져야 하는 걸까. 네가 바란다면 그렇게 해 줄게, 티아. 주인에게 부정당한 그림자는 그 존재 의의가 없어지는 거니까. 네가 원한다면 그렇게 해 줄게, 내 아가씨. 부디 찬란하게 눈부신 빛이 되기를.

"와, 진짜 사람 많다."

먹먹한 가슴을 안은 채, 신이 나서 돌아다니는 내 아가씨를 바라보았다. 어느새 모든 근심, 걱정을 떨쳐 버린 듯 환하게 웃는 은빛 소녀. 어쩌면 이것이 마지막 데이트일지도 모르는데, 사랑하는 소녀와 단둘이 있을 수 있는 마지막 기회일지도 모르는데, 아무리 노력해도 도저히 밝게 웃을 수가 없었다. 자꾸만 가슴이 공허하게 비어만 갔다. 나중에 이 순간을 만끽하지 못한 것을 후회할 거라는 걸 분명히 알고 있으면서도, 소중한 시간이 자꾸만 흘러가고 있는 걸 느끼고 있으면서도 나는 내 아가씨처럼 즐기고 있을 수가 없었다.

"재밌어, 티아?"

"응. 진작 나와 볼걸."

"그래, 그럼 다행이네."

그래, 네가 재밌다면 됐어. 네가 즐겁다면 됐어. 나는 괜찮아. 기뻐하는 네 모습을 기억 속에 담을 수 있으니까. 언젠가 네게 말했던 것처럼, 안 좋은 기억 대신 너와 함께 만든 수많은 추억을 떠올리면 되니까. 예쁘게 웃어 주는 네 모습을 떠올리면 될 테니까.

다행이야. 나와 함께 보내는 이 시간이 재밌다고 해 줘서. 정말 다행이다. 마지막으로 한 데이트가 네게 좋은 기억으로 남아 있을 수 있어서.

"알렌, 저기도 한 번 가 보지 않을래?"

사랑스럽게 웃는 소녀를 향해 고개를 끄덕였다. 신이 나서 나를 잡아끄는 은빛 아가씨를 따라 천막 안으로 들어갔다.

슬픔에 잠겨서 아무것도 눈에 들어오지도 귀에 들리지도 않는 상태였는데, 어느새 나는 공연의 내용에 빠져들고 있었다. 이야기가 진행되면 진행될수록 내 이야기 같아서 도저히 눈을 뗄 수가 없었다. 병약하고 모자란 형의 자리를 원하는 그림자 청년, 알렉시스의 자리를 원하는 나. 집안에서 청년의 상대로 점찍은 처녀, 아버지가 알렉시스의 상대로 점찍었던 티아. 처녀를 사랑하게 된 청년과 티아를 갈구하게 된 내 모습까지.

거듭해서 처녀에게 편지를 보내는 청년의 모습에 나 자신이 겹쳐 보였다. 티아가 영지에 내려갔을 때 미친 듯이 편지를 써 내려가던 내 모습이, 지금도 감정이 흘러넘쳐 주체할 수가 없을 때마다 보내지 못할 편지를 수십 통씩 적곤 하는 내가.

처녀에게 결국 고백하지 못한 청년의 심정이 사무치도록 가슴 아프게 다가왔다. 주위 사람들이 모두 웃고, 내 아가씨마저 웃었지만, 누구보다 청년의 심정을 공감한 나는 웃을 수가 없었다. 마치 청년이 나인 것만 같아서. 그 절절한 마음이 너무도 가깝게 느껴져서.

"사랑은 어찌 이리도 가혹한가. 나를 생각하며 미소 짓는 그대를 보았을 때 내 가슴은 꿀을 바른 듯 달콤하였거늘. 다른 이를 위한 순결한 드레스 차림의 그대를 본 내 가슴은 독을 마신 듯 타들어 가는구나. 이제 내게 남은 것은 이미 하얗게 타서 재가 되어 버린 마음뿐. 사랑하는 이들이여, 행복하라. 내 그대들을 위해 축복의 꽃을 뿌릴지니."

청년의 마지막 대사가 심금을 울렸다.

나 역시 그랬다. 나를 향해 미소를 짓는 티아를 봤을 때엔 꿀처럼 달콤했다. 하지만 황태자를 향해 웃는 모습을 보았을 때 내 가습은 독을 마신 듯 타들어 갔다. 청년처럼 내 마음도 하얗게 재가 되어 가고 있었다.

만일 다른 남자를 위해 순결한 드레스를 입은 내 아가씨의 모습을 보게 된다면 어떨까. 아마 나도 청년과 같은 길을 택하지 않을까. 생의 의미를 잃어버린 이상 더는 숨 쉴 이유를 찾지 못할 테니. 심장이 잿더미가 되어 버린 이상, 이 몸을 흐르는 피 역시 모조리 타 버리고 없을 테니.

까맣게 타들어 가는 절망 속으로 침잠하다 빨간 꽃을 멍하니 쥐고 있는 티아의 모습에 정신이 들었다. 하, 정말 중증이구나. 이런 상황에서조차 소녀가 신경 쓰여 견딜 수 없는 것을 보면.

처음 받아 보는 것이라며 빨간 꽃을 계속해서 내려다보는 내 아가씨의 얼굴을 보자 결심이 섰다. 거절당할지언정 고백이라도 해 보자고. 청년처럼 까맣게 타들어 가는 가슴을 안고 살다가 가지 말고, 내가 너한테 이런 마음을 가지고 있었노라고 밝히기라도 해 보자고.

그리하면 최소한 그때 말이라도 해 볼 걸 하고 후회하지는 않겠지. 내 아가씨도 자신을 향해 가졌던 내 마음을 조금이나마 알아주겠지.

그거면 됐어. 받아 주지 않는다 하더라도, 사무치는 이 마음을 조금이나마 알릴 수 있다면 그것만으로도 만족할 수 있을 거야.

"널 좋아해, 티아."

아니, 널 사랑해. 널 갈망해. 널 동경하고 그리워해. 내게 웃어 주길 바라고 나만 바라보길 바라. 네가 나와 같은 마음을 가졌으면 하고 매일같이 기도해. 너만 보면 행복하고 즐겁고 가슴 아프고 눈물이 나와. 이런 감정을 어떻게 좋아한다는 한 단어로 표현할 수 있겠니.

하지만 너를 위해 이렇게만 얘기해, 티아. 내 휘몰아치는 감정을 알게 되면 네가 무서워할까 봐.

내 이기심을 용서해, 내 아가씨. 답을 이미 알고 있으면서도 조금이나마 내 마음 편해지자고 네게 털어놓는 나를. 부담 주기 싫다고 하면서도 결국은 내 마음을 못 이겨 네게 짐을 지우는 날 용서해.

"……알렌."

꽃다발만 만지작거리며 한참 동안 고개를 숙이고 있던 티아가 얼굴을 들었을 때, 거절당할 것이라는 사실을 깨달았다.

어차피 내 마음을 받아 주지 않을 거라는 것쯤은 알고 있었다. 그럼에도 굳이 고백했던 것은 내 사랑을 조금이나마 알아 달라는 작은 이기심, 그리고 아주 작은 가능성에라도 매달려 보고 싶었던 가난한 마음 때문이었다.

알고는 있지만, 미안하다고 말하며 눈물을 쏟는 은빛 소녀를 보자 가슴이 미어졌다. 방울방울 떨어지는 티아의 눈물을 따라 내 가슴에서도 비가 내렸다.

너와 함께하고 싶었어. 나를 사랑해 주길 바랐어. 너만 나를 받아 준다면 허울뿐인 신분도, 작위에 대한 욕심도 다 버릴 수 있다 생각했어. 하지만 그건 한낱 꿈이었을 뿐, 현실이 될 수 없는 거겠지. 어둠 속에 갇혀 있던 그 옛날의 너라면 몰라도 눈부시게 빛나는 지금의 너는 어두운 나와는 맞지 않으니까.

'결국 나는 너의 그림자, 달처럼 빛나는 너를 쫓는 가난한 그림

자일 뿐. 달빛을 받아 빛나는 별은 될 수 없는 거겠지.'

잘근잘근 깨물던 입술에 맺힌 붉은 피를 보자 속이 상했다. 거절당한 아픔도 컸지만, 상처받은 내 아가씨의 모습에 더 마음이 아팠다. 미안해, 미안해, 미안해. 이미 알고 있었는데. 혹시나 하는 이기심 때문에 너를 아프게 한 나를 용서해. 찬란하게 눈부신 빛이 되라 기원하면서도 미련을 버리지 못해 너를 잡고자 했던 그림자를 용서해.

울지 마, 티아. 웃어 봐, 내 아가씨.

나는 우는 네 모습을 마지막 추억으로 간직하고 떠나고 싶진 않아. 나와 같이 어둠 속에 있길 바랐지만, 사실 네게는 빛나는 모습이 더욱 어울려. 우는 것보다 웃는 모습이 더 예쁜 것처럼. 그러니 슬퍼하지 마, 티아. 제발, 내가 다 잘못했어.

"티아……."

분명 다 포기했다 생각했는데, 넋 나간 표정으로 멍하니 나를 따라 걷는 소녀를 보자 마음이 흔들렸다.

'나와 함께 있어 주면 안 될까, 티아. 누구보다 아끼고 사랑해 줄게. 평생 너만 바라보며 온 정성을 다 바칠게, 제발.'

한동안 억눌렀다 생각했던 감정이 끓어올랐다. 텅 비었던 가슴이 활활 불타올랐다. 갖고 싶어. 놓치기 싫어. 누구도 보지 못하게 가둬 놓고 오직 나만 바라보게 하고 싶어. 나를 봐. 이렇게 널 바라고 있는 나를. 내게 와. 이토록 너를 사랑하고 있는 내게. 가지 마. 내 곁에 있어. 부탁이야, 내 아가씨.

그 옛날 마련해 뒀던 집에 끌고 가서 가둬 버린다면 어떨까. 축제를 즐기느라 늦나 보다, 라고 생각할 수 있는 이때에. 일전에 가

봤던 귀족파의 안가에는 만일을 대비한 식량과 돈이 있었지. 그곳에 들러 필요한 준비물을 챙긴 뒤 오늘 안에 수도를 벗어나기만 한다면, 누구도 내 아가씨를 찾을 순 없을 거다. 어차피 일평생 먹고살 만큼 많은 돈을 은닉해 두지 않았던가. 이대로 발각되지 않고 수도를 빠져나가기만 한다면, 평생 숨어 지낼 우리를 발견할 수 있는 자는 없을 거야. 희대의 천재라고 불리는 이 머리가 괜히 있는 것은 아니니까.

절로 발길이 평민 지구로 향했다. 아무 생각 없이 따라오는 티아를 보자 가슴이 쿵쿵 뛰었다. 안가에 도착하면 바로 기절시키는 거야. 그리고 마차에 태워 수도를 벗어나면 되겠지.

나를 용서해, 티아. 너도 결국엔 행복하다 느낄 거야. 너만 아끼고 사랑하며 바라봐 줄 내가 있으니까. 너도 벗어나고 싶어 했잖아, 네 그림자에서. 나와 숨어서 산다면 그림자를 직면할 일도, 어둠 속에서 벗어나려 발버둥 칠 필요도 없어. 무겁디무거운 황태자의 약혼녀라는 신분에서도, 후작가의 후계자가 되겠다는 중압감에서도 벗어나 그저 평범한 삶을 살아갈 수 있을 거야.

그러니 나와 함께하자, 내 아가씨.

"알렌, 여기 집에 돌아가는 길이 아닌 것 같은데."

한 치의 의심도 없이 순수하게 나를 바라보는 황금색 눈동자, 그 옛날 나를 바라볼 때처럼 신뢰가 가득한 내 아가씨의 눈빛을 보자 폭주하던 뜨거운 기운이 스르르 가라앉았다. 이성을 잃고 흐릿해졌던 머리가 맑게 개었다.

가슴이 철렁 내려앉았다. 그토록 아껴 주겠다고 결심했으면서도, 그토록 지키겠다 생각했으면서도 잠시 잠깐의 충동에 못 이겨 또다시 내 아가씨에게 상처를 주려고 했다니. 빛나게 해 주겠다 생각해 놓고 또다시 사랑하는 은빛 소녀를 어둠의 세계로 끌어내리려고 했다니.

　미안해, 티아. 내가 정신이 나갔었나 봐.

　어떡하지, 내 아가씨. 나는 아무래도 점점 미쳐 가고 있는 것 같아.

"그동안 수고가 많았네, 공자. 앞으로 사흘 뒤면 떠나겠군. 그래, 준비는 잘하고 있는가?"

"네, 폐하."

"그런가."

"……"

"공자를 보고 있으면 말일세. 어쩐지 내 젊은 날의 모습이 떠오르는군."

　마을 축제를 함께 보고 난 이후로 나는 내 아가씨를 찾아가지 않았다. 티아 역시 나를 찾아오지 않았다. 보고 싶다. 그리움에 한숨을 쉬는 나를 깊은 눈으로 바라보던 폐하께서 말씀하셨다.

"짐도 그토록 모든 것을 불사르는 사랑을 했었지. 처음이었어. 그 사람을 얻기 위해서라면 황제의 자리도, 그토록 아끼던 제국도 다 던져 버릴 수 있다 생각했다네."

"그래서 얻으셨습니까?"

"아니, 놓아주었다네."

"어째서……. 폐하께서는 모든 것을 가지신 분이 아니십니까?"

"그녀에게는 모든 것을 던지면서 사랑해 주는 또 다른 사람이 있었다네. 그녀도 그를 사랑했지. 빼앗을까 생각도 많이 했지만, 결국엔 보내 주었다네."

폐하께서는 씁쓸한 미소를 지으며 말씀하셨다. 날카롭고 냉정한 분인 줄만 알았는데, 이런 면도 있었던가. 나는 새삼 달라 보이는 폐하의 모습을 묵묵히 바라보았다. 비밀스럽게 알현을 했던 그날을 제외하고는 한 번도 가까이에서 보지 못했던 그를. 어째서 냉철하다는 아버지가, 정도가 아니면 걷지 않는다는 라스 공작이, 무뚝뚝하기 짝이 없는 모니크 후작이 수없이 많은 피를 묻히면서도 그에게 충성을 다하는지 조금은 알 수 있을 것 같았다. 한낱 장기 말에 불과한 신하의 속마음까지 이토록 깊게 헤아려 주는 주군이 얼마나 있을까.

"공자."

"네, 폐하."

"야속타 하지 말고 듣게. 그토록 불타오르던 사랑도, 그녀를 보내 주면서 얻었던 아픔도 시간이 흐르니 조금씩 무뎌지더군. 그때는 사랑을 얻지 못하면 죽을 것 같다 생각했는데, 죽지 못해 살다 보니 그럭저럭 견딜 만하더란 말일세."

"……."

"그러니 당장은 죽을 만치 아프고 힘들어도 견디게나. 시간이 흐르면 짐처럼 털어 낼 수 있는 날이 올 게야. 공자와 같은 인재를 이런 일로 잃고 싶지 않다네. 알겠는가?"

"……폐하."

"짐의 이기심이라고 봐도 좋네. 이번 일을 처리하는 것을 지켜보면서 느꼈지. 공자는 제국을 위해 꼭 필요한 인재야. 그러니 짐이 내린 벌을 다 수행하고 나거든 꼭 돌아오게나. 당장은 아니더라도, 언젠가는 반드시 돌아오겠다고 짐과 약조하지 않겠는가?"

이미 알고 계셨던가. 나를 바라보는 푸른 눈동자에 어쩐지 목이 메었다. 내 아가씨를 제외하고 나를 이렇게까지 아껴 주는 사람이 있었던가. 가족조차도 경원시하던 나를?

조금만 더 빨리 폐하를 만났더라면 내 삶은 달라졌을까.

확답하지 못하는 나를 한참 동안 바라보던 폐하께서는 한숨을 쉬며 그만 나가 보라 하셨다. 참으로 죄송했다. 하지만 이미 티아에게 온몸과 마음을 바쳐 버린 나는 그 제안에 답을 할 수가 없었다.

"……알렌."

사절단이 출발하기 이틀 전, 나는 뜻밖에도 티아의 방문을 받았다. 머뭇거리는 모습을 보자 속에서 울컥하고 뜨거운 기운이 치밀어 올랐다.

'이제 다시는 만날 수 없다고 생각했는데, 마지막으로 날 배려해서 찾아온 거니, 내 아가씨?'

내가 없더라도 부디 많이 아파하지는 마, 티아. 겉보기엔 냉정해 보여도 속은 여리디여린 너. 분명히 지난날 내 마음을 고백받은 이후로 많이 슬퍼했겠지. 많이 괴로워했겠지. 하지만 이제는 그러지 마. 나는 나 때문에 아파하는 너를 보는 것이 더 괴로우니까. 네 믿음을 저버릴 나를 위해 네가 슬퍼할 필요는 없어.

"사절단으로 떠난다고 들었어."

"응."

"사실이구나."

"그렇게 됐네."

아무렇지도 않게 웃으려고 했건만, 아무래도 표정 관리가 잘되지 않은 모양이었다. 황금빛 눈동자가 불안하게 흔들리는 것을 보면. 어쨌든 마침 잘됐네. 지난번에는 미처 하지 못했던 이야기가 많았는데.

"티아."

"응?"

"내가 없어도 아프지 마."

"……."

"요즘 들어 많이 나아졌다고는 해도 원래 그리 건강한 편은 아니었잖아. 스트레스 받는다고 굶지 말고, 무리하지 말고. 그러다가 쓰러지기라도 하면 너희 집 온통 뒤집힐걸."

"……알렌."

티아의 표정이 가라앉았다. 하지만 나는 계속해서 말을 이어 나갔다. 아직 하고 싶은 이야기가 산더미처럼 쌓여 있었다.

"비 오는 날은 특히 감기 조심하고. 너는 이제 기사니까 비가 와도 그저 맞고 있을 거 아냐. 그런 날은 꼭 뜨거운 물로 목욕하고, 일전에 줬던 차가 남았거든 그걸 끓여서 마셔. 감기 예방에 좋다고 하더라."

"알렌."

"곧 겨울이 오니까 따뜻하게 입고 다니고. 답답하다고 코트 윗단추 풀어 두고 다니지 말고 꼭꼭 여며서 입어야 해. 알았지?"

"알렌!"

황금색 눈동자에 조금씩 물기가 차올랐다. 떨리는 내 아가씨의 음성에 가슴이 호독호독 아려 왔다.

"그러지 마, 알렌. 왜 그러는 건데. 마치 돌아오지 않을 사람처럼. 사절단으로 가는 것뿐이잖아. 임무가 끝나면 돌아올 거잖아. 그렇지? 응? 알렌."

"……티아."

"응."

"지금이라도 내 마음을 받아 달라고 한다면……. 그래도 너는 여전히 받아 주지 않겠지?"

멈칫하는 모습에 씁쓸하게 웃었다. 죄책감에 물드는 얼굴을 보기가 괴로워 몸을 돌렸다. 짐 속에 작은 약병을 챙겨 넣고 있는데, 가느다란 음성이 들려왔다.

"미안하단 말은 더 이상 하지 않을게."

"……."

"하지만 알렌, 이것만은 알아줘. 너와 같은 마음은 아니라고 해도 내겐 아직도 너와 아버지가 세상에서 가장 소중한 사람이라는 걸."

"……티아."

공허해진 가슴을 적시는 그 목소리에 눈시울이 붉어졌다. 나를 돌려세운 은빛 아가씨가 머뭇머뭇 작은 상자를 내밀었다. 어서 받으라는 듯 물끄러미 바라보는 모습에 나도 모르게 손이 움직였다.
 연두색 상자, 녹색 리본. 리본을 풀고 들여다본 상자 안에는 색색의 머리끈이 들어 있었다.
 "이건……."
 "먼 길을 나가는데 뭔가 줄 게 없을까 하다가. 머리는 항상 묶고 다니니까, 필요하지 않을까 생각했어."
 뻐근하게 차오르는 가슴. 나도 모르게 소녀를 향해 손을 뻗었다. 작고 부드러운 몸을 끌어당겨 품에 안으려던 순간, 날카로운 이성이 나를 저지했다. 더 이상 다가가서는 안 된다고. 이러면 둘 다 힘들어질 뿐이라고.
 서둘러서 손을 회수했다. 어색한 표정으로 시선을 돌리는 내 아가씨의 얼굴에서 눈을 떼어 머리끈을 바라보았다. 끄트머리에 수놓은 내 이니셜을 보자 목이 메었다. 나는 이것으로 너를 죽이려고 했는데, 너는 하고많은 것 중에 이걸 내게 주는 거니. 이름까지 예쁘게 수놓아서.
 문득 모든 것을 다 털어놓고 싶다는 생각이 들었다. 내 안에 끓어오르던 어둠과 광기를, 내 아가씨를 향해 품었던 삐뚤어진 연정을, 그녀를 망가뜨리려 했던 지난날을. 끝내는 살의를 품었던 것까지도. 티아도 사실을 알 권리가 있으니까. 나를 비난의 눈초리로 볼까 두려웠지만, 지금이 아니면 영원히 알 수 없을 테니, 이제라도 진실을 이야기해 줘야 한다 생각했다.
 "티아."
 "응?"
 여전히 신뢰가 가득 담긴 눈으로 바라보는 티아.

한참을 망설였지만, 나는 혀끝에서 뱅뱅 맴도는 말을 결국 꺼내지 못하고 삼켜 버렸다.
 너에게는 미움 받고 싶지 않아. 나를 향한 순수한 믿음을 깨 버리고 싶지 않아. 다른 사람들에게는 미친놈, 기분 나쁜 녀석으로 기억될지라도 너에게만큼은 끝까지 따뜻하고 다정했던 사람으로 남고 싶어.
 '이런 날 용서해, 티아. 마지막 남은 이기심으로 끝까지 널 기만하는 날 용서해, 내 아가씨.'
 돌아올 거냐고 반복해서 물어도 끝까지 답하지 않는 나를 멍하니 바라보다 결국 힘없이 돌아서는 뒷모습에 시린 가슴을 부여잡았다.

"야, 풀떼기."
"웬일이냐, 네가."
"사절단을 따라간단 얘긴 들었다. 사표도 냈다며?"
"그래."
"네놈, 차였냐?"
 사절단이 떠나는 날. 짐을 챙기고 있는데 갑자기 들이닥친 빨강머리 녀석은 돌려서 말하지 못하는 성격답게 곧바로 핵심을 찌르며 물어 왔다.
 '하여튼 눈치 빠른 것 하나는 알아줘야겠군.'
 나는 인상을 쓰며 고개를 돌렸다.
"빌어먹을, 네놈은 처음부터 쓸데없이 눈치가 빨라서 싫었어."
"쯧쯧. 야, 풀떼기, 넌 인마, 희대의 천재란 소릴 들으면서 그렇게 멍청해서야 되겠냐. 지금 같은 타이밍에 고백해 봤자 될 리가 없잖아."

 당근 녀석은 혀를 차며 내 어깨를 툭툭 쳤다. 제 딴에는 위로랍시고 하는 걸까. 빈말이라도 고맙다고 해야 하나 잠시 고민하던 순간, 나는 놈의 입꼬리가 슬쩍 올라간 모습을 보았다.

 망할 자식. 그래, 경쟁자 하나 떨궜다 이거지.

 "야, 당근."

 "왜?"

 "좋아할 것 없어. 네놈도 점점 초조해질걸. 그렇게 지켜보기만 하다가는 평생 맴돌기만 할 거다."

 "글쎄, 난 헛똑똑이인 너 같지 않아서. 난 직감적인 사냥꾼에 가깝거든."

 기세등등하게 말하는 빨강 머리 녀석의 말에 피식 웃음이 나왔다.

 '어차피 한 번쯤 찾아가려고 했는데, 마침 잘됐군.'

 나는 놈을 위해 준비해 뒀던 것을 집어 던졌다. 갑자기 자신을 향해 날아온 롱소드를 보고 기겁하면서 간신히 낚아채는 놈의 모습이 보였다. 가슴을 쓸어내린 놈이 짜증을 부리며 말했다.

 "뭐냐, 풀떼기! 결투 신청이냐?"

 "그거 네놈 가져라."

 "뭐?"

 "내겐 더 이상 필요하지 않을 것 같으니까."

 "너 이 자식……."

 갑자기 표정을 일그러뜨린 당근 녀석은 성큼성큼 다가와 내 멱

살을 틀어쥐었다. 나는 잔뜩 구겨진 놈의 얼굴을 노려보며 잠시 고민했다. 이걸 한 대 쳐야 하나, 말아야 하나. 그동안 쌓인 것도 많은데, 역시 한 대 치는 게 나을까.

"야, 풀떼기."

"이거 놔라. 좋은 말로 할 때."

"네놈, 한 번 차였다고 뭐 영원히 떠난다느니 인생을 포기하느니 하고 있는 거면 내 손에 죽을 줄 알아."

"여전히 멍청하구나, 당근. 인생을 포기했으면 이미 죽은 뒤인데 어떻게 네놈 손에 또 죽는단 말이지?"

"닥쳐. 집착 쩌는 미친놈이라고 해도 난 너를 내 라이벌로 인정했어. 이대로 포기한다면 평생 용서하지 않을 거다. 알아들었어? 돌아와서 정정당당하게 다시 겨뤄 보잔 말이다."

당근 녀석의 푸른 눈동자가 활활 불타올랐다. 으르렁거리는 놈을 잠시 바라보다가 나는 놈의 손을 비틀어 몸을 빼냈다. 그러고는 구겨진 옷을 탁탁 털어 정리하며 돌아섰다.

이제 곧 사절단이 출발할 시간이었다.

"티아를 잘 부탁한다."

"대답 안 해, 새끼야?"

"잘 지켜 줘. 겉보기엔 강인해 보여도 속마음은 여린 아이니까."

"이게 진짜?"

펄펄 뛰는 빨강 머리 자식을 뒤로하고서 짐을 들고 밖으로 나왔다.

'잘 있어라, 당근. 네놈과는 짜증나는 일밖에 없는 줄 알았는데, 이제 와서 생각해 보면 나름 즐겁기도 했던 것 같아. 너라면 내 아가씨를 부탁할 수 있을 것 같다. 나 대신 티아를 잘 지켜 줘. 나처럼 울리지 말고, 부디 소중하게 아껴 줘. 마음 여린 우리의 은빛 아가씨를.'

"그동안 정말 수고가 많았소, 베리타 공자."
"별말씀을요, 라스 경. 무사히 귀환하시길 바랍니다."
"정말로 같이 돌아가지 않을 건가요, 베리타 공자?"
"네, 왕녀님. 저는 좀 더 세상을 돌아볼까 합니다. 누군가가 제 안부를 묻거든 그렇게 전해 주십시오."

제국과는 다른 공기와 산천, 생소한 환경의 루아 왕국.

그곳에서 나는 최선을 다해 일했다. 동맹국끼리의 협정을 맺는 일이라 아주 치열하지는 않았지만, 우호적인 분위기 속에서도 보다 큰 이익을 얻어 내기 위해 매일같이 협상하고 정보를 수집했다.

처음으로 일을 하면서도 즐거웠다. 작위를 얻기 위해서가 아니라, 누군가를 파멸시키거나 음모를 꾸미기 위해서가 아니라 그저 내 능력을 발휘한다는 것이.

왕녀님과 라스 경이 조금씩 사랑을 키워 나가는 것도, 행복한 결혼식을 올리는 것도 지켜보았다. 그리고 마침내 그들이 제국으로 떠나는 날이 돌아왔다. 제국을 떠나올 때부터 다시는 돌아가지 않으리라 결심했기에 나는 함께 귀환하자는 그들의 제안을 극구 사양했다.

높디높은 산으로 인해 자연스럽게 형성된 국경 지역. 작별 인사를 나누고 모두가 떠났을 때, 비로소 나는 혼자가 되었다.

가파른 산에 올라 낭떠러지 위에 섰다. 저 멀리 희미하게 제국의 영토가 보였다. 저기 어딘가에서 내 아가씨가 살아 숨 쉬고 있겠지.

'잘 지내고 있니, 티아. 보고 싶다, 사랑하는 내 아가씨.'

제국을 떠나며 챙겨 왔던 짐 더미를 뒤졌다. 구석에 숨겨져 있던 작은 약병이 보였다. 마시고 다 잊어버리면 행복해질 수 있을까 싶어 챙겨 왔던, 그러나 사절단에 민폐가 될까 봐 결국 들이키지 못했던 것.

절벽 아래로 약병을 던졌다. 이제 이런 것은 소용없겠지. 그냥 여기서 몇 발자국만 앞으로 걸어도 모든 것이 끝날 테니까.

"후우."

크게 심호흡을 했다.

문득 떠나기 전 마지막으로 봤던 티아의 얼굴이 떠올랐다. 울먹이며 돌아올 거냐고 몇 번이고 묻던 내 아가씨에게 나는 결국 아무것도 답하지 못했지. 꼬물거리며 내게 매달리던 아기 고양이 티아의 모습도 생각났다. 이름을 무엇으로 붙였냐는 말에 내 아가씨는 루나라고 이름 붙였다 했다.

루나Luna, 달.

그때 나는 비로소 확실하게 깨달았던 것 같다. 내 아가씨는 천생 달이라고. 햇빛을 받아야 비로소 반짝반짝 빛나는 은빛 달이었다고. 달빛을 바라던 어둠이었던 나는, 달빛을 받아 함께 빛나는 별이 되기를 바랐던 나는 결국은 달의 그림자밖에 되지 못했다. 달을 쫓는 그림자밖에.

'사랑했어, 티아. 아니, 지금도 사랑해, 내 아가씨.'

너의 빛을 동경했어. 너와 함께하고 싶었어.

하지만 너는 달, 나는 달을 쫓는 그림자. 평생 내가 네 곁에 설 수 있는 날은 오지 않겠지. 나는 그런 삶은 더 이상 살고 싶지 않아. 버겁기만 했던 인생에서 유일하게 빛을 준 너를 사랑했지만, 그 빛으로 인해 더욱 짙은 어둠 속에 잠겨 버린 그림자는 이제 생을 마감하려고 해. 행복해야 해, 티아. 너는 누구나 우러러보는 달이 되어 빛나는 삶을 살아야 해. 네가 그토록 벗어나고 싶어 했던 어둠, 떨쳐 버리고 싶어 했던 그림자는 내가 모두 짊어지고 떠날 테니.

천천히 발을 떼어 마침내 절벽 끄트머리에 섰다. 앞으로 한 걸음만 더 내딛는다면 이 괴로움도, 공허한 마음도, 아픔도, 슬픔도 모두 사라지겠지. 어릴 적 읽어 본 동화가 맞다면 그토록 바라던 별이 되어 내 아가씨를 내려다볼 수 있을지도 몰라.

마지막으로 심호흡하고 땅을 딛고 있던 오른발을 떼려는 순간, 나는 강하게 불어온 바람에 가방이 크게 출렁이는 것을 보았다. 소중하게 챙겨 두었던 연두색 상자가 뒤집히고, 바람에 휩싸인 색색의 머리끈이 흩날렸다.

나도 모르게 손을 뻗어 날아가는 머리끈 중 하나를 낚아챘다. 손에 쥔 그것을 바라보았을 때, 절로 눈이 부릅떠졌다.

"……!"

실밥이 뜯어져 안쪽이 들여다보이는 머리끈에는 델라꽃이 수놓아 있었다.

'이게 어떻게 된 거지? 이건 내가 티아에게 줬던 것인데.'

떨리는 손으로 머리끈을 뒤집어 보았다. 상자에 남아 있던 것은 다 날아가고 유일하게 남은 하나, 초록색 머리끈. 아무리 살펴봐도 그것은 내가 내 아가씨에게 선물로 줬던 끈이었다. 그것도 하필이면 내가 잠시 미쳤던 날 티아의 목에 감으려고 했던 바로 그것, 녹색 머리끈.

설마 내가 줬던 머리끈에 수를 놓아 내게 돌려줬던 거니, 티아. 지푸라기라도 잡는 심정으로 너와 내가 이뤄지기를 바라는 마음에서 색깔별로 한 쌍을 맞춰서 주었던 것을? 설마 두 개씩 있던 그 끈 중 하나씩을 빼내어 내 이니셜을 수놓았던 거니?

"하하하."

갑자기 웃음이 나왔다.

'정말로 너다워, 티아.'

분명 너는 이 머리끈의 의미도, 내가 한 쌍을 준 이유도 몰랐을 테지. 네가 이야기했던 것처럼 그저 순수한 마음으로 먼 길을 떠나는 내게 필요한 것을 찾은 거겠지. 두 개씩 있으니까 하나 정도는 돌려줘도 될 거라고 생각하면서. 그냥 주기는 뭣하니 이니셜을 수놓아서.

'하지만 티아, 그거 아니? 델라꽃 위에 연인의 이름을 새기면 영원히 엮어진다는 속설이 있다는 것을.'

미신이라고 해도 괜찮아. 어차피 연인의 이름 없이 내 것만 수놓여 있는 이상, 속설에 따른다 해도 영원히 나는 반쪽뿐인 사랑을 하겠지. 너를 그리워하면서, 너를 간절히 바라면서.

그래도 괜찮아. 내 이름을 네가 수놓아 줬으니.

내 사랑을 받아들이진 않더라도, 너를 바라는 이 마음은 허락한 것으로 알겠어. 너를 계속해서 사랑해도 된다고 말한 것으로 받아들이겠어.

고마워, 티아. 그림자를 떨쳐 내고 싶다 말하면서도 이 비루한 그림자가 너를 계속해서 쫓을 수 있도록 허락해 줘서. 정말 고마워, 내 아가씨. 그림자를 부정하지 않아 줘서. 주인에게 버림받은 줄 알고 생을 포기하려 했던 이 그림자는 비록 모르고 한 것이라 해도 그 존재를 인정해 준 주인에게 진심으로 감사해. 계속해서 주인을 쫓아도 된다는 사실에 행복해 하고 있어.

'이제야 네 마지막 물음에 답할 수 있을 것 같아, 티아.'

응, 그래. 언젠가 내가 나를 집어삼키려고 하는 어둠에서 벗어나는 날이 오면 돌아갈게. 약속할게, 언젠가는 네 곁으로 돌아가겠다고. 네 모습 그대로를 지켜보며 사랑할 수 있는 그림자가 되면, 달을 쫓는 그림자가 감히 달을 삼킬 생각을 하지 못하게 되는 날이 온다면 그땐 반드시 돌아갈게.

'그러니 그때까지 잘 지내고 있어야 해, 내 아가씨.'

나의 달빛, 나의 사랑, 찬란하게 빛나는 내 아가씨. 다시 만나는 그날까지 부디 행복하기를.

−버림 받은 황비 3권에서 계속됩니다.−

부록

설정집 Ⅱ.
독자 서평 Ⅱ.

설정집 II. 황궁의 구조

* 카스티나 제국의 황궁은 크게 내궁/외궁으로 나뉘며, 구성은 다음과 같다.

A. 내궁

a-1. 중앙궁

황제가 머무르는 궁. 알현, 정무회의, 황실 무도회와 같은 것은 모두 중앙궁에서 이루어지므로 그 규모가 어마어마하다. 근위 기사단만으로 모든 경비를 서기에는 규모에 비해 그 숫자가 부족하기 때문에 경비는 제1기사단과 제2기사단이 격일로 선다. 근위 기사단은 황족의 지근거리에서, 즉 알현실, 침실 등의 근접 호위를 맡는다.

a-2. 황후궁

황후가 머무르는 궁. 내궁內宮의 수장이자 황제와 동등하게 대우받는 황후가 머무르는 궁이므로 역시 규모가 방대하다. 황후의 집무실, 알현실 등이 있으며, 중앙궁에서 가장 가까운 곳에 위치하고 있다. 황후의 호위 및 경비에 관한 것은 중앙궁과 같다.

a-3. 황비궁

황후의 바로 아래 자리이자 황제의 후비(後妃)인 황비가 머무르는 궁. 황비는 본디 황후에게서 자식이 없을 경우 황태자를 낳은 후궁이 오를 수 있는 자리로, 내궁 서열 2위이다.

황비는 황후의 일을 도와 내궁의 업무를 처리하고, 후궁을 통솔하는 것이 원칙이지만 제11대 황제 이후 황제가 가장 사랑하는 여인에게 주는 지위 정도로 전락하였다. 황제의 제2부인이므로, 황후궁 다음으로 중앙궁에 가까운 곳에 위치하고 있다. 황비는 직계 황족이 아니므로 근위 기사의 호위를 받지 못한다. 경비에 관한 것은 중앙궁과 같다.

a-4. 황태자궁

차기 황제인 황태자만이 머무를 수 있는 궁. 제국의 차기 주인이 머무르는 곳이니만큼 역시 많은 시설이 갖추어져 있다. 황태자의 호위 및 경비에 관한 것은 중앙궁과 같다.

a-5. 그 외 황족들의 궁

그 외 후궁들은 소생이 있을 경우 자신의 소생이 받은 궁에서 함께 생활하거나, 후궁들만을 모아 놓은 궁에서 생활한다.

후궁이 많았던 24대 황제의 경우 내궁이 모자랄 정도였다고 하나, 보통은 소생을 낳을 경우 비어 있는 내궁 중 하나를 받아 그곳에서 생활한다. 현재 33대 황제인 미르칸 루 샤나 카스티나 황제의 내궁은 모두 비어 있다. 황자나 황녀는 근위 기사의 호위를 받으나, 후궁들은 근위 기사의 호위를 받지 못한다. 경비에 관한 것은 중앙궁과 같다.

B. 외궁

b-1. 행정부

행정 관료들이 업무를 처리하는 곳으로, 외무부와 내무부로 나뉘어져 있다. 재상은 외무부와 내무부를 통괄하며, 현재는 베리타 공작이 맡고 있다. 총 9급의 관료로 이루어져 있으며, 외무부 및 내무부의 장이 각각 1급, 각 부서의 이인자[=외무부/내무부 각 세 명씩]가 2급이다.

(1) 외무부

외무부는 말 그대로 제국과 다른 나라 간의 관계를 조율하는 곳으로, 현대의 외교부와 비슷한 위치를 갖는다. 다만, 군사적인 문제는 정규 기사단과 협의하여 해결한다.

(2) 내무부

내무부는 제국 내부의 정보, 사회, 경제, 법률과 관련된 모든 일을 처리하는 곳으로 업무 분량이 매우 방대하다.

b-2. 궁내부

황궁에 관련된 모든 업무를 처리하는 곳으로, 전통적으로 황후의 관할이다. 황후는 궁내부장, 각 내궁의 시종장, 시녀장을 비롯하여 시종/시녀, 상급 하인/하녀, 중급 하인/하녀, 하급 하인/하녀를 총괄하며, 황궁의 모든 예산을 집행한다. 황제와 황족들을 보필하는 것이 주된 업무이다.

궁내부의 구성원은 총 네 계급으로 나눈다. 시종과 시녀는 하급 귀족 출신인 경우가 대부분이고, 하인과 하녀는 대부분 평민 출신이다. 시녀와 시종은 황족들의 시종을 들고, 상급 및 중급 하인과 하녀는 청소, 세탁, 요리 등 잡다한 업무를 담당하며, 하급 하인과 하녀는 대다수가 귀족 출신인 시녀와 시종들의 시종을 든다.

b-3. 기사단

근위 기사단, 제1기사단, 제2기사단, 제3기사단, 제4기사단의 건물이 각각 따로 존재하며, 각 기사단의 연무장 역시 따로 존재한다. 현재 제3기사단과 제4기사단의 건물들은 비어 있다.

정식 기사와 견습 기사는 확연히 다른 대접을 받으며, 정식 기사로 임명받는 것은 상당히 어렵다. 근위 기사단을 제외한 모든 기사단은 격일, 2교대로 근무한다.―긴급한 일이 있을 경우 전원 소집―

제1기사단장과 제2기사단장은 번갈아 가며 격일로 출근하여, 황궁에 항상 일인 이상의 기사단장이 존재하고 있도록 한다.

독자 서평 II. 죽음, 그리고 시작된 삶
작성자: 주유희

　일반 로맨스 소설도 보지 않던 내가 처음으로 로맨스 판타지_{일명 로판}라는 장르에 매력을 느끼게 해 준 『버림 받은 황비』는 기존 로판에 대한 나의 편견을 확실하게 깨트려 주었다.

　프롤로그에서 주인공 '아리스티아'가 처형당하는 장면부터 시작하는 것은 강렬한 인상으로 남았다. 흔한 여고생 이고깽물_{이계로 진입해서 깽판을 친다라고 일컬어지는 차원이동물 장르에서의 하나의 코드}의 악녀로 남아 버린 '아리스티아'의 1인칭 시점으로 전개되는 과거편은 색다른 관점을 제시했다. 그저 여주인공의 연적으로 사라져 버릴 조연의 입장에서 바라보는 소설은 내가 아주 좋아하는 스타일이었다.

　1인칭 주인공 시점이라는 것은 처음 소설을 끄적거릴 때 많은 이들이 한 번쯤은 잡아 보았을 정도로 많이 쓰이는 시점이다. 하지만 단편이 아닌 조금이라도 길어지는 장편소설에서 1인칭을 쓰면 이게 얼마나 어려운 일인지 알 수 있다. 주인공이 왜곡된 정보나 인식을 가지게 되면 사실은 그렇지 않더라도 독자들은 그게 사실인 것처럼 받아들이게 된다. 주인공 티아의 관점에서 보기 때문에 당연한 것이지만 그 안에서도 세심한 복선과 앞으로 전개양상에 대해 묘사를 넣기 위해 작가가 얼마나 고심했을지, 많은 신경을 썼는지 보였다.

등장인물들의 성격을 일관되게 잡으면서 사건이나 환경에 의한 자연스러운 심리 변화를 쓰는 것은 결코 쉬운 일이 아니다. 쓰다가 보면 자신도 모르게 처음 잡았던 이미지나 성격이 붕괴되기도 하고, 개연성 없는 변화가 올 수도 있다.

그런데 『버림 받은 황비』는 초반에 뿌렸던 씨앗들을 하나씩 수확하듯 적절한 복선과 그에 걸맞은 전개 양상을 보여 주었다. 세밀한 설정들은 이 작품을 로맨스 판타지로 국한시킬 것이 아니라 하나의 뛰어난 대작 판타지 소설로 찬사를 보내기에 부족함이 없다.

너무 칭찬만 하는 것 같긴 하지만 어차피 이 글은 서평이라기 보단 감상문에 가깝다고 못 박아 두었으니, 내가 쓰고 싶은 것만 쓰겠다.

다음으로 언급하고 싶은 것은 주인공 '아리스티아'를 비롯한 등장인물들이다. 『버림 받은 황비』를 정주행하면서 다른 독자분들의 코멘트도 많이 보았다. 역시나 가장 큰 관심사는 여주인 티아가 누구와 맺어질 것인지에 대한 부분이었다. 각자 다른 매력을 가지고 확실한 캐릭터를 구축한 루브, 세인, 알렌.

모두 매력적인 남주라는 것은 부정하지 않지만 나는 단순히 누구와 맺어질까 말까에 집중하는 로맨스가 아니라 티아를 중심으로 한 관계 변화와 내면 심리 변화에 주목했다. 관계에 주목한다는 것이 커플로 될까 안 될까랑 무슨 차이가 있겠나 싶겠지만 '좋아할까?-〉좋아한다' 가 아닌 복잡하게 얽힌 관계와 그 속에 담긴 여러 감정들이 호기심을 자극했다.

아직 과거의 상처가 완전히 치유되지 않은 티아는 자신의 감정을 확실하게 깨닫지 못한 상태이다. 회귀 전의 삶에서 너무 무미건조한 삶을 살았던 탓일까, 아버지에 대한 애정을 깨닫고 우정도 갖지만 여전히 사랑이라는 것은 티아에게 두렵고 어려운 일이다. 뭐라고 딱 선을 그을 수 없는 것이 인간의 감정이기에 그런 부분에서 많이 서툰 모습을 보여 주었다.

세 명의 남자 주인공 중에서 가장 많은 지지와 사랑을 받았던 알렌, 외전 「달을 쫓는 그림자」 부분에서 티아는 모르고 있던 그의 시점에서의 다른 모습을 볼 수 있었다. 부드러움 속에 감추고 있던 어두운 광기와 집착은 그동안 사소하게 지나칠 수 있었던 알렌의 행동에 대한 위화감을 해소해 주었다. 천재로 태어난 가문의 차남이라는 입장에서 망각이란 기능이 없는 슬픈 운명을 타고난 알렌은 티아의 첫 친구가 되어 주며, 그녀의 상처를 어느 정도 치유해 주었지만 보상받지 못한 사랑에 더욱 어둠 속에 잠기는 듯했다.

안 될 거라는 걸 알면서도 고백을 해 버린 알렌은 그렇게 티아에게 마음의 무게를 지워 주고 떠났다. 이기적이라는 것을 알면서도 그렇게 했던 것은 티아에게 자신의 흔적을 남기고 싶었던 것이 아닐까. 돌아오겠다는 확답을 하지 않고 떠나는 것에서부터 자신 때문에 티아가 상처받을 거란 걸 알렌은 알고 있었다. 그럼에도 절벽 끝에 섰던 건 체념과 동시에 그녀에게 죄책감으로라도 남고 싶었다는 비틀린 마음일지도 모른다.

특정 캐릭터를 편애하기보단 있는 그대로 보기 위해 균형을 유지하고 있던 나의 애정관을 한 방에 무너뜨린 흑화 알렌을 앞으로 보기 힘들어졌다는 것은 슬프지만 또 하나의 주 관심사였던 지은이 등장했다. 책에서는 3권에 등장.

이상하게 본편보다 더 애정이 가는 외전들로 인해 처음엔 푼수끼 있는 민폐형 캐릭터라서 싫어했던 지은도 이제는 애정하는 캐릭터가 되었기 때문이다.

회귀 전처럼 황태자를 두고 티아와 연적이 될 것인가? 아니면 다른 귀족파들에게 이용당하는 하나의 패가 될 것인가? 그것도 아니라면 티아와 사랑에 빠……. 크흠, 진지하게 잘 쓰다가 가끔 이런 데서 드립 본능이 나오고는 한다.

어쨌든 새로운 갈등 양상을 띠는 『버림 받은 황비』의 앞으로 전개가 많이 기대된다. 정작 작품 자체에 대한 서평은 별로 없는 기분이 들지만 글 솜씨가 부족하고 『버림 받은 황비』를 세세하게 분석하기엔 이해력도 부족하기에 서평을 가장한 감상문은 이만 여기까지 쓰겠다.

* 본 서평은 연재 시 올라왔던 독자분의 글을 허락을 받고 올린 것입니다. 흔쾌히 허가해 주신 '주유희'님께 감사드립니다.

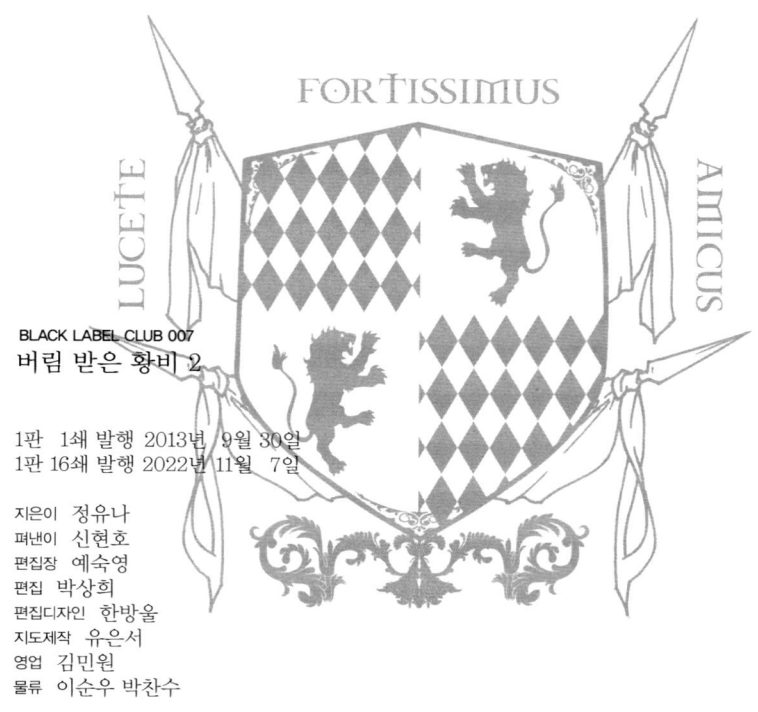

BLACK LABEL CLUB 007
버림 받은 황비 2

1판 1쇄 발행 2013년 9월 30일
1판 16쇄 발행 2022년 11월 7일

지은이 정유나
펴낸이 신현호
편집장 예숙영
편집 박상희
편집디자인 한방울
지도제작 유은서
영업 김민원
물류 이순우 박찬수

펴낸곳 ㈜디앤씨미디어
출판등록 2002년 5월 1일 제117-90-51792호
주소 서울시 구로구 디지털로 26길 111 JnK디지털타워 503호
대표전화 (02)333-2513 팩스 (02)333-2514
전자우편 dncbooks@dncmedia.co.kr
디앤씨북스 블로그 http://blog.naver.com/dncbooks

ISBN 978-89-267-6191-5 (04810)
ISBN 978-89-267-6212-7 (SET)